七界 ①

天幕征途

朱宇清 著

中国科学技术出版社
·北京·

图书在版编目（CIP）数据

七界. 1，天幕征途 / 朱宇清著 . -- 北京：中国科学技术出版社，2022.10

ISBN 978-7-5046-9658-8

Ⅰ. ①七… Ⅱ. ①朱… Ⅲ. ①幻想小说 – 中国 – 当代 Ⅳ. ① I247.5

中国版本图书馆 CIP 数据核字（2022）第 164959 号

策划编辑		刘　畅
责任编辑		刘　畅
封面设计		北京中科星河文化传媒有限公司
封面题字		张克锋
正文设计		中文天地
责任校对		焦　宁
责任印制		徐　飞

出　　版	中国科学技术出版社
发　　行	中国科学技术出版社有限公司发行部
地　　址	北京市海淀区中关村南大街16号
邮　　编	100081
发行电话	010-62173865
传　　真	010-62173081
网　　址	http://www.cspbooks.com.cn

开　　本	710mm × 1000mm　1/16
字　　数	298千字
印　　张	20.75
版　　次	2022年10月第1版
印　　次	2022年10月第1次印刷
印　　刷	北京中科印刷有限公司
书　　号	ISBN 978-7-5046-9658-8 / I・63
定　　价	59.80元

（凡购买本社图书，如有缺页、倒页、脱页者，本社发行部负责调换）

七界版图划分

☆ **红尘星界**
　　红尘星界星都：地球
　　地球首府：长安
　　书中涉及的星界其他星球：
　　天狮星球、银狐星球、希田星球、
　　斜晖星球、君山星球、龙光星球

☆ **橙帆星界**
　　橙帆星界星都：待解密
　　星都首府：待解密

☆ **绿缈星界**
　　绿缈星界星都：天秤星球
　　天秤星球首府：待解密

☆ **黄道星界**
　　黄道星界星都：陀螺星球
　　陀螺星球首府：待解密

☆ **青霜星界**
　　青霜星界星都：金杖星球
　　金杖星球首府：御溪

☆ **蓝焰星界**
　　蓝焰星界星都：神弧星球
　　神弧星球首府：落木

☆ **紫陌星界**
　　紫陌星界星都：无双星球
　　无双星球首府：炊烟
　　书中涉及的星界其他星球：
　　花纤星球、文山星球、扶风星球

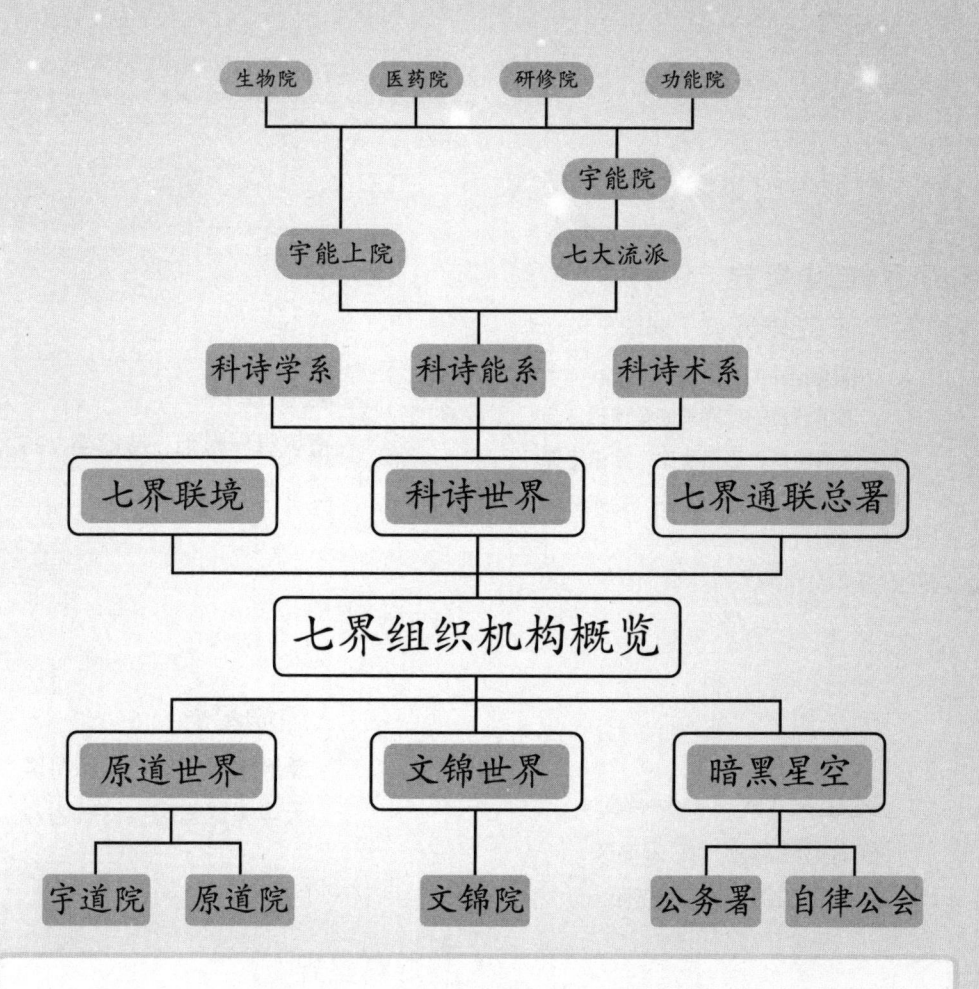

```
                    生物院   医药院   研修院   功能院
                      └───────┴───┬───┴───────┘
                                  │              宇能院
                                  │               │
                              宇能上院 ────── 七大流派
                                       │
                    ┌─────────────────┼─────────────────┐
                  科诗学系            科诗能系            科诗术系
                    │                 │                 │
                ┌───────┐         ┌───────┐         ┌───────────┐
                │七界联境│         │科诗世界│         │七界通联总署│
                └───┬───┘         └───┬───┘         └─────┬─────┘
                    └─────────────────┼─────────────────┘
                              ┌───────────────┐
                              │ 七界组织机构概览 │
                              └───────┬───────┘
                    ┌─────────────────┼─────────────────┐
                ┌───────┐         ┌───────┐         ┌───────┐
                │原道世界│         │文锦世界│         │暗黑星空│
                └───┬───┘         └───┬───┘         └───┬───┘
                  ┌─┴─┐               │             ┌───┴───┐
                宇道院 原道院         文锦院         公务署  自律公会
```

七界组织机构职级称谓

一、七界联境职级称谓

1. 联境首座、次座、上座、公务者
2. 星界首座、次座、上座、公务者
3. 星界驻联境特使、使者、公务代表
4. 星球球长、次长、上座、公务者

二、七界通联总署职级称谓

首座、次座、上将、大将、中将、少将、上校、中校、少校、上士、中士、少士

三、科诗世界职级称谓

首座、次座、上座、公务者

四、七大流派宇能者职级称谓

掌座、执掌、圣使、次掌、上师、长师、少师、上学、长学、少学

五、原道世界职级称谓

首座、次座、圣使、上座、公务者

六、文锦世界职级称谓

首座、次座、圣使、上座、公务者

七、暗黑星空职级称谓

首座、次座、圣使、上座、公务者

目录

第一章	美丽哀愁	001
第二章	时空感融	011
第三章	幽灵行动	020
第四章	原道世界	037
第五章	科诗世界	061
第六章	星界密约	084
第七章	无界征途	100
第八章	异星邂逅	119
第九章	四面暗战	135
第十章	宇能计划	155
第十一章	秘境渔火	170
第十二章	红尘迷局	188
第十三章	绝境繁霜	197
第十四章	千星归零	214
第十五章	青霜幽暗	226
第十六章	联境际会	242
第十七章	星际暗袭	259
第十八章	史诗印记	274
第十九章	夜露风辰	289
第二十章	君山不离	301
第二十一章	星空茧房	309
后　记		325

第一章　美丽哀愁

回望"奇异七色视界"浩瀚星辰起落的瑰丽沉影，时空感融时代骤然来临，掀起宇宙大幕之下的星界疆域风云，终将成为各星界历史长河中挥之不去的记忆与恒久流长的传说。

奇异七色视界疆域辽阔无极，涵盖时下可见宇宙七分之一时空之广，其域有七大星界，皆以光色为其命名：紫陌星界、蓝焰星界、青霜星界、绿纱星界、黄道星界、橙帆星界、红尘星界。奇异七色视界被各界星民简化称谓后称为"奇异七界""奇异视界"，或干脆简称为"七界"。

时空感融科技横空出世，让各智慧生命星球在此技术基础上建立星际互联之后，各星球按其政治诉求分别被划归至不同星界疆域；各星界时空疆域多有交错，并非按自然时空维度列序。

在七界已探测到的、存在生命体的千亿颗星球中，3000万颗智慧生命星球间铺设了千千万万条无形的七彩星河路，但在一条条新铺设的星际之路上，延伸的却是纷繁交织、幽深莫测的世间万象……

当恒久隔世的时空鸿沟骤然消失，诸多智慧生命星球都一样，既向往诗一样的梦幻远方，又恐惧时空屏障打破后的安全威胁，与此同时，还有那随着时空疆域的交融而空前扩张的、不可抑制的欲望在疯狂滋长。

炊烟——地名名号，是七大星界重大公共事务联合公议总部——"七界联境"所在地，也是七大星界之一的紫陌星界的星都——无双星球的首府。地球人更愿意称炊烟为"紫府"，或谓瑶池不二、紫府无双之意。地球是红尘星界的星都。

㳿水像往常一样漫步在回家的路上,这条公务署到住所之间的路并不远,她非常享受每天公务结束后,步行回家的轻松惬意之感。并不用回头,她知道或多或少总有驾着云鸟的各色男子不远不近地跟在身后。起初这让她很懊恼,时间一长,也就习以为常了,常常忘却了他们的存在。

不必说在炊烟,就算在整个无双星球,㳿水都是美丽传说一样的存在,甚至在紫陌星界也盛名远播。㳿水是紫陌星界的气象主持,虽说星界各地的气象情况星民们抬眼就能知晓,但她的节目关注度是如此的长盛不衰,尤其是她在不同气象地点出镜主持、凌空解说的画面,清纯似水,飘然若仙。

在广大星民的眼里,㳿水可谓是集美丽、聪慧与超能于一身。㳿水无疑是幸运的,在她被派往紫陌星界气象公务署工作伊始,就被选为宇能者。宇能者需经过严格的审核选拔方可进宇能院学习,拥有超越一般星民的自然能力。相对于星民大众,宇能者拥有更快的速度、更强的本能力量与抗伤害能力等。

"她是一位超凡的宇能者,既然二位首座都如此推举你们的得意门生,我自然是奉命行事。"查阅完㳿水的影像资料,一位身穿将军制服、身形伟岸的男子对两位坐在对面的慈眉善目的老者微笑道。

这时,另一位缓缓踱步的老者突然转过身来,微微颔首,稍作沉吟,斩钉截铁地说道:"首站目标星球——红尘星界星都,地球!这是宏大序幕的第一个战场,将决定我们的命运!"

"地球?难道命运真的有轮回?"将军目光如炬,站起了身,"我记得曾经在星际探索时代,第一个触达的红尘星界星球就是地球。不过这已是3000万星年前的事了,我们当时的星际航行能力还只是通过时空隧道误打误撞而已。"

将军的话音刚落,全息影像上已呈现出当初抵达地球时的资料。

无双星球第一次抵达地球是在地球时间的公元 1959 年，降临点位于中国安徽省黄山市境内。那时的中国正处于一个艰难时期，全国都在开展轰轰烈烈的"大跃进"运动。

"你看，我们记录的这张图片，一名老农坐在高高的稻草堆上就着太阳吸烟。可谓是极尽想象之能事。我想，那时就算我们的科技能力也远远达不到这样发达的程度。"将军用手指了指，"不过，到 2019 年我们离开的时候，这个国家已经发生了不可同日而语的巨变。"

坐在右首的一位老者笑道："就在我们在地球上秘密研究观察的这几十年间，这个星球历史性地实现了他们的星际穿越，到达了他们所在的太阳系内一些其他星球。他们中间广为流传的嫦娥奔月的神话算是成为了现实。当我们掌握了时空感融科技后，因为此前的机缘，在红尘星界，自然而然地第一个选择地球实现了星际互联。"

将军眉头紧锁，不无忧虑地说道："那时的地球，即使是现在看来，在地球人类的历史中，也是一个科技颠覆性发展但全球局势风云激荡的时代。现在，这里又将风云再起了，竟要成为各方势力角力的战场！"

在无双星球，最近的一个反常情况被广为热议，尤其是令炊烟的男子们热情高涨，几度成为时空信息弧上的热点。大家都知道，泩水是个纯美可爱的女孩儿，可是近来泩水在主持节目时，眉宇间总有不可名状的深深忧郁，愁云欲渡寒秋色，惹起爱怜一片。

时空信息弧上的热议最终不可逆转地演变为一场焦点公共事件。"像星界气象主持这样广受关注的公众服务者，表情与形象管理是件极其严肃的事！"除了潮水般骤涌而来的批评，还有上座与有关部门接二连三的严肃质询。

泩水一下子被推上了舆论的风口浪尖，与此同时，另一种小道消息趁势甚嚣尘上，热度甚至超过了事件本身："泩水恋爱了""她一定是暗恋上了谁"……这基本上是最后一致的结论。于是，"那个男子是谁？"成了又一个热点话题，神秘男榜单已经出现了好几个流行版本，"谁伤害了我的天使？！"一边是公众不依不饶的讨伐，另一边是荣幸入圈、暗中有几分窃喜的男子们纷纷一本正经地发表声明……

泻水生来心思单纯，没心没肺的程度曾让她的同人们狐疑满腹，想要测试她是不是合成智慧。最后的结果是，这些惹是生非的同人们受到了上座严肃的批评，却从此对这个可爱的姑娘呵护备至。

泻水深知，只要有八卦在，真实的信息从来都是黯然失色。时空信息弧上无休无止、混乱纷呈的热议压迫得泻水喘不过气来，她知道这一切都与不受控制的忧愁无关，但她无法做出任何解释，只有深深的无奈甚至是绝望。泻水并不能清晰地记起这份不可抗拒的忧郁是何时降临的，而实际上身边并没有让她烦心之事。

直到有一日，泻水在千紫山主持气象信息讲解时，久久凝视星空，突然哀伤得不能自拔，转瞬泪落如雨，昏厥于地，跌落尘埃。那日广大星民黯然神伤，天地也似乎莫名风云色变。

一处幽暗的星空大厅内，一名黑衣者急匆匆地走进来，一弹指，看到了他想要看的全息影像——泻水昏倒坠地的场景。他微一沉吟，飞身跃起，躺到了自由悬浮飘荡的吊篮里面，黑衣尽收，转眼变成了金衫男子。他歪着身子斜躺着，眉宇间神色淡然，不过，他的面部不时显露冷酷淡漠之情。

"好一幅美丽哀愁的画面！"金衫男子自言自语，时而点头，时而又摇头，"密讯说她的忧伤竟与七大星界可能爆发的惊天危机有关，真是不可思议！"

金衫男子收起影像，从吊篮里跳了下来，嘴里念叨："泻水，任你是天河之水，在我空流这里也是花自飘零水空流。只怕从此有你吃不尽的苦头啰！"

空流想到这里，飞快地发出了一条密讯，面部随即涌上了异常冷酷而又略带几分邪恶的表情，易形为黑衣者疾驰而出。

自从那天晕倒以后，泖水感觉每天的日子格外漫长，她的忧郁不仅没有一丝丝的好转，而且愈加强烈；但少了莫名的担忧，因为她大约猜到了忧郁源自何处，虽然并不十分不确切。她在无助地等待……

回家的步伐此刻是如此的机械无感，今日身后跟随的云鸟多了不知几倍，驾驶云鸟默默相随的男子们似沾衣弹指不去的灰尘令其心生不悦，泖水转过身去瞪了一眼，但转念一想，他们并无恶意，于是转回了头暗笑。众云鸟不约而同地拉远了距离。

"啾！"一声轻细而清脆的鸟鸣在泖水耳边忽地响起，一只黄翠相间的小鸟划过眼前。"明早7星时七界通联总署，密行而入。"小鸟竟抛出了一段话音。

是七界联境独有的密讯信使——小鸟歌遥。泖水惊喜交错，她知道总有什么事要来，但来的方式竟是如此的特别。泖水呆在原地，自顾自地点头，待她回过神来，赶忙向四周望了望，近身并无其他星民。

七界通联总署负责维护七界领域七大星界的和平，执掌七界联境武装力量，拥有七界最强大的顶尖武器。现今的七界通联总署由原来的紫陌星界通联署改编而来，遵照七界联境决议行事，非授权没有调用任何武装力量的权力与现实能力。

小鸟歌遥回溯盘旋了一圈，飞临远处树梢。泖水突然发现，不知何时，那树底下伫立着一位黑衣者，背向而立，只见他右手微微一指，似乎要击落或抓住小鸟，好在歌遥瞬间幻灭无影了。泖水大为吃惊，那黑衣者并未回头，缓缓前行，转眼消失无踪。

泖水镇定下来，不知这黑衣者是何来历，是敌是友；但她心明如镜，七界通联总署以如此特别的方式前来传讯，一定不会是小事，可是究竟有什么重大的事会需要自己呢，思来想去不得究竟。

泖水抬手传送一条信息向上座请了个假，旋即左腿划了个半弧，右手凌空疾指，腾空飞逝。路上虽不时有星民侧目，皆习以为常。当夜，泖水虽心中有事不免思虑，但与生俱来的沉静心性丝毫未影响她安然入梦。

次日，洢水算好时间准时动身，全身一袭银衣，出门即御空前往。是时天色未明，洢水刚想察看一下周遭的景象，突然，前方一艘飞行器破空而来，转瞬即至，极速而轻盈无息。洢水看清是一艘微型飞羽——七界通联总署专用的飞行器。

"0091号飞羽专程接芳驾启程。"洢水未及应答，一阵柔风就裹着她上了飞羽。洢水坐下来定睛一看，飞羽舱内空间颇为狭小，共有4个座位，乘客只有她自己，窗外除了忽明忽暗的光影什么也看不清。

"洢水姑娘，请给您的上座写一封请假函，就以你近来的状况身心不适为由。"不知是七界通联总署还是飞羽上的设备发过来一道音讯。

"请假？我昨天已经请过假了。"

"不，你要请一段长假，时长，两星年。"

"两星年？为什么？"

"这是使命所需，以后你会知晓。"随即座椅右侧弹出一张光影函。

洢水欲言又止，默念"写"了个请假函，并在签名上用眼睛认认真真地扫了个身份信息码，算是十分正规地盖了印章了。

"这份请假函，请你通过正常请假程序发给你的上座，七界通联总署会通过其他途径将有关情况告知紫陌星界气象公务署首座。"

"这么做，自然又保密？"

"嗯，纯真又通透，难怪像你们一出生就会被选中。原道世界的潜能测试到底是魔法还是科学，真是太可怕了。"

"哦，原道世界！"洢水若有所思。

大概不到20星刻，传来一道音讯，"0091号飞羽即将进入七界通联总署领域。"

一阵流水声掠过，飞羽变换成了银星点点的全透明体。

洢水抬眼望去，七界通联总署外观仿佛一支巨大的毛笔，倒立在光影交错的地平线上，毛笔的笔尖直指星穹，每间隔几瞬，便激射出一朵七彩艳丽之花，朝露欲滴，闪烁夺目，好一支生花妙笔。

"多拿笔杆子，少拿枪杆子。"星民们的口头禅一方面指七界通联总署的建筑外形，另一方面也体现出和平之意愿。

往下看，笔杆漆黑如墨，寒光凛凛，似刚硬坚不可摧。这个笔杆部分，原本是自然生长、拔地而起、形如剑鞘的岩石，后因地制宜，经特殊材料改造而成现今之形态。

"生花妙笔"，即是七界通联总署的建筑形象，其寄托的美好显而易见——擘画梦一样波澜壮丽的宇宙蓝图，寻迹诗一样心驰神往的无尽远方。

现有七大星界中，紫陌星界及紫陌星界内的各星球除了常规的社会安保力量外，均没有军事武装与机构，由七界通联总署统一负责军事安全。其他星界的军事问题均商议未果，尚未纳入七界通联总署的统一协调。有些星界在推进军事统一化治理，各星球逐渐裁撤军队。大多数星界目前都处于星界军力与星界内各星球军力并存的状态。

此刻，难以数计、形状各异的飞羽交织穿梭如流却有条不紊，泖水初见此景，不禁大为震撼，同时心想，这其中不知是否有和我同样使命的星民。

"0091号飞羽已抵港，请按小手指的指引前行。"

泖水知道她所到达的位置应该位于"生花妙笔"笔头最饱满的腰部。她刚出舱门，一个绿光小手指在前面蹦蹦跳跳地引路，没有看见正厅大门，都是独立通道，走廊是纯银色的基调，相间规格整齐划一的地域图案，泖水思量应是各星界星球图案，豁然看见走廊的匾额上写着"渔舟"二字，心下明白每一条走廊都是以某个星球的名字命名的。

泖水突然发现自己的脚步竟然没有任何声响，整个世界一片寂静，她下意识地想要伸手去触摸一下墙面，转念想到自己的一举一动必定会被一览无余，便又停了下来。约莫拐了三道弯，来到一扇乳白色的门前，门自动开启。

"至此，请进。"一路无言的绿光小手指忽然发声道。

屋内依然空无一士，自始至终连个星民的身影都没看见。洢水心下纳闷，她迈了一小步立足打量，房间的样式是一间迷你会议室，依旧是熟悉的银星点点，几步见方，陈设简约，桌上茶水新沏，点心摆放井然，奇怪的是只有一把座椅。

"难道是请我来问话的？"洢水愈加疑惑，回头发现绿光小手指不知何时已然不见了，身后的门已关闭。

她小步走到座椅前坐定，抬头看见对面的墙上有一幅壁画，壁画背景一片墨黑，前景中隐约一丝微光，中间是一支昏黄的长笛，确切地说是长笛形状的飞行器，长笛上方有一串音符律动。

"这个飞行器的造型好特别，和平常的飞羽不一样。"洢水心想。既来之则安之吧，室内也没有更多可看的。洢水喝了口水，心态释然地品尝起了桌上的点心。又是一阵流水声响起，壁画位置取而代之的是一位身穿制服的男子坐在公务署办公间的全息影像。

"洢水姑娘，别来无恙。"

"怎么是你呀，岩山少将。"

那年，洢水刚刚1星岁，被紫陌星界生命公务署与原道世界测定为特别潜能星民，自此接受原道世界宇道者训练，3星岁伊始接受宇能者训练。而这二者的联络协调员都是七界通联总署的岩山少将。

"最近辛苦你了，为无由情绪所伤。具体因由你也略知一二吧。"岩山少将微笑着说。

"因为我亦是一名宇道者，但究竟为何我不明白。"

"今天叫你来，就是为你揭晓答案，并赋予你新的使命。你为何能成为一名宇道者和宇能者，你想过吗？"

对于宇能者，洢水自然是知道的。宇能者的缘起始于梦想，发扬光大于一场场惨烈悲剧之后对科技发展的理性思考。

科技前行的脚步永不停歇，曾几何时，在诸多星球，在星民集体欲望与科技力量的双重加持下，从合成智能到合成智灵甚至是合成智慧，其发展速度超乎想象。星民们一方面成为肆意发号施令、高高在上的主宰，另一方面，日益沦落为不劳而获、庸俗不堪的低能社会生物。

让那些智能与体能都超越自身的合成智灵或合成智慧大军，像忠贞不贰的奴仆一样永远臣服于脚下，这本身就是一个再简单不过的笑话。但是，当欲望与贪婪成为星民集体心智的主宰，一个个看似智慧的个体演变为一个愚蠢之众的整体而无法自拔。

于是，一幕幕合成智慧反抗、碾压星民的悲剧不可阻挡地在诸多星球上演，有些星球的星民甚至遭到了空前的毁灭。这是宇宙智慧生命星球科技文明发展的第一重迷途。

当时空感融科技帮助各星球实现星际互联之后，七界联境联合各大星球星民智慧的力量，才阻止了更多悲剧的上演。

"自强者无敌""欲望即地狱"，这些古老的箴言唤醒了各星界星民：必须通过科学的技术与方法让我们自身变得更加强大而美好，而非寄希望于任何他物，这才是长治久安之道。

这才是身为星民的宇能者浓墨重彩地走上科技文明日益发达的时代舞台的核心要义。

自此，宇能者在七界的历史舞台演绎了一幕幕跨越时空的传说。

自紫陌星界始，后来延伸至整个七界，对宇能者的批准选定管理规定极其严格。虽然从科技力量和学习方法层面来说，理论上每一位星民都能自发成为拥有或强或弱超能力的宇能者，但重要的是通过针对被选定宇能者的训练研究来发掘智慧生命的自强之道。

若每一位星民都成为拥有超常能力的宇能者，诸多智慧生命星球就会变成另一番血雨腥风的世界，从一个极端走向另一个极端。为了长治久安与遵从宇宙自然之道，经过轰轰烈烈、旷日持久的公议、公投、论证、立法，七界星民的理性战胜了梦想或者说是欲望。

时至今日，即便在七界中科技文明最发达的七界联境所在地——炊烟，拥有超能力的宇能者依旧是极少数，芸芸大众的超能力之梦依旧如同袅娜的炊烟一样虚无缥缈。

但是对于宇道者的能力等情况，洢水竟丝毫不知情。

岩山少将看着有几分疑惑的洢水，接着说道："构建宇宙万象的本源也许差之毫末，但每一个星民、生灵甚至生命都是独一无二的存在。再先进的科技文明也并非无所不能，我们必须正视这种独特性。你天生具有比寻常星民更敏锐的感知善恶和灾难的能力。"

"哦！我原来并不知道，但越来越有某种隐约的感觉，并不分明的确信。"洢水对岩山的话似懂非懂。

"你心性沉静、胸无杂念与忧愁，满满的善念与欢喜。但凡有重大危险与灾难，你就会有所感知，不由自主地悲伤。而且随着科学的学习，这种感知力越来越强。你会发现宇能者的学习与宇道者的学习截然不同，宇能者的学习目标明确、训练严苛、能力等级高下分明；而宇道者的学习，你们幼时就当作游戏玩耍，既无目标又无要求，潜移默化，只当是日常的修身养性，所以有时连你们自己都不知道自己究竟具备怎样的潜在超能力。"

洢水展颜道："怎么不告诉我呀，几时能像以前一样开心呢？"

"宇道者的学习，尤其是小时候，告知你们了就会适得其反，要在没有任何压力和目的性的情况下学习才好。另外，宇道者属于保密性范畴，可能肩负某种特殊使命。答案需要前往原道世界发源地、也就是原道世界总圣地'境空如'方可解开，三日后或可前往，届时我和你联络。我就说这么多，其他事宜，稍候片刻，会议之后你就明白了。七界通联总署方面，你以后的通联员还是我。"说罢，岩山少将致礼后退去了。

第二章　时空感融

　　泭水知道今日参加的一定是一个极其不同寻常的会议，但心中疑惑已揭开了大半，于是泰然自若地双手托着下巴闭目静候。

　　"请各位会员注意，会议即将开始。"室外响起一道音讯，随即，对面墙上出现了倒计时数字。室内骤暗，一道光弧划过，一幅巨大的深空图景呈现，其下是会议室的幕台，台下是左右对称的两排乳白色弧形座椅，围成长长的椭圆状，首尾部并不相连，中间留有四个座位距离的通道。

　　泭水发现自己的影像豁然坐在左侧靠近幕台方向约三分之一的位置，其他座位空无一士，隐约有缕缕炊烟。泭水明白，为了保密，拟真会场中的每位会员只能看见自己。泭水默数了一下，目测与会者不足一百。

　　俄顷，一位身穿奇异七界通联总署黑色制服、古铜色面庞的男子大步走向主持席。"尊敬的各位会员，本次会议是最高级别的绝密会议！我是通联总署首座射基，经授权，担任本次会议主持。"射基的声音洪厚而坚毅有力。

　　"出席本次会议的除了接到密讯的各界代表，还有七界联境首座微禾、文锦世界公务首座墨白、科诗世界公务首座何为、暗黑星空公务首座知约、原道世界公务首座云流意。"

　　"啊！"泭水不禁低声惊呼。所有这些最具影响力的组织悉数牵涉其间。射基简短的开场白像一场雷霆风暴席卷了所有隐而不见的与会者。

　　今日会议不仅由七界联境决议召开，而且是通过非常规程序启动的最高级别绝密会议。七界联境行使七界最高级别的公务管理权力，各界星民将其简称为联境，在各界星民舆论的风浪里，常被戏称为"舌尖上跳舞的小蜜蜂"，这也与其建造外观有关。

七界最强大的组织之中最具影响力的代表尽皆悉数登场，所以当射基按受星民尊敬程度、由低到高说出这串名字时，与会者所受的震动可想而知。

七界通联总署首座射基一上来就直奔主题，揭开了大幕。泖水心想，看来这次会议不仅机密，而且十分紧急。

最近我们发现一些征兆，收到诸方警示，七界或许面临一场空前的灾难。某个或某些星界、组织意欲对七界命运共同体实施分裂与破坏。

我们宁愿相信这仅是一种臆测，但更可能是一种现实，我们必须慎重面对并立即付诸行动。原道世界最早感知征兆并发来音讯，科诗世界、暗黑星空、七界通联总署等陆续从不同维度证实。

原道世界的各分支机构预警显示，关于危机源头，蓝焰星界领域的感知最为强烈，其次是青霜星界与橙帆星界，其他星界未有感知。

七界通联总署通过对全域能量武器的能量场探测显示，红尘星界领域能量场移最为显著，其次是蓝焰星界，其他星界并无明显变化。这种差异背后隐藏的变量十分蹊跷。

从目前的情况分析来看，危机所指的目标十分清晰：紫陌星界！但危机的首要战场，已锁定为红尘星界。

科诗世界公务首座何为向与会者昭示了邪恶力量借以燃起烽烟的"火种"——时空感融科技！

沉沦于"物质陷阱"而不自知，这是宇宙智慧生命星球科技文明发展的第二重迷途。

回望历史是为了鉴照未来。直到无双星球超越"物质陷阱"，宇宙现象级的伟大"物象感融"科技出世，才驾驭了亘古未有的宇宙"时空驱动"。

第二章 | 时空感融

宇宙空空如也，时空似平静如镜，然宇宙处处波澜。

紫陌星界无双星球上时空感融科技的横空出世对于宇宙文明的发展与星际交往具有划时代的意义。这不是一小步或一大步的文明进步，而是跨越不可逾越的鸿沟的"跨纬跃迁"。它让宇宙无边黑暗中浮动的一座座星球孤岛，连接上了文明的光辉纽带。

为了寻梦宇宙的星辰大海，难以计数的星球智慧追寻突破一个又一个的速度极限；但事实证明，宇宙无际无涯，再快的飞行速度皆是望洋兴叹。他们从物质世界出发，但由物质制造的飞行器被光速极限困在牢笼之中。太多星球在追求物质飞行器的速度提升之旅上迈向了不归路。

与此同时，关于时空隧道、时空虫洞的科技研究曾被视为长夜的孤光。然古今一理，他们的先贤早就说过，世上本没有路，路是从荆棘丛中开辟出来的。自然的时空隧道犹如怪石嶙峋的远古山洞，充满飘忽不定的能量场与复杂多变之态，穿越其间无异于身涉炼狱。

时空隧道改造代价难以承受之高。今天，在各星界时空隧道历史博物馆里，镌刻的牺牲的星民的名字如恒河沙数。那些寥寥无几的、穿越时空隧道后依然活下来的英雄的形象广为流传，成为象征勇气与幸运的文化符号。

立足紫陌星界无双星球放眼无限宇宙，发现物质不过宇宙之冰山一角。独辟蹊径，从非物质世界出发，追寻象态的本质，求索宇宙的本源。

当然，实现星际互联之后，我们了解到，诸多星球也在这条路上孜孜以求，但最终，只有无双星球敲开了造物主之门，宇宙终不负智慧生灵，发现了颠覆性的、划时代跨时空的"物象感融"科技这一瑰丽珍宝。广大星民更爱称之为"时空感融"科技。时空感融科技的出现标志着智慧生命征服自然法则的能力已经超越了物质意义上的宇宙，而跨越到了非物质宇宙的彼岸。自然也远远超越了远古智慧生物心中的神力。但即便如此，今天的我们，心中的神永在。

当我们放眼七大星界，在宇宙星辰的探索中，缘何几乎所有的智慧生

013

命星球都选择了突破速度之路？只因皆习惯于着眼所感知的物质世界。我们都习以为常地受困于自己所看见、知晓、认知或熟悉的经验陷阱。

　　物质是宇宙的组成部分，包括他们曾经称呼的暗物质、反物质；但是物质并非宇宙的一切。太多星球上的社会生活过分地强调物质，大到领土的纷争、资源的占有，小到日常生活的衣食住行，均迷失在物质的世界而无法自拔。

　　无双星球的科学理念认为，宇宙作为一种客观存在，有三种状态的表达：物态、易态、象态。这好比基础几何学三角形的稳定性一样，这三种状态支撑起了宇宙的平衡与稳定，演绎出纷繁复杂的华美表达。

　　物态，包括一切显性与隐性的物质、能量。物质、能量、运动是一种互洽的表达。通过运动这种内禀属性，赋予了空空如也的宇宙以生命与意义。

　　易态，包含变化与交换。没有变化，宇宙将是一潭死水，时间只是变化的一种表达或表象。没有交换，宇宙万物万象将老死不相往来。无论是宏观上的物换星移，还是微观上的粒子转化、质量与力的表达，皆是如此。

　　象态，如果我们非要沿用所能感知的物质概念来表达的话，那就是非物质态。在一些星球的理论中，习惯于把象态称为绝对真空，他们认为绝对真空里能产生、演化物质，所以他们把这个"绝对真空"亦归结为物质。象态不是物质的，也不是虚无的，它是一种实在的客观存在，与物质的属性完全不同，并与物质不直接发生作用。

　　物态、易态、象态相互关联、交融。

　　宇宙间的一切物、象，每一颗星辰、每一粒微尘、每一处空空如也的空域，皆同根同源，无论历经怎样的时光演变，无论场景相隔多么遥远，皆可互联、交感、共融，彼此互融共通。

　　一切皆可交感，时空皆可感融，天涯即是咫尺。在茫茫星辰之中，无双星球率先突破了从"物象互联"到"物象交感"，再到"物象感融"。

时空感融科技使相距遥远的时空之间交感共融，从而实现了时空的收缩与扩展，从此无须再依赖飞行器跨越时空，我们通过"驱动时空"就能够快捷地到达遥远的彼岸。

会议的最后，七界联境首座微禾发出了终极使命召唤！

时空感融科技带来的深远变革与时空图景，诸位有目共睹。如今，我们七界可触达的场景如此之广。时空上的距离相通了，但思想上的距离却并未相通。欲望之火在随时即可触达的辽阔疆域中迸发，在暗黑中燃烧。

一方面，尽管时空感融科技源自紫陌星界无双星球，但宇宙的文明进步理当共享，实现公平与平衡；另一方面，历史的经验教训无数次地告诉我们，科技的发展从来都不只是圣洁的光辉，如果没有足以驾驭的理性、智慧与力量，它将化为把一切燃为灰烬的地狱之火。

某些星界、星球欲借文明共享之名染指占有时空感融科技。一些星界与某些组织的微妙反应及异动让冰山正在浮出水面。我们今天将要面临的重大挑战，或许来源于某个星球掌握了颠覆性的攻击性武器，或许是阴谋与强大武装结盟夺取时空感融科技的核心技术，这个谜底必须揭开。

关于时空感融科技，不管未来的星民与七界联境作出何种决定，今天的我们，必须阻止任何企图以强大武装力量或阴谋诡计，可能会给七大星界和平与星民生命安全带来威胁的行为。在座的每一位，你们的任务或各不相同，但使命一致！

尊敬的各位会员，会议到此结束。此时此刻起，行动已经开始！威胁也可能已在你身边降临，每位与会者将受到全天候护卫与监控。具体任务将分别传达，你们的指挥者将会在各种可能的地方找到各位。更加美好的未来属于每一位星民，我们愿意奉献出所有！

场景切换到了泖水所在的小屋，她呆坐半晌，没有起身，射基、墨白、微禾、何为、知约、云流意的话语还在耳旁回响，这些话语，不仅让今天的与会者震惊不已，更是揭开了一场空前的、关于时空感融科技的宇宙时空纷争大幕。

虽然浉水并不知道今日参会的究竟是哪些星民，但她相信，他们一定都和她一样，都是经过精挑细选并肩负某种使命的。从此，她已不再是一名气象主持，她是一名战士！战场在哪？任务是什么？一切依旧是一头雾水。她想起了岩山少将的话，想起了自己的感知，想起了原道世界，想起了异域星界……

浉水按来时路返回，等待她的还是那艘飞羽，一路并无音讯与任务传达。浉水备感无趣，闭目修神。突然音讯传来："天色将明，送君至此，请出舱自行回府，护卫无时不在。"

浉水出舱御空自行，星际曙光将现，夜依旧黑。

浉水正行间，突感异样，有被跟踪之感。浉水做好全身防护，压慢速度，突然翻身回溯，四下空无一物。浉水不敢放松，提速疾驰，而被跟踪的感觉丝毫未减。浉水身感一震，一物自腰后而来，急转欲缠住自己的腰部。

浉水定神一看，是一条黑色光带，忙拔身躲过。黑色光带如影随形，飘忽左右。浉水向后急退，放眼望去，黑光带竟看不到尽头。浉水心中大惊，凭她现在的能力，只需定睛激发，任何黑暗中的物体都可一览无余。浉水心念微转，缓缓后退时突然疾进，迎着黑光带而去，反手扣住黑光带，顺着黑光带滑行过去。

远处传来"噫"的一声。浉水飞近一看，一名全身黑衣的男子正弹指回收黑光带，男子面部一团漆黑，看不清面容。

"黑衣者！又是你！"浉水大叫一声，虽然两次都没有看见这名黑衣男子的面容，但她知道自己的感觉一定不会错！

黑衣者正是易形的空流。看浉水将近，空流不发一言转身就走。浉水全力追逐，但不管浉水怎么追，总是隔着同样的距离追赶不上，浉水快他也快，浉水慢他也慢。

一路赶来，前面就是炊烟城市中心著名的光耀台。每天，当为无双星球送来光热的恒星——瑶池的第一缕瑶光照耀着光耀台大时钟的针尖时，悦耳的音乐就会传扬到城市的每一个角落，唤醒星民的美梦，又是美好的一天。

突见空流右手五指微转，黑光带骤然尽收，但见他身形丝毫未动，如凌空利剑一般径直飞落在光耀台台顶。洢水向前划步跟进，当她双脚刚刚站上光耀台，一道金光扑面而来，大时钟的音乐自脚下应声而起。

洢水此刻无心赏景，因为她已强烈感知到对方并非善意。空流背向瑶光，背手而立，身形挺拔，光影交错之下，一袭黑锦光华泻地。洢水但看其衣着，就知道对手来历不凡，那黑锦分明采用的是强相互作用柔性流变科技材料，可坚如合金亦可柔如弱水。

"如此胜景，岂可错过！"空流叹道。

"阁下是谁？为何一再跟踪我？"

"你的感知力不是很强吗？"空流冷冷道。

"我已被全天候护卫，你要怎样？"洢水咬了一下嘴唇，扬声道。

"身处险地不知自强，一心求助于外力？"空流似有不屑。

洢水突然感到一股无形之力自四周向她压来，洢水发力抵抗，但她越抵抗压力越强烈，并一步步将她推向高台边上。洢水想要腾空起飞，手脚竟丝毫不听使唤。

眼看一只脚就要踏空，如此高度如果掉下去必定粉身碎骨。洢水疾呼道："你能力如此高强，竟然要我性命，告诉我为什么？"

"你一弱女子，为何要参与到这么危险的任务中，你不怕失去性命吗？"空流并未回答她的问题。

洢水怒斥道："我不知道你说的什么任务，谁都希望好好活着，遇到你这样的异数，害怕又有什么用。"

"你要说声求饶并退出任务我就放过你，否则，炊烟很久没有听说过这样的坏消息了。"空流话音刚落，洢水感觉到压力又增加了几分，压得她几乎无法呼吸，摇摇欲坠。她知道今天遇到了能力超强的对手。

"我没有做错什么事为何要求饶,你是不是来自蓝焰星界?"泖水想起了射基的讲话。

"你真的不害怕?"空流并没有回答泖水的问话,再次缓缓问道。泖水咬紧牙关并不作答。时间在僵持中流逝,突然,泖水感到压力骤减,身体被一种无形之力往前一托。

泖水定下心神,平静地说:"我有种奇怪的感觉,我能感知你强烈的恶意,但是你似乎并不敢要我的性命,如此显要之地,你不敢胡来。"

空流傲然笑道:"好一个倔强的姑娘。"言毕,突然凌空倒射而起。

"唯美景不可被辜负。告辞!你不错,很不错!蓝焰星界需要你!"一串高亢的笑声过后,黑衣者转眼消失无踪。

泖水长长地舒了口气,近来发生的事一件比一件不可思议,左思右想不得其所。但不知为何,虽刚历经惊魂一刻,劫后余生,泖水却莫名地感觉心情大好,有心观赏起景色来。

泖水虽自小在炊烟长大,而此地此时此景确然还是第一次领略。

大凡天气晴好,无双星球天空处处皆是冰晶云,祥云漫天。此刻,瑶池如金轮律动,全盘尽出,瑶光劲射,苍穹之下锦绣丽天,七彩祥云斑斓别致,好一片绚丽魔幻的无上胜境。

极目天际,万物齐辉,或有云鸟漫步,或有飞羽闪驰;司晨鸟列队齐鸣,旁若无物,由远及近,一路欢歌曼舞。两只锦帆鸟展开长约五六米的彩翅,一左一右,紧随其后,如两朵祥云一路护驾。

炊烟,最能和这个地名产生联想的,当属炊烟的建筑。炊烟的建筑鳞次栉比,皆是细长状,多以乳白色为基调,辅各色以配。有不接地的凌空建筑,有自地下直通天空的建筑,有纯粹地下的建筑……或高或低,错落有致,散落在花草丛林掩映之中,犹如一道道袅娜的炊烟,透过历史的烟尘遥望那文明萌芽之初青涩如烟的过往。

其上有瑶光,其中有祥云,其下有炊烟,此情此景,非神往之世而莫之有!

泭水正沉醉间，两艘云帆联袂破空而至，是建筑公务署与社安公务署的公务飞行器。云帆盘旋片刻传音讯问道："此台甚高，有什么需要帮助的吗？"云帆扫描显示泭水的信息为非公开。

泭水答道："谢谢！不用了，我一会儿就离开。"

云帆回复："请注意安全。"旋即离去。

在七界，尤其在紫陌星界，除形象公务署、信息公务署外，建筑公务署就算是最繁忙的了。星民日常生活的重心主要是社会交往、文化娱乐、参与公共事务公议、身心修习、形象管理、居家创意。

曾经，建筑居所被星民们肆意筑造。修建一座建筑比孩子们搭积木还要随意，空中、地上、地下，任何地方都有可能随时冒出一幢建筑，处处都是安全隐患。各式各样、各种色彩的建筑充斥着大大小小星球的每一个角落。星民们对建筑居所不断修饰的热情与想象力相互激发、叠加，像不断膨胀的巨大彩球，公众都在一味地鼓掌欢呼"大！大！更大！"没有谁去想何时会破裂。

星民修饰自家居所的各种疯狂事件层出不穷，经过不知多少时日的公议，一切正走在理性回归的路上。关于建筑管理规定的条文如连绵不绝的漫天雨丝，越积越多……建筑公务署对所有的建筑进行全时监控，哪一处有违规异动就会触发预警警报。即便如此，建筑公务署的预警警报从未停歇过。星民们送给建筑公务署一个"美名"：警报音乐厅。

看到眼前井然有序、祥和美妙的一切，泭水想起了原道世界送给各星界的世俗箴言："我们终极的追求不是无所不能的科技文明，越发达的文明越需要根植于全民本愿的自我克制，否则一切美好追求的尽头必定是自我毁灭。"

第三章　幽灵行动

　　黑衣者的出现让泖水有几分不知所措，她思前想后，最后，决定给岩山少将发去一条密讯。

　　岩山少将回信告知，原道世界务必要去，因为，只有极少数出席这次七界通联总署大会的会员被要求前往原道世界，究竟都有谁去，他也不知道，他接到的秘密指令只是通知泖水。

　　至于黑衣者，诸多方面都收到了关于黑衣者的报告，但是，这些报告里提到的黑衣者究竟是不是同一个目标或来自同一个组织，黑衣者究竟是什么身份？目前都无从知晓，有关方面正在全力跟踪核查。如果有这方面消息，必须及时汇报；同时，七界通联总署也加强了对泖水的安保措施。

　　然而，对黑衣者心忧者岂止泖水，每一位接到七界通联总署大会密讯，并要求前往原道世界的星士周围，神秘可怕的黑衣者都不约而至！

　　联境，这是七大星界无极之境的特别区域。

　　联境一处密林环抱的湖边，光沐长林、清风习习，一名男子正在垂钓。那男子身着白衣制服，除了联境的徽章之外，上下一色、纤尘不染。他咖啡色微曲的头发映衬着玉脂一般的面庞，长久地静静凝望着水面，面色亦沉静若水。

　　在联境，目前已知有近3000万名七大星界的星球的代表常驻于此，除各星界的星都外，一般每个星球派遣一名代表。七界疆域内，建立星际外交关系的星球中，约有9000颗星球因各种原因不愿意建设时空感融站，没有派遣使者前来，另有一些星球的时空感融站正在陆续建设之中，还有极少量星球的文明正在向智慧生物进化之中。

每个星界的特使、使者或公务代表的构成、由来也是五花八门，取决于各个星界的规则及其领域星球的政治格局。一般而言，各星界的星都皆是该星界最发达的星球，常由星都派遣驻联境的特使，而由星界的其他星球派遣使者或公务代表。

垂钓的男子名曰尘浪，身为联境首席公务参谋，尘浪对当前七大星界的紧张局势了若指掌，七界通联总署大会的通知更加证实了他的担忧，他需要静下心来好好整理一下自己的思绪。

湖面平静如镜，突然，尘浪发现钓钩所在之处的水面由水蓝色变为了黑色，而且黑色水面范围在急速扩大。尘浪抬头看了一眼天空，天空并无异样，亦无乌云；他试着轻提欲收起钓竿，发现钓竿竟纹丝不动。黑色水域面积一点点扩大，尘浪不得不以不变应万变，凝神不动。

这时，一个声音在尘浪耳边响起："既然七界通联总署与原道世界对阁下如此垂青，蓝焰星界志同道合者欲请尊驾前往畅叙友情，想必您也一样不会推辞吧？"

尘浪心下异常吃惊，联境是何等要地，安全措施如此严密之所，竟然有外来者潜入而毫无察觉；但他即刻便保持镇定，冷言道："既是盛情相邀，何不正大光明现身？"

只听来者大笑道："我是愿者上钩，不知尊驾钓到了何方圣物，竟令湖光山影为之色变？"

尘浪知这水底定有蹊跷，暗暗收竿，然后骤然凌空向前，发力将钓竿向湖中疾推。尘浪意图将钓竿周边的黑水逼退，湖水围着钓竿形成一个巨大的漩涡，眼看漩涡底部顺着丝线逐渐接近钓钩，钓钩上究竟是何物即将显现。

只见那漩涡却突然反向沿着钓竿向尘浪的手臂转过来，层层黑浪铺天盖地而来。尘浪赶忙弃竿向后急退，同时双手反向拍出，黑浪向天空激流四射。待漫天水柱散尽，尘浪赫然发现湖面上竟然站着一位黑衣者，背向负手而立。

黑衣者正是空流，他正站在尘浪的钓竿上如闲庭漫步，湖面逐渐转为水蓝色。

尘浪虽然心下吃惊，但并不畏惧，他亦飞临湖面，仔细端详空流道："阁下既然胆敢在此如此造次，请报上名号来。你当真来自蓝焰星界？我看你的宇能身法应是出自黄道星界的物语落。不知阁下光临此地找我有何贵干？"

空流并不回头，傲然冷笑道："你不必知道我是谁！我既然敢来就一定有办法自如离开。我的意思并不复杂，好好做你的首席参谋，就不要参与到什么七界通联总署和原道世界的任务中去了。否则，别说到时你这副好皮囊不保，怕是连性命也堪忧吧。"

正说话间，数道紧急音讯传至，询问尘浪发生了何事。尘浪答道："没事，我约了一位友人在此垂钓议事，嬉戏而已。不过，时下乃多事之秋，需强化各处安防戒备！"

联境对任何风吹草动都洞若观火，更别说刚才如此大的动静了。

空流转过身来，随意走了几步，面向尘浪问道："你此时身处险境，为何如此公开回复音讯，此外，你不想把我抓住吗？"

空流虽然转过身来，但尘浪依旧看不清他的面容，显然经过了精心易形。尘浪朗声大笑道："你以为你的宇能在我之上，我就怕了吗？如果你此番来是要我的性命，你有更好的暗算的时机，早就下手了。你能来此机要重地，一定有内应与其他同伙；又如此公开弄险，或是想吸引注意力，声东击西，趁机别有他图。"

空流似被说中心思，稍作沉吟道："果然是大才，临危之下思路如此缜密。但此刻我改变主意了，像你这样的绝世之才，多一个对我们来说都是威胁。"

尘浪闻言，不屑一笑道："我看你如此胆识与超能力，不管来路如何，想必也是超然之士，闻君之此言，不过尔尔。当今之视界，其域如此之广，其士如此之多，其科技文明之发展何其繁盛，每一个个体不过是时空之微粒罢了。就凭你之宇能来说，在联境武装力量面前，简直不堪一击。何况宇能在你之上者，确然有之。你此刻取我性命，于大局毫无意义；况且放眼七大星界，为视界和谐、星民和平视死如归、前仆后继者绵绵不绝，地狱之门许久未启了，你竟要做这不世出的恶魔吗？"

空流闻言竟不答话，时空似乎凝结。良久，他从怀中掏出一个流光溢彩的物体，一言不发抛向尘浪。尘浪伸手接过，竟是虚实结合的七道纺锤交错之物，光芒闪烁间七道纺锤光影往来穿梭。尘浪心想，这个七界时空地图做得真是精巧绝伦。

尘浪一抬头，黑衣者正缓缓飘然而去，耳际传来空流的话音："条条大道通炊烟，七大星界间道路万千，如今各星界在其间设置重重机关、路障，哪一条适合尔往，哪一条适合彼攻？听闻你通晓各大星界军政格局，下次见面，愿君有所高见，否则，你抵达原道世界之时，或许即是君之末日。"

自从尘浪拿到七界纺锤地图后，一头扎了进去，如痴如醉，茶饭不思，神形憔悴。

紫陌星界文山星球，这是文锦世界的圣地。

天色微明，一艘飞羽悄然降临，由飞羽从空中向下望去，文山星球犹如远古世界，深褐色的沧桑岩石上镌刻着各种奇形怪状的图像和文字。飞羽在一个硕大无朋的雕塑上停泊，其中走出来一名黑衣者，他放眼望去，千姿百态、形形色色的各种文化符号和文字充斥着整个星球。

文山星球是当今最具影响力的组织之一——文锦世界的发源地。文锦世界虽独立于联境，但各有关领域公务机构星士多出自文锦世界；此外，文锦世界星士思辨能力出类拔萃，在公共事务的公议辩论中常常所向无敌却风雅绝伦。因各星界星球文化差异所致，文锦世界作为一个独立的组织本身，一体化发展并不繁盛，各星界星球的文锦世界大多自成体系，只有紫陌星界的文锦世界全面实现了一体化发展。

　　文山星球，不仅是令无数文化圣徒着迷的圣地，在整个星界还有一个特殊的地位，它是第一个实现星界高度精细化分工和标签化的星球。今天，诸多星球仍然和智慧文明诞生之初一样，有不同的国家、行业、企业、社会组织、政府机构……但是文山星球率先从一个行政星球日渐演变为一个星球"特色小镇"，整个星球的星民均为文化公务者与爱好者，从事宇宙文化研究与实践。

　　在文山星球，最先进的幻影文化科技城随处可见，你可以随时随地查阅到七界任意角落最生僻的文化知识。但更多的是，传统的、久远不变的书市、书屋、书斋、艺术走廊、文化村落，这些历经数亿星年的流变，如同原始森林的根系，蔓延无际、生生不息，却在灵魂深处愈扎愈深……唯有在这个星球，最前沿与最古老的建筑形态毫无规划、如此错乱地交织在一起，是如此之自然。

　　文化容下了所有！

　　这里有风雅飘逸的文化宗师，有行为怪诞的迂腐书虫，亦有造诣非凡的隐逸高士……然而空流要寻觅的却是一位少女。

　　"一颗星球燃为灰烬，自己正跌落在无边滚烫的灰烬中，激起高扬的尘埃，就这样死去……"苏菲亚猛地从梦中惊醒，汗流遍体。

　　这已是她第三天晚上连续做着同样的梦。苏菲亚穷尽自己所知、查阅了无数资料，都没有找到关于这个梦的答案。被梦境困扰不已的苏菲亚，找到了文锦院的一位隐逸高士。

　　高士答曰："你或将远行。"未言及其他。

　　苏菲亚从床上坐起，喝了口水。她准备出门去走一走。披起衣裳，苏菲亚缓步迈向高台，极目四望，这个星球的夜晚是如此沉静。

　　这里似乎并不需要那些璀璨的灯光，文化之光足以照亮一切。隐约能看见远处宛如砚台的文山黑黝黝的剪影。苏菲亚轻轻地叹了一口气，心情似乎平静了许多。

突然，苏菲亚隐约听到远处也传来一声幽幽的叹息声。她转过身去，看见高台向空中斜伸的一根柱子的尽头，站着一位黑衣者。这名黑衣者何时站到了这根柱子上，苏菲亚竟一无所知。

苏菲亚尚未从梦境中平复过来，不禁大惊失色，退后两步，惊问道："谁在那儿？"

空流背向而立，并不回头，只是冷冷地说道："那并不是什么梦境，那是真实的存在。"

苏菲亚愈加惊恐："梦？什么梦？你怎么知道？"

"跟我来！"空流沉声道。

苏菲亚极端害怕，但又仿佛身不由己地想跟他走。苏菲亚跟随空流御风而行，来到了文山。此时，空流转过身来冷冷地看着苏菲亚。苏菲亚看不清他的脸，但是能感觉到冷冷的寒光。

空流直视着苏菲亚道："有多少星球，自古以来就这样熊熊燃烧。你所生活的星球，还有更多星民生活的星球，也许未来终将有这一天。这都是客观现实，有什么可怕的？作为文锦世界的圣使，你满腹的经纶为的只是在这浩渺的文化之海上轻歌曼舞吗？"

苏菲亚由起初的吃惊转而心生不悦，连珠炮地发问："我不知道自己为什么会做这样的梦，从这样的梦中惊醒有什么错呢？你为什么要这样指责我？你究竟是谁？我愿意将我之所学所知奉献给文锦世界及广大星民，但我不愿像梦境中这样无端地死去！这难道有错吗？"

"你是不是自从收到七界联通总署的密令之后，才开始做这样的梦的？俗话说日有所思，夜有所梦。你这是预感到将有所使命，所以心中有所恐惧。"

苏菲亚愈加惊奇："你，你怎么知道我收到的命令？不对，完全不对。我收到这个命令后，知道将有使命会派遣给我，我感到的是欣慰和惊喜，丝毫没有一点害怕。"

空流道:"好,很好。我就是赋予你使命的指挥者。现在,我要求你做一件事,请遵从命令。"

苏菲亚疑惑地问道:"你有任务?我凭什么相信?"

"七界联通总署给你密令,这样的机密还会有第三者知道吗?连你的梦境我都知道。我若不是赋予你使命的指挥者,那谁又是!"

苏菲亚迟疑了半晌:"好吧,那你需要我做什么?"

"我们需要一名通晓七大星界的文化使者,执行一项特殊的使命。需要你扮演一名小女孩。"

"扮演一名小女孩?怎么扮演?"

"需要将你的下肢折断改装、改短。"

"啊!"苏菲亚惊恐地尖叫一声。

"你,不愿意?这可是一项关乎七界未来的崇高使命。"空流威严地直视着苏菲亚。

此刻,苏菲亚感觉到这项指令是严肃的、真实的、不容抗拒的。苏菲亚沉默着,夜,分外地静;她突然抬起头坚定地说:"我愿意,我无怨无悔!"

空流说的依然还是三个字:"好,很好。"苏菲亚感觉他似乎不愿意再多说一句话。

空流缓缓伸手从怀里掏出一个黑黝黝的精巧砚台,发出微微的红光。他将砚台抛向苏菲亚说道:"你了解一下这个,等你参加完七界联通总署的会议后,关于需要自残身体、易形改体的事我再来找你。"说完头也不回凌空而去。

这一切来得是如此突然。苏菲亚如在梦中,她急忙回到住处,拿出那方砚台。刚一触摸,砚台竟然自动打开,里面是关于各个星界的文化、社会、人群、心理等结合当前时局的分析。苏菲亚对于这些都非常了解,但是把各个有关方面全部关联起来,如此精深的分析,苏菲亚还是第一次读到。她感觉此中的意义非比寻常。

一切如同迷雾深锁，她知道这一切都是机密，无从询问，更让她不安的是那个不约而至的梦境。但令她感到惊奇的是，自从那名黑衣者出现后，这个梦境再也没有出现过。

　　不过，一想到那个神秘而可怕的黑衣者以后将成为她的指挥者，那项需要改装下肢的任务，还有黑衣者究竟是谁，他说的是真是假？苏菲亚不免时时忧惧。虽然自从她担任文锦世界圣使那天起，文锦世界首座墨白就告诉她，必须随时准备直面任何特殊使命……

　　紫陌星界扶风星球如同文山星球一样，堪称一个别样的星球"特色小镇"。

　　这里是宇能者的圣地，扶风星球，意即"扶着风行走"。由于比邻星摄动影响，扶风星球的地质环境与大气环流极其不稳定，地理环境奇特，多奇瑰绚丽之境，每日风烟漫漫，无风的日子极其罕见。然而这恰恰成就了宇能者心中之梦，成为七大星界宇能者的乐园与天堂。在绝峰之巅、在幽深之渊、在孤岛之滨、在风云之中，宇能者或训练或竞技的身影无处不在。在这个独一无二的世界里，他们像鸟儿一样自由驰骋。

　　当然，这里并不是格斗者的猎场。自由风华的外衣，离不开法度的规尺。扶风星球的首府风乐的中心有一座高楼，名曰移风楼，高耸入云。风乐共有99座高楼，这是最高的一座。高楼完全由棋盘大小的黝黑石块构成，没有任何的雕饰，也没有一个文字。

　　任凭扶风星球的风山呼海啸，移风楼永远保持着它那亘古不变的静默庄严。如果说在扶风星球有任何大事发生，要么发生在移风楼，要么就是移风楼第一个传出消息。移风楼的来客夜以继日、川流不息，然而并不喧嚣。

　　伊凡是移风楼的常客，他在移风楼有一个固定不变的席位。即使放眼整个七界七大流派的宇能者，享有此般待遇的并不多。作为宇能上院三老之一未老最中意的学生，无论是关于他的宇能还是资历，伊凡的诸多故事在宇能者中广为流传。他的席位在移风楼最高层的第三阶，最高层的第一第二阶的席位到底留给了谁，无从知晓。只知道那两阶的灯火多少星年才会亮一次。

每当伊凡来到移风楼，常有来自未曾听说过名字的星球的宇能者拜帖不期而至，当然，能经过移风楼道道把关送到的帖子，想来都是在某个星球极有名头的宇能者了。如同多少个往常的日子一样，伊凡一边浅斟思量，一边望断天际无尽的滚滚烽烟。

今日并没有拜帖，但是一名蒙面黑衣者径直走过来，似乎没有看见伊凡一般在对面飘然落座。这是往常从未有过的事，伊凡心下颇为诧异，面上并不动声色，仿佛对眼前发生的一切视而不见。那名黑衣者亦一言不发、自斟自酌。时间在悄无声息地流逝，然而这个消息已传遍了整个风乐。

对于这位不速之客，移风楼此前并无半点消息告诉自己，这一点令伊凡颇有几分不悦。伊凡终于开口说话了，他缓缓端起酒杯说："一样的美酒，共赏何如？"

空流并不说话，只是微微点头。正欲饮酒，发现杯中之酒已经凝结成浅黑色的坚固冰块，透明的杯中，冰块的颜色越来越深，如同移风楼楼体石块之色。

空流凝视着酒杯，淡淡说了声谢谢。伊凡面露不易觉察的得意，端起酒杯欲一饮而尽，突然发现自己的杯中之酒变得和对面的黑衣者的一模一样，凝结成了深黑色冰块。

伊凡一愣神儿，空流手中的酒杯已向自己缓缓移过来，伊凡忙将自己手中的酒杯弹射而出，两酒杯相撞之际，竟毫无声息。只见两酒杯毫发无损，杯中的黝黑冰块极速冲向空中，然后分毫不差地落回酒杯，转瞬之间，又变成了清澈透明的酒。

酒杯又回到了各自手中，两人相对哈哈大笑，不约而同地大喊一声："干！"然后一饮而尽，豪气干云。

饮罢，伊凡道："不知阁下找我有何贵干，请直言。"

空流道："此地非说话之处。"

伊凡应道"好"，旋即双双起身离席，沿着台阶迈向移风楼顶端天台。

无论到移风楼的哪一层，只有一条通道，那就是从地面一直通向顶层的台阶，台阶在楼体的外部，一共有9999级。空流和伊凡一前一后来到天台，令伊凡感到奇怪的是，往常天台上的观景者络绎不绝，此刻却空空如也。这些不同寻常的现象，让伊凡略有几分不安，他平生很少有这种感觉。

伊凡大步迈向天台中央，转过身来，正欲向空流询问。突然，嗖的一声，一只不知从何处而来的小鸟飞了过来，直接落在伊凡的肩上。一道密讯传入伊凡的耳中："3星日后七界联通总署绝密会议。"

伊凡一震，他还未来得及反应过来，小鸟歌遥旋即划空而去。突见一道黑影一闪，就在歌遥即将幻化之际，却落入了空流手中。

伊凡大惊，怒吼道："快放开！这，这绝非儿戏！"

空流向后急退欲走。伊凡知道这涉及机密大事，一旦歌遥被黑衣者带走，后果或许不堪设想。作为名满七大星界的默石落顶尖宇能者，伊凡绝不可能让空流就这样轻易逃走。转瞬间，只见漫天黑石破空而来，天地色变，密不透风的黑石雨转眼间堆成了一座座小山峰，围着空流缓缓转动，将空流围在中央。

空流在黑石山峰阵围成的圈中左冲右突，这个圈子像橡皮糖一般，随着他的行动而变化不同的形状，但他就是突破不了这个圈。伊凡使出全身宇能，黑石山峰阵向中间慢慢收拢挤压，眼看就要将空流锁定在中心。这时，只见空流奋力将手中的黑色光带舞成一个圆圈，隔离在自己周围。只听他大喊一声，由黑带围成的圆圈向外急速扩张，空流趁势向下急坠，挣脱了黑石山峰阵的枷锁。

伊凡收起黑石阵，追了过去。他刚落到地面，空流竟然失去了踪迹。伊凡知道他并未走远，显然，他改变了形象，融入了熙熙攘攘的星民之中。伊凡并不着急追踪,他要拿出他的看家本领。他缓缓平伸出双臂,他手上的每一个毛孔,在所能感知的范围内,能够捕捉到纷扰杂乱的空间里极其细微的异常变化。通过与空流的交手,他已经清晰地知晓黑衣者每一个动作所引起的异常变化特征。

伊凡在一个核桃形状的干果铺前停下来。干果铺在扶风星球如同远古时代的酒肆,是一道独具特色的风景。特制干果是在星际不同星球间游走的宇能者必备之需。伊凡看见店铺门口有位接待的灰衣老者,上前询问可看见一名蒙面黑衣者进到店里去。

灰衣老者笑容可掬地说:"不曾在意,好像没有。"

伊凡道:"恕在下冒昧。请不要骗我。"

灰衣老者依然笑容可掬地说:"是你心存疑惑,可我未曾骗你。"

伊凡道:"踏破铁鞋无觅处,歌遥可入手中来。你可知这句话是什么意思?"

灰衣老者大笑一声,一转身旋转一圈,分明是伊凡要找的黑衣者。

空流笑道:"小鸟归巢吧。"

空流将小鸟抛给伊凡,伊凡正抬手欲接,歌遥呼的一声幻灭无踪。

"请阁下放心,我并未获取任何信息,这种级别的保密措施,即使想查阅也查阅不了。顺便说一句,我并未进入这家干果铺,所以不算骗你。"

伊凡听到此话,只能无奈地耸耸肩。

空流接着道:"果然不愧是默石落翘楚,不仅宇能高强,追踪能力竟然也如此了得。"

伊凡并不领情,微怒道:"我与阁下素昧平生,为何要与我交恶?"

空流笑道:"我能畅通无阻地进入移风楼坐在你的对面,而你对此消息一无所知。我若欲于你不利,你此刻能毫发无损地与我说话吗?"

伊凡觉得他的话竟然无法反驳,问道:"你不会是闲来无事与我游戏一场吧?"

空流朗声笑道:"游戏,只怕未来是生死之战吧。我已经找到了我想要的答案。你想要的答案，只怕你未必真的想要。"言罢，摆摆手，不紧不慢飘然而去。

伊凡一头雾水，感觉黑衣者实在是神秘莫测。但从第二个星日起，不知何故，伊凡每日早晚6星时一到，痛苦不堪。早6星时，如同身在火炉之中，烈焰焚身一般；晚6星时，如同身堕冰川，其冷难耐。

安康公务署的师者们对此也不明所以。每日发作时伊凡只能激发宇能抵抗，以减少痛苦。伊凡心下疑惑，或是黑衣者所为，但又感觉没有任何依据。

科诗世界中环。

知末的工作日常如同昼夜不息运转的星辰，规律而似乎枯燥无味；但他习惯了这样的简单，他的简约、不羁与他显赫的名声显然难以关联在一起，作为享誉星界的科学大师，他的特立独行众所周知。如今，一件事打破了平静，从此书写了另一段传说。

联境建立以后，七界星民倡议在紫陌星界科学公会的基础上组建科诗世界。科诗世界作为七界公共的科学组织，执掌七界最领先、最核心的科技力量。

在无数智慧生命星球上，科学文明引领星民拥抱诗一样的未来，但也不时触启地狱之门而万劫不复，沦为政治邪恶力量之魔杖。约1.5亿星年前，科学公会即从政治组织的管辖下独立，自成一体。

历经时光流变，科诗世界分流为学、术、能三大相对独立的体系，分别对应科学理论研究、技术工艺应用、星民宇能训练三大不同领域，每一个体系都是一个遍布各星球的极其庞杂之系统。现如今，虽然三大体系已然各自独立，但却有唯一的总发源地，亦是总圣地——紫陌星界无双星球"无量谷"，流传着神谕般的传说。

那日一早，科诗世界首席公务联络官满面春风地来找知末，向他传达了一个信息，联境发来重要通知，请他前往召开会议。接到这个通知，知末有几分纳闷：自己从来不和政治组织接触，到底叫我去开什么会呢？

联境按时派飞羽来接知末，抵达会议现场。让他颇感意外的是，和他一起开会的，竟然是联境首座微禾与科诗世界公务首座何为，而且与会者只有他们三者，与其说这是一个会议，不如说是一场谈话。

何为与微禾微笑示意知末坐下后，何为首先开启了话题："知末大师，有劳大驾了。你是星界闻名遐迩的科学大师，我们这次请你来，是有一项特殊的任务要和你商洽，你是我们认为最合适的人选。"

知末道："需要我做什么，请直言。"

何为道："当前七界的局势相信你有所耳闻，关于时空感融科技的争议与分歧已经超越了科学文化的范畴，甚至可能引发星界间的信任与和平危机。我们需要派遣一个科学文化访问团，前往有关星界进行交流，从科学专业的角度商洽有关时空感融科技应用和边界归属等问题。这是一个极其重大的问题，关乎七大星界的和平及各有关星球星民的安危。"

知末大惑不解，问道："不就是一个科学文化交流吗？怎么会如此关系重大？我就是一名科学公务者而已，其他一无所能。"

何为道："这次交流活动，也许是一个美好的序曲，也许是星界战争与毁灭的星星之火。"

知末听到战争字眼，急忙站了起来："战争，那不就是政治吗？你们知道的，我是从来不介入政治的，请另请高明为宜，恕我不能接受你们的任务。"

微禾严肃地说道："请问你从事科学工作的终极目标究竟是为了什么？"

知末正视微禾答道："自然是为了星界的发展与星民的福祉，但是我从来不会介入政治，更不会介入关乎战争杀戮这样的事。这次交流活动可能会牵涉到战争，应该由政治公务者去解决，而不应该让科学公务者参与。"

何为道："我们这次交流活动的目的就是通过科学公务者的专业才智

避免战争，避免不必要的杀戮，与你的初衷并不相违背。"

知末沉默良久，抬起头坚定地说："对不起，我并不能说服自己，你们还是另请高明吧。"说完，知末头也不回地走了。

何为与微禾相视无言，轻轻地摇摇头说："看来，我们只能另寻他法了。"

第二日黄昏，知末心事重重地望着远方，只见一只色彩斑斓的小鸟飞临，知末耳边响起一道轻轻的音讯："3星日后，七界联通总署，绝密会议。"知末听罢，小鸟歌遥转瞬即逝。

知末自言自语怒道："我不是说过了吗，我不接受。为何还要来邀请我去？"他焦躁不安地来回走动。

当晚，知末翻来覆去睡不着，多少年来，他很少出现这种状态。他不由得心烦意乱，整夜在这样的煎熬中度过。又是一个黄昏，知末疲倦地站在窗前空洞地眺望远方，似乎害怕黑夜的来临。

这时，一个低沉的声音在知末耳旁响起："科学大师，好雅兴呀，黄昏之后就是黑夜，是欣赏、留恋还是恐惧？"

知末猛地回头，发现一名黑衣者背对着他，正在欣赏公务署墙上的图形。

声音仿佛是从遥远的虚空里传来的。知末一激灵，大声道："你是谁？怎么进来的？"

空流头也不回，傲然道："我知道你是谁就行了，你不必知道我是谁。你看我像紫陌星界的星民吗？"

知末从外形上看不出空流究竟来自哪里，但在紫陌星界他从来没有遇到过这样不请自来的不速之客，他在想要不要启动安全系统。空流并未转身，但好像洞穿了他的心思，冷笑道："那是徒劳，不必多此一举。"

知末好像不可抗拒地接受了空流的话，站在那里怔怔地看着他。

只听空流说道："你不愿接受何为与微禾的任务，非常好，我十分钦佩阁下的风骨。我们蓝焰星界非常渴望像您这样抛开政治、潜心于科学的大师予以指导。您知道，蓝焰星界崇尚科技至上的发展理念，特诚邀阁下前往指点大道。"

知末惊问道："蓝焰星界，你竟能畅通无阻地进到我科诗世界研发重地来？"

空流大笑道："这有何难，我蓝焰星界的科技发展之境当不在紫陌星界之下，想来，许久以来，紫陌星界只怕是坐井观天了吧。"

知末暗自思索：对于蓝焰星界的科技压倒一切理念，各星界历来只是议论与担忧，但是他们究竟在发展哪些隐秘科技，发展到何种程度，对未来又将产生怎样的影响？却没有其他星界的人进行真正深入的研究。看来他们可能在某些领域真的领先于紫陌星界了。

"既然你们的科技已然发展到了如此程度，你来找我做什么？你是冲着时空感融科技来的吧！"知末道。

"的确如此，我们星界的科学大师们想和您深入交往已久。"空流毫不隐晦。

知末大笑道："哈哈，这就是你孤陋寡闻了，大家都知道的，我连科诗世界都很少出去，出远门我更没有兴趣。要想共同研讨，你们的专业公务者可以来找我，正大光明地来，不要像你这样。"

空流冷言道："既如此，不需要你劳神费力，我现在可以不费吹灰之力直接将你带走。"

知末大声道："这么胆大的，我还是头一次见，你试试。"

说完立即发动警报，却发现警报竟然毫无反应。怎么回事？知末连续试了几下，依然没有反应，心想大事不妙。

空流得意地笑道："你们的安全预警体系在我这儿就是个玩具而已，不要再玩了。怎么样，你想好了没有？我的耐心是有限的。"

知末虽然有几分吃惊，但他理性分析：一定是对方事先破坏了我们的安全警报系统，否则，如果在说话间控制了系统，那也太不可思议了，这基本上是不可能的事。他突然想起了何为找他的任务。

知末正在紧张思考中，空流道："既然你不想跟我走，那就只有一种选择了，你的生命到此为止吧。"

空流话音刚落，知末感到一股强大的压力从四面八方骤涌而来，瞬间，周围的空气似乎凝固了，他想要喊叫却喊不出来。知末感到一阵晕眩，四周越来越黑，自己在向黑暗无比的深渊坠落，一直下沉，这个黑暗的深渊似乎没有尽头，他的心中此刻充满了深深的恐惧感，绝望地挣扎，最后连一丝一毫的力气都没有了。

这时，一个声音从黑暗中传来："我不仅要你的性命，还要你们所有参与时空感融科技项目的科学公务者的性命。你想一想你此刻的境遇，相信我说的绝不是空话，今天我暂且放过你，给你一星日的时间，好好想一下。但我们下次再来时，就是你们所有参与时空感融科学公务者的生命终结之日。"

这个声音说到后面，越来越远，渐渐消失于极其遥远的虚空。知末终于缓解过来，看着眼前的一切，似乎什么都未曾发生过。他定了定神，决定先不要反映刚刚发生的一切，若无其事地回到自己的住所。

夜，漆黑一片。知末发现自己站在乱石林立的悬崖之上，向下望去，深不见底，悬崖对岸，竟然站着欲置他于死地的黑衣者，知末惊恐万分，拔腿想跑，却发现根本挪不动半步。黑衣者依旧背向而立，俄顷，一队黑衣者缓缓来到对岸的悬崖边上，每名黑衣者推搡着一位星民。知末定睛一看，竟全是参与时空感融科技项目的核心科学大师。知末万分着急，想要问个究竟，竟发不出半点声音。

只见那名高高站立的黑衣者做了个手势，黑衣者队伍将科学公务者一个个依次推下悬崖，惨叫声此起彼伏，在深空中往复回荡，不绝于耳。知末简直不敢相信自己的眼睛，在当今之世，还有如此邪恶之事发生在自己眼前。他声嘶力竭地喊叫，虽然发不出半点声音，但他心中的烈火仿佛要将对岸的黑衣者烧为灰烬。

知末发现竟能听见自己的哭声，他猛地坐了起来，原来是做了个噩梦，伸手一摸，衣襟已湿透，满是泪水。知末擦了擦眼泪，心情久久不能平静，梦中的一切是那么真实而可怕，他就这样一夜未眠躺到天明，第二日一早即冲出家门去找何为与微禾。

第四章　原道世界

　　原道世界对于洢水来说，熟悉却倍感陌生。此刻身在全封闭的飞羽里，洢水思绪万千。飞羽还是那艘飞羽，外面却什么都看不见。

　　在几大组织中，原道世界的历史最为悠久，其本旨孜孜以求回归宇宙万物生灵之本源，之初限于精神的修炼，后融合科学理论与方法，自此开辟一个别致天成的崭新世界。由此，原道世界享有七界星民最纯真的敬意，具有最强大的感召力。

　　原道世界开创了原道学派，星际互联之后，在各星球政治组织及原道世界的推广下，原道学派的原道者遍布各大星界。在这些原道者中，最隐秘的当属像洢水这样身负异能、为数寥寥的宇道者了。宇道院负责执掌教学宇道者，过去的宇道者被戏称为"空而无用，玄而无能"，但发展至当下，宇道者已然拥有超越显性世界的特异精神力与感知力。

　　幼时，洢水每年前往原道世界学习一次，不过几日的时光。在她的记忆里，每次都是岩山少将带着她坐在封闭的飞羽里去往原道世界；上学以后就不用再去了，由岩山少将传来音讯，洢水按要求在家中学习。

　　洢水只是依稀记得，一群和她差不多大小的孩子们在十分高大空旷的屋子里按照身穿白袍或粉袍的哥哥姐姐们的要求做游戏，吃饭睡觉和在幼悦所里上学时差不多。哥哥姐姐们都很安静，不爱玩耍。

　　时至今日，除了一些共知的介绍与故事传说，洢水对原道世界知之甚少。严格的保密要求与行事方式让原本超然世外的原道世界，在世间种下悠远的神秘与恒久的敬意。泖水无数次地想过，有朝一日得把这里的一切探索个明白。这一次来，飞羽还是密封得严严实实，看来原道世界总部的地形地貌终无法被探索。

　　泖水正没头没脑地思索间，飞羽上的音讯告知她即将进入原道世界领域。泖水默算了一下时间，约莫一个星时多一点。一阵流水声掠过，飞羽周身竟一下子转为全透明材质。泖水大感惊喜，不由跳起身来，发现前面也有一艘飞羽，飞羽尾部如同半圆形的绿叶，其上的图标是晶莹剔透而律动的浪花，与七界通联总署的不同，应该是原道世界的飞羽在领航。

　　泖水放眼望去，心下大惊。泖水原想，原道世界如此神秘，应是险峰峻岭或机甲壁垒森严之所在。怎想眼前却是好一派田园景象，如同远古的油画，舒缓而宁静，仿佛时光从未来过，这天地自过往从来如此。泖水喃喃道："原道、原道，好一个原道世界。"

　　泖水如梦中神游一般不知过了多久，飞羽已经降低了高度，贴地飞行，前面泾渭分明地出现了两大片建筑，一边是白色，如同棉花坠落满地；一边是黄色，如同麦穗丛丛而立。飞近了，泖水发现建筑的形状果然就是和棉花、麦穗一模一样，舒展的边沿竟随风飘动，田园风十足。

　　穿过棉花与麦穗建筑群后，是如镜的湖面。飞羽停靠在湖边，泖水走下飞羽，发现原道世界的一排飞羽如同破土而出的新芽，绿意盎然、整整齐齐地"撒播"在湖边。湖面并不辽阔，却极为舒展，远处有流水顺密林蜿蜒而下，这湖水并不像无双星球多数的湖水那样色彩斑斓，而是清亮而平淡的。

　　并没有星士前来迎接，泖水在湖边观水漫步，心中说不出的祥和。突然，泖水感到湖水有一股吸力在将她拖向湖中，心下大骇，立即发力后撤，竟然挣脱不得，这股吸力越来越强。泖水想要大声喊叫，却发不出声来。猛然一下掉进了湖里，这种绝望的无力感让泖水不由自主地流下了眼泪。泖水头脑一片空白，只感觉自己在无边的黑暗中下坠沉沦……泖水脑海里又浮现出那名黑衣者的身影……

泖水发现自己正躺在一间屋子的床上，她本能地想起身却没有动，保持警觉，努力回想发生的一切。过了一会儿，四周没有什么动静，泖水站起身，发现身上的衣服都没有变化，心中稍安。屋内的陈设非常简朴，一床一椅一桌案而已，墙上有两扇紧闭的窗户，屋外的景物却都看不见。这不像无双星球的建筑基本上都没有窗户，尽管从屋外看不见屋里，屋里却可以对屋外的可视空间自由调节，完全可以一览无余。

泖水没有贸然出门，缓缓在椅子上坐下，想喝口水。刚有这个念头，桌上的杯子竟然动了起来，自动接上水，缓缓飘至泖水身前。泖水不由自主地伸手接住了杯子，然后双手紧握水杯压住心口，好像努力不要让心里的事跑出去一样。看来这里的陈设并非看上去那般原生态，到处隐匿着自主物联设施。

最让泖水惊异的是，究竟是谁能瞬间感知她的想法？

据泖水所知，当前尚在保密试验阶段的最前沿的科技，可以在一定程度上，通过非接触方式，在一定的时空边界内，读取生灵的意识；但像这样在没有任何迹象的情况下，瞬间感知她的想法而她竟然没有丝毫的觉察，这种如同神之法力一般的科技目前绝对不存在。

泖水突然想起了什么，她在接受原道世界的教学时听说过，原道世界有师者拥有"隐念"这种能感知其他生灵思维意识的特别能力，如同她能对身边的危险、灾难有所感知一样，只是两者能力维度与境界均悬殊极大而已。当前的科技对此有一些重大的发现与研究，但依然不能完全解开其中的奥妙。

科技如能将意识完全掌控于股掌，几与神无异。神尚有无力之时，所以科技并非无所不能。

这里的一切是如此的诡异，泖水感到了从未体验过的恐惧，但她又从内心深处坚信原道世界之正道光华和她亲眼看到过的美好田园景象。

泖水正胡思乱想，响起了轻轻的叩门声，泖水站起身正要去开门，门开了，门外竟是一名身材修长的合成智灵，全身乳白，面部罩着一层薄薄

039

的金纱面罩。洢水心中暗笑，合成智灵还要戴着面纱，要朦胧美吗？！

合成智灵似乎看出了洢水的心思，微笑道："我是白沙，请跟我走，前往会晤会商。"洢水此刻想起了被拖入湖中的情景，怒气微生，说道："会晤！是要我会商还是要我受伤？"白沙依旧微笑道："原道世界，没有伤害。你不去怎知真相？"洢水竟然无法反驳，一噘嘴嗔道："好吧，既来了，自然要去。"

白沙默默在前，偶然回头，只是微笑，一路并不说话；洢水有诸多问题与些许怨气，想问个明白，但看到对方是合成智灵，不想让对方为难，也默默无语。二人双双穿廊走榭、分花拂柳，来到一间宽敞的橙黄色的原木大厅，厅内有一高台，拾级而上，是一黑白相间的巨大圆形石桌，桌上空无一物，高背石椅环列。

白沙说道："你是今天年龄最小的参会者，所以你是第一位，其他会员随后就到。请随意挑选一张椅子坐下即可。我是为你们服务的，有任何需要请随时叫我。"洢水看看石椅高度约有3倍身高之多，轻跃而上坐定，椅子竟温软如棉絮。洢水伸手摸了一下桌面，温滑如墨。俄顷，一个餐盘托着水与点心自远台划空而来。

洢水正学习心神静候，台阶上响起脚步声，脚步极轻，但韵律齐整，每一步步态似乎都分毫不差。看上去是一名男子，白沙领他到一把椅子上坐下，和洢水隔着七八个座位。那男子长发青蓝，面部棱角分明、鼻梁高耸、眉眼幽蓝，没有丝毫笑意。洢水忙向他微笑点头致意，他微微点头向这边看过来，目光相接，洢水感觉如同身在冰河中凝视漆黑夜空中的寒星一样彻骨生寒，任何一个和他目光对视者都会不由自主心生戒备。

洢水顾不得许多，忙紧闭双目锁定心神。大概过了3星刻，传来一声既甜柔又清脆的笑声，一位极修长挺拔的女子飘然而至。那女子身着淡绿色长衫，双袖五彩斑斓、流光溢彩、薄如蝉翼；黑发波浪缱绻，墨眼神采飞扬；顾盼间诗韵意飞，天地芳华。洢水觉得这女子初见即心生欢喜，不自觉地分外亲近。

第四章 | 原道世界

泖水正要向她挥手致意，突然有一星士从台阶直接跳到了桌子上，也不说话，径直从桌子上向对面的座位走过去，在座的三者都吃了一惊。只见他走到对面桌边，转过身来，笑着向大家大手一挥，算是打招呼，他看上去如同他的发型一般颇有几分狂放不羁。但他的衣衫却极为整洁，一身紫衣套装，精干合体，左右严格对称，没有一丝褶皱。泖水看他相貌并无独特之处，只是举止有几分怪异。只见他刚一坐下就对石桌发生了兴趣，神态自若地研究起来。

泖水与对面的女子见状，相视而笑。就在这时，大家都不约而同地抬头四顾，原来各士都同时闻到了一种舒适的香气，一道白衣身影自台下掠过，在大厅首座对面的位置落下。旁边的女子不由得发出"噫"的一声，连研究石桌的男子都停了下来直直地看着刚落座的白衣男子。世间竟有这样精致的面容，像被最精密的机器设计出来的一样，堪称完美无瑕。

不知何时，石桌的首座位置竟然坐着两位笑容可掬的长者。泖水一眼就认出来了，其中一位是原道世界公务首座云流意，旁边是联境首座微禾。云流意和微禾微笑着依次向在座的每一位点头致意。泖水心想，从大家的神情来看，应该都参加过七界通联总署的那次会议。

云流意微笑着做了个手势示意，随后微禾说道："欢迎各位再次回到原道世界的总圣地境空如，这里是你们心灵的故乡。在七界通联总署我们都见过面了。最近，大家各自都经历了不少事情，心中或多或少都有些疑惑，不用着急，都会明了。

"我们为何相会于此，相信大家心下略知几分。紫陌星界甚至是联境将面临一场灾难或重大威胁，这一切或来自七界的其他某个或某些星界。在一切尚处于萌芽之际，作为七界的公共规则发起者、倡导者或维护者，联境不能诉诸武力，甚至是通过较为温和的政治途径来解决问题，那样可能会落人口实、引发难以预见的后果。我们不能拿数千万星球星民的安全做赌注。

"本次危机主要源于有关星界对时空感融科技的共享要求和对某些公

共规则的异议，所以经过联境大会讨论决定由联境派遣科技文化交流使团前往有关星界会晤商议。

"各位除了要完成本次使团出使各星界的任务，更重要的是，你们肩负特殊使命！那就是组建特别行动组，秘密查清本次危机的源头与有关星界是否会发动武力攻击的详尽情况，我们要尽可能化解空前的危机！本次危机不同于曾经某个星球对其他星球的邪恶侵占或毁灭，有关方面站在维护自我安全与文明发展的立场上发动进攻，所以有充分的民众基础与看似崇高的正义之名，而这恰恰是可怕的危机之所在，一切必须慎之又慎！"

泾水叹了口气，心想，天堂之光与地狱之火都曾在世间闪耀，谁又能分辨哪一朵是幸福之花。

"本次特别行动组代号为'无界征途'，愿七界各星界彼此和平无界，紫陌星界逢凶化吉，陌上花开依旧。代号及小组密讯仅限特别行动组成员知晓、使用。

"至于为何是在座的诸君？因为你们中的每一位都堪称万万亿里挑一，我们的使团将因诸君的加入而能力与魅力超凡。在正常的公务交往中，你们要尽可能隐藏你们的超能力，充分展示你们作为联境代表团成员的魅力与美好。接下来我将逐一介绍各位的基本情况。至于你们每一位的全部信息，你们自己未必全都知晓，我也不能一一道尽，一切让未来作答。"

微禾首先指向了泾水："泾水，来自无双星球，紫陌星界气象主持，估计你们中或有所知。而你们有所不知，这位可是原道世界宇道院的奇才，她对机遇灾难与善恶的感知力堪称无与伦比。这也就是为什么不久前她的忧郁情绪引起了诸多关注。原道世界已通过决议，自今日起，授命泾水为原道世界圣使，这是无上荣光也是重大责任。不过这个身份得保密，不到万不得已不要暴露。她此去一方面感知危机真正所在，另一方面给各位可能随时遇到的危险预警。"

听到此处，各士对泾水作为一名宇道者所拥有的能力竟如此之强，也是感到分外诧异，不禁啧啧称奇，致礼深表敬佩。泾水慌忙起身，一一答礼。

微禾接着指向第二名入座的男子："伊凡……"微禾刚说到伊凡的名字，众士皆相视而笑，怎么找了这么一位寒气肃杀、冷峻刚毅的男子。伊凡被大家笑得不好意思，也不禁强作欢颜地笑了一下，起身致意。泖水发现他笑起来竟是如此之腼腆。

微禾也笑着打断了大家，接着说道："伊凡，来自紫陌星界扶风星球。他是能力出类拔萃的宇能者。伊凡是科诗世界宇能院最顶尖的三大宇能者无老、未老、可老之一的未老的关门弟子。有他给大家保驾护航，想必各位会更加有信心。"伊凡再次起身像个孩子似的给大家致礼，他眼里的寒意好像一下子消逝无迹了。大家都异常高兴地鼓起掌来。

微禾正要介绍泖水对面的女子，那女子已起身向众士款款致意。微禾说道："很好，苏菲亚，来自紫陌星界文山星球，是文锦世界文锦院总部才貌无双的文锦圣使，这个身份是公开的。她通晓七大星界文化历史、世风士情、礼法制度等等。唯有了解各星界星球的文化历史，才能真正寻到他们的根，摸到他们的脉，从而知其所想、所行。"

"这位是科诗世界的怪杰，物象学大师知末。"微禾话音未落，大家不约而同"哦"了一声。原来，作为时空感融科技的重要贡献者之一，知末的名字早就如雷贯耳，他的科学研究不时引发巨大反响。此外，他还有一个身份，暗黑星空公务首座知约同母异父的弟弟。但知末生性淡泊，几乎从未公开抛头露面。

微禾接着说道："知末是本次科学文化交流使团科学交流尤其是各星界最关注的时空感融科技沟通方面的重要代表。此外，还有一个更重要的使命，就是和特别行动组一道，将各星界最核心的科技情况摸清楚。只有把这个摸清楚了，才能准确判断有关星界可能诉诸武力的力度与对策。蓝焰星界唯科技论的天平已然失衡，他们的科技有可能在某些方面超越了紫陌星界甚至联境，如果应用于武装力量，后果不堪设想。"

知末起身正色道："颠覆性科技的突破往往在顿悟间，宇宙之大，一切皆有可能，我卑微若毫末，为了安宁与未来，我愿尽微末之学付出我之所有。"在座诸士闻之皆肃然。

大家的目光都不约而同地集中在白衣男子身上。微禾笑道："就剩最后一位了，自从紫陌星界对星民形象立法不允许随意整形以来，是不是很少见天生长得这么标致的啦？尘浪，来自紫陌星界花纤星球。他可不只是长得精致，他还是联境首席公务参谋，对各星界众星球的军政外交了如指掌，联境过往最重大的问题与众多星界星球纷争都少不了他的参与。他是本次使团的首座，对本次出访的使团全权负责。"

尘浪缓缓起身致意，双袖微展。微禾微笑着示意其坐下。

微禾接着说道："请各位注意，尘浪是本次使团公开的首座，但为了安全与确保完成使命，本次特别行动组首座不是他，也不在你们之中！不必着急，时机到了你们自然就会知道，他将对特别行动组全员全权负责，特别行动组的特殊使命要求在座的各位务必无条件服从他的指挥。这样我们就有了一明一暗两名首座，各司其职，表里结合。"

各士都大为震惊，还有一位首座竟然不知道是谁。不过心下都不得不认可如此安排甚为高妙，互相对视了一番后，均会心一笑。

这时，一直一言未发的云流意环视了一下与会者缓缓说道："微禾的最后一个议题留给了我。为何要让大家到原道世界相聚？你们都是天纵之才，但各位来自不同的地方，文化习性心性皆不尽相同；此外，此番乃是生死之旅，大家要心意相通，情同手足。

"各位皆知，原道世界从不介入政治甚至是世俗纷争，但我们遵从和平与美好的自然之道，愿为你们拥有更强大平和的内心尽微薄之力。今天的会议就到这里，接下来等你们学习考验合格了就可以向下一站进发。有任何需要，我们的合成智灵白沙全力为你们服务。"

白沙上前颔首道："请各位随我离席，此后同住同行，非告知可往处请禁足。请尘浪明日领众使者7星时7星刻7星霎在此学习。"

众士应诺拜别云流意和微禾一同离席，是夜用餐相聚，言语投机，彼此愈发互生敬意，皆心下欢喜，只是还有诸多疑问都无从知晓，各自回屋歇息，一夜无话。

次日，尘浪带领众士按时到凝心阁学习，白沙给各士发了一本外观一样的金黄色书籍，名曰《原念》；要求各士不得翻看彼此的书籍，各士可诵读或默读，需领悟并熟记于心；若已领悟，书籍会自然化于无形，众士最后将书籍内容刻于石桌之上即可。

各士心想此事易尔，于是各自端坐细看。初始，一个个神态怡然，似有所悟所得；不久，便一个个眉头紧锁，摇头晃脑，将书籍翻前翻后、翻来覆去，大惑不解。知末干脆将书往桌子上一扔，说道："全是病句，前言不搭后语，看什么看。"说完，跳到桌子上走来走去，走到各士跟前问道："都不要看了，学习什么？心都搞乱了！"各士均点头称是，但都没有放下手中的书。

尘浪起身说道："既然让我们学习此书，必有其中的道理，原道世界断然不会将戏弄于我等作为学习考验的一部分。或是我们阅读的顺序有误，再仔细翻阅，看是否能够找出其中的规律？"

知末拍手道："言之有理，大家赶紧看看。"说完，像孩子一样飞快地拿起桌子上的书研究起来。

各士又纷纷研读起来，不知不觉过去了大半日，均无所获。白沙送来的美食，除了浔水吃了个干净，其他各士都食不甘味，没动几口。白沙见此情景，在一旁窃笑不止。伊凡发力震荡，看看是否可将书籍消解于无形，书籍形态竟丝毫未改。

伊凡朗声道："此书绝不可小视，一般的物体以我刚才的宇能力道早已化为微粒状态了，但此书丝毫未变，应是被某种特定的力场锁住了。"

各士见此甚为惊异。眼见当日学习结束的时辰已到，白沙告知各士不得会面，径直回各自住所歇息，餐食直接送到房间。各士相视苦笑，这注定是一个不眠之夜。

第二日，各士对学习书中内容依旧一筹莫展。白沙安排餐食完毕，叹息道："'心意相通，互为一体。'诚如斯乎？"

苏菲亚听罢，若有所思，她凝视着白沙远去的背影，猛然似有所悟。她激动地站起身，挥舞着手中的书说道："请各位暂停一下！"

她尽力平复了一下自己的情绪，柔声说道："我想请诸位各自背诵一段书中的内容。"

尘浪说："不是规则不允许翻看彼此的书吗？"

苏菲亚掩嘴一笑，说道："是说不允许翻看，但并没有说不允许背诵呀。"

尘浪不解地问道："各自背诵一段又有何用？"

苏菲亚调皮地说道："背诵一下不就知道了吗？来吧，我先背诵。"

苏菲亚刚背诵了两句，各士齐声叫嚷起来："我书中的内容不是这样的！不是这样的！"

苏菲亚停了下来，大声说道："这就对了！我想我们每一位书中的内容都不一样。大家安静一下，各位背诵一下试试。"

果然！尽管各士书籍的外观一模一样，但书中的内容却完全不同。

尘浪走到石桌中央说道："我明白了，我们每位书中的内容都不一样，但如果将各位书中的内容融合起来，就是一个完整的内容。不过，根据大家刚刚诵读的内容来看，不是把每本书的内容简单地连接起来，而是要将每一本书中的句子单独找出来，然后按合理的秩序衔接起来方可。这需要我们每一位确然领悟每一句话，然后将其完美无瑕地衔接成为一个整体，哪怕有一句话放错了位置都不行。"

"妙！妙！妙！"知末大笑道，"这个不简单，需要各位通力合作。因为我们不能翻看彼此的书，只能按记忆和理解将所有的句子在我们的脑海中排序，并且要记得排序后每句话的位置。如果不是这样，按照排列组合的次数去试，那将是一个无穷大的数字。亲爱的战友们，让我们开始吧！"

尘浪和大家商议后，根据各自的专长做了简要的分工。由科学造诣超凡的知末领衔,引导各士分析领悟每本书中句子的含义;文化知识渊博的苏菲亚负责给句子排序,记忆力超群的洢水记住前后往来排列的语句顺序,伊凡运用宇能激发出融合后完整内容的全息影像。

语句融合工作刚刚开始,知末就连声叫道:"不妙!不妙!"大家一头雾水地望着他。知末说:"你们没有发现吗?融合正确的句子会从原来的书籍中消失!"大家赶忙翻看自己的书籍,果真如此,原来语句所在的位置皆为空白,甚为神奇!

尘浪说道:"我看也未必是坏事,可能待书中的最后一句话消失后,书籍就会化于无形。如若不能,再另寻他法,走一步看一步吧。各位尽管凝心聚神拆解融合,我负责记住所有语句在各位书中原来的位置,以备不时之需。"众士皆以为如此甚好。

如此夜以继日,不觉两日有余,第三日过半,众士神色憔悴不堪,身心俱疲,形体飘荡,如痴似醉,除了书中文字,其他一切似乎都不存在。终于,找遍全部书籍,只剩下最后两句话,大家既是欢喜期待,又是忐忑不安,如若失败、前功尽弃将如何是好。短短两句话竟似乎比两颗星球的分量还重。

知末一摆手,对苏菲亚说道:"安上吧!"说完,扭过身去似不敢再看。最后两句话的文字全息影像一个字一个字地呈现出来。伊凡尽量压低速度,每出来一个字,大家的心就像被往上扯了一下。最后一个字出来了,众士如石刻一般纹丝不动,世界似乎凝固了。

突然,仿佛世外飘来,有如幽幽落花飘零在悠悠弱水上的声音,一声接着一声……

原本空无一字的书籍中,忽然有文字如花似影,纷纷坠落,落地无形。就在漫天文字飘落之际,每本书籍各自化为一片金灿灿的黄叶,飞舞靠近、合而为一,化为一粒金色的种子,在空中悠然旋转,倏忽之间,落进了石桌,石桌无痕,种子了然无踪。

成功了!大家瘫坐在石桌上,已然无力喝彩,只是彼此对望,仰天凝神，会心而笑，妙不可言。

良久，尘浪打破了寂静，说道："各位，就剩最后一步了，把所有文字刻在石桌上，这个容易。我们大家先休息一下，享受一下美味佳肴再做不迟。"

于是白沙招来美食大快朵颐。

食毕，伊凡起身展臂说道："这几日各位高才辛苦了！你们劳智，最后劳力的这点微末之技就让我来好了。"

尘浪笑道："伊凡不要自谦，若没有你激发的全息影像，如此繁杂又翻来覆去的文字组合谁能记得分毫不差！不过，石桌刻字对你来说的确是雕虫小技。那就有劳你了。"

于是，大家都回到各自的座位上准备欣赏这记录劳动成果的美好时刻。

伊凡自称已将全息影像上的文字记得分毫不差，凌空于石桌之上准备一挥而就；发力之下，石桌上刚写过的字迹竟然就自行愈合了，一连试了几次都是如此。

伊凡翻身回到座位上，急问道："这是怎么回事？"

众士亦是面面相觑不得其解。知末说道："桌子应该没有问题。"

浘水若有所思地问道："第一句话原来是谁书上的？"

尘浪说："是我的。"

浘水微笑道："那你来试试第一句。"

尘浪会心一笑说："好！果然好。"

其他诸士还没明白她俩的意思。尘浪飘身上前，第一句话一气呵成，字迹豁然未变。大家惊喜之余一脸疑惑地看着她俩。

尘浪望了望浘水，说道："那好吧，我来解释一下吧。现在的语句虽然都融合成一体，成了新的内容。但每一句话原来在谁的书上，就归谁来写，这样才能写出来。玄妙如斯，我说的对不对？"

浘水点头道："我也是偶然想到这一层的。"

知末大笑道："你不来学习科技真是科诗世界的一大损失。"

于是大家如彩蝶翻飞一般轮番在石桌上书写起来，大约刚刚过了5星刻，洢水叫道："不好，石桌好像不太对劲。"

伊凡稍一凝神说道："没错！石桌好像在变冷，屋内温度在下降。"

大家一摸桌子，果然有明显感觉，看来只能加快速度。温度下降的速度超出了大家的想象，各士联手发力抵御寒冷。只听得咔嚓一声裂响，石桌旁的一只杯子冻裂了。伊凡拼力激发宇能改变近身场力振动频率，终于延缓了局部温度下降速度。现在，大家的书写速度极慢，僵硬的身体不听使唤，衣服硬如机甲；但终究还是在一点点前进，眼看书写即将过半。

"情况又不太对劲！"洢水又叫了起来，"大家再看看石桌的温度。"

尘浪急忙上前摸了一下："似乎没有什么变化。"

"不对，我看看。"伊凡上前一步，"洢水说的没错！石桌在变暖。"

"这不是好事吗？"苏菲亚说道。

伊凡神色凝重地说道："不尽然。"

说话间，伊凡感觉到石桌温度上升的速度比之前下降的速度要快得多。不到10星刻，石桌的温度就超过了变冷前的温度，这样下去，再过15星刻，屋内的温度就高到难以承受了。而按当前的进度预估，最快也还需要1星时30星刻才能写完全部的文字。

众士联手发力抵抗高温，但高温比低温难抵抗得多，因为高温的上限值比低温的下限值大得多。刚刚流淌的汗水早已被烤干了，空气中弥漫着衣服与皮肤烤焦的气味。尘浪心想，这样下去不是办法，不能再写了；纵使像伊凡这样的宇能者也无法抵挡越来越高的温度。于是，尘浪让大家回到座位上歇息，此时，石桌早已赤红一片，刚写上去的文字似乎在炼狱中呼号！难道最后要功亏一篑？！大家心急如焚，束手无策。

"我来试试。"一个声音打破了热浪翻腾的空间。大家寻声望去，说话的竟是白沙。

伊凡艰难地站起身来说道："你？请问你有什么办法？"

白沙致礼道："我是合成智灵，在你们没有任何科技设备武装的情况下，自然要比你们耐高温一些。"

伊凡丧气地说："还是不行。虽然你耐高温没有问题，但是每一个句子只能由我们自己写，你写不上去的。"

白沙笑道："还是你们每位自己写，你们只需把我当成工具，当成一支笔，拉住系在我身上的金属绳子，然后我飞到桌子上空写不就可以了吗？"

伊凡疑惑地说道："如果这样可以的话，我将座椅当成笔，凌空操控书写不就可以了吗？你知道，把这里的任何东西当成笔凌空驾驭对于我们来说并不难。"

白沙摇摇头说："其实不然。首先，要求你们不能借助于本屋内的任何事物；此外，寻常建筑里的东西，相信你们可以随手拆来使用，但这间屋子里的任何东西都拆不动分毫。况且，即使你们手里有一支笔，这张桌子如此之大，你们远远操控，看不见所写的文字，完全凭感觉，所书写的文字可能缠在一起，就会前功尽弃。"大家感激之余，都觉得白沙说的不无道理。

伊凡发力想将自己的座椅提起，座椅竟动也不动。他又发力想将椅背拆散，也是徒劳，方才相信白沙所言非虚。伊凡看了看知末。

知末双手一摊，苦笑道："这并不奇怪，在我们科诗世界那儿，像这样的场所并不少见。"

尘浪向白沙遥遥致礼道："情形危急，看来也只有按你说的办法试一试，只是要让阁下受苦了。"

白沙走近石桌说道："诸位不必客气，我也没有必然的把握。我们是一个整体，当患难与共。"

白沙说完，向石桌上方凌空而起，抛出一条金属丝带，问道："该谁书写了？来吧！"

"该我了。"知末说道，右手接住丝带，吃力地背诵着语句。

白沙凌空挥指，字写上了！大家齐声欢呼，都站起身来为白沙鼓劲。白沙每书写一个字，石桌都吱吱作响，烈焰腾飞，此刻的石桌分明是一个赤红的大火轮。很快，白沙乳白色的躯体都变了色，一层青雾笼罩在白沙周围。虽然大家知道白沙是合成智灵，但心下都焦躁不安，担心不已。

大约过了半星时，白沙急忙翻身飞下，大口喝水。大家心想，估计合成智灵也需要用水来降温。如此往返两次，白沙书写的速度也越来越慢了，每写一个字都感觉分外吃力。大家发现白沙的身体在颤抖，咬紧的牙关咯咯作响。

洢水柔声问道："是不是你也到了温度承受的极限？"

白沙高声笑着答道："想来是如此，估计遍体零件烧坏了，该返回修理了。"

虽然白沙是笑着回答的，但诸士都听出了他颤抖的声音里的痛苦不堪。大家心想："是的，他和我们又有什么分别呢，只不过是身体组成的元素不同罢了，他也有心智与情感。"

时间在赤焰中凝噎而逝，洢水心想："我永远也不会忘记此情此景，在熊熊烈焰中，犹如炼狱，有星士飞腾其间，摇落欲坠却挥洒自如，镌刻诗一样的文字，每一个滚烫的文字光华四射，如星辰璀璨。"

"只剩最后一行字了！"尘浪大声叫道，给白沙鼓劲。

除了石桌上沙沙的镌刻声和嗤嗤的焰火声，世界一片静默。

"成了！"白沙高叫一声，疾驰而下。大家顾不得许多，一拥而上。

"水！水！"白沙坐在地上，一手支撑着说道，"我没事，我喝口水就好了。"

知末俯身说道："你们看，他的外壳已经变形了。他是有情感有思维的，和我们是一样的。"

白沙只是喝水，笑而不答，突然间张口喷出大口金色的血液来，随即晕了过去。尘浪连忙一把扶住白沙，白沙的身体此时依然烫手，尘浪一只手扶住白沙，将另一只扶着白沙身体时烫伤的手给大家看，大家不由自主地默默流下了热泪。这时，原道世界宇道院的两位女子道师飞身而来，用一片金纱盖住白沙，起身将他抬走了。

大家一起跟上前去，一女子道："诸位不必跟来，他将与你们同在。"

众士不知此女子之意是指白沙此去是永诀还是或将重逢，皆神伤不已，惊心动魄的一日犹在梦中，各自无话，拖着疲惫之躯回房歇息。

是夜，夜色甚好，恰好是无双星球的两颗卫星——银珠、银玉，银盘满轮的日子。从无双星球望去，银珠大小似杯盖，银白中闪烁着神秘幽蓝之光；银玉大小如面盆，其色若半透明状浅绿之玉。

众士各自在房中用过晚餐后，宇道院的女道师一一送过药去，药效自是不必说，不过几星刻的工夫，内外之伤都不怎么痛了。洢水想约着苏菲亚趁着大好夜色出去散散心，却被告知这几日众士都不得见面；连尘浪和伊凡想去问候一下洢水和苏菲亚的伤势，都让道师挡了回来，如此良辰美景未能相约。

接下来的7个星日，各士都在房间内静心学习，共有7本厚薄不一的书籍，不解之处自有音讯解答。以众士之聪慧，明了各书之意自然不难，但都有一个感觉，这些书籍无非是教化作为一个有生命的智慧生灵，如何做到既要无知无觉又要有情有爱的持久平衡，除此之外，似乎所获寥寥；但这恰恰又难以做到。

第八日天色微明，道师们传过话来，今日出屋到弱水河畔学习，各乘一艘原道世界独有的新芽号飞羽前往。刚下得飞羽来，大家感到柔风习习，舒适无比。远望河岸两道白堤，一脉紫水悠悠，岸边没有一丝芳草，唯有清一色白干修长、紫叶婆娑的紫桂树亭亭而立。

道师们引众士来到岸边，大家赫然发现对面岸边的黑色石墩上坐着的竟是白沙，只见他双目紧闭，盘膝而坐，于外物似浑然不觉。众士喜出望外。尘浪刚要呼喊白沙，一名女道师急忙过来示意禁止。接着她指着各士脚下的黑色石墩说道："请各位像白沙一样在石墩上静坐一天，今日不得进食，不得休息。"

知末问道:"这是为何,坐到什么时候为止?还有,为何白沙要坐对面,我们都坐这边?"

女道师微笑致礼答道:"这边石墩不够坐呀,就这么简单。至于坐到几时,就怕你坐不了几时。如果不能坚持,前功尽弃,从何处来请从何处归去,切记切记。"

众士相视不解,无奈笑笑照做。众士刚坐下没多久,分明感觉到这习习柔风有几分古怪,吹到身上有温软润滑之感,不多时,如爱恋者之手缠身而来,浑身上下游走不息,婆娑的树叶竟似有爱抚的幽幽之声息,不绝于耳。各士暗自吃惊,好不尴尬,感觉浑身柔弱无骨,面似火烧,竟然有些坐不住。

只听知末大喊道:"果然应了那道师所言,坐不住了,如何是好?"

尘浪沉声道:"在我们花纤星球,这样的花草树木倒是有的,但都是以味致毒或致幻,像这样的风还是头一遭遇到。"

苏菲亚无力地说道:"我这浑身的骨头像被抽掉了似的,随时要散架了。"

就在这时,对岸传来诵读之声。众士一听,是白沙的声音,诵读的竟然是这几天学习过的内容。大家不明所以,不由自主地跟着默诵。风依旧在轻抚,树叶依旧在呢喃……但大家都感觉到心静身正了。各士感觉找到了法门,于是将连日来学习的内容诵读不止,不敢停歇。

转眼到了后半日,有音讯告诫众士,不得闭目、不得吟诵出声。众士照做,又觉身心飘荡,浑身不安,不得不咬舌嚼唇坚持,个个血流不止。不知过了几时,夜色渐浓,银玉升空,一朵黑云自银玉边而出,缓缓飘动,不知不觉间,飘过河畔上空。不过一朵普通的云彩而已,众士都不以为意。无双星球白天的云朵往往是七彩的,黑云只有晚上才比较常见。

洢水突然感觉一阵忧伤,她突然意识到了什么,大叫一声:"不好,恐怕有危险。"

大家听罢不禁打了一个激灵。就在这时,那朵黑云化作白云,云边浮现一艘黑色的有如钢针、麦芒形状的飞行器，瞬间俯冲过来。大家跳将起来。

知末说道："不好！是乌芒！"

突见金光一闪，一艘同样形状的金色飞行器自西而来截住了乌芒。尘浪说道："应该是金芒。"

知末高兴地说："是的，是咱们的金芒。"

金芒与乌芒相会对峙，双方一动不动，大约过了30星霎，乌芒突然下沉，几欲触地，转瞬拔地而起；金芒毫不延迟，相随而动；就在乌芒触地而起的瞬间，乌芒向地面弹射出6位银衣者，向白沙头顶方向疾驰而去。只见那6位银衣者凌空射出6道白色光带，直袭白沙身前身后、上下左右。

伊凡大喝一声："止！"急速掠向对岸，尘浪也已应声并肩而起，二士身下的石墩已裂为6颗石块抢先向白色光带射去；其余众士拔地凌空戒备迎战。

一道道白光闪闪，炸裂声响处，5颗石块击中了5道白色光带，5位银衣者联袂急退；尘浪的一颗石块落空，那道光带啪的一声击中白沙的后心，只听白沙大叫一声向水中飞去。尘浪折身飞还，堪堪接住白沙，刚一落地，众士拥上前来，白沙的外甲已裂为5道裂痕。

尘浪大叫："白沙醒醒！白沙醒醒！"

白沙竟毫无声息。难道命运如此捉弄，与白沙刚刚相聚又要诀别，众士悲愤不已。

尘浪站起身来，伤心无话，默默示意浔水、苏菲亚与知末留在原地不要动，转身上前助力正与银衣者激战的伊凡，伊凡急急问道："白沙好否？"

尘浪戚戚摇头。伊凡一顿脚，二士相视一点头，同时长啸一声，地上的砂石卷起6个圆球，圆球越卷越小，通体熔燃，若豆粒大小，突然炸裂，四周热浪翻腾，6位银衣者下方之地被炸出6个约两棵树深的深坑，

6道白色光带皆消散无痕。

6位银衣者已退到乌芒下方,欲随乌芒而走。伊凡正要起身追赶,一道音讯传来:"风波已息,随它去吧。"是云流意的声音!

乌芒一闪而逝,金芒亦隐形西退。云流意飘然而至,微笑说道:"很好!很好!你们通过了考验。"

众士面面相觑,这是设置的一个考验?云流意看看众士的表情,笑道:"是也!非也!"

他走向白沙,伸手探了一下,说道:"刚才的情形还是有几分危险,好在无碍。历经此番更结实了。"

云流意示意将白沙扶起坐稳,双手激发紫色雾气罩住白沙,大约10星刻的工夫,白沙竟然睁开了眼,醒了!众士惊奇不已,舒了口气,欢呼雀跃。白沙定了定神,缓缓站起身向云流意和众士致礼。

泂水走上前来说道:"这才几天的工夫,你都死两次了啊,不要再吓我们了好不好!"

白沙谢道:"不敢再死了。"

众士大笑。云流意招呼大家围成一圈,席地而坐;让白沙在自己身旁面向大家坐下。

云流意说道:"我知道诸位心中有很多疑问,我先不忙于解答,至此,你们通过了初步考验,即将迎来更加重要的使命。接下来,我要说的是,白沙将加入你们'无界征途'特别行动组,你们是否欢迎?"

众士齐声欢呼:"好呀!好呀!太好了!"

云流意打断了大家,脸上流露出奇怪的表情,接着说道:"来,你们需要重新认识一下。"

白沙施了一礼,站起身来,双手一合,只见白沙周身的乳白色铠甲不见了,上下一袭黑衣。

"黑衣者!"

众士一齐惊呼起来,有满怀敬意的,有吃惊的,有愤怒的……不一而足！洇水和知末已经冲上前来，愤怒之情溢于言表。

"你到底是谁？"

大家一起看着云流意，都不敢相信这就是两番生死与共的合成智灵白沙。

云流意并不答话，十分庄严地示意大家坐下。白沙又深深致礼道："这也并不是真正的我。"

说完，双手一合，众士惊呆了！面前的黑衣者竟是一名俊朗的金衫男子。只见他身形挺拔，黑发飘洒，神若丹霞共舞，目若星河璀璨。脸上带着一种与生俱来的、能安抚灵魂深处的笑意。

尘浪站起身来，致礼说道："如果说我对此前的黑衣者是惺惺相惜的敬意，那此刻我对阁下的两番生死援手深表感谢与钦佩。"

时至今日，尘浪明白了黑衣者空流让他研究奇异七界时空地图的良苦用心。

白沙答礼，朗声笑道："你我之间何须客气，我们之间当是兄弟之情。"

白沙展颜一笑，接着说道："各位，对不住了啊。首先，我当以黑衣者的身份向大家赔罪。个中原委后面慢慢道来。在此以第三个身份向大家做个自我介绍，这才是最后的真正的身份，如假包换。"白沙边说边笑着向云流意看了一眼。云流意笑着点了点头。

白沙继续说道："我真正的名字叫空流，就是宇宙空间的流浪者的意思。你看这点我和尘浪就有点像，他是广袤星尘、万丈红尘中的流浪者。"

尘浪笑道："懂我，我就是这么说自己的。"

众士大笑。空流看了一眼洇水说道："我出生在别的星界，和洇水一样在紫陌星界无双星球长大，一直主要在科诗世界生活。我就介绍到这里，请云流意首座讲话。"

云流意示意空流坐下，环视了一下大家说道："你们这个特别行动组的成员个个都具有超凡之能，也都有不同寻常的过往，但是不管来自哪个星球，基本上都在蜜罐里生长起来的。只有空流，你们别看他笑嘻嘻的，只有他身世坎坷一些，历经过劫难。你们现在知道了，他不是什么合成智灵，和你们一样都是血肉之躯，在凝心阁那样的高温下为什么能挺过来，都和他的经历有关系。"

"血肉之躯？"伊凡惊问道。

"这太不可思议了！"知末跟着说道。

云流意点了点头继续说道："具体情况空流以后会告诉你们。不过你们应该已经知晓了，对于特别行动组成员，凡没有首座明确告知可以知悉的内容，不得获知，包括你们各自的经历。上次会议说过了，尘浪是使团公开的首座，而从今以后，空流是'无界征途'特别行动组首座。为什么选他为首座，这些时日，你们之间不仅建立了生死与共的情谊，而且对他的能力也有了一定的了解。你们是各个领域的专才，空流在某一方面的能力虽不算最强的，但在各个领域堪称精通。"

"这个我可是知道的，他可把我戏弄惨了！"知末佯装生气地说道。

"可不是嘛，以后咱们可饶不了他。"洢水笑着瞪了空流一眼。

"这个，你们也不要生气，他也是奉命行事。当然，联境可没有授意让他折磨你们。不过这并不完全是他自己的恶作剧，也算是考验的一部分。"云流意笑道。

空流在一旁哈哈大笑，说道："你们说我容易吗？给我的指令叫作'幽灵行动'。在定了这个行动计划以后，要求我在紫陌星界这么多星球、这么多领域，21个星日内将合适的、能力超凡的星士寻访到位。要按路程来算，找你们的这些时日比我过去所走过的所有路途加起来还要多。"

"这是确保本次行动成功的关键所在！为了找到你们这些团队成员，动用了多方非常规力量，而且还要在绝对保密的情况下进行。当然，现在看来已经不是什么绝对的秘密了。之所以派空流去找团队成员，是因为他有个特殊的能力——'隐念'能力。你们听说过吗？"云流意问道。

众士都摇摇头。苏菲亚说道："我在文锦院里曾经看到过有关介绍，好像是运用此能力者能潜入意识机体，知晓其思维意识。"

云流意接着说道："嗯，大体是这个意思。拥有这种能力的星民，目前在整个七界也是极为罕见的，科学还不能完全对此作出解释，有先天的因素，也与后天的科学力量加持与学习有关。"

洢水站起身，略有几分娇羞不安地说道："这样不好，不好！那以后我们想什么他不都知道了！可怕，可怕！"

"谁让你整天想些不该想的！"尘浪笑道。

云流意向洢水摆了摆手，说道："不像你想的那样啊。这个'隐念'能力是有灵性的，往往在启动善念的情况下才能被激发出来，而且时间还不能太长。如果成天想去窥探他者隐私，那这个能力就会消亡的。而且运用这个能力还有一定的危险性，你们当时在弱水河畔学习的时候，忍受不了困扰诱惑，是空流浅度潜入了你们的意识，帮你们收摄心神。但他在使用这个能力的时候，自身能力就会受到影响，所以才发生了刚才那样的危险。"

尘浪疑惑地问道："刚才那不是一个考验吗？难道是真的？"

大家的神情表明都有此同问。云流意说道："在原道世界的这些日子，与其说是对你们的考验，不如说是一个锻炼，同时增进彼此之间的情谊。刚才乌芒袭击也可以说是一个考验，但不是设定情节，而是一个真实的袭击事件。

"乌芒行动隐蔽、迅速，但是攻击力并不强，主要用于侦察、刺探。这个侦探武器的技术最初源于暗黑星空，本名叫作'光盲'，意思是隐身能力极强，任何光线下都发现不了。后来，因为它显形的时候，形状和麦芒差不多，极为尖锐细长，所以又被称为'光芒'，再根据不同的颜色，称之为乌芒、金芒等等。'光盲'在诞生之初，由于担心被应用为暗杀类的武器，是做了相应的限制的，但是星际互联以后、通联规则制定以前，暗黑星空里的一些组织分明是和一些星界、星球做了交易，在不少星球上应用，后来就成了公开装备。"

暗黑星空,诞生于偶然却关乎正义;但如今没有谁敢断言对这个神秘复杂而正邪莫辨的组织了然于胸。当初,根据无双星球星民的集体意愿,为了平衡政治组织的力量,科学公会从政治组织管辖下独立;与此同时,为了防止触启地狱之门这样的事件发生,动员一部分专业科学公民成立了暗黑星空的公务组织,作为制约科学公会的力量所在。

暗黑星空成立之初的一条铁规为其开启暗黑之门奉上了魔杖:除处理公共事务者之外,所有加入暗黑星空组织的专业科学公民身份保密。数千万年时光尘埃堆积、无数科学怪杰加密技术层层演进、各种思想理念思潮潮涌,暗黑星空组织成员身份与组织结构如同宇宙的边界一般讳莫如深。

"每一个星光之下的星民都有可能是暗黑星空的一员。"

这句耳熟能详的流行语足以说明一切。除暗黑星空公务者之外,其他的一切皆在冰山之下,即使是暗黑星空公务者对这个组织里的成员并不比局外者知道得更多。现如今,暗黑星空内部已裂变出众多秘密组织,像破壳炸裂而出的种子一样快速迷散于各星球落地生根,仁爱、正义、偏执、邪恶,一切皆有可能。历史上几次重大公共危机悬案至今依然让星民们心有余悸,在一些暗黑星空的组织里,初心与崇高使命早已沦为一触即溃的外衣。

"那我们的行动是不是还未开始,就已经暴露了?"尘浪不安地问道。

云流意看了看空流。空流说道:"据我了解的情况,这不尽然,但必须引起高度重视。这艘乌芒几乎可以肯定不是来自其他星界,因为无论哪个星界,都不敢公然冒险到紫陌星界领域内,通过使用武装设施来侦探,更别说是到原道世界的总部!通常来说,有关星球间隐秘的间谍行为是心照不宣的。所以这艘乌芒应该来自暗黑星空,暗黑星空的组织结构和成员构成太复杂了,也许是来自他们的某个对星界文明共同发展或者技术适度共享持异议的组织。

"我们这次使团出访交流的信息基本上公开了,使团成员的名单也已经发给了相关联境的代表，所以，对于神通广大的暗黑星空来说，这些毫无秘密可言。至于我们这个特别行动组及我们的秘密使命，其他组织应该是不知道的。我们由有关方面的首座等最核心的成员直接负责。即使是这次公开的出访交流活动，也一定会受到诸多严峻挑战。因为一些星界势力就想让这次出访交流活动失败，从而达到他们的目的。"

"可是，暗黑星空不是只是一个科研组织吗？不允许拥有武装力量的呀！"苏菲亚说道。

"法则与制度上是这么要求的，但是暗黑星空显然早已失控了，一些限制性的科技研究恐怕有一天会造成更大的灾难。虽然各界，尤其是广大星民对暗黑星空的无序心如明镜，但是由于近来他们的行动并没有对民众的社会生活造成实质性影响，各方也就无暇顾此了。"知末不无担忧地说道。

云流意接过话来说道："今天乌芒的情况我们事先已知晓，有所准备，所以并无大碍。个中内情，科诗世界与联境一定会进行调查。你们在原道世界的学习基本上就要结束了，这次你们哪儿也没去，等你们胜利归来的时候，我再领你们走一走、看一看。不过原道世界总部也颇为简朴，原道世界的根本乃是这里的星民，而非他物。你们下一站是科诗世界，你们将从那里开启征程。去科诗世界，正好空流可以作向导。你们休整一下，今夜趁夜色出发。我就不再送你们了。"

"从今往后，无论你们走到宇宙的哪一片星空，你们都是原道世界的一员，更是我们视若珍宝的宇道者，我们永远为你们守望。"云流意顿了一顿说道。说完，他向大家深深致礼，示意空流带领大家回屋休整，准备出发。众士热泪盈眶，礼毕不舍而去。

第五章　科诗世界

　　和来时各乘一艘飞羽不同的是，无界征途特别行动组成员驶离原道世界总部时同乘一艘大型飞羽——新芽号，全程外部视觉系统封闭。大家聚在一起感到一丝丝紧张之余，更多的是兴奋。在空流被众士的"集体围攻中"，他与各成员之间的"恩恩怨怨"也终于真相大白了。

　　飞羽即将驶离原道世界边界，音讯提示大家做好换乘准备，下一程将由科诗世界的飞羽护送。门开了，一艘带着晶莹剔透的浪花标志的钻石色彩飞羽贴身而行。"科诗世界和你一起超越未来"，随着富有磁性的立体声音响起，一道道光晕瞬时洒满全身。

　　"与原道世界的飞羽相比，这个差距实在是有点大，但我喜欢。"苏菲亚笑道。

　　尘浪说："你不是原道世界的学子吗，这么快就嫌贫爱富了？！"

　　苏菲亚用指尖戳了一下尘浪说："哼，我亦是宇能者，但愿这次出来能有机会向宇能上院的大师学习。"

　　相比于新芽号飞羽的简朴，浪花号飞羽可谓应有尽有，娱乐、美食、学习、运动设施一应俱全，使用的全是最新潮的炫彩流变科技材料。

　　浠水望了一眼空流和知末说："你们都是在科诗世界生活吧，你们的生活原来一直这么奢侈啊。"

　　知末道："天地良心，我一直过的和丛林里的动物没什么两样。我吃住都在实验室和研究室，给什么吃什么，哪里享受过什么生活。要不是这次被空流这家伙连吓带骗地诓出来，我一辈子估计也就那样了。不过我倒觉得现在这样，和你们一起去冒险挺好。"

泖水道："听说科诗世界里像你这样的挺多，但成就这么大还这么有童心的可就少啦！"

知末指着空流对泖水说："你是说我行为古怪吧？！要说行为怪异那就要算他了，我特意调查了一下，科诗世界内环许多同人一听到他的名字就头痛。这下好了，把他给打发出去了。"

空流说道："很好，这次出征，让你好好体验一下，为什么说我是修理大师专业户。最好是看哪个原始星球有合适的姑娘，把你俘虏了，留下来做个部落酋长夫君得了。"

伊凡听了哈哈大笑，望着知末问道："你们之前认识？"

知末大叫，笑道："我可不愿认识他！谁认识谁倒霉！你看你们今天都认识了他，是不是都倒霉了？"

空流拱手说道："在我扮黑衣者之前没有见过。我们之前不在同一环，他在中环，我在内环，可谓老死不相往来。如果之前和我认识，估计他打死也不来了。"

知末伸了伸大拇指，说道："倒是挺有自知之明。"

泖水看着空流说："看不出来，原来你在科诗世界竟是这样的名声？"

空流一扬手，说道："我说气象女神，你从哪里推断出来的结论？像你这样，咱们的星界气象还有几分可信度？"

泖水哼了一声说道："反正你对我们造成了伤害，这个仇我可一直记着呢！"

众士正色道："我们都记着呢！"

空流笑道："完了，行动还没开始，内部集体造反了。这样，将功补过，我给大家做一下向导。自从我们的浪花号飞羽离开原道世界领域，它不仅被锁定保护与隐身隔离，而且我们所要经过的航道均已做了最高级别的分界压制，处于最高级别的安全状态。

"我们乘坐的飞羽将直接进入科诗世界总部——紫陌星界无双星球无量谷的内环。科诗世界分为外环、中环、内环三个领域,外环为公共事务工作者领域,中环为科研工作者领域,内环为核心机密工作者、安全工作者领域。各环之间严禁工作者自由流动,出入管理极其严格。"

"内环我一次没去过,具体的情况我一点都不知道。"知末接着空流的话说,"当然,我们所有的工作在中环都能完成,也没有去内环的必要。如果说暗黑星空是诡秘无序的话,那科诗世界绝对是神秘而有序。"

"暗黑星空公共事务领域还是非常规范的,无序的是公共事务领域之外的自由世界。"空流插话道,"说实话,我在科诗世界内环长大,中环我只去过3次,去外环多一些。"

音讯提示大家即将到达科诗世界领域,大概两三星刻工夫,飞羽完全透明可视,科诗世界近在眼前。空流说:"外环之外还有很大一片空间属于科诗世界领域,我们即将看到无量谷。"话音未落,大家看到脚下与眼前是一望无际、一座一座的小山峰,犹如远古步兵的列队方阵,飞羽前方的影像看得分外清晰,每一座山峰上几乎都有建筑和星民。

空流指着影像说:"这些建筑按照建筑公务署的说法,都属于非法建筑。有一次来了100多艘云帆勘察,后来经过公议及考虑到各种因素,不了了之。"知末、尘浪、苏菲亚与洢水似乎或多或少都有所了解,只有伊凡表示不知道。

空流接着说:"这些建筑基本上是科诗世界在各星界星球的分支机构以与总部通联的名义建立的,但科诗世界的分支机构没有原道世界分支机构那么纯粹,一些分支机构的理念千差万别,还有一些分支机构所在星球政治势力影响较大。

"所以这些建筑内的星民的使命与目的极为复杂,有与总部通联的,有对总部尊崇的,有关心科技情报的,还有一些反科技的复古派……不过科诗世界从来没有将这些建筑算作自身的一部分,只算是一道风景吧。"

就这样大约在千峰万山上空飞行了5星刻,一片宽阔的环形河道如飘

063

动的玉带突显眼前，河道的上空是一圈一个个串联的、荧光闪烁的巨大的球体，悬浮在如烟如雾的半空中。

"快看！"空流招呼大家说道，"这是玉带河，圆形的，上方一个个相连的圆球就是科诗世界的外环。这一圈走下来大约需要两星日。"

"这有风有水的，这儿的风水不错，风景也是美不胜收的。"泖水说。

"这个星界的风景，你哪里没看过，你没有来过这里吗？"空流问道。

"科诗世界的领地，虽然从来没有明文规定此处不可擅入，但我们向来尊重科诗世界的独立性，所以从来没有涉足半步，仅仅是欣赏过影像而已。"泖水答道。

转眼之间，飞羽飞进了迷雾中，往来云雾翻滚，气流翻腾。空流说："这是外环与中环之间的云环山，山间落差很大，气流异常不稳定。从地理环境上将外环与中环生生隔开了。影像上隐约显现的山峰如刀削斧劈，环聚四周。"

"哪有天生这样的环境，定是你们科诗世界刻意为之吧！"苏菲亚说道。

"也是，好好一个科学圣地搞得像炼仙丹的地方似的。"尘浪附和说道。

伊凡说："你这个比喻很形象！"

"要这么说的话，知末一定是没吃上仙丹的那个。"空流趁机揶揄知末道。

"到我家了，你们看看什么样！"知末指着前方大声说。只见眼前星辰轨道缠绕，9道环形轨道交错如空心立体球状，各环形轨道上运行着7种颜色各异的球体众多，球体大小与外环球体如一，只是各轨道与球体均在缓缓旋转。

"你住哪个球？"空流坏笑着问道。

知末回道："从上往下数，我在第3条轨道，哪个球看不清，球体太多了。"

"这 9 条轨道可有什么说法，怎么划分？"尘浪问道。

"据我所知，每条轨道代表一个科学大类，每条轨道上的球体是一个聚合分类，共有 8100 个聚合分类。"苏菲亚答道。

知末竖了个大拇指说："不愧是文锦世界圣使，完全正确！"

"你这跨界一下跨了好几条星河了，从文化领域跨到科学领域。"尘浪笑道。

苏菲亚向尘浪扔过去一个水果，笑道："堵住你的嘴吧，我若像某些名士，长的跟画的一样，无知点儿也值了。"尘浪高兴地伸手接住，道了声谢。

正说话间，突见飞羽前方漫天风沙旋转，层层叠叠天地迷途。"科诗世界还有环境恶劣如斯之地？"泖水问道。

伊凡喊道："不是沙子！是粉尘。"

"好一双利眼。"空流赞道，"的确不是沙子，否则，知末大师天天在这样的环境里，还搞什么科学研究，早就成环保斗士了。"

"我看比沙子也好不了多少，天天这样，也是让人心烦。不过好在，我们在屋子里都不看这一面，只向外环看。"知末叹道。

转眼间飞羽冲入粉尘迷雾之中，奇怪的是，在此间向外看，虽然粉尘弥漫，看中环却是清清楚楚。"是花粉的香味，应该是花粉。"尘浪凝神说道。

"不愧是花纤星球的超能者。"空流指了指飞羽顶部说道，"咱们与外部空间交流的空气已经被净化得接近零杂质了，你竟然能闻出来。这的确是花粉，经久不息。这个花粉层将中环与内环相隔离，这个隔离带好似一个迷魂阵，比什么都牢固。"

泖水拍手笑道："我猜内环一定是一个仙境一般的大花园，不然，哪里有这么多的花粉。是不是？空流，你就是在花堆里长大的小蜜蜂。"

"你看到的这个花粉，只有极少部分是真的，其他的都是虚拟的幻境。内环你一会儿就能看见，咱们即刻就要冲出花粉层了。"空流话音未落，

065

一片崭新的世界就出现在眼前。

眼前没有众士想象中如同外环、中环一样球体的城市，也没有山水，而是一棵硕大无朋、耸天立地、繁花似锦的大树，确切地说，像一棵花开正盛的海棠树。"竟有这么大的树，比一座大山、一片森林还要大！"众士大为惊叹。

"一花一世界，一树一世界。想必就是如此吧！"苏菲亚感叹道。

"正是！这看上去是一棵树，但其实是一座城，也就是科诗世界的内环。飞近了看，你就会发现，每一朵花就是一个建筑单位。"空流答道。

"你这小子，我们天天生活在毫无创意的大圆球里，你生活在朵朵花儿盛开的树上，这还要不要公平。我要发起公议，你以后别想住这里了，咱俩换换。"知末表示不平。

空流笑道："我看你这个大师有点名不副实，你忘了科诗世界怎么来的？就是科学与诗意的完美结合。你那里负责科学，我这里负责诗意。你懂了吧。"

"反正我们表示不服，我也要发起公议。"㳽水笑道，众士亦随声附和。

待飞羽飞近，众士细看，果然每一朵花均是一个建筑单位，其间阡陌交通、星罗棋布，飞羽从边沿向树顶端攀爬而上，一路花瓣颜色五彩缤纷，但以粉色居多，飞羽在最顶端一朵较大的粉红花朵上停泊。

众士迫不及待跳下飞羽，极目四盼。天际花粉四溢，但并不浓密，如烟如雾，流霞醉染。四下里花海延绵，花团相接处，或如习习波纹，或如惊涛巨浪，无际无涯。

"我看这个基础设施都是用的上好的柔性材料，设计理念也是极好的；但是好像比较容易迷路，还有，通勤效率比较低。"知末细细研究了一番说道。

空流说道："你想过没有，从安全的角度来说，这些恰恰都是优点。"

知末若有所思地说："不错，我想每一朵花朵应该都能自成体系，尘浪说："看来每一朵花都能独立分开，这个设计理念真是新奇。"

"聚是一棵树，散作满天花。"空流说道，"这就是内环的精华，每一朵花都能像蒲公英一样独自飞舞四方。所以即使这棵树有任何安全隐患，风险都能降至最低。"

"你住在什么地方？"泖水问道。

"不可说，不可说。"空流笑道。

泖水一嘟嘴走开了。众士一抬头看见两位宇能者划空而来，空流远远看见他们金足乳色衣衫的装扮及其肩章，对大家说道："是宇能上院的礼宾长师。"

一男一女两位礼宾长师落定分别向众士礼毕，女长师说道："我们是宇能上院的礼宾长师，我叫颜简，这位是师弟颜单，受科诗世界公务首座何为、七界联境首座微禾委派，前来迎接各位。因本次科技文化交流访问是当前七界内最受关注的头等大事，各星界前往无双星球的报道传信者、公务使节，科诗世界有关星界分部公务者及有关星球隐秘战线星士纷至沓来，各种事务繁多，何为与微禾首座不能亲自前来迎接各位，望见谅。他们将在使团出发前与大家见面。我们将负责各位在此期间的各项服务工作。"

空流上前致礼，答道："我们接下来的时日需要做什么？"

颜简道："今日先歇息，接下来的各项行程与任务相关方面均已安排妥当。当前最重要的是安全与保密，如今没有什么地方是绝对安全的，与你们在原道世界的情形不同，科诗世界的星民情况比原道世界要复杂，更何况现如今各系统星民汇聚无双星球。所以，自此刻起，各位要进入战时状态，分外小心。

"当然，科诗世界的内环应该是极其安全的，只是，后面有些环节是需要你们到科诗世界外环去的，那里并不安全。即日起，你们就住在本区域——'天心花朵'的宇能上院内。各位请随我来，我知道你们都是宇能者，但咱们还是用最原始的步行的方式走过去比较好。"

说到宇能上院，就不得不提科诗能系。在科诗世界三大系统中，为各星界星民大众津津乐道的，当属科诗能系。宇能者归属于科诗能系。宇能者或卓尔不群、或神秘莫测，因其超常之能而光彩熠熠；宇能者竞技大会更是全民饕餮盛宴。科诗能系流派众多，这其中又以七大流派渊源最是久远，旗下宇能者俊采星驰，绝世超凡者誉满星辰，而每一个流派的历史都堪称一部精彩绝伦的传说。

宇能上院是科诗能系里最早进行宇能者超能力研究的专业机构，后来，七大流派都设立了宇能院，职能与宇能上院相当。宇能院往往又分设生物院、医药院、研修院与功能院。生物院主要对智慧生物的生物特性、生理特征及生理功能的改良进行研究；医药院致力于研发伤害治疗及功能提升的药物；研修院专注于宇能者能力提升理论与方法的成果研究；功能院侧重于宇能者超能力的实战训练教习。

科诗世界宇能上院有"宇能三老"——无老、未老、可老。三老中，宇能第一的超级宇能者无老的公务署就在"天心花朵"区域。谈及无老，伊凡面露极其尊敬之色，边走边道："我虽然号称宇能上院未老师者的学生，但还从来没来过宇能上院总部，更无缘得见无老师者。"

尘浪问道："那你在哪里学习的？噢，这个问题是否违规了？"

空流道："无妨。"

伊凡遂道："当年科诗世界组建扶风星球分部之时，由未老师者亲自前往一手筹办，我在那时有幸成为宇能上院未老师者唯一亲自教习的学生。"

尘浪说道："确实幸运！放眼七界如此众多星球，除了七大流派的掌座，能与宇能上院总部'三老'之宇能并驾齐驱者屈指可数。"

渺水转头问空流："你说宇能三老要是和星界通联总署的合成智灵相比，哪个更厉害？"

空流笑而不答。

渺水问尘浪："他这是什么意思？"

尘浪笑着说："我怎知道。不过这个问题真的很难回答，因为谁也没有见过他们之间进行切磋。"

知末趁机说道："我看空流他就像合成智灵，泙水，你趁早离他远点，别天天离他那么近。"

泙水满脸通红，嗔道："知末大师你又来了，谁离他近啦，我此前就被他欺负过，心里有阴影。"

尘浪闻言大笑。空流亦哈哈大笑，说道："我要是才好呢，可惜合成智灵出不了时空感融站啊！"

颜简和颜单安顿好众士后，当晚，空流和尘浪商定，召集特别行动组成员召开秘密会议，空流十分严肃地公布了出发前的主要任务，尘浪宣读了完成各项任务的时间要求。直到此刻，各成员才分外紧张起来，虽然一切尚且未知，但战斗的序幕开启了！

任务的第一项是学习研究各星界政治、经济、社会、文化、科技、物种、语言等情况，需要对当前各方局势变化做到心中有数。第二天一早，大家集体前往宇能上院的信息岛学习，前后学习了约两星日，该项任务就完成了。各成员都是某方面的专才，此前对这些情况都有一些基本的了解，此番学习主要是更加系统地巩固一下而已。

起初，一些成员还有些疑惑，在随行的设备上这些信息皆随手可查，为什么还要集体学习研究呢？用空流的话说，就是所有的训练要为最坏的可能做好绝对充分的准备——当飞行器、一切随身设备和所有团队成员都离你而去的情况下，你怎样才能绝处逢生！

晚上，尘浪主持召开了关于最新的星界异动机密信息的研讨会。如同这宇宙时空世界的分布一样，各星界星球星民社会的发展极其不平衡，一方面源于某些星界星球对于联境倡导践行的七界一体化发展的星界命运共同体理念的排斥；另一方面，诸多星球的社会治理理念与政治生态体系并未随着知识与科技文明进步发展的步伐一同前行。

知识与科技的光辉已然在峰顶烛照长空，欲望的泥潭还在暗流的旋涡中挣扎徘徊，权力的争斗、财富的控制、资源的掠夺……如同多少亿星年前的时光一样，一切依旧在不同的星球上演。

据联境发来的秘密情报显示，近来，各星界政府使节之间的互动十分频繁，尤其是蓝焰、青霜、橙帆三个星界。在七大星界中，此三星界科技实力分列第二、第三和第六。

蓝焰星界驻七界联境的特使发表讲话表示，如果此次科技文化交流团不能就时空感融科技全星界无差别应用及星际航行自治达成一致，本次的行动将毫无意义。蓝焰星界不排除脱离七界的一切可能。虽然蓝焰星界约63%的星球对此表示不赞成，但蓝焰星界星都——神弧星球的民意支持率却达到了81%。

青霜星界虽未公开表态，但已经作出了实际意义上的试探，青霜星界驻蓝焰星界特使在蓝焰星界星都、神弧星球首府落木表示，作为政治与文化理念一致的星界盟友，对蓝焰星界的主张给予充分的理解与支持，并将探讨进一步的合作与行动。

橙帆星界目前没有进行任何政治表态，不过最近橙帆星界更换了驻红尘星界特使，并提出了更换派驻联境特使的申请。

迫于有关方面的压力，红尘星界仍未放弃不要将其作为科技文化交流团访问首站的努力，并派出六路使者分赴各星界活动。红尘星界在拥护联境决议的同时，也深感忧虑，因为按照当前通过时空感融站的航行时间计算，红尘星界星都距离蓝焰星界星都最近。现如今，综合实力与疆域扩张欲望极强的蓝焰星界的确是个严重的威胁。

科技文明发展实力分列第四、第七位的黄道星界与绿缈星界保持一贯平和、低调、稳健的作风，遵守联境决议，除此之外，言行极为克制。

在各方局势极其微妙的当口，各星界星民普遍认为，七界正处于组建以来所面临的最重大的危机时刻，此前最重大的危机事件就是涉及72个星球的稀缺元素资源争夺危机，但并未像现在这样牵涉所有星界，而且那次不过是资源的平衡问题，不像本次，是根源性的发展理念与决定星界实力的颠覆性科技问题。

虽然联境严守规定，在任何情况下，都不得对在任何星界星球设立的时空感融站的行为与信息进行监控，但有关迹象显示，各星界均以看似正当的理由增派了大量秘密使命者进入紫陌星界，尤其是宁静祥和的无双星球首府炊烟，波诡云谲、暗流涌动。

如果说这些尚有迹可循，那么最大的不确定性来自暗黑星空某些隐秘的极端科技组织，这些遍布各星球的组织，或与有关军政势力关联，形势将极为错综复杂。诚然，作为制约科诗世界可能出现的失范行为的存在，暗黑星空的主流力量与多数组织，播撒的是美好和谐文明进步的种子，只是一些隐秘的极端科技组织，如同幽暗森林里潜行的虫豸，恶毒而阴森。

"所以我们并不是游侠、骑士，靠我们所拥有的宇能者的力量做徒手的搏斗，这是一项关于万万亿星民福祉的军政外交风云，我们只是阵风之前的前行者或潜行者。这场风云或许烟消云散，或许是一场暴风骤雨，我们的使命就是深入暴风眼，才能把一切看得最真切。"空流在会议最后的总结时说道。

第四日是任务的第二项——环境适应性训练，该项任务为期三星日，训练需要乘坐飞羽前往"地心花朵"。在飞羽上，空流看着大家如同往常一样闲谈，突然问道："地心花朵还有一个名字，你们知道吗？"

众士都摇了摇头。

"残花炼狱！"空流缓缓说道。众士听了一惊，名字怎么这么恐怖。

空流的目光从各士的面前扫过，平静了一下语气说道："我昨天没有告知你们，怕你们有心理负担，影响休息。这个环境适应性训练，是要测试各士对各种极端环境的承受度。咱们一去，每一项先测试一遍，如果某项承受值过低，则要接受强化训练，最后所有事项再测试一次。大家都过关了，这项任务才算结束。"

"不就是测试吗，有什么可怕的？咱们这些宇能者谁学习没吃过点苦。"伊凡颇有几分不屑地问道。

"测试？不是拿几套试题给你做。我想，生不如死也许不过如此吧！"空流答道。大家听闻，神色一下子凝重起来，空流在凝心阁的表现各士可是见识过的，他都这么说，可想而知，这个"残花炼狱"有多恐怖了。

空流看了看渺水、苏菲亚和知末，关切地说道："主要是你们三个，我怕你们受不住啊，但这是任务的一部分，无法更改。"尘浪和伊凡此时已深知各种情形，不无忧虑地点了点头。

渺水站起身来，神色十分庄重，她坚定地望着空流说道："请首座相信我们！我从下定决心进入特别行动组的那一刻起，就做好了一切准备！即便在亿万里程之外的异域星辰粉身碎骨，将不再回来，我也在所不惜。不管任何考验，我一定扛过去。"

苏菲亚和知末也站起了身，和渺水并肩而立，并未说话，伸手和渺水的手紧紧握住。空流、尘浪和伊凡一同站起身来，向他们敬了个礼，然后将大家的手牢牢地握在一起。

飞羽抵达了地心花朵，从影像上看，地心花朵位于接近"树根"的最底部，沿着"树干"与天心花朵遥遥相对，地心花朵颜色深蓝，是所有花朵里最大的一朵。众士从飞羽上一下来就惊呆了，从影像上看到的一路而来的美景无影无踪了，仿佛一下子来到了另一个星球。放眼望去，远山近川皆是锈迹斑斑，没有任何生命的消息，有的只是绝望而无声的荒凉。

空流示意尘浪站到自己身边，其他各士列好队形。尘浪笑笑摆了摆手，和大家一起列队。空流礼毕说道："各位，我们将要在这里接受最严酷的考验，我相信大家已经做好了面对一切困难的准备。虽然眼前的世界一片荒芜，但是有一个庞大的科学公务者服务团队在你们看不见的地方离界为我们服务。我不用接受本次考验，因为所有的一切我已经经历过了，这里对于我来说并不陌生。

"但我一直与你们同在，参与你们所有的测试环节并尽全力为你们服务。有一点不用担心，在测试训练的过程中，你们的容颜与形体可能会受到极大的伤害，但服务团队都会将你们修复如初。所以我们需要面对的是测试过程中的痛苦。测试的过程同时也是科诗世界专家为你们提升能力的过程。也许是测试完一项，休息后再进行下一项测试；也许是连续的，依据各位的实际状况而定。地理环境和天气气候是随机变化的。现在请各位走到各自前方的碟形圆盘上，做一下准备，5星刻后开始！"

时间到了！众士的前方突然飞来5艘巨大的碟形星舰，款式极为古老。"这不是几千万星年前的东西吗？咱们怎么还有这个？这是虚拟的游戏吧，做什么用？"颜简连连惊奇地问道。

空流笑着说："这家伙你会驾驶吗？我想肯定不会。这是虚拟的，但不是游戏，我们看来，好像是在局外看游戏，但对于他们来说，一切都是真实的，甚至都不会感觉是在训练。如果是我们现在的飞行器，那还需要驾驶吗？目前，有的星球还处在这个科技阶段，在特定的情况下，我们可能会用到这类飞行器。这是一艘货运飞碟，最低配置的那种。如果连这个都会开了，哪还有什么飞行器驾驭不了的！"

看着5艘飞碟联袂远去的身影，空流说道："他们的炼狱之旅开始了，留给我们的只有等待。"

颜简说："那我们接下来需要做什么？"

"在他们痛苦煎熬的日子里，品尝美酒与美食，庆祝我们的美好时光，7星日后与他们再相会！"空流笑着说道。

颜简摇摇头，笑道："你这暗黑心理足以装下整个星空。"

7星日后，空流神清气爽地来到了训练控制中心。

"你们看了一场好戏，这次游戏的主角们表现怎么样？"空流向训练控制中心首席专家秋果致礼问道。

"如你所愿，果然都是一等一的超能者。当然，我指的是心智与综合素质，而非宇能能力。"秋果答道，"所有的测试过程与训练后的能力资料均已全部储存。"

"我们看一下测试的大概情况就可以了。"空流说。

在驾驶操作方面，除了给知末讲解了两遍，其他众士一遍即懂，运用自如。空流对颜简说："你记一下，知末，代号知笨笨。"

颜简未置可否："这个这个，真的要记录吗？"

秋果大笑道："你们这几个以后在一起，走到哪个角落都寂寞不了。"

撞击测试的视频，惨烈的画面简直惨不忍睹。秋果说："声音最大、叫的最凄厉的还是知末大师。"

"再记一下，知末，代号二，知嚎嚎。"空流对颜简笑道。

"除了头部做了特别设定，不会受到致命损伤。其他所有部位按实况撞击。"秋果补充说道。伤残程度最大的是苏菲亚，四肢全部断裂，共分解为11节，内脏喷射为32块。抗撞击能力最强的当属伊凡，仅仅断了7根手指。虽然及时救治修复如初，但是其过程撕心裂肺的痛苦是测试程序要求各士必须承受的。

影像显示，大气压力与星球重力测试在同一个地理环境进行，一个暮气沉沉、暮云重重的黄昏，在一望无际、毫无变化、单调乏味的砂石之地，5个弯腰驼背的身影在互不相见的领域，近乎爬行挪动。"他们这个环境比起你当时的测试环境，算得上是天堂了。"秋果望了空流一眼说道。

"哎呀，他们身后全是一条血路！"颜简惊叫道。

空流用冷峻的目光扫了一眼颜简说道："我那时都流不出血来，天空烈日炎炎，地面如同烤炉，血都烤干了。"

颜简不解地问道："为什么要这样？"

空流正色道："他们今天所测试的可能就是他们未来要真实面对的！而且可能还要在更加恶劣的条件下完成任务。"

"他们的气压和重力环境都一样吗？"空流问道。

秋果说："起始都是一样的，你看，现在这个阶段已经根据各士具体情况有所差异了。以无双星球做参照，承受气压变化范围最小的是洢水，大约是无双星球的0.7—1.8倍，最大的是尘浪，约为0.2—3.1倍，可能和他此前的学习有关。重力环境这一块差别就更大了，苏菲亚这边约为无双星球的 3.4 倍，我看她快到极限了；尘浪和伊凡的，分别为 7 倍、9 倍。当然，都做了保护设置，不然都早丢了性命。我们后面根据测试情况对各士做一些身体机能上的处理。"

颜简说道："看来超一流的宇能者强的不仅仅是战斗力，还体现在身心机能等各个看不见的地方。"

空流拍了一下他的肩膀说："然！"

秋果说道："后面咱们就不看了，看不下去了。这个阶段是最痛苦的地狱，前面撞击无非是痛，最后昏过去了。这一阶段就是这样一直爬着往前走，最后，血肉磨得没有了，骨头露出来都磨得咯吱咯吱响，五脏六腑处在撕裂的状态。"

颜简听了牙齿都在打战，说道："我先前真是低估了两位美丽娇柔的女士。"

由于声波与粒子辐射测试可能会对神经系统内核产生不可逆的影响，从而无法从根本上彻底修复；所以采取的是对各士的信息合成的虚拟体进行测试，再根据测试结果对真身进行承压幅度延展。

颜简说："对此我颇感意外，你看这个数据，伊凡对不同声波的承受度最低，洢水的承受度最高。"

空流说道："这点不奇怪，伊凡这种境界的宇能者，睡觉都睁着眼呢，幽缈之声都能洞察入微；洢水属于没心没肺那种的，自然天真，傻傻的，所以她的心灵感知力、干扰承受力特别强。"

秋果接着说道："最后一项，生物与病毒反应测试，这一项信息比较多，他们都受了不少罪。我们主要是针对你们可能抵达的有关星球上的，且我们当前完全有能力应对的生物与病毒进行了测试；万事万物相生相克，不可能所有的病毒或有害生物我们都能免疫，有很多病毒至今我们都没找到克星。"

大家看到各成员过敏症状的丑照哈哈大笑，空流忍住笑，说道："这几张一定要好好保存，以后能派上大用场。"

秋果说道："我这几天观察到，知末竟是典型的形象派，动不动就要用双手摸摸头发，已经成了习惯性动作了。"

了解完所有的测试情况后，空流对秋果说道："你们辛苦了！请提炼整理一份核心信息分享给我即可。让他们先休整一下，我傍晚时分去看他们。"

"如果说他们此前还是天空中自在嬉戏的彩云的话，那么现如今就是历经风雨洗礼、高悬苍穹的绚丽彩虹了！星空亿万目光将为他们礼赞！"空流在训练控制中心的视镜上洋洋洒洒、龙飞凤舞地写下了这句话。

特别行动组成员康复的生命健康公务署所在地，地名——璀璨。

空流抵达了又一朵花朵，下了飞羽，默念了一下"璀璨"这个名字，心想，命名者真是高才，还有什么词汇能让康复者更能感受生命之光华呢？好一朵璀璨之花。

空流今天着意打扮了一番，外衣格外精致，连开场白也打了几遍腹稿。空流快步步入房间，所有成员都在，或卧或坐，神态怡然。空流满脸关切，微笑着深深致礼，正准备说话，但他奇怪地发现，所有成员都好像没有看见他似的，有看书的，有摆弄小装饰的，有闭目养神的，有眺望风景……总之，皆在怡然自乐之中，无视其存在。

难道房间里竟设置了光场转换或空间场分界压制，空流试了一下，确信没有。空流离知末最近，走过去亲切地打了个招呼，知末看都没看他一眼；空流接着和其他成员都试着交流了一圈，结果都一样。空流心中突然闪过不好的念头，不会是因为训练导致所有成员精神失常了吧，难道秋果没有告诉他？空流一着急，打算发动隐念功能，转念一想，还是先和秋果沟通一下再说。

空流正要向秋果发出音讯，突然听到知末大喊一声："打他！"

空流还未反应过来，只见所有成员拿起身边的东西一股脑儿向他扔过来：水果、书、枕头、衣服、鲜花……大家一边扔一边大笑不止！

空流心里一沉："果真坏了！"他一边躲闪一边喊道，"你们怎么啦？

真的精神出问题了吗？是我害了你们呀！害了你们大家！你们本来在各自的星球、各自的岗位上好好的，都是出类拔萃的超群之材……"

这时，知末首先跑过来，抱住空流，也不说话，只是一味地哈哈大笑；其他各士也跟着过来，拉扯着空流大笑。空流此刻只感到惊恐交加，悔恨不已，任由大家拉扯、嬉笑不休。

空流正手足无措间，只听尘浪弯腰笑道："好了！好了！咱们也折腾够了，算是小小的报了仇了。"众士不再拉扯空流，但依然大笑不止。

空流傻傻地愣在原地，问道："这究竟是怎么回事，我都恍惚了。"

知末转过身来，指着空流说道："好小子，你害得我们好苦呀，还不容许我们折腾你一下啊！"

这下轮到空流激动了，他一把举起知末喊道："好呀！原来你们真的没事呀，好好的，太好了！"说完，一下子将知末抛到空中。于是众士又簇拥过来，不免喧嚣一番。

静下来以后，空流和大家一起交流了一下此番经历，均感慨不已。虽然对曾经的痛楚不忍回想，但此刻才真正感悟浴火重生的喜悦。

用知末的话说，就是现在才真正有些"亿万里挑一"的"自我感觉良好"。

空流至此方为宽心，一往无前的勇毅与无畏真正地刻入了他们的骨髓！

按规定，每一位训练通过的学员都将获得一枚荣誉奖章，空流为各士佩戴奖章完毕，扫视一眼，发现大家似乎不由自主地严肃了几分。空流笑着对大家说道："如果说我此前通过了这地狱般的魔鬼训练，在你们面前还有几分优越感的话，从现在起，咱们大家拉平了。我看大家分外成熟严肃了，好不习惯。我还是希望大家像从前一样，放松一些比较好，不然，我们未来的征途岂不是沉闷乏味。"

众士听了大笑起来，感觉轻松惬意不少。浔水说道："这个容易，给我们放几天假，放松两天，我们就打回原形了。"

空流说:"还真给你说对了,明天什么也不用干,我带你们去一个好地方,彻底放松休息。"

尘浪说道:"首座,我看不必等明天了,现在就开始吧,走,吃美餐去了。"众士皆曰:"然!"空流跟上前去说道:"好吧,欢乐就在今宵!"

第二天,空流斜躺在飞羽里看着漫天的祥云,心里想,今天果然是个享受轻松惬意时光的好天气。不一会儿,音讯提示,需要换一艘飞羽。知末审视了一眼新换的飞羽,自言自语道:"和刚才那艘一模一样的,为什么要折腾。"

大约过了同样的工夫,音讯又提示,需要换一艘飞羽。如此,总共换了9艘飞羽,最后一艘飞羽依然没有什么不同,只是视野全封闭了。

空流明白,众士虽然嘴上没有说任何话,个个一副既来之则安之的神态,有一搭没一搭地浏览观赏信息,但心下一定甚为疑惑,其实他也一样疑惑。

尘浪用余光扫了一眼空流,空流回应了一个眼神。尘浪确信,空流对今日行程也是一无所知。不仅仅是换乘的原因,今天的行程似乎格外远。

知末突然说道:"估计快到了。"话音刚落,音讯提示飞羽已抵达目的地。

大家甚为吃惊,一齐看着知末。看着大家惊异的目光,知末赶紧站起来挥手说道:"纯属巧合,我根本不知道今天要干什么!我看空流好像也不知道。不过我一直在测算飞羽的位置,我们住在大树的最顶端,我发现虽然换了多艘飞羽,历经多空间路径飞行,但其实一直在向树的根部飞行,而且飞到了最长的一根根系的最底端,所以我估计应该飞到头了。"

空流拍了一下知末的肩膀:"真是活指南针!"众士皆拜服。

下得飞羽来,众士又是大吃一惊!只见科诗世界公务首座何为正笑容可掬地站在前方亲自迎接。空流和尘浪对视了一眼,都心想,不是说今天就是让大家好好放松的吗,为何这般繁复、隆重?而且除了何为别无一士！何为显得十分高兴地和大家一一致礼。

浉水心直口快，问道："首座，不是说今天就是休闲吗，您怎么亲自来了，而且路上还一连换了9艘飞羽？"

何为笑道："不错，就是玩玩，放松地玩，我也是来陪你们玩的，怎么，不欢迎我呀？"浉水不好意思地笑道："那当然好呀，欢迎，十分欢迎。"不过众士心下愈加疑惑了。

何为兴致勃勃地和大家边走边聊天，众士发现一路走来，竟然没有发现一个星民，连一位合成智灵也不曾碰见；就这样，不知不觉间，过了9道只有何为的身份方能开启的全域空间场封闭的无像门。如此，进入最后一道门后，走了约5星刻，来到一间星空漆黑的屋子前，只见何为十指一合，门开了。

众士一同叫道："好炫的游戏大厅！"

何为呵呵笑道："不错，就是一个游戏大厅，几乎从不对外呦，你们是稀客中的稀客。"

苏菲亚说道："我还以为是户外休闲活动呢，比玩游戏要好吧。"

何为笑道："今天玩游戏既是休闲，也是任务哦。况且这个游戏很特别，据说是暗黑星空顶级的游戏高手领衔设计的，叫做《无界暗域》，与目前沉浸度最高的九级游戏不同，这个游戏的沉浸度为十级。在沉浸度九级的游戏中，虽然玩游戏和亲身参与的感觉是一样的，但玩游戏者还是自我知晓是在玩游戏，可以自主切换退出游戏。而这个游戏，除非你逃出了暗域，否则你就像身陷暗域一样，是退不出游戏的，只能由像我这样的旁观者操作游戏系统，你才能出来。如果游戏者只是自己玩的话，岂不是十分可怕的事？"

空流问道："竟有这样厉害的游戏，设计者的目的是什么？"

何为答道："具体的动机，目前尚不得而知。这个游戏目前还处于内测阶段，测试过程中，已经有志愿者神志不清、机能衰竭和伤残案例。目前，他们还未加载反噬系统，如果真的加载反噬系统或者被别有用心者附

079

加反噬系统，该游戏一旦在信息弧上散播开来，后果不堪设想。

"我们获取了一套游戏设备，希望凭借你们的才智全面了解并破解之，以防不良之动机引发不测之后果。据了解，这里的无界暗域是特别设计的一个宇宙空间，游戏中几乎要用到你们各位共同的科学知识、武装力量组织指挥能力及超常宇能等。"

尘浪说道："任何星球发展的任何阶段，如果对虚拟世界的规则与科技手段不加以规范、平衡，即使仅仅是游戏，现实世界与众生也将被反噬得支离破碎、体无完肤。"

空流沉思片刻说道："追溯流光，在不同的星球，一些已然发生，一些或将上演。"

伊凡激情澎湃："我不入地狱谁入地狱，让我们趟趟道儿吧！我想我们应该用不着何为大师拯救我们。"

何为赞道："然也！超燃！"

5星时后，《无界暗域》游戏进入角色冥想环节，众士沉睡。

不知过了多久，空流缓缓醒来，发现自己躺在一张椅子上，却不是游戏开始时的座椅，也不在那个恢宏的游戏大厅。空流顿时警觉起来，一动不动，一切如同梦境，他在努力回想之前发生的一切，确信自己不在游戏之中。

空流暗中驱动宇能激发力场自我保护，正打算飞离座椅。突然，一阵清脆的流水声自头顶划过，眼前的墙幕消失无踪，空流发现自己正坐在一张银灰色椭圆形会议桌前，对面豁然坐着三个和蔼可亲的老头儿：暗黑星空公务首座知约、科诗世界公务首座何为、七界联境首座微禾。

空流此惊非同小可，但依然镇定地问道："难道这就是游戏的终局？"

不料何为答道："正是如此！"

空流问道："那其他成员呢，难道还在游戏里？"

何为笑道："游戏暂停了，但我要求你们玩的游戏已经结束了。"

看着空流一脸的困惑，何为话锋一转，严肃地说道："从现在起，让我们进入正题。下面我说的每一句话，都有你们三位为证并严守秘密，且皆记录在案，作为科诗世界最高级别机密封存。关于这个游戏的一切都是真实的，但让你们参与游戏实际上只是一个借口。你们已经沉睡了49星时。"

空流不由得"哦"了一声，想要发问。知约示意空流继续听何为讲。

何为继续说道："我们深知你们此去万分艰险，生死难测；你们又都是亿万里挑一的绝世奇才，尤其是在经历残花炼狱的训练之后，心智空前强大。所以我们启用了堪比时空感融科技一样的绝密科技，复制了你们的一切，是的，一切，包括你们曾经过往的记忆。你们走过的路、看过的云，一切的一切……

"这既不是粗糙的克隆、复制，也不是再造、重新孕育，那些不过是数以亿计星年前的科技，而这项科技自问世至今一直在趋于完善，但近千万星年以来没有启用过。因为它带来的或许不是永生而是混乱与毁灭。所以，虽然这么做了，但是如何使用还是需要尊重你们的选择。"何为说完，知约、何为与微禾一道静静地看着空流。

空流平静地微微一笑，正色道："首先，我代表无界征途特别行动组全体成员对各首座的无上慈悲之心深表感谢与崇敬。我们的星球科技发展到今天，这一切必然成为可能，世间早在数千万年前就有诸多猜测与争议，我们整个七界能坚守至今实属不易；否则，贪婪之心必然点燃焚身烈焰。

"今日此举，之于其他成员，或许并无意义，因为他们并不知晓。之于我，虽已知晓，亦无意义。我既往之，生死无悔！倘若要寻求其之于将来世间之意义，不知在几时几世，我看也渺茫得很。所以，我不想成为首先打开魔盒者。"

微禾点头笑道："你身心学习之境界我等自然知之，况且这项科技的核心参与者也与你渊源甚深，否则也不会单独告知你。但你提到此举意义渺茫，你只知其一不知其二，不单是你等此去艰险，还有另外一层更重要的因素。当众多星球的智慧生命发展到一定的阶段，某项颠覆性科技的突破极具偶然性。

"比如，时空感融科技，七大星界目前已知仅联境掌握，但其他星界尤其是蓝焰星界是否掌握了某项超越我们、颠覆性的打击性科技力量，我们并没有百分百的把握，特别是其近来的表现，似乎有恃无恐。如若有这样的科技，我们必须得为各星界的命运做更多的考虑。同时，摸清底细也是你们此行最重要的使命。"

空流听了微禾的话，不停地点头，深表理解，但依然坚决地表示，此番不论生死，决不以超越星界大众星民的方式去享受生命的特权。知约、何为与微禾相视若有所感，最终表示同意。

知约站起来说道："那好吧，我们将所做的一切消除，就当一切从来都未曾发生过。我们该走了，不要让他们知道我们来过，你去游戏大厅唤醒他们吧。"

空流一路走去，虚与实、过去与未来、此星界与彼星界，在脑海中往来穿梭交错，有些许恍惚……

从来世事难料，在座的诸位，谁也没有料到，今日之抉择在后来宇宙智慧生灵间掀起了一场怎样的翻天覆地之变，不过这已是不知历经几时几世之后的事了……

空流轻轻唤醒了各位，众士皆不知所以然，听说睡了49星时，均大吃一惊。游戏设计得的确是精妙，但以众士之能一路披荆斩棘，玩得还是痛快淋漓。没想到在冥想环节中了圈套，睡着了。个个有几分不平，表示可以再战一次，一定能冲出暗域。

空流只是哑然失笑，说道："果然是足够放松的时光，我们这次消耗在此的时间够长了，也已经了解了，破解游戏并非什么难事，本次游戏过程已被全程记录，下次再来吧。何为首座对大家的表现还是十分的满意，他已经先走了。"

和来时一样，众士出来时依旧连一位合成智灵也未曾见，只是大家所到之处，9道无像门皆自动开启。回程一路亦如来时一般换乘飞羽，众士一路无话。刚回到住所，知末说了句话："树有多高，根有多深。"

苏菲亚惊问道："难道方才我们进入了星球内部如此幽深之处？"

尘浪接过话头说道："暗黑星空这个游戏虽然事关重大，但想来也并非如此机密，即便是将来流传到大众之中，也一定有高手想方设法能够破解的，让我们在如此绝密之所破解一场游戏，何为首座他们真是谨慎之至啊！看来，我们此次出征背后，与暗黑星空的纠葛少不了。"

尘浪说完，看了一眼若有所思的空流说道："明日该和红尘星界的特使见面了吧？"

空流拍了拍尘浪的肩膀说："是呀，该你挂帅出场了，启程的日子就在眼前了。"

尘浪深深地吸了口气说道："这第一站至关重要呀，关山万重，起步千钧。"

"好在紫陌、红尘两大星界关系源远流长，没有历史包袱，只需破解当前错综复杂的棋局罢了。"伊凡插话道。

空流说道："你说的既是关键所在，亦是我们选择红尘星界作为出征第一站的主要原因。接下来的时间，我们要在安全保密的情况下，联动科诗世界、通联总署、联境，甚至是暗黑星空等各方，对各大星界可能的动作与我们可能面临的危机进行详尽研究与周密部署。

"当然，科诗世界、通联总署、联境等相关方已然研究谋划很久了，研讨的核心是如何形成流畅的融合机制，这一场跨越时空的大剧，我们只是台前的表演者，功夫尽在幕后。"

这注定是个不眠之夜，谁叫大家睡了那么长时间的一个好觉呢，泖水心想。

第六章　星界密约

　　与红尘星界使者的会晤地点安排在联境，这是一次秘密会议，也是无界征途特别行动组成员进入科诗世界总部以来第一次走出去。飞行途中，除尘浪之外，大家被要求换上了统一服装，各士的服装恰如量身定做的一般。

　　尘浪看着大家说道："这应该算是福利吧，我可以不穿，但应该有我一份呀。"

　　苏菲亚笑道："天降大任者，总该付出点代价。"

　　航程离联境不远时，音讯告知飞羽压低航速，因会谈场所发现了新的安全状况。会客室摆放的点心、果品被发现经过了特殊处理，通过声音产生的同频信号能够传输到室外一棵树的树枝上，树枝经过特殊材料仿制而成。秘密会议在某些组织那里显然早已不是秘密了，而且势力渗透无孔不入，手段极为高超。

　　收到这个消息，空流和大家研究了一下情况。从今天的这个情形来看，今后的一切公务行程，机密只是相对于大众来说的，对于一些组织而言，不过是黑夜的路灯罢了。

　　安全级别这么高的地方，任何材料想进去都得经过最严格的安全检查，但唯独点心、果品这种每天都会用到的东西难以令人产生警惕心理。对方并没有改变什么，点心、果品都还是那些东西，只是对其外在摆放的形态和微观构造做了一下处理，可谓用心机巧。

飞羽在不时变换航道。知末说道："咱们这个飞羽都是隐形的，航道变来变去的有些多余，我就发现从科诗世界出来后和上次我们去的时候航道不一样。关键是要把会晤的地方的安全问题搞好。"大家在耐心等待会晤是延期还是取消的消息，终于，过了 20 星刻，通知危机已解除，一切按原计划进行。

联境这个地方大家都不陌生，时空信息弧上的热门所在。

众士已经能从飞羽上看到联境了，外表可爱的联境今天显得格外肃静。联境的整体建筑轮廓是一只惟妙惟肖的、振翅欲飞的、水蓝色的"小蜜蜂"。千万不要认为这就是一个外形可爱有趣的普通建筑而已，除了科诗世界某些最核心的部位，放眼七界，联境的建筑科技含量之高无出其右者，从该建筑所在空间到其内部构造、材料、物质、暗物质分布与时空场态，都进行了特别设定与调整，从而使各星界不同星球派驻的代表都拥有适宜的居住环境。

让某个特定的空间能够适配来自不同星球星民的环境需求，仅此一点，几乎没有什么星球科技能够做到；在一些星球上，星民利用随身携带的星际环境感应自动调谐装置来适应异域星球的环境变化，已经算是最前沿的科技了。

"小蜜蜂"外形的构想，或许是为七界酿造甘甜的蜜汁、播撒甜蜜的芬芳之意。但各界星民更愿意解读另一层含义，蜜蜂也是带刺的飞将，胆敢挑战者，利剑以待！确然，"小蜜蜂"的整体设计看上去是一只"小可爱"，但尾部的刺赫然显露无遗，最先进的安全防御系统就在这小刺之上！

飞羽安全降落后，并没有代表前来迎接众士，全程由秘密音讯通知。众士由特别通道进入，来到了一处休息室。根据要求，尘浪以七界联境首席公务参谋的身份与红尘星界特使会晤，这次科学文化出访交流活动主要是为了沟通时空感融科技的问题及其延展的相关议题。

音讯通知了会晤的有关注意事项后，特别强调了各士严格按规定的时间间隔依次进入会晤室，尘浪最后出场。会晤室的精心安排表明了本次会晤的重要性不言而喻。会晤室上方是两把较为宽大的椅子，显然那是为双方首席会晤代表准备的。会晤室的两边是呈弧状摆放的两排规格明显稍小的座椅，各10把。看来，除了特别行动组成员，联境方面还安排了其他代表。各代表依次落座后，大家发现，联境安排的其他代表也是5位，穿插而坐，恰好将各成员依次隔开，空流坐在最后一席。

联境方代表入场后，红尘星界代表开始入场。待红尘星界10位代表全部入场后，双方礼毕，坐下。坐定后，特别行动组成员发现，红尘星界每一座位上的代表性别与本方是反着对应的，对方代表也看出来了，彼此心照不宣，相视微笑。

3星刻后，尘浪与红尘星界特使蔚澜并肩步入会场，全体起立致礼，礼毕，尘浪与蔚澜致礼坐定。每一位代表的脸上都挂着微笑，从现场的色彩到会晤代表的衣着，都在释放着热情洋溢的暖流，只是分外的静，除了两位使者字斟句酌的语音，现场所有代表没有一丝声响，没有谁做记录，没有谁动一动面前的点心、果品、水，似乎都没有谁做出一个动作，一个个仿佛凝固而神情喜乐的雕塑。

蔚澜略显尴尬地笑了笑，说道："这是一个春意盎然的日子，然而天色似乎尚未破晓。"

"我想，我们需要的是一个坦荡无尘的清晨。"尘浪看了蔚澜一眼，环视了一下与会的所有代表，用坚定而诚挚的声音说道。

他说完，站起身，径直走向红尘星界最后一位代表。大家正有几分错愕间，只见他挑选好点心，请这位代表品尝。"请，春天的味道应该是芬芳甜蜜的。"这位代表显然未料及此，稍稍迟疑了一下，欣然接过。瞬间，现场掌声齐发。尘浪躬身致礼，做了个手势，示意大家都品尝品尝，尽量放松。

风来了，雾散了，春日复苏。大家都放开了，现场的气氛一下子热烈起来。蔚澜是一位睿智而慈祥的长者，反应也是极为机敏，立即起身为联境的代表拿点心。他走过来，与尘浪携手走向坐席，笑着说："我们算得上是老朋友了，今天呢，就我一个老头儿，我看了你们的代表资料后，发现你们都是超凡才俊，我们的代表也是万里挑一的，向你们学习来了。"

尘浪说道："我看得出来，今天来的，个个都堪称士中豪杰，今后希望有更多彼此交流学习的机会。"

尘浪和蔚澜本就不陌生，过往皆有交集。如此一来，空洞的外交辞令也就不讲了。从过往渊源谈到当前局势，双方进行了充分而坦诚的交流。蔚澜对紫陌星界及联境过往在红尘星界生死存亡的关键时刻给予的帮助表示了充分的感激，同时也表达了现实的困境甚至是危机。现今红尘星界的星民们对现实的危机考量更为迫切，这关系到当下的生死存亡。

首先，红尘星界内部对时空感融科技现今的保密规则和应用开放边界的意见并不一致；其次，时空感融站建立后，红尘星界和蓝焰星界，尤其是二者的星都，在触达时间上相对最近，在近邻的关系处理上更为微妙。

此外，各星界都捕获了大致相同的信息，蓝焰星界或已研发掌控颠覆性的攻击性科技武装力量，连联境都没有充分的把握应对。而蓝焰星界最近一直在放风表明，如果时空感融科技不对其绝对开放，那就一切都有可能发生。红尘星界选择站在哪一边，还是选择中立，能不能选择？这都是个问题！

尘浪对蔚澜的坦诚相见与顾虑表示非常感谢与充分的理解。尘浪表示，这次活动主要是一个科学文化交流活动，并不是一个正式的政治活动，还不涉及星际政治的选择与站队问题，科学与文化的交流不分疆域，但却极其重要，这关系到红尘星界及诸多星界星民的福祉。七界面临危机，这是不争的事实，我们需要积极面对，而面对危机最好的办法就是充分地交流、沟通，增强互信与理解，从而群策群力找到化解危机的出路。

蔚澜说道："是的，宇宙文明的沟通交流没有边界。我们今天来了，就已经表明了我们的态度，我们对联境的决议坚决遵守，同时，对联境派遣的科学文化交流使团的到访表示诚挚的欢迎。我们将做好一切接待与安全保障准备。安全是头等大事,想必你们比我们更为了解,你们的保障力量也更强。在你们未来行程的途中,形势变化一定是波诡云谲。这需要我们双方做好万无一失的保障措施。

"总之,不管未来之路是荆棘丛生还是鲜花遍地,我们愿意与你们携手成为拓荒者、先行者、同行者。也许有一天,我们为了红尘星界星民的生存作出了不一样的抉择,但是,此时此刻,我们在一条船上。"

没有意外,双方此前的研判都极为准确,这是一场成功的秘密会晤。接下来的两星日,双方代表就地磋商,对所有的流程事宜进行了细致的沟通对接,不愧均是精挑细选的好手,进展高效,其乐融融。

一日闲暇之余,空流问尘浪:"你对红尘星界的几位代表最大的感受是什么?"

尘浪稍作沉吟,答道:"内在修养与外在气质形象自然没的说了,但是,所有的男的都长得一个样,所有的女的也几乎长得一个样。"

知末道:"这个星界的形象管理工作搞得不行啊,还有,整形技术难道如此平庸?"

空流指了指泑水和苏菲亚,笑道:"你看我们这二位,自然的美,美得多有个性、多有魅力。据说泑水的跟班男子的云鸟排队都排出了炊烟的领地了。"

泑水隔空发力摔了一指,空流赶忙弯腰躲过:"就你这个宇能能耐,微雨落宇能者的光芒在你这里算是掉进了暗域了。"

泑水佯装生气道:"我是不行,这也不是我学习的专长,但你不能攻击我们流派呀。尘浪、伊凡,你们替我教训教训他。"

伊凡笑道:"那可是要出大事的,会引发四大流派宇能者之争的。"

尘浪一摆手,跟着笑道:"我们轻尘落从不介入微雨落与物语落的纷争。"

空流说道:"好啦!咱们言归正传,还是接着刚才的话题,其实他们长得并不一样,只是易形了而已。也就是说他们并未像我们这样展示本来面貌，一方面，也许他们是出于安全方面的考虑，怕某些星界掌握了他们的真实形象、身份，后续或有所不利；另一方面，他们中间，一定有未来交流谈判的人，本次先行了解一下情况。我有个直觉，蔚澜一定不是未来谈判的真正决策者，他们这些代表中一定有分量更重的高人隐身其间。"

尘浪点头应道："我竟看不出来，想来不错。苏菲亚还说我是政界老狐狸，真正的狐仙在这儿呢！"

洢水展颜道："狐仙不必多虑，我感觉他们中间没有敌意之人。"

伊凡大喜道："哦！这个信息很重要！我放心了。"

空流道："嗯，洢水的感觉不会错，从这两星日的和谐氛围来看，我们的开局不错！接下来就是和我们出访的大部队融合，以及未来后方的衔接事务了，信息发布会之后即时出征。"

第二日上午，空流和尘浪接到微禾首座的音讯，为了祝贺本次与红尘星界代表团会晤的成功，在信息发布会前，由尘浪率领联境会晤代表团陪同红尘星界代表团一起欣赏一场"异空音乐会"。无双星球的异空音乐会在紫陌星界堪称首屈一指。

像这种颇具地域特色的文化活动，按常理来说，是极受各星界星民欢迎，特别适合广域传播，但事实并非如此。

广袤的星际桥梁虽然架好了，但桥上的风景乏善可陈。在即将出征之际，回想100星年来的弹指匆匆，行动组成员感怀颇多。

自时空感融科技问世约100星年以来，智慧生命星球间架起了心灵之桥，也让欲望的魅影在宇宙无边的黑暗中蔓延滋长。

时空感融科技让诸多星球再一次领略到了科技之玄妙，科技似乎无所不能，许多星球都在狂热追求科技的非理性发展——谁掌握了最前沿的颠覆性科技，谁就能执掌浩瀚宇宙的星际法则，成为命运的主宰。一些星球即便没有扩张、侵略其他星球之念，但为了加强自我防御能力，也被迫发展防御性科技力量。

星民们内心的宁静被打破，星际间信任危机在肆虐，无序的发展无法停止疯狂的脚步,梦想的桥梁在失衡、裂痕在加深……这是时空感融科技照进星界现实之初、短暂喜悦之后,色调伤怀的巨幅图景。

时空的桥梁已然架设,信任的桥梁却土崩瓦解。

100星年以来,联境一直在进行持久不懈的努力,当初的"五项基本原则"是基础:一、任何星界不得以为任何星球之间的通行提供科技支持为由,提出任何附加条件。二、任何星界在时空感融站的应用上一律平等,不得享有任何特权。三、任何星球拥有自主决定本星球对外开放范畴的权利。四、任何星球拥有自主决定外部输入范畴的权利,七界联境决议通联的事项除外。五、任何有杀伤性的非生物智能、智灵、智慧,飞行器、装备等不得在任何时空感融站之间通行。

因为这几条铁律的存在,同时,"星际桥梁"的唯一执掌权掌握在联境手里,所以上百星年以来,时空感融站链接的数千万个星球几乎都不敢越雷池一步。不过,科技的狂热在诸多星球一直高烧不退,时空感融科技问世以来产生的暗流涌动与恐惧博弈,一刻也没有停歇。

这一切阻碍了星际正常的通联,曾经神往的星际交流不过是死水微澜。时空感融站间全域传播的信息基本上是一些政治组织所谓的重大事件,从某种意义上来说,星民大众需要的信息传播基本处于封闭状态,所以即便是像紫陌星界"异空音乐会"这样的大众文化也走不出星界之门。

综合说来,按规定,星际间星民的往来应该是最"宽松"的了;但事实上,各星界对此的管控极为严格,除必要的公务活动需要,一些特定的公务工作者与符合条件的宇能者被允许进行特定的星际通行之外,广大的星民基本上处于被严格限制的状态。

各界政治组织对此的解释是,因各星球的生存环境千差万别,很多星球的科技水平还达不到让星民可以轻装简行地在星球上自如地行走、生活。如果不加管制地放开星民的星际通行的话,经济成本与生命安全风险均极大。

七大星界之中,唯有紫陌星界实现了星界疆域内不同星系星球之间的自由往来，但按照七界中公民星球的总数来算，覆盖的星球不过约百分之三十而已，未来还有很长的路要走。就当前的成就而言，做到这些极其不易，尤其是无双星球付出了艰辛的努力。诚然，科技发展水平创造了核心条件，但无双星球星民的文明、精神、信念，公民社会治理理念等同样至关重要。

还是那句老话，科技解决不了所有问题，有可能还会制造出新的问题。

放眼七界之广，就单个星球而言，比之某个星球上的村落还要微不足道，就这样，一个个散落在宇宙中相距辽远的星球村，跨越了时空，跨越了物种，跨越了文明，构成了一个无比庞杂的星界社会。

这曾是无数星球的梦想星界，而这就是紫陌星界要面对的现实星界。不过，无双星球的星民接受的并非全是现实的无奈，现实自有现实的美好。在其他六大星界星民的心中，紫陌星界依旧是他们神往之星界。

物换星移间静水深流，七界和平宁静的天空飘来了许久未见的阴云，第一朵阴云来自蓝焰星界的神弧星球。神弧星球可谓是唯科技论的蓝焰星界疯狂追逐科技战车中最疯狂的一辆。它不再掩饰蠢蠢欲动的野心，自认为拥有的科技力量足以和紫陌星界无双星球一较高下，"星际纽带的法则也许该改一改了"。神弧星球的星民们在各大星界间游走，以公平正义之名，发动强有力的政治与舆论攻势。

蓝焰星界的努力并未付诸东流，它收获了盟友，青霜星界与橙帆星界正在向它希望的方向靠近，阴云一刻也未停止蔓延，星界的夜空更加深沉，多少星球隐于其间，默默注视着一切，思索着自身的命运沉浮。

战争、冲突、攻击、搏杀……这些字眼，对于像无双星球这样的一些星球来说，是那样的陌生而模糊，因为它们都平静得太久太久了！除了一些关于古老故事的历史与动物世界的影音作品，广大星民的现实生活中从来没有经历过不和谐的感知。即便是这些作品，也曾经有诸多争议，认为美好的世界不应该传播这些；但一些星民认为，这是历史与真实世界的一部分，不应该回避，而应该正视。

拿无双星球举例，曾经，广大的星民已然失去了攻击能力与自我防御能力，这是过于安逸的自然环境与自我堕落双向造就的结果，在科技与文明的光环包裹之下，就其本能的适应性而言，相比于远古时候的星民，应对灾害性危机的能力近乎丧失殆尽。

当然，这种老生常谈的危机意识大家并非不知晓，只是自然法则的力量太强大了，在时光的缓缓流逝中，一代又一代的星民们在一点一点地"失能"而不自知。

好在星界通联总署的公务者与科诗世界的宇能者还保持着原始的力量与适应能力，尤其是七大流派的宇能者，在各大星界蓬勃发展，枝繁叶茂，为七界增添了一道道奇幻绚丽的风景。

但广大星民的日益"失能"依旧是一块顽疾，于是，一个规模宏大的计划应运而生——"星球结对计划"。在紫陌星界，当初，有关星球之间时空感融站的建设链接、星际间的畅通往来，需要大量的沟通对接及赴实地执行工作，刚开始的设想是让七界联境的公务者及无双星球的有关公务者去做这项工作，后来发现，星球众多、距离遥远、事务繁杂，需要更广泛的力量参与。而且专业技术性的工作不是问题，星际畅通往来的根本还是要靠广大星民之间的互相融合，友善共处。

经过联境决议，率先在紫陌星界内已知的文明高度发展、星民高度"失能"的星球中，广泛征集"星球结对计划"志愿者，使其与不同的星球结对子，并前往该星球参与工作。这样一来，一方面，促进了不同星球星民之间的相知融合；另一方面，由于各星球的社会环境与自然环境都不一样，需要志愿者们协调处理方方面面的问题，既需要付出心智也需要付出体能，对"失能"者而言，是一个极好的锻炼，对解决很多像无双星球这样的星球上长久以来存在的社会问题，不啻为一剂一举多得的良方。

对于习惯在蜜罐里过着神仙般日子的星民来说，"星球结对计划"可谓是令其脱胎换骨，用他们自己的话来说："终于发现了完美的生活哲学应该是什么样子的。"参与"星球结对计划"的星民的经历并非都是美好的,但绝大部分收获的都是甘醇的果实,诸多新奇、有趣,甚至是可歌可泣的事迹,如同妙不可言的琼浆玉液,在传说之中缓缓流淌。

而在紫陌星界之外,却是另一番光景,蓝焰星界的冷眼寒光一刻也未停止闪烁。

行动组成员在夜色中漫步,谈论起一幕幕过往,感慨不已。空流与尘浪并肩而立,静静地凝望着夜空。良久,尘浪道:"如果没有时空感融科技的偶然出现,每一颗星球依旧像一座孤岛,上面的星民们过着与世隔绝的世外桃源般的生活,岂不是也很好。"

"世外桃源?有几个星球是世外桃源?翻开一颗颗智慧生命星球的历史,有几个不是血战前行的血泪史?即便在此际,又有多少星球在社会危机或自然灾难的边缘挣扎?"苏菲亚转过身来,叹了口气。

伊凡走过来,插话道:"你说的没错,但是过去的危机不过是某个星球自身的问题,如今,危机一旦爆发,将波及千万颗星球,如果引发毁灭性的灾难,后果不敢想象。"

空流沉默半晌,猛地抬头,说道:"科技本无善恶,科技源于智慧生灵。科技之光当向善而行,如果创造科技者要自取灭亡,对于那些咎由自取者,造物主也将无能为力,但宇宙并无消长,之于无辜受害者,灾难犹如洪流来袭,泥沙俱下之时,裹挟其间的生命何其多哉!时空茫茫,未来何如,从来世事难料。你我之辈,唯有行大道于今夕,寄美妙于将来。生命之乐,大抵如此罢。"

知末闻言,亦是大发感慨:"纵使空间交错,时光往复,生命存在之际,感知世间万象,或不过如此而已。"

银光泻地,万籁无声,大家又归于沉默,一直没有说话的泖水突然道:"我之前好似蜜罐里的小蜜蜂,整日无忧无虑地生活;现在回头看看,又感觉像井底之蛙,孤陋寡闻。近来我感觉经历了许多,也思考了许多。知道星界局势如此,未免常常忧愁,但我有时也会感到莫名的喜悦,仿佛是成长了许多，这感觉就好比，以前看什么都像一望无际的平原，现在能看见层层叠叠、虚虚实实的山峦。你们说，我这究竟是喜是忧？"

洢水的话说来真真切切，众士听了却俱是一怔，一起望着她，竟不知如何回答。在大家的眼里，洢水是个天赋异能、美不可言却又清纯无邪的姑娘，就是这样一位姑娘，真情实感平平常常说出来的话，大家听来，却不由引发了共鸣，感觉此中似有无限的意味，思量不清。

洢水看到大家怔怔地望着她，有几分羞涩又有几分疑惑，晶莹的眼神在夜色中散发着令人无比爱怜的光辉。

苏菲亚打破了沉静，轻声道："如果谁要是让这样的眼神都蒙上了烟尘，那一定是这个世界的罪过。"

"还真不知道说什么好，还是你这位才华横溢的仙姑的话到位。"空流道。于是大家一起开怀大笑起来，深以为然。

知末问道："时候不早了，咱们是不是要商量一下明天音乐会的情况。密讯告知，明晚的音乐会有关方面可能会制造状况，我们是否还要去？"

尘浪跟大家说道："这个情况我和空流已经知道了，去是一定要去的。这个增强双方互信的工作极其重要，将决定我们首场战役的战局。据分析，敌方不会有什么大的破坏性的动作，在我们的安保措施下，他们的破坏行动不可能成功。只要星民没有生命危险，先按原计划进行，具体的到时看情况随机应变吧。"

第二日夜幕刚刚降临，联境代表团早早就到了音乐会现场，等待迎接红尘星界代表。

少时，红尘星界的代表到了，双方正打算一起入场。空流接到紧急密讯，目前已有三方面未知信息侵入了音乐会的信息系统，均是借助于观众的身份信息在系统扫描时潜伏在表层信息包裹之下进入的。可以确定的是三方面信息均来自不同的势力，但究竟是什么势力，借助于哪些观众的身份信息扫描，目前还在破解之中。

入侵音乐会信息系统的意图很明显，就是要在众多的观众信息中甄别出代表团成员的信息，通过获取的信息从而分析掌握更多的信息情报，另有所图。

空流与七界通联总署即时磋商，应对的措施有两个，一个是代表团成员进行身份信息扫描时，让系统采集经过包装处理的虚假信息，通过入侵者对该信息的反应，借机追踪入侵者的来源，当然有可能成功，也有可能追踪失败，这要看双方信息技术的博弈水平；一旦成功，自然有利于通联总署掌握更多的入侵者情况。

另一个应对举措就是，代表团成员不进行身份信息扫描，但是需要将入侵者从信息系统彻底清除出去，否则，入侵者通过技术手段将获取的观众信息与现场观众一比对，双方会晤代表团成员信息就全部暴露了。

空流毫不犹豫，要求启用第二个方案。他认为，第一个方案虽然看上去对我方十分有利，但问题在于，所有其他观众的信息都会被入侵者获取。当然，这些信息对于入侵者来说似乎毫无价值，也许其他观众信息的泄露没有任何风险。不过，我们只要有所选择，在已然知情的情况下，当坚守不能有损丝毫公众利益的原则。

七界通联总署有关方面表示，并没有十足的把握能将入侵者从信息系统中驱逐出去，因为入侵者信息隐藏在观众真实信息的外套之下暗中窥伺我方安全监测系统。一旦驱逐失败，代表团成员信息存在随时全部暴露的极大风险。

空流十分坚持："既然你们把选择权交给了我，我已经作出选择。他方势力都入侵进来了，能不能维护自身安全，这就是你们要考虑的事了。序幕尚未拉开，如果我们连这点信心和抗风险能力都没有的话，那未来漫漫长路还要怎么走？"

双方代表团成员秘密进入了音乐会场。整个会场没有围栏，是全开放式的，悬浮在高空之中。球形的舞台飘浮在中间，八条通道通向观众席，观众席呈圆状环绕，分为几大区域：原生区，全是标准化的躺椅与相关配饰、配套设施；无影区，这个区的观众都是隐形的，任何其他观众都看不见这些观众；云鸟区，这个区域的观众都是驾着云鸟来的，按照规定的位置在自己的云鸟里观看，不用出来，看完驾着云鸟就走，方便自在；个性区，这个区域的观众，可以不用亲临现场，自己发送一套智能传播设备来即可，也可以派遣一名合成智灵来替自己欣赏，甚至让自己的宠物来，都可以。

双方代表团选择的是无影区，但调节的是双方代表团成员之间互为可见的模式。尘浪陪同蔚澜坐在中间，空流陪同会晤时坐在对面的女代表落座。演出还没有开始，红尘星界的代表们就被震撼了，异常兴奋，就连年龄最大的蔚澜也高兴得像个孩子，目不暇接。但是空流发现，坐在身旁的女代表看上去和其他人不一样，举止之间十分沉稳，对眼前的一切淡若观水，眉宇间亦是淡淡的笑意。

演出开始了，光影转换时，大家发现每个区又分为若干组团，每个组团的上空都悬浮着一个球幕，观众仿佛飘浮在星辰之间。现场的灯光是飘忽不定的，上下翻飞，拖曳的虚拟焰火或如火山爆发、或如火树银花、或如星球爆炸、或如星河旋转，往往在观众席间骤然而至，异常刺激。

表演者分明是在舞台中央，转瞬又在彼区，眨眼间又在自己身边，无处不在，虚实莫测。每个区域的位置亦是流动的，跟随音乐的节奏，或在不经意间缓缓挪动，或整个区域突然弹射而出。欢呼尖叫声不绝于耳，现场氛围足以令观众忘乎一切，不知身在何处，不知今夕何夕。

代表团成员纷纷都调低了声量，没有了过分的喧嚣，彼此愉悦地攀谈起来。空流身边的红尘星界代表名叫卿嫣，空流会晤前已然知晓，只是不知是真名还是化名，另外，她显然经过了易形，所以对其年龄相貌均是一无所知。

空流突然觉得此种情形也是颇为有趣，和对方有一句没一句地攀谈起来，语言上自然是没有任何障碍，文化上的差异显然还是比较大的，但令空流颇为惊奇的是，卿嫣对于音乐会的词、曲、意均十分了解。

交谈中，虽然卿嫣始终语笑嫣然，但一直淡若轻云，在如此狂热的氛围中毫无波澜。空流感觉这位女子定然不简单，安排在代表团中一定有所用意；不过此前泖水说过了，红尘星界代表团中没有任何恶意，空流于是也就莫名地对卿嫣多了几分好奇心。

整场音乐会，空流也没能真正看到心里去，密讯不断传来即时信息。由于入侵者一直在静静潜伏，没有任何动作，所以一时半会儿难以捕捉到对方的形影踪迹，需要经过一段时间以后，入侵者的行迹才会慢慢显露出来。好比大家一块儿进入了一个漆黑的房间，刚开始谁也看不见谁，慢慢适应一会儿以后，就能看见一个个大概的轮廓了。

七界通联总署方面表示，先耐心等待，对方行迹一定会显露，到那时猛然出击，一定能抓住。空流认为，除了被动等待其现形之外，应该有更多准备，他向知末发去了密讯询问，果不其然，知末很快回复了一个新奇之法。空流暗喜："大师就是大师！"立即转达了知末的应对之策，"我方按三方入侵者之法，伪装成一个第四方入侵者……"

此前，这三方入侵者互不知情，至此，"四方入侵者"均默默潜伏。突然，七界通联总署方伪装之"入侵者"全力出击，采集系统信息，几乎占据了全部的信息通道。另三方入侵者一直在静待时机，猛然惊觉竟有相同目的的情报信息猎取者进入，而且"火力全开"；如此一来，不仅惊动了被入侵的系统方，而且挤占了全部的信息空间，如果再不行动，一点施展的余地都没有了。

三方入侵者估计都想到了一起去了，几乎不约而同地行动起来；此刻，各方更是大为吃惊，至此方才发现，竟然有四方入侵者潜入。于是，再也顾不得许多，均是全面发力，抢占信息通道，但是信息通道基本上被七界通联总署方伪装之入侵者抢占，余下的空间被信息系统占据。三方入侵者一时间既抢不到信息空间，又无法隐藏行迹，很快被七界通联总署有关信息安全公务机构锁定，重兵出击。

三方入侵者在几轮搏杀之下，仓皇撤退，七界通联总署方面穷追不舍，欲直捣其老巢，但追到巢穴之后破解发现，入侵源头均为虚拟的借来之壳，真身已全然隐去不知所踪。不过，好在算是成功捍卫了系统与代表团成员的信息安全。空流心情大好，第一时间将消息秘密告知了行动组成员。

对于刚刚经历的惊心动魄的多方信息战，红尘星界代表浑然不知。

音乐会结束分别时，气氛别样轻松，双方的友谊又增进了一层。卿嫣临走经过空流身边时，不小心碰到了空流的肩膀，她赶忙微笑着说了声抱歉，举止优雅得体。但空流捕捉到了一丝不易觉察的信息，卿嫣的手背上有一根头发，那不是卿嫣的头发，而是自己的头发，他对此确定无疑。

卿嫣显然察觉到了空流的神情，她轻轻拾起这根头发，微笑着扬起头，在空流的面前顽皮地晃了晃，收进了口袋，摆摆手，有几分得意，若无其事地走了。空流知道卿嫣碰到自己、取走自己的头发，这一切绝非偶然，不知有何用意；对方是受邀而来的贵客，而且后面还要和他们深入地交流合作，事关重大；不管对方意欲何为，自己总不能将一根掉落在别人身上的头发要回来吧。

虽然只是一根头发这样小小不言之事，但关涉到公务，回去以后，空流第一时间向大家通报了情况。众士听后自然不会放过大好机会调侃一番，都认为是空流想多了，人家这是要拿回去留着做纪念；这是还没出家门就交上了星际桃花运，睁大眼睛等着后续剧情吧……

玩笑之后，尘浪说："咱们说笑归说笑，空流说的这个情况我们大家还是要重视，对于身边发生的一切细节都要时时留意。这根头发如果是蓝焰星界的代表拿走了，那可能情况就不一样了。"

泖水今天特别安静，一直默默听着没有说话，听完尘浪的话后，她说："不管什么情况，我感觉她都没有恶意，只不过，想不到从红尘星界地球来的女子竟然这样热情开放。嗯，但是，似乎也没有什么不妥的。"

知末笑道："等咱们到了他们那边，你们也别客气，也这样回报他们，该出手时就出手。"

泖水哼了一声："知末大师，就你坏！"

苏菲亚道："可记住了，咱们是科学文化交流团，不是感情交流团，不是相亲团。"

伊凡哈哈大笑道："我的理解，相亲也是一种风俗，算是文化的一部分。"

苏菲亚瞪了伊凡一眼道："那好！这项任务就交给你了，我倒要看看你要怎么表现？"

伊凡道："女神言重了，我可不敢领命，要说这方面的研究，在座的，除了我和汧水，你们都是前辈，祝前辈们好运。"

如此，大家你一言我一语开心闲聊了一会儿，接着总结了一下刚刚发生的信息战的情况后，就散去了。

第七章　无界征途

即将召开的"联境科学文化访问交流会"信息发布会备受瞩目。某种意义上来说,这是有史以来最盛大的信息发布会。传播领域之广与覆盖星民之众堪称空前。七界第一次全域信息发布会,始于100星年前七界联境成立之际。

彼时,七界的七大星界版图初具雏形,依托时空感融科技探索建立通联关系的星球不过5000个而已,最远的星球位于青霜星界,距离约17.5亿光星年,或约2.5"维场"。科诗世界的科学公务者们更愿意用"维场"的概念来描述宇宙的距离维度。光好比海上的航船,可视可见;维场好比海水,不过这个海水不可见而已。

最近一次的全星域信息传播盛事当属10星年前的第九届宇能者竞技大会,至今依旧是各星界星民历经乐此不疲的演绎、推陈出新的谈资。那次的传播触达约2600万颗星球。而本次发布会的数据毋庸置疑再创新高:触达约3000万颗星球、8.1亿亿亿星民,传播距离最远为490亿光星年。初步统计,约28万颗星球能近乎实时同步收看,前后相差7星霎;最远的星球约在59星日后方可收到信息。

信息发布会地点原定于科诗世界境外的万峰林。为了让七大星界各星球的3000万名代表更加深入了解本次活动的意义,同时,也为了体现其经过了七界联境的郑重决议,而非一次普通寻常的科学文化交流活动,最后,发布会的地点落在了七界联境,即"小蜜蜂"触角的上空。

第七章 | 无界征途

对于这次发布会，按照当前科技发展水平，无论在七界的哪个角落观看，和亲临现场效果相差无几。但是，联境的现场外却被包围得水泄不通。从地面到空中，不同星球形形色色的星民早早抵达，翘首以待。

离发布会开始大概还有5星霎时分，联境的上空突然响起一阵悠扬的笛声，笛声中有淡淡的乡愁，亦有祥和的喜悦。正在这时，星民中爆发出一阵欢呼声："快看！快看！快看！"只见"小蜜蜂"触角的上空凭空长出一朵房间大小的花朵，但是仅能看见花朵残缺不全的轮廓，颜色是铅灰色的，仿佛是刚刚用铅笔新绘的素描。

慢慢地，花朵的形状与颜色越来越饱满；最后，一朵生机盎然的淡紫色鲜花在风中姿态嫣然地绽放。随后，数十块巨幅大屏缓缓布满广场上空，确保广场上无论是地面还是空中的星民，从任意角度都能观看发布会。接着，无数虚拟的小屏幕像一朵朵蒲公英飘散到前来观看的星民面前，每个星民都能拿到一块。这一景象比发布会场景本身仿佛还要壮观。

不管是地上还是空中，星民们的情绪被带到了一个全新的高潮。悠扬的笛声停止了，花朵形状的发布会会场的颜色一点点淡下来，最后变成了全透明状。在惊呼声中，发布会内部场景在星民们的眼前显露无遗。

"七彩祥云！"瞬间，整个空间被海水潮涌一般的声音淹没了。原来，全体与会者穿着统一的、光彩夺目的、看上去如同七彩祥云一样的服饰，如临仙境。

主席台上落座的有四位嘉宾，其中三位是星民们十分熟悉喜爱的：科诗世界公务首座何为、文锦世界公务首座墨白、七界联境首座微禾；另一位就是面容精致如玉石雕刻的尘浪。再看主持席位上站着的，赫然就是潇洒出尘的空流。他们的出现再次引发了一阵更高的声浪。

发布会在空流灿烂的笑容中开始了。和任何一场重大的发布会一样，大众看热闹永远大于看门道。虽然他们也知晓本次活动使命崇高、意义非凡，但是发布会上那些咬文嚼字的语句从来不是他们关注的重点。但对于千千万万颗星球上的政界而言，发布会上每一位发言者的姿态、动作、语气，每一段文字，似乎都蕴含着特定的含义，需要进行仔细的分析研究。

发布会尚未结束，何为还在语重心长地做最后的总结发言时，作为本次交流团团长的尘浪和交流团发言官的空流已经在时空信息弧上"烧红"了星空。

与场外热闹喧嚣的氛围对比，冰火两重天的是，参与发布会的与会者轻松怡然的外表下时刻保持着如临深渊的警惕。

会议刚刚开始，三位首座与行动组成员就接到密讯，通过时空场分界压制形成的会场密闭空间此刻正受到来历不明的强烈破界冲击。何为秘密告知大家不要慌，该来的自然会来，我们正好也借机领教一下，到底是何方神圣，能耐本领究竟有多大？！为即将开启的航程中的安全性保障工作提供更多的参考。

通过对破界冲击源的分析发现，其中有两处来源于暗黑星空。随即，暗黑星空方面坦然承认是其所为，他们的意思就是要检验一下科诗世界的安保能力。有几分试验的成分，也有几分恶作剧。这两个破界冲击源，一个是立体裂变式攻击，一个是多点连环式攻击。

其他几个破界冲击源的源头和位置短时间内尚不能确定，不过测试发现，现有的攻击不会造成任何破坏性的后果，可以理解为一种试探性、测试性、威胁性的行动。仿佛是要传递一个信号，要对这次科学文化交流活动敲敲警钟。

发布会的最后，何为宣布联境科学文化交流团即刻出发。场内外响起了山呼海啸般热烈的掌声与欢呼声。这时大家才发现，发布会现场之外，不知何时飞来了一艘飞羽。这艘飞羽的形状非常特别，像一根长长的牧笛，一共有9节，外表颜色如同鹅黄的竹子一样，悬浮在空中发出浅黄色的光晕。

蔚澜站在飞羽边上，作为红尘星界的代表迎接出访团的各位使者。他也是第一次看见这样的飞羽，让他想起了遥远的故乡的黄昏。在星民的欢呼呐喊声中，81名出访团成员依次踏上飞羽；最后，尘浪转过身来，向

第七章 | 无界征途

三位首座与广大星民深深致礼，现场再次沸腾了。

四下流云飞逐，飞羽再次响起了笛声，有轻舞飞扬畅想远方的悠扬，亦有游子离别故乡的淡淡忧伤。

牧笛号飞羽在空空中缓缓盘旋，像蜜蜂一样画下一道8字舞的轨迹，联境变成了欢乐的海洋。然而，在这海洋之中，有几滴不易觉察的泪花，在无声地闪烁。只有行动组成员才真正明白，泪花的背后预示着什么。众多星民对这一切自然是一无所知，但这一切，丝毫没有逃过阴谋者的眼睛。

牧笛在空中洒下了一行字："时空无垠，和平无价，生死无悔"，便绝尘而去！

欢愉的浪潮在理性思辨的涓涓细流中归于平静，随着各方信息的交汇，整个七界的星民终于对牧笛在空中留下的那行字有了深刻的领会，至此，各个星球笼罩在阴郁与焦虑的思潮之下。

牧笛之上，这是一个全新的世界。

更多的成员沉浸在对从未经历过的旅程的新奇与喜悦之中，没有任何一位成员乘坐过如此巨大的飞羽，飞羽一共9节，每一节都比寻常的飞羽要大一倍，所有的设施设备一应俱全。为了精益求精地准备即将到来的交流会，代表团成员个个热情饱满，一个个开始忙碌起来。

在和同行的部分红尘星界代表团成员沟通交流之后，行动组成员按预定计划召开了秘密碰头会。在大家通报完各自负责的情况后，空流说道："就当前来说，安全是第一位的。不仅仅是行动组成员，包括整个牧笛上所有的联境81位成员及两名红尘星界代表。大家都知道，我们是严格遵照规定，没有携带任何安保武器。否则，如果被某方面发现一点违规之处，所有的努力将付诸东流，后果不堪设想。"

"那如果有邪恶势力不遵守规定怎么办，我们只能被动地祈祷？"洢水焦急地问道。

空流接着说："对，就是你说的这个问题。从过往的情况来看，我们在原道世界的时候，暗黑星空的某个组织就发动过一次直接的武力偷袭，这后面有暗黑星空有关势力与蓝焰星界共谋的影子。之后，他们方方面面的干扰行为也没有断过。所以，暗黑星空的个别组织可能对我们产生安全威胁。当然，我们也不是完全无为式的被动，一方面，七界联通总署与科诗世界联合通过最高级别的安全措施为我们提供全程安保；另一方面，我们每一位都要保持高度的警惕，如有任何异常，第一时间和七界联通总署沟通。"

"说到外部沟通，我特别说明一下。此前有成员问到这个问题，我没有明确回答，现在可以确定了。就是我们和七界联通总署等方面的一切信息沟通，都是非加密的，这也是严格遵照时空感融站之间通行的信息规定。"知末停顿了一下接着说，"之前，我和科诗世界的有关科学公务者探讨，按照我们当前掌握的密信技术，有把握不让外界发觉我们的通信。当我们遇到危险时，不会使所有的信息沟通都暴露在对方的掌控之下。但是，经过和联境等方面认真研究，决定还是放弃使用密信技术。这样一来，无论在什么情况下，我们和外界的一切联系都可能处在有关方面的监听掌控之中。"

"那也就是说当我们处在时空感融站之间的航程中时，不可以启用任何形式的密讯，但当我们到达红尘星界领域后，是可以用的？"苏菲亚询问道。

知末说："是的。"

空流补充道："在牧笛号飞羽上，除了行动组成员，我方还有21名代表亦是宇能者；此外，红尘星界留下的两名代表蔚澜和卿嫣应该也是宇能者。相对来说，我们这些宇能者的危机应对能力要强一些，所以在安全方面，我们要主动承担起有关职责。接下来需要尘浪向全体成员介绍一下行程与时间安排。知末大师，你还有什么需要事先说明的吗？"

知末说："托你的福，我们都充分沟通过了，尘浪直接说就可以。"

尘浪用手指了空流一下对大家说："这就是他当初找到我和知末，吓唬了我们一顿之后，留下的作业。"

众士趁机嬉笑而攻之，空流喊道："求放过，咱们先说正事。"

尘浪说："好吧，那咱们回到刚才的问题，需要切换到全员音讯模式。"

尘浪通过音讯系统说道："亲爱的各位代表，我们将在牧笛那穿越浩渺时空的天籁之音中告别故乡，奔向远方，我们中的每一位都肩负着崇高而美好的使命，漫漫征程始于足下，我们即将转入时空感融站的航道，开启真正的星际之旅。两个时空感融站之间的航道，好比两块相互吸引的磁铁之间的磁力线，航道有千万条，其间有各种星球、星系、黑洞、暗域等天体结构，还有一些是星球的武装力量的存在空间；航道的选择需要充分考虑这些因素。

"我们与红尘星界星都地球之间早已联通了一条快捷安全的理想航道。但是由于我们本次的航行不能影响既有航道的正常的通行往来，出于安全考虑，我们本次将要走另一条新开辟的航道。如果一切正常的话，我们3星日后即可到达地球。

"但因是新开辟的航道，没有做过通行测试。尽管通过时空场分界压制，专属航道的安全性能没有任何问题，只是要充分考虑实际复杂多变的情况，可能需要的时间会更久一些。这是向大家初步通报的关于行程的简要情况，祝各位在紧张的工作之余，以轻松愉悦的心态充分享受旅程的风景。"

尘浪讲话完毕，关闭了音讯系统。空流叫知末向行动组成员再讲解一下有关情况。知末示意大家坐好后，展开了一张时空信息图，图上呈现的是一条十分简洁的近乎"S"形状的曲线，线上有3个红点。

知末神秘地笑了笑说："这条曲线就是我们要走的路。

"我们知道，宇宙中无论多么遥远的距离，总有无数条路径能够到达。我们在充分考虑了距离与安全等各种因素后，选择了这条最佳的路线。无双星球与地球之间距离遥远，如果没有时空感融科技的出现，按照我们传统的概念来计算，即使以光速行使，大概也要25亿星年，当然我们现在已经远远超越了这一速度量级。

"打一个朴素的比喻，我们将宇宙航行比作一颗豆子在传送带上移动，牧笛号飞羽就是这颗豆子，以传统速度的概念来计算的话，大概也就是光速的三分之一多一点。现在的科技水平是让传送带在动，当然，豆子本身也在移动。这个传送带，就是宇宙象场本身，我们在驱动时空。大家再来看一下这几个小红点，这是几个安全风险点，其中一个是星系天体的力场风险点，再一个是橙帆星界的武装力量存在空间，第三个风险点以后由空流首座再和大家讲。

"当然，这些风险点只能说是一种潜在的威胁。从我们的科学保障维度来说，应该没有任何安全问题。好啦，我们来看看这张简单的图里面到底是什么？"知末晃动着手指，信息图层一层一层扩展开来。里面是无尽黝黑的深空和无数星星点点的天体。知末笑道："我就不再展开了，不然我们的余生坐在这里看都看不够。好的，大体情况如此，我讲完了。"

洇水扑闪着大眼睛问道："知末大师，我能否问两个问题？"

知末欠身道："当然可以，请女神问话。"

洇水说："第一个问题是，我们的航道为什么不提前做通行测试呢？这样是不是风险会小一些？第二个问题是，虽然我们在这么短的时间内就能到达目的地，但是刚才看到的那些空间与天体，那么那么多，其实我们都是要经过的，对吗？"

知末看了大家一眼，说："你们发现了没？洇水现在考虑的问题是越来越深刻了。好的，我来回答一下。之前为什么没有和大家讲？咱们这个路线没有做通行测试，主要是出于安全的考虑。一旦我们做了这个通行测试，可能有关方面就会知道我们将走哪一条路，也许会设置安全障碍。现在看来，我们的保密工作做得非常好。

"第二个问题呢，当然是这样，我们又不是在做梦，我们是在真实地航行。所以此前看到的这些空间、天体，我们都会经过。严格地说，是这些空间啊、天体啊都会经过我们。这个道理呢，就是宇宙这么大，光速那么快，光跑到现在，还有很多地方没有跑到。如果要以快慢的概念来解释的话，就是宇宙的膨胀与收缩要比光速快得多的多。时空感融站的星际旅行，既不是驾驶了一艘很快的船，也不是找到了一条很短的路。我们现在是唤醒了或者说是驾驭了宇宙象场的收缩功能，是时空拉着我们这艘飞羽与目的地靠近，所以才能这么快。懂了吧？"

泹水调皮地站起来，向知末深深致礼道："懂啦，懂啦。谢谢大师不吝赐教，既生动又通俗，你就是去幼悦园教小孩，都能听得懂的。"

大家兴高采烈地商议了一番，就散会了。刚刚散会，音讯就提醒，牧笛号飞羽已经切换进了时空感融站。代表团成员一阵骚动，大家发现飞羽虽然是全透明视觉模式，但是外面什么都看不见，完全被笼罩在一片或明或暗的混沌之中。

有代表说，还说要让我们享受旅途中的风景，这哪有什么风景呀？这分明就是一个大闷罐。仿佛知道了大家的心事似的，这时，飞羽又发送了一条音讯：请大家放松心情，由于宇宙象场叠变超乎我们的想象，所以我们的眼睛什么都看不见。但是请大家放心，我们一定将途中经过的壮观的真实场景立体呈现给大家。舱内发出一阵阵欢呼声。

转眼间，飞羽启动了全封闭模式，外边一片漆黑。接着，整个飞羽通体变成了多姿多彩的视听设备，每一节呈现的内容都不一样，有的是风景，有的是文化，有的是美食，有的是修习，有的是天文，有的是娱乐，还有宇能者竞技……而且每一位代表都能选择可视与不可视模式。如果选择了不可视模式，即使正在播放视听内容，却什么也看不见听不见，丝毫不会影响到工作与休息。

第一日晚饭后，飞羽突然发送一条音讯：我们刚刚安全通过第一个安全风险点。接着，牧笛号飞羽的每一节都切换为深空场景，漆黑的空中浮现着两个美丽的星系团，仿佛两只色彩斑斓的"蜗牛"。那只"大蜗牛"差不多接近"小蜗牛"的两倍大小，伸出的触角较短，小蜗牛伸出了长长的触角，两只蜗牛的触角紧密地交织在一起，似乎在角力，又似乎在缠绵。

107

随着画面的立体呈现与不断延展，穿梭浮现的星尘、星云、星辰美轮美奂。

与此同时，音讯做了讲解："我们目前还处于紫陌星界疆域内，刚刚经过了两大碰撞中的星系交汇点，也就是大家看见的两只蜗牛触角缠绕的区域。这只大蜗牛我们称为紫陌1界3维5境5768号星系，小蜗牛我们称为紫陌1界3维5境5761号星系，这两个星系相距约290万光年，距离较近，属于同一境之内。

"大蜗牛星系内最远距离约39万光年，小蜗牛约12万光年，分别由大约3700亿、1050亿颗星球组成。这两个星系的碰撞始于152万年以前，大约需要再经过1600万年才能完全融合。经过我们精密的探测，两个星系共有78颗智慧生命星球，这些星球都不会发生直接碰撞，但也并非完全没有危机。整个星系中的所有星球中，仅有两颗会有间接碰撞的可能性，就是其中一颗星球可能会被另一颗星球俘获。那些看上去星光密布的星辰之间相距实在是太遥远了。

"现在，大家能看到一处处的绚丽烟花，随着两个星系碰撞过程的持续，未来还会有更多的烟花绽放，这些烟花是一些新的恒星即将诞生的欢庆的炮仗。两个星系的碰撞大约会诞生8亿多颗恒星。当然，融合带来的不都是团圆，大约有3万多颗星球会被新的大家庭抛弃，在茫茫的宇宙中孤单流浪；还有约6000颗恒星会燃烧成灰烬，或仅留垂死、冰冷的残躯喘息在漫漫长夜。这一切的生死起灭、悲欢离合或许都是自然命运的安排。

"在这无比壮观的画面背后，一场波澜壮阔的宏大故事已经、正在或将要上演，但这一切，相对于幽深的宇宙来说，又算得了什么呢，万象皆空。更何况在这些星球上的生灵呢。"

"卿本无力，奈何相争？"空流不由感慨不已，这时，他看见洢水急匆匆地跑过来。

只见洢水上来就问道："我刚才听到，那78颗智慧生命星球虽然不会碰到，但也并非完全没有危机是什么意思？星界有采取什么办法没有？"

空流看到她那着急的样子，有几分想笑，但转念一想，又感到十分敬佩。她不关心自己眼下的危机，竟然关心起千万光年外的安危来。空流一时还真回答不上来，认真地说："你问的这个问题的确很重要，我的说法或许不严谨，这样，尘浪过往的工作和这方面比较相关，咱们请教一下他，怎么样？"

泖水说："当然好啦，他好像在忙，你问好一些，你快点问吧。"

空流给尘浪发过去一条文字简讯，把自己的感受和泖水的情况也说明了一下，提醒他不要开泖水的玩笑，认真回答一下。尘浪接到简讯，立即会意，他和代表团成员交流完相关工作后，打开行动组成员音讯系统进行了回复。

尘浪说道："大家好，首先庆贺我们跨越了第一个安全风险点。然后，我回答一下泖水给我布置的作业。她刚才给空流和我提了一个很好的问题。大家也听到了，两大星系碰撞，那78颗智慧生命星球虽然不会直接碰撞，但也并非完全没有危机。那么星界有没有采取什么办法？情况是这样的，两个星系的碰撞，过程是十分漫长的，我们测算过，最早可能会波及的智慧生命星球也要到350万年以后，主要是受到射线的影响，这种情况非常易于应对，尤其在我们紫陌星界内。

"不过，泖水的问题其实关联到我们目前面临的另一个重大问题。当前，在紫陌星界外的其他星界，有不少的星球处在星球自身或邻近星球的重大自然危机之中，甚至在生死存亡的边缘挣扎。按照联境及紫陌星界、黄道星界等方面的理念，对这些星球应该无条件地伸出援手；尤其是紫陌星界具备这方面的科技基础，可以依照联境的规制行动。

"但是，有关星界、星球对此持不同主张，他们认为，即使按照联境的规制行动，也不应该由紫陌星界来实施。面临威胁的星界领域内的事务，应该由他们自己的星界来解决；如果他们不具备应对危机的科技实力，应该在联境的安排下，由紫陌星界将这方面的科技无偿转授给他们，再由他们决定具体怎么实施。

"还有星球认为，一些星球面临的自然风险是宇宙的规律所致，每个星球应该依靠自身的能力来应对危机，并接受一切自然的结果，宇宙规律就是有生有灭。如果高阶发展的文明无条件地对其他星球施以援手，那很多星球就可能不思进取，被动等待，对于智慧生灵的发展来说，是一种倒退。

"我们认为，如果要追寻智慧生灵诞生、生存、发展的意义，就要让爱的本源源远流长。每一个智慧生命星球上的星民，之于宇宙，皆如尘埃；但一沙一世界，何况一颗星球上的亿万鲜活生命。无论如何，都不应见死不救。

"至于有些星球首先想到的不是其他星球的苦难，而是本星球对先进科技的占有，这种念头更可怕，先进科技一旦到了他们手中，天堂地狱全在一念之间。从另一个层面来说，在没有达成统一意见之前，当先放下纷争，实施救援，规则可以慢慢完善。这些问题也是我们面临的任务与使命。"

尘浪说完，大家进行了深入的探讨交流，各位志同道合的成员，思想信念相通相融，历久弥坚。这时，只听伊凡喊道："空流首座，我向知末大师再请教个问题，我们的航道不是经过了宇宙时空场分界压制吗？那我们经过碰撞星系的安全风险点在哪儿呢？"

知末道："作业收到！那我打个简单的比喻吧。拿你们宇能者来说，你是顶尖宇能高手，比如现在有个不是宇能者的星民来找你切磋，他拿根棍子打你，棍子是物质，能产生能量场，也就是物场；但在你们俩的整个宇宙象场中，或者通俗地说你们俩所在的时空里，他拿根棍子的物场（能量场）相对于你作为宇能者拥有的象场（时空场）来说，简直是微不足道的，所以你能轻而易举地避开他或压制他。但是如果有一万个星民拿棍子将你围个密不透风，在你们的时空里，物场与象场的强弱就转化了，物场占了优势，可能你就要落败了。

"放到整个星际领域也是如此，我们压制的象场（时空场）好比一条河，一个物质态的天体好比一艘船；一条河上只有一艘船，那么船对这条河的影响是不是可以忽略不计？但如果这条河的河面上全是航船，河中全是沉船，那船对这条河的影响是不是巨大的？两个星系里的物质天体扰动，一起产生的强大物场对我们压制的象场还是会产生巨大的冲击的。"

伊凡道："听你这么一讲，我的宇能似乎又该精进了。"

空流笑道："如此说来，咱们行动组的力量又强大了。好了，时候不早了，大家早点休息吧。"众士互道晚安后各自歇息去了。

第二日午后闲暇，空流、尘浪与大家一起玩"七彩桥"的游戏，这个游戏是由古老的游戏演变而来，只是随着社会发展与星民智能的提高，越来越复杂。"七彩桥"由7种不同花色的牌组成，每一种花色又分5颜：萌、艳、灿、衰、枯，每一颜36张，每一种花色180张，7种花色一共1260张，最少6位星民参与游戏，最多可以12位。星民依次摸牌，每位手里拿60张牌，按照游戏规则排列组合，看谁最先完成组合。

因牧笛号飞羽正行驶在橙帆星界领域，大家提议以橙色牌为大，卿嫣似有不悦。空流觉得有几分奇怪，问道："有何不妥吗？没关系，还按老规矩，以红色牌为大也行。"

卿嫣欲言又止，看了看空流，笑了笑说："没有，还是按大家的意思吧，游戏而已。"

知末说："那好，老规矩，游戏的惩罚还是体能训练，这次只能有一个最终的赢家，其余11位都要进行体能训练，输得越多，训练的项目难度越大、体能消耗越多，具体的项目由赢家分派。"

尘浪说："都知道你计算能力强，是牌场高手，这样不合理吧？"

空流说："这两日知末大师十分辛苦，咱们就当是学习，一起挑战他一下也好。你们说呢？"大家都表示同意。

游戏开始了，知末果然是高手，众士自从认识他以来，从来没有见过他像现在这样激情澎湃、得意非凡的样子。众士虽然或明或暗地联手阻击

111

他，但他还是把大家打得七零八落，自己一骑绝尘、遥遥领先。

不过大家还是十分开心，唯有卿嫣自始至终似乎兴致不高，陪着大家强露欢颜，而且她输得最惨，排名最后。卿嫣打出了一张"橙艳"，空流高兴地大喊了一声："吃！成了，三色连珠桥！"

坐在空流旁边的苏菲亚踢了他一脚，看了卿嫣一眼，朝空流悄悄使了个眼色。空流恍然大悟，调皮地眨了眨眼，赶紧不说话了。他静静地观察了一会儿，发现卿嫣一个劲儿地打橙色的牌，好像特别不喜欢橙色的牌似的。这样一来，打出去的牌自然特别容易被吃上。

看到这里，空流道："卿嫣姑娘，你这样使劲儿打一个花色的牌好像有点问题呀。"

卿嫣有些不好意思，轻声道："也许是我打不好吧，橙色的牌好像特别不听话，在手里都组不成系列，只能打掉。好了，我打完了这一轮，谁接我的打吧，我想休息一下。"

这时，一直在边上钻来转去、东看一下西看一下的洢水走过来说："没事，卿嫣姑娘，你要累了的话，我一会儿替你打，不能让知末大师欺负咱们。"

卿嫣感激地看了洢水一眼，说："好的，我们一起想，应该会打得好一点。"说完，随手打出了一张"红萌"。伊凡一直坐在知末边上看着知末打，看见卿嫣打出的牌，正是知末要的"一色直通桥"，好大的牌。他趁知末正在盯着手里的牌计算的工夫，暗暗使了个宇能功法，神不知鬼不觉地让卿嫣打出的牌又回到了手中。在座的其他宇能者都明白伊凡的用意，低头暗笑，视而不见。

卿嫣见了，抿嘴轻笑，微微摇了摇头。只见那张牌又悄无声息地回到了牌桌上，竟然和刚才的位置分毫不差。在座的宇能者均是一震，连伊凡都大吃一惊，没想到卿嫣这名看上去如此沉静温柔的弱女子，宇能竟是这般了得。卿嫣看到众士吃惊的神态，竟然娇羞不已，不知所措，拉了拉洢水的手，不好意思地跑开了。

一起玩牌的其他代表和知末对刚才发生的一切全不知情，莫名其妙，不知道究竟发生了什么。知末对着空流说："看看你，你是看到卿嫣姑娘给我打了一张好牌，你有意见，批评人家了，是不是？咱们一块儿游戏就是为了彼此更加融洽呀。"

空流双手一摊，无奈地说："我什么也没说呀。"

知末说："我都看见了，你刚才那么瞪着人家干嘛？"众士听了，心领神会地大笑起来。

尘浪笑道："我觉得不管什么情况，空流都应该去看一下人家卿嫣姑娘，把她找回来。"有几个玩家趁机一起附和。

空流说："好吧，来来来，伊凡，你来接替我。我去去就来。"洢水不知道怎么一转眼变成空流的事了，嘟着小嘴不知道说什么好。

卿嫣正双手托着下巴出神，空流看着她的神态，感觉比初见时要稚嫩许多。"对不起啊，不要为刚才的事不开心啊。"空流轻轻走到她身旁说。

卿嫣赶忙站起来，双颊依旧绯红，轻声道："谢谢，我没事的，我只是玩得不好，怕影响你们的兴致。"

空流说："你，好像不喜欢橙色，对吗？"

卿嫣点了点头，似乎想到了什么，眼神中有一丝悲伤，幽幽地说："我有亲人，我祖母牺牲在橙帆星界。"

空流似乎一下子明白了，赶忙道："对不起啊，我没想到……你……"

卿嫣抬头微笑道："哦，没关系，已经过去很久了。好了，不说这些了。我没事的，你们继续玩吧。"转眼间，卿嫣又恢复了此前的沉稳之态。在清纯与持重之间切换如此自然，空流感觉一时之间仿佛来不及适应。

他感觉面前的这位姑娘一定有着不同寻常的故事，也不便深问，岔开话题说道："我们一起吧，再过去看看可好？"

卿嫣摇摇头说："不了，我一去你的运气就不好了。我有事，先走了。"倒退了几步，转身轻快地走了，样子颇为温婉可爱。空流想到她此前竟拿走了自己的一根头发，真是个难以捉摸而有意思的姑娘。

113

14星时130星刻，行动组成员按原定计划召开秘密会议。空流说："30星刻后，我们将跨越第二个安全风险点，也就是橙帆星界的武装力量存在领域。我们需要提前10星刻告知对方，请尘浪和对方联系。"

伊凡不解地问道："咱们不是要求保密，越隐秘越好吗，为什么又要通知对方？"

尘浪说："我们之所以要经过这里，是在周密考虑后定下来的。因为橙帆星界奉行的是自我利益优先的现实主义，所以当相关方面存在冲突时，他们便实行机会主义的投机策略，因各方势力变化摇摆不定。我们选择经过他们的敏感领域，就是为了测试一下他们的反应和立场。虽然有一定的风险性，但在可控范围内。而且，我们一会儿再告知他们航道情况，即使他们有什么不友好的想法，也没有充足的时间准备，我们过了这个点就进入了红尘星界。"

空流接过话来说道："没错，时间紧迫，有关情况就介绍到这里，伊凡、苏菲亚和洢水安排大家做好安全准备。再有一项重要的任务就是，当我们经过风险点时，尘浪、知末一起协作，要借助于七界通联总署的帮助，测算出橙帆星界在此布设的有关武装力量的情况。两星年前，他们在蓝焰星界的影响下，不顾各界反对与红尘星界的强烈抗议，在此秘密布控了超常规武装。好了，现在，我们开始行动。"

不出所料，橙帆星界方面接到尘浪的通知，大为吃惊，再三追问访问团的航道是如何选择的，为什么会经过这个地方？尘浪告知，一切都是遵循联境的决议，这是最佳路线，只是涉及安全因素，不便提前告知；同时请对方不必多虑，如果有其他目的意图，就不会告知他们了。

橙帆星界方面表示，情况已知晓，10星刻后再回复。15星刻后，橙帆星界方面回复表示，对访问团的航道途径该领域没有任何异议，如果需要任何帮助，请随时告知。收到这个回复，大家心上的石头终于落了地。同时也表明，橙帆星界方面至少在目前看来，还没有完全站在蓝焰星界一方。

一会儿工夫，尘浪和知末兴冲冲地跑过来说，关于橙帆星界在此部署的武装力量情况，尽在掌握之中。但是也发现了一个新情况，就是红尘星界在双方星界的交界处，也布防了大量的武装力量。只是相对于橙帆星界来说，规模还是要小得多。这些武装力量本都不应该存在的，对于星界来说都是重大的安全隐患。

"好了，目前这个情况我们暂时对外保密，有关情况也不要与星界通联总署等方面沟通了。下一次会议的时间大家都知道了，我们准时到场就好。大家先去休息一会儿。"空流说完，大家分头走开了。

夜中时分，行动组秘密会议时间到了，空流早早就赶到了会场。行动组成员都到齐了以后，空流并没有招呼大家开会，一会儿若有所思，一会儿走来走去。大家很少看见空流这样，他一向都是从容自若的样子。许久，空流才说话："我们很快就要到达目的地了，现在试卷才是真正地发到桌子上，这篇大文章就要开启序章了。与此同时，我们即将迎来旅程中最危险的时刻，这就好比黎明前的黑暗。"

空流站起身来，打开了路线图说："经研究发现，最危险的时刻就是从时空感融站航道出来，转场的那一刻。因为在这个空白点上，按照规定，在时空感融站转场领域一定界限内，不容许有任何杀伤性、攻击性力量存在。红尘星界前来迎接的星界护卫队无法到这个区域对接。当然，蓝焰星界等有关方面进行攻击的可能性也几乎没有。在红尘星界领域这么敏感的地方，他们的武装力量不可能进得来。

"但是，蓝焰星界既然已经知晓了我们的航道转场出口，他们应该不会轻易错过这一绝佳攻击时机而没有任何动作。至于他们究竟会采取何种方式，虽然我们已经做过多种猜测，但目前还难以判断，只能以不变应万变。这是我们漫漫星途的第一站，所以极其关键。当我们遇到紧急情况时，应第一时间分析并快速做出决断。所以，从现在开始，我们都要进入战备状态，启动一切应对程序。"

听完空流的话，大家都感觉到形势异常紧迫，全体按岗位任务要求进入实战状态。这艘一路欢歌、流光溢彩的飞羽此时一片静默，时光在点滴流逝，时间又似乎凝固不动，在死一般的寂静沉默中煎熬。"出。"这一声寻常的音讯仿佛是梦中的一声惊雷！牧笛号飞羽骤然从时空感融站转场弹射而出。

飞羽在透亮的空间中展露无遗，耳畔涌入呼呼不尽的回声。大家刚松了一口气，就在这时，牧笛号飞羽收到了紧急求救信号！信号显示，一艘载有 750 位星民的民用航空飞行器发生重大故障，即将坠毁，请求紧急救援。信号源距离 966.18 千米。大家不由自主全都站了起来，果然有意外发生！

联境及七界通联总署驻红尘星界星际飞地、红尘星界方面的音讯也几乎同步到达。表达的核心信息基本一致：求救信号无误，但实际情况尚不明了。

情况万分紧急，是按照星界通行的就近救援原则前往，还是等待红尘星界去救援？空流当机立断表明：不管真实情况怎样，信号是准确无误的，我们离信号源无疑是最近的，必须遵循就近救援原则。如果让红尘星界前往救援，万一贻误了最佳救援时机，一旦造成不可挽回的严重后果，我们必将受到各方面强烈的舆论谴责，这完全有悖于我们此行的光辉使命，后面的一切工作将无从谈起。

大家一致表示没有异议，尘浪立即向各方表明了立场。

空流当即下令第 9 节飞羽做好出发准备，随即说道："时间紧迫，我们边行动边商议。因为我们已经离开了时空感融站，可以启动秘密音讯，外部除了保持与求救信号源的单点对接外，立即切断一切信息通道。这也许是个巧合，不过基本上可以确定，就是有关方面设计的一个陷阱；但是我们没有选择。现在，我们确定救援成员。"

大家都纷纷表示要前往实施救援。空流边跑边说："无论出现任何情况，我们始终要牢记最核心的使命，出访团的任务不能受到丝毫的影响。如果这是个陷阱，我们要尽量做到风险损失最小化。你们也知道，虽然我的宇能不是最强的，但抗伤性能最强，这次救援不是去与强敌对阵，所以我最合适。我从其他代表中选一名宇能者与我一同前往即可。其余的行动组成员一个都不能去，你们最重要的任务就是协助尘浪做好需要应对的一切工作。

"我们为什么要切断一切外界信息通道，就是要谨防有关方面故技重施，同时发出多个不同信源的求救信号，这样我们可能全员都要投入到救援中去，整体局面就会被彻底打乱，现在他们的干扰信号进不来了。"

这时，蔚澜发来紧急音讯，急匆匆地说："我们请求一同前往救援。"

尘浪说："不用了，请相信我们的能力。救援有一定的危险性，你们就不要参与了。"

蔚澜坚定地说："首先，这个事件发生在我们红尘星界领域；另外，你们是我们邀请来的客人，没有任何理由让你们独自涉险，所以我们一定要派员一同前往。"

见此，空流插话道："我觉得蔚澜使者说的有道理，既然如此，这样也好，你们派谁与我同往？"

蔚澜说："我们派卿嫣前往。"

尘浪说："好，请立即赶到飞羽的第9节。"

第9节飞羽即将与母体分离。每一节飞羽都可以从母体分离，单独飞行，功能丝毫不减。空流笑道："看来地球是个适合独自流浪的星球，老伙计们，我就要单飞了，你们一切按计划进行。"

尘浪说："安全第一，如有任何情况及时联络。我们会将看到的美景第一时间分享给你的。"

空流道："我还是不要看照片的好，我要亲自去体验。"

"未知永远最美，让一切只如初见。"就在第9节飞羽离开母体之际，空流在视镜影像上留下了这句话。

虽然对意外早有预期，但这一切发生得还是太突然了。刚刚踏上新的土地，还没有一起去并肩行动就分开了，行动组成员们的心情异常沉重。

117

很多女代表看到空流留下的话,止不住的泪水在眼眶里打转。

　　尘浪勉励大家,越在危险时刻我们越要放轻松,一切工作才刚刚开始。我们既要做好出访团接下来的诸多工作,也要密切关注航空器求救事件,联动有关方面查明具体情况,并及时采取一切必要的应对措施。

第八章　异星邂逅

　　为了不让尘浪他们分心，空流将飞羽调至全息隐身状态。卿嫣向求援者发出音讯，告知抵达时间，并让对方报告故障发生原因。对方反馈，查找不到任何原因，经检查没有发现任何故障，但是航空飞行器就是不受控制，正在不断下坠中。

　　信息显示，按当前状态，依照地球时间，飞羽1分零9秒即可抵达救援点，只要航空器没有爆炸的危险，险情尽在掌控之中。

　　空流此时才顾得上和卿嫣说话："卿嫣姑娘，看不出来呀，这么勇敢。害怕吗？"卿嫣轻轻揉了揉鼻子，笑道："嗯，就是救援嘛，又不是要去和敌人进行生死之战。可能是有一点小风险哦。"

　　空流看着卿嫣此时一脸天真的模样，心想，她应该还不知道，这很可能是一个陷阱。"没错，咱们一定能完成救援任务，有我在，放心吧，而且，我看你的宇能可不低呀，你属于哪一个流派？"

　　卿嫣道："我也不知道什么宇能高低的，只是自小就这么自然地、有一搭没一搭地练习，当锻炼身体罢了。我是飞花落，我早知道你是物语落的呀。对了，咱们这个飞羽有名字吗？一会儿对方肯定要问我们哪里来的。"

　　空流道："哦，飞花落的，你们地球有句话叫'泪眼问花花不语'，我以后要是含泪脉脉地问你什么话，你是可以不用回答的哟。哈哈！对了，严格来说，我们这艘飞羽属于牧笛1号飞羽的第9节，相当于牧笛1号飞

119

羽的第9个孩子，简称牧笛小九就行。"

卿嫣嗔笑道："没想到你这说文解字的功夫学得好着呢。呀！快看，咱们能扫描到完整场景的影像了。"

空流道："是的，只剩下76千米了，立即进行穿透性全息扫描，可以看到他们的内部整体情况。"

信息显示，这是一艘从星都地球飞往邻近的龙光星球的星际航机，航机刚刚出发不久，还没有进入时空感融站航道。通过内部信息影像发现，航机驾驶员正手忙脚乱地一边检查系统，一边试图控制航机。航机上的成员数量和求救时报告的数量完全一致，目前没有任何人员伤亡。

空流向航机发出音讯，我们正在协助你们调节引力场，已止住航机下坠趋势，保持好平衡。在调节引力场的过程中，空流表示，没有发现任何外部力场对航机施加影响，那问题一定出在航机内部。现在看来，系统本身没有任何问题，那就需要对航机上的每一位成员进行探测。

看到险情已经转危为安，机舱内一派欢腾，航机驾驶员对空流表示，时间紧急，请尽快协助查明原因。牧笛小九安全巡查系统发出警报，航机上两名乘客正在使用微型磁场振荡器对航机的推进装置进行劫持操控。

空流发出了紧急定向密讯，只见航机上的四名安保人员迅捷而不声不响地向这两名乘客走去，正欲采取控制措施，而这两名乘客似乎早有警觉，从座位上弹射而起，双掌同时向外一翻，四名安保人员不约而同地飞了出去，重重地砸在其他乘客头上。

刹那间，机舱内惊叫声四起，一片慌乱。原来这两名乘客是拥有初浅宇能的宇能者。卿嫣一看情况不妙，对空流说："你在这里维护航机的平衡和安全，我过去打发他们。"

空流道："等等，以你的宇能，对付他们不费吹灰之力，但不用着急。我料定他们并没有让航机坠毁的念头，如果他们想让航机坠毁，完全有能力在我们到达之前做到这一点。看来，他们不想把事情闹大，只是为了把我们吸引过来。你看，这两位宇能者正准备逃走，等他们出了航机以后再过去收拾他们不迟，这样对航机上的乘客的安全更有保障。"

卿嫣道："没错，不知他们是否还有别的伎俩。"话音未落，航机上的两名宇能者飘然而出，此时距离地面不到两千米，他们在空中盘旋，似乎并没有打算要逃走。

卿嫣正要起身出发，空流说："可不要这样就出去啦，要进行易形。"同时，展现出泖水白衣蒙面的影像，"就照这个样子。"

卿嫣知道空流自有用意，一身白衣蒙面装束划空疾驰而出。两名宇能者看到卿嫣飞将过来，赶忙逃走，卿嫣看着堪堪赶上，突然，从云雾中涌出10名彩衣宇能者，同时，那两名宇能者亦折返而回，一同将卿嫣团团围住。空流一看，大呼不好，正欲前往驰援，突然发现航机产生强烈颠簸，原来，有人正在对航机实施强烈的力场干扰。

空流心想，航机上这么多乘客的生命安全更加重要，与其在此与对方的干扰力场僵持对抗，恐怕会夜长梦多，不如尽快离开是非之地。空流决定先将航机护航远离此地，待航机完全进入航道以后，再来救卿嫣。虽辛苦了卿嫣，但此刻没有更好的选择。

5分钟后，航机驶离干扰力场约700千米，基本确保安全无虞。空流嘱咐驾驶员："务必确保安全返航；我这边的安全不必担心，也不需要协调有关方面来协助。"言毕，驾驶牧笛小九飞速赶回，不料刚刚还在视镜上的信息影像此刻却了无踪迹，好像一切都未曾发生过似的。空流打开全域信息影像，方圆3000千米内没发现任何迹象。

空流断定，这些人很可能将卿嫣带到了海下，他们一定与蓝焰星界等相关方面有密切关联，正好借机前往一探究竟。他想到飞羽目标太大，于是留言，让牧笛小九自动返航，与尘浪他们会合，自己只身下海查访。

空流所在海域叫作不平洋，地处东神洲与西利洲之间。不平洋中有一个闻名于红尘星界的海底小镇——东西小镇。据科学公务者探测，两亿年来，东神洲与西利洲一直在不断漂移，约350年即50星年前，两大漂移板块碰撞引发了空前的自然灾害，人类到了巨大危机的边缘。

121

经过联境紧急决议，由紫陌星界、蓝焰星界、青霜星界共同为红尘星界星都地球提供化解危机的解决方案。由距离地球最近的蓝焰星界负责海底作业安全保障，由青霜星界负责控制地壳板块碰撞危机，由科技发展最领先的紫陌星界负责建设海底小镇，为海底地壳运动控制公务者提供居住生活与长期作业的空间，确保所有的海底作业公务者在这个海底小镇能像在陆地上一样，不需要配备任何装置，就可以轻松自在地生活和工作。

虽然只是打造一座小镇，但其对科技的需求比控制两大板块冲撞要高得多。后来，随着板块碰撞得以控制，奇特的海底地貌风光让这座小镇成为名震星界的新兴旅游胜地。红尘星界出于环保考虑，小镇的人口规模与游客量均有严格的限制。

空流以游客身份来到小镇，虽然称作小镇，但东西小镇的面积颇为广阔，这里的星民总数控制在2000名以内，常住公务者与游客数量各半。东西小镇的游客都是从红尘星界特殊贡献星民中推选出来的，并非谁想来就能来。

空流打算尽快熟悉当地的地理环境，发现此处景观果然与别处不同。在各星界的星球上，形形色色的水下景观或者水下之城并不鲜见，但是如此奇特的海底小镇的确称得上是独树一帜。东西小镇并非建在浅海之中，而是建在两大板块相接的深海峡谷之中。小镇地势落差9000余米，休眠火山、热泉等景象随处可见，生物种类极其丰富。

小镇像是装在一个巨大的空气泡里，若不是与海水交界处那一层薄薄的浅蓝色界面作为提示，你根本就以为身在陆地之上。小镇各处均可以供星民自由游玩，但地壳运动控制公务署所在的区域除外，而这恰恰是空流想要去的地方。空流心下着急，无心赏景。他以最快的速度将所有的地理环境摸清之后，终于找到了前往地壳运动控制公务署的路径。

空流以社安巡察公务者的身份来到地壳运动控制公务署，果然保卫森严。他远远看见一名身穿制服全副武装的中年男子正在门口巡视，就像看见老朋友一样，老远就热情地打招呼："嗨！老伙计，今日可不同往常，得打起点精神。刚刚在这个领域发生了航机劫持事件，你们都听说了吧？我是星界派过来进行社安巡察的。"

这名中年男子走上前来，说道："是啊，想不到竟然发生了这等事。我在这里工作了一辈子，从来没有发生过任何事。"空流拍了拍他的肩膀说："有你这样的定海神针往这里一站，大家都很放心。我就是过来随便看看。"男子扫描了一下他的身份信息，热情地邀请他进去。

空流道："你忙吧，我随便走一走就出来。"空流刚走了几步，看见门口大树下趴着两条狗，大喜过望，他慢慢地从两条狗的中间走过去。刚走不远，空流大吃一惊，急忙往回走，随后又放慢了脚步。那名中年男子看见空流刚进去又出来了，问道："您怎么不看看了？我还正打算向上座汇报呢。因为你如果要到我们这里各处巡察，需要汇报我们上座知晓并开放权限。"

空流笑道："我不看了，我来的目的主要就是提醒你做好守卫工作，现在我需要回去参加一个紧急会议。"男子道："请放心好了。这样我就不需要向上座汇报了，希望您下次不忙的时候再来指导交流。"

空流出来后，面上虽不动声色，心里却想，差点犯下大错。空流刚一踏进大门，凭直觉就知道自己此前的判断有误。这个地方一定隐藏有机密，但正因为如此，他们不会莽撞地将卿嫣带到此地。

这里保卫如此严密，虽然他的身份信息显示没什么问题，但是他们的上座一定会向红尘星界有关部门询问，这样一来，自己的身份就极有可能暴露。更重要的是，刚才经过两条狗时，已经证实了卿嫣不在这个地方。

物语落流派以"万象有为"之宇能誉满七界。意为以万象为宾客，可感知万物之念，世间物我共济，互相为用。空流经过那两条狗时，释放出卿嫣的气息信息，如果卿嫣来过这个地方，这两条狗一定会下意识地做出或明显或微小的反应；但事实上这两条狗没有任何反应，所以卿嫣一定不在此地。

123

空流来到一家食府，打听到这个小镇上最好的居住之所——海屠栈楼的顶层，是地壳运动控制公务者们独有的休闲之处。得知这一消息，空流大喜过望。海屠栈楼位于上升海床与俯冲海床交会之处，景观别致、视野开阔。空流欲易形为酒店的服务人员，但是发现这个主意行不通，海屠栈楼顶层属于地壳运动控制公务署独有区域，未经允许，栈楼公务者不得进入。

空流不得不准备试用另一套方案。他获悉栈楼首座办公室所在后，以一名酒店服务人员的身份敲开了首座办公室的门。门开了，就在首座一脸茫然地看着眼前这位员工汇报着无关紧要的工作之时，空流催动隐念，首座睡着了。

随后，下座们接到指示，因为该领域发生了航机劫持事件，栈楼接到有关安防要求，首座将在5分钟后带领栈楼全体管理者对所有的楼层进行巡察，包括栈楼最顶层，同时对栈楼上的地壳运动控制公务者们表示慰问。5分钟后，空流以栈楼首座身份带领管理者们首先来到了栈楼最顶层。

顶层的景观可谓叹为观止，左边是色彩缤纷的珊瑚群落，左前方是休眠的火山，正前方是错落耸立的奇峰，右前方是热泉迸发、色彩绚烂的五彩池，右边是深不见底的海沟，上方是千姿百态的海洋生物。

为了避免打草惊蛇，引起对方的警觉，空流让地壳运动控制公务署方面感觉他们只是例行公事而已。空流刻意没有到各处所巡察，他只是站在与海水相接的巨大泳池前跟大家说："就在这啊，闭目养神静静地站一会儿都是一种享受。不信你们试一试。"众人一起大笑起来。

空流说完，果真站在那儿闭目养神起来。他迅速进入空澈之境，催动隐念，果然，他找到了卿嫣，潜入了她的意识。空流心中一喜，又即刻恢复了平静。空流告诉卿嫣，保持平静，不要有任何表情变化。卿嫣正欲告诉他自己是怎么被带到这儿来的，空流告诉她时间紧迫，细节先不用沟通，让她将对方人员能力数量情况及她所处的位置等关键信息告诉他，他找到合适的时机再来营救她出去。

第八章 | 异星邂逅

卿嫣告诉他，对方已知晓她不是紫陌星界而是红尘星界的代表团成员，同时也获悉她是飞花落的宇能者，所以对她不仅没有任何不利的举措，而且感到问题十分棘手。因为他们目前在红尘星界的地盘上，且飞花落的圣境就在东神洲离不平洋不远的山脉中，他们并不想得罪这两大势力。

卿嫣通过他们的言行预判，他们可能会采用记忆转换术直接屏蔽或替换卿嫣此间的记忆，然后把她送走，从而不让红尘星界及飞花落方面知晓此事。

空流问卿嫣是否搞清楚了这些人的来历？卿嫣表示，通过同他们交手，认为他们应该属于仙菌落流派，这些人中有些不是地球上的人类，甚至不是红尘星界的星民，猜测来自蓝焰星界的可能性比较大，一方面，地壳运动控制公务署自成立之初就主要由蓝焰星界负责管理，另一方面，仙菌落流派发源地与圣境都在蓝焰星界。

空流认为卿嫣的推测颇有道理，不过个中情况还需进一步查访。卿嫣告知空流，对手势力庞大，不宜轻举妄动，最好的办法是速去飞花落圣境找她们掌座，到那时联手施救当易如反掌。空流思量此举甚为妥当，相商一番后，快速切断了隐念。

"栈楼首座"闭目养神半晌，缓缓睁开双目说道："好久没有享受过这样美妙的时光了，好了，不打扰你们了，我们还要去别的楼层巡察。"带领大家巡察完毕，空流回到首座办公室。不多时，首座清醒过来，看着眼前的员工一脸迷茫地看着自己，十分尴尬地说道："最近太疲惫了，你，你接着汇报吧。"空流站起身来说："我已经汇报完了，请首座继续休息，打扰了。"说完退出了房间。

空流从栈楼出来后，恢复此前的游客形象，不敢有丝毫耽搁，马不停蹄地前往飞花落圣境。空流深知，记忆转换术很难精确把握，往往会连同其他的记忆一道删除掉，甚至可能使卿嫣完全变为失忆状态；所以必须争分夺秒尽快将卿嫣救出来。空流从海底上来，发现一路并没有被跟踪，说明自己的行迹没有暴露，于是他激发全身宇能直奔飞花落圣境电掣星驰而去。

　　飞花落流派源于地球，追根寻源，其圣境自然落在了地球上。现如今，飞花落作为科诗世界科诗能系七大流派之一，在红尘星界诸多星球均有分支。就其在各大星界发展而言，在紫陌星界颇受追捧，于各流派中位列第三；在其余星界皆处于萌芽状态。飞花落的看家本领为"纤花幻彩"宇能，万紫千红凋零绽放间，四季轮回不息，至美之境虚实难分。于大美之境以优雅之法制敌于无形。因其宇能柔美，所以其流派以女子居多。

　　空流疾驰约2小时，已进入陆地领域，算算行程，大约飞行了1900余千米，空流看准了方位，又飞行了不到20分钟，离飞花落圣境所在地不远了。他降落至地面，抬眼望去，只见两座高山之中，一道深深的峡谷横空蜿蜒而出，顺峡谷而上，一座奇峰突起。其状下尖上宽，至峰顶裂为三座山峰，仿佛三片花瓣，看来"三花峰"由此而得名。

　　时候已然临近初夏时节，但山中气候清凉，野芳竞发，山花开得正艳。空流刚从海底来到如此清幽之地，为山色所吸引，不由放慢了脚步，悠悠然上得山来，脚下的台阶一级一级向上延绵不尽，直至云烟之外。空流看到台阶上满是苔藓，嫩绿无痕，看来鲜有人行走。

　　空流不紧不慢地走了一会儿，猛然想起自己是来报信求援的，急忙右手凌空一指，拔地腾空而起，眼看刚刚到半山腰处，突然听到山涧中娇呼之声此起彼伏，眨眼之间，四名粉衣女子联袂破空而至，当先一名年长的女子问道："来者有何贵干？为何无端擅入我圣境？"

　　空流赶上前来，致礼问道："此地当真是三花峰？啊，终于找到了。请问姑娘怎么称呼？"

　　那名女子道："噫！你还没有回答我，竟然先问起我来了，我乃护花使者月野纱织。你究竟有何贵干？不从正门进来，却从后山偷偷摸摸上来。"

第八章 | 异星邂逅

空流道："在下空流，见过月野纱织姑娘。您千万不要误会，我也是误打误撞才找到这里的。我是一名旅行者，在东西小镇发现贵流派的卿嫣姑娘被人劫持走了，特来报信的。"

几名姑娘面面相觑，深感疑惑。月野纱织道："东西小镇？卿嫣怎么会去那里呢？而且竟然有人会在一个旅游小镇劫持她？怎么听起来都有点令人难以置信呢？"

空流见此情形，吟诵道："人面不知何处去，桃花依旧笑春风。"这是卿嫣告诉他的密语。

四位女子一听大惊，月野纱织道："快随我来！"

片刻工夫，众人就来到了山顶之上。空流放眼望去，所在之处正是"三花峰"三片花瓣其中的一片，仿佛置身于云雾之上的花海之中；但一片一片的花林，花品与色彩却不尽相同。花间处处飞泻而下的瀑布雾气飘扬，果真是一处不可多得的世外桃花源。

空流正四望观赏，月野纱织嘱咐空流紧随其后，穿过一处处鲜花掩映的小径，眼前豁然开朗，山顶竟有一块巨大的草坪，草坪的尽头是一片长林，长林树梢之间，波光若隐若现。空流发现这里的房屋风格像极了地球原始时代的茅草屋，屋顶和来时路上的台阶一样，布满了青苔；但是这些茅草屋并不矮小简陋，高大的屋檐下、古朴的窗户上，都长满了争奇斗艳的鲜花。

转过一片长林，空流看见一片茅草屋组团融合在一起，仿佛是一片宫殿群落。月野纱织说道："这就是我们飞花落的中枢，请稍候，我进去通报一下。"片刻，月野纱织出来对空流说："我们掌座今日不在，请向我们执掌言明即可。"

空流随月野纱织步入中枢，屋内却是另一番景象，山外世间之应用应有尽有，屋内陈设不管是整体风格还是细微物件，基调典雅但并不幽晦，处处自有一股清丽之风。空流心想：飞花落雅而不俗，艳而不媚，这大概就是其在紫陌星界等领域拥有众多宇能者的原因罢。

127

空流刚坐下，只见两片新叶托着一杯清茶款款飘至眼前，空流随手接过小酌，清茶中有淡淡的花香。就在这时，空流闻到一股别样的花香扑鼻而来，抬头一看，一名身材修长、身穿淡绿色袖衫、鹅黄色长裙的女子缓步迎面而来。这名女子面上罩着一层白色面纱，面纱上绣着三朵淡粉色花蕾。

空流虽然看不见她的容颜，但仿佛能感觉到面纱后面亲切的眼神与和蔼的面容。月野纱织赶忙过来给双方做了简要介绍，原来这就是飞花落的执掌赫拉。双方礼毕坐定，赫拉并没有在中间的空位上落座，而是在空流对面与其相对而坐。

空流正要做自我介绍，赫拉略一抬手，轻声说道："你说你是一名游客，我却以为是故人来访，你的情况我等已熟知；你就直接说一下卿嫣的情况吧。"赫拉虽是轻声细语，空流听了却是大吃一惊，不知对方为何说对他的情况一清二楚。空流心中虽是吃惊，但赫拉的话语听来感觉如沐春风。

空流除了将特别行动组的情况隐去，将实际情况如实略叙。静静听空流说完后，赫拉道："我们本是同舟共济，所以彼此也就不必客气。东西小镇不远，请稍作歇息，随后启程回去做好有关准备；我们今夜9点，也就是趁晚上最热闹的时候，一定准时赶到，与你合力营救卿嫣。你看如此可好？"

空流听了，心下想笑："可真没把自己当外人，你已经把一切都安排好了，我能说不好吗？"但也真心觉得她考虑得非常周全，没有什么不妥之处，于是说道："很好，听您安排便是。"赫拉似看穿了他的心思，笑道："今日若是别人前来，我自然是十分感激。我此刻当你是自家人一样，所以没有什么好客气的。"

作为一名刚到地球的异星来客，空流虽然一直感到有几分疑惑，但却又有几分欣喜，当下站起身来，将杯中的茶一饮而尽，说道："情况紧急，我也就不客气了，我立即赶回去好做些准备。"赫拉道："如此甚好，我也就不留你了，来日方长。"空流走出中枢，回身致礼，一转身穿云而出。

夜初时分，是海底小镇最好的休闲时光，也是守卫者最松懈的时刻。空流易形为游客早早入住了卿嫣楼下的房间，催动隐念和卿嫣沟通了解到，目前守卫者只有两名，但处于系统全时监控之下。空流告知卿嫣与赫拉沟通的情况后，静候救援者的到来。

9点整，空流接到密讯，赶忙来到栈楼门前，将四位女游客接到房间。空流见她们均已易形，不知道该和哪一位说话。这时，一名年岁稍长的女子看着他说："你就是空流？"空流致礼道："正是在下。"

另一名女游客走上前来说："我是月野纱织呀，这位是我们掌座。"

空流心道："掌座亲自驾临，可见对卿嫣何其重视。"

掌座道："有话咱们以后再叙，当下救人要紧。你发动隐念将他们的守卫者控制住，其余的交给我们，人得救后，我们同步撤退，但不要留下任何破绽。如何？"空流道："如此甚好！"

空流深吸一口气，闭目催动隐念，瞬间就将两名守卫者与附近的三名巡查者入定。这时，只见飞花落掌座轻轻抖动了一下手指，一朵绯红色的花瓣缓缓飘向屋顶，刹那凋零，融入了屋顶之内，转瞬间，屋顶似布满了一条条花之经络，然后，屋顶消融于无形，由花之经络编制成的大网将卿嫣托住悠然而下，与此同时，幻化出与将卿嫣锁住的房间一模一样的景象。

大家上前围住卿嫣，分外高兴。掌座道："咱们快走，此幻境维持5分钟后就会坍塌。"于是，卿嫣亦易形为游客，大家脚下加快步伐，有说有笑地步出栈楼。出了栈楼，掌座让大家换一副游客装束，尽快走出小镇。刚出小镇，大家立即施展宇能，尽力疾驰，一路并无追兵。

抵达三花峰时，已是午夜时分，掌座吩咐各自歇息。第二日一早，刚吃过早饭，月野纱织前来找空流说："我们掌座请你过去说话。"

空流来到中枢，远远看见正中央的位置上坐着一名女子。空流快步上前正欲说话，抬眼一看，竟是卿嫣，大吃一惊，再定神细看，发现这名女子与卿嫣长得几乎是一模一样，但又似乎比卿嫣年龄稍长一些。

空流正惊疑不定间，只听这名女子道："请先坐。"

月野纱织上前说道："这位就是我们卿岚掌座。"

空流不禁站起身来，大感不解："原来你就是大名鼎鼎的卿岚掌座，我一直都没看出来。但是昨天晚上，前去救卿嫣的，你们称为掌座的又是谁呢？"

空流刚说完，月野纱织在一旁掩面偷笑。卿岚说道："好了，你这名黑衣者，不是一向喜欢捉弄别人吗，今天轮到你迷糊了吧？没错，我就是卿岚，也就是这里的掌座。但此卿岚非彼卿嫣，此前与你们相熟的红尘星界代表卿嫣，不过是易形成了我的模样罢了。"

空流一听，恍然大悟：难怪感觉到她有时清纯可爱，有时又老成持重。原来她是要极力装扮成卿岚的缘故，但又不免本性流露。空流笑道："你们这一招，以其人之道，还治其人之身，我算是领教了。那可不可以冒昧地问一下，那位姑娘又是谁呢？"

卿岚道："你到时自然会知晓。对了，你此行作为交流团的重要一员，而且是交流团的发言官，责任重大，是否需要尽快赶回去？不管是我们地球上的人类也好，还是红尘星界的星民，都希望与各界星民一道共同守护和平、安享和平。"

空流道："十分感谢飞花落对我们的支持。当下，我还有一件十分重要的事要去做。"

卿岚道："哦，可否告知？"

空流道："这个东西小镇颇为蹊跷，地壳运动控制公务署或许隐藏着不可告人的秘密，我想前往查访清楚。这件事或许和交流团的使命有重大关系，是件大事。"

卿岚道："从已经发生的事情来看，可以肯定的是，他们不像看上去那么简单。既然如此，我也不便阻拦。但此去或有危险，你是否需要我们暗中协助？"

第八章 | 异星邂逅

空流道:"目前尚且不必,经过此番折腾,对方一定提高了警惕。我只身前往更好,这样目标小不容易暴露。我若有危险一定及时传送音讯,请届时再施以援手。不知您意下如何?"

卿岚沉思良久,起身说道:"你既然执意要去,那就暂且如此安排。对了,你可想见一见那位姑娘,然后再走?"

空流大喜:"当然好!总该识得庐山真面目才好。"

卿岚对月野纱织说道:"那你带他去吧。"

月野纱织带领空流来到一处瀑布旁,说道:"此处叫作桃花潭,我就带你到这儿了,你从瀑布中穿过去,就能见到你想要见的人了。"说完神秘一笑,转身而去。空流穿过瀑布,发现瀑布之下并非是一汪清潭,而是一碧如洗、风光旖旎的湖面,湖上是一处突兀的石峰。

空流远远看见一银衣女子独坐于凌空的石峰之上,银发轻舞,衣袂飘飘。空流心想:难道这就是我之前见过的"卿嫣"吗?心中十分好奇,急欲上前问明,转念又唯恐唐突佳人,于是轻手轻脚无声无息地走上前去。空流距那名女子尚远,仿佛闻到丛林深处不可捉摸的幽香,空流不仅有几分心神飘荡。

空流走近女子身后,正要致礼问候,只听那女子道:"你来啦。"

那女子并未回头,却又如同和身边亲近之人说话。空流感到熟悉而又陌生,竟不知如何回答是好,只是答道:"我来了。"他稍一抬头,只能看见女子如烟似雾的睫毛,在水光离合之中羽化若仙。空流道:"卿嫣姑娘真是个迷。说来惭愧,你我相处算来也有些时日,竟然一直未识芳驾之真容,今日既有缘再见,一并请教佳人之芳名。"

那女子缓缓起身,悠然转过身来,默默相视。空流不禁一呆,只见她与此前模样大不相同,一袭银衣遗世独立,满头银丝光华如练,粉面如霜,清丽出尘,湖光山色掩映之下,宛如遗落之境隔世千年的精灵。她缓步走来,柔声道:"竟然陌生了不是,还没感谢你的救命之恩呢。想必你也已知晓,我此前易形也是别有因由,请见谅。对了,我的名字叫沄滟。"

空流微笑道:"可不是嘛,仓促间我还没有适应呢。沄滟,名字也是美若诗,我想在这红尘世界、水云之间,怕是再难找见像你这样惊艳的女子吧。"

沄滟听罢,微微低头,笑道:"咱们走吧。"

双双竟然一路无话,走到桃花潭的瀑布边,沄滟道:"我要进去了,就到这里,不远送了。"

空流本有好些话想说,不知怎的竟然一路不知如何开口,只道:"哦,请姑娘留步,他日有缘再会。"脑海中一片空白,转头离去,走了几步又不禁回头相望,发现沄滟一直站在原地未曾离开,于是赶紧回过头来,加快了脚步。

就在这时,月野纱织不知从哪里冒出来,笑道:"该见的人都见着了,这下可以心满意足地走了吧?"

空流道:"姑娘见笑了,请问能否告知沄滟姑娘是何身份?"

月野纱织道:"你竟没问她吗?她是我们飞花落的圣使,嗯,就好比你这个交流团发言官一样。不过,还是有所差别,她相当于我们流派的形象大使,当然不仅仅如此,她也是我们的精神象征,是我们的精灵。"

空流若有所思地说:"我,我明白了,你们飞花落圣境真是个好地方。"空流谢过月野纱织,直奔东西小镇而去,途中将近况简要秘密地传给尘浪。

那日尘浪按计划抵达红尘星界,早有红尘星界星舰在此等候多时,一左一右为其保驾护航。虽说星际间通行的时空感融站早已建成,但由于各星界之间及星界内部各星球之间关系错综复杂,星际通行需要的沟通与信任成本过高,星界之间除了联境的公务者及负有特殊任务者主要通行外,多年来,星界之间重大的交流活动并不多见。

此次联境科学文化交流团的到访备受各方关注,红尘星界安排了规格

第八章 | 异星邂逅

极高的接待礼遇。牧笛号飞羽在红尘星界星都、地球首府长安降落，飞羽全景视角开启，代表团成员往窗外一看，外面的场景把他们吓了一跳。只见广场上人山人海，各色彩旗漫天飞舞，喧嚣声震天动地，想来是自发前来欢迎的星民和有关组织成员。蔚澜前来邀请代表团成员下飞羽。

尘浪率领成员们刚踏上广场，心情不免有几分复杂。原来，各色的旗帜中也不乏形形色色的各种文字的反对抗议标语，欢声雷动也掩盖不住此起彼伏的不友好的抗议之声，尘浪给了成员们一个眼神与无声的微笑。刹那间，从地面到空中，难以计数的影像设备火力全开，晃得代表团成员们睁不开眼。

在炫目的闪光交错中，红尘星界首座、地球村球长及红尘星界的原道世界、科诗世界、暗黑星空、文锦世界代表，红尘星界各有关星球代表等走上前来一一相见，阵容极其盛大庄严。双方礼毕，又是长达3分钟的合影留念。

尘浪心想，地球人都这么爱拍照吗？

在一路相随的欢呼、抗议交织声中，代表团成员抵达联境在红尘星界星都的驻地——室女星城。晚餐后，蔚澜带领四名代表前来沟通会议议程，尘浪与苏菲亚等五名代表参与了会商，议定明日各方做一些准备工作，第三日起正式进行闭门会议，初步计划每日开半天会，其余时间推动落实会议议题。

大体商议妥当后，蔚澜道："今日欢迎之场面虽有多方不同声音，但请贵方莫要见怪，属于正常现象，不过人数确然有几分超出我们的想象。"

尘浪笑道："一切皆在意料之中，岂会见怪。"

蔚澜道："我们会尽全力做好一切保障工作。不过需要特别说明的是，此时的长安不同往日，各星界及有关方面的各种势力盘根错节，各流派的宇能者亦云集于此，可谓是魅影重重。就我们红尘星界甚至是地球而言，也不只是一种声音，一个方向。"

尘浪道："感谢老兄讲大实话，我们已经算是朋友了。您说的这些情

133

况我们来之前也有所了解，做好了充分的心理准备。没关系，用你们老话说，兵来将挡，水来土掩。纵观你们人类的历史也一样，和平与幸福之花从来都要经历血与火的考验才会美丽绽放。"

蔚澜道："看到你们如此坚定、从容，我也就放心了。今日天色已晚，你们也早点休息吧。"

蔚澜走后，尘浪召集全体成员开完会方才歇息。

第九章　四面暗战

清晨，一场滂沱大雨惊醒美梦无数。这场雨来得急去得也快，雨后长安，碧空如洗，艳阳高照。不知何时，一道绚丽的彩虹横空出世，一边落在室女星城内的湖中，一边落在长安的丽水河中。

此情此景，代表团成员们心情格外好，时空信息弧上的议论亦是分外热烈——许久不曾见过今日这样别样好看的彩虹，预示着七界的友谊彩桥愈加绚烂多彩。

尘浪给七界征途特别行动组成员们发了一条密讯：赏虹品茗议事。空流传回一条密讯：三花有情，更在彩虹外，共赏。

尘浪忙着给大家泡茶，泭水道："这道彩虹桥坚挺得很哟，这么久了色彩也就稍许淡了一点点。"

伊凡道："地球人常说'天意'，此言非虚呀。"

苏菲亚笑道："据我所知，这次的彩虹持续时间格外长久，在地球上创造了一个新纪录。"知末正在欣赏墙上的画作，听到苏菲亚的话，突然转过头来，向大家做了一个嘘声的手势，关上房间的可视窗口，向门外冲去。

知末飞临湖畔，拾起一块小石子向彩虹与湖水相接处扔去，然后沿着湖岸走了一圈，慢悠悠地走了回来。知末一进屋，打开了室内的流水，开启了音乐。在大家的注目礼下，知末面带得意之色轻声道："上茶！"泭水端了一杯茶"恭敬"地呈上。

知末示意大家坐下，压低声音道："幸亏苏菲亚的话提醒了我，我知道她的博识，应该不会记错。现在看来，这场雨和这道彩虹既不是天意，也不是天时，它是有关方面的杰作。我考察了一下，我们前面的湖水与城外的河道是相通的，再加上这座彩虹桥，就形成了一个天然而又巧妙的探测器。就这个室女星城的安保措施而言，任何独立的探测设备都进不来，于是，不知何方组织就导演了这么一场天时。"

伊凡道："我想巧夺天工这个词用在这里甚为贴切，但是，诸位，我不是赞美啊。既然咱们发现了这个秘密，现在去摧毁它想来不难，只是，现在它已然成为热门了，一旦被摧毁会不会引发更大的反响？"

尘浪道："稍缓，它的探测功效如何？"

知末道："它是声光视听双重探测，应该说探测功能还是比较强大的。其特点主要是具有隐蔽性，这么大、这么自然的一个物质结构不易于被认为是探测装置。彩虹之所以没有很快消退，是因为它前期需要与庞大的水系进行耦合，这需要较长的时间，好比一个装置需要调试，在调试过程中，彩虹颜色保持不变。而一旦调试成功，色彩就会消失，变为不可见、无阻碍的透明态，一直存在，只是你看不见它。不过，它的抗干扰性不强，一旦被发现，易于破解。"

尘浪道："既然如此，我们将计就计，不要打草惊蛇。我们接下来要严格做好保密与反探测工作，注意言行举止，让它只能看见、听见想让它看见、听见的。"众士均认为如此甚好，一一分头行动去了。

那边空流已经抵达东西小镇，易形为普通游客在海蜃栈楼住下。这边经大伙商议，派洢水前往协助空流查访地壳运动控制公务署。空流能够神不知鬼不觉地在其他星民的脑海中漫步，洢水能感知潜在的危险，所以二者联手执行秘密任务可谓是完美搭档。

接近中午时分，洢水亦易形为普通游客急匆匆地赶到地壳运动控制公务署附近，只见空流正悠闲自在地背靠着一棵大树，坐在树底下闭目养神。洢水还没开口打招呼，空流眼都没睁，拍了拍旁边的石凳说道："女神辛苦了,坐吧。"

浬水气不打一处来,说道:"好你个空流,你不是密查来的吗?怎么大白天睡起大觉来了?那边大伙儿都在争分夺秒地为明天备战呢!"

空流依旧不紧不慢地说道:"动静皆是修行,坐行都是战斗。凡事有为法,不要着急。"

空流拉着浬水坐下,接着说道:"此地非同小可,守卫森严。不是咱俩易形就可以大摇大摆地长驱直入的。"

浬水道:"那是当然,但是大白天睡觉总解决不了问题吧?"

空流笑道:"还真给你说对了。睡觉真能解决问题。"

浬水知道空流虽然常常不按常理出牌,但是从来不会信口开河,于是好奇地问道:"哦?请首座不吝赐教。"

空流笑道:"这个态度还差不多。我今日一早赶到这里来,一上午待在这儿就没有动过。在我寻常隐念能触达的范围内,我在这里面的星民脑袋中基本上都溜达了一圈,当然,只能是走马观花式的。让我感到疑惑的是,还真没有发现什么秘密。

"我指的是没有发现直接的核心秘密,也就是说,我所触达的这些星民,他们并不知晓这里面有何核心秘密。但是,也有一个重大发现,就是很多星民都知道这里有一处机密要地,声称是放置控制地壳运动核心设备的基地,是严禁入内的,至于里面究竟是什么,不知道。"

浬水道:"这就有点奇怪了,看来这个基地里的公务者一上午都没有出来过,否则你应该早就发现他们了,他们要么是一般不出来,要么就是进出另有通道。"

空流道:"你分析得不错,这个基地的位置我已基本知晓。现在的问题是我们怎样才能进去,把这些秘密搞清楚。还有,那些抓走浛……哦,卿嫣的人和这里到底是什么关系?"

空流接着道:"好在这个问题已经解决了。这一上午我一直在想,这里面的公务者究竟谁才可能有机会接触到这处秘密基地。刚开始我想到了他们的安保人员，后来我发现，这里的安保人员都是按职责严格分区的，不允许随意调动。只有他们的餐饮公务者活动范围比较宽泛，有可能接触到秘密基地的外围。另外，我已获悉这些餐饮公务者每日中午和晚上工作结束后，并不是住在这里面，而是统一在海厝栈楼休息。我已锁定了两名餐饮公务者，对他们的行思已经了如指掌。今天下午我们就开始行动。到时，我将对他俩进行催眠，然后咱俩易形为他们的形象，打入内部。"

泖水吐了吐舌头，看着空流说道："幸亏你不是我们的敌人，否则太可怕了。任何与你为敌者，在你面前岂不是赤裸裸的存在？"

空流坏笑道："可是直到如今我都没有看清你呀。唉，你们呀，想得太多了。我只是据使命所需获悉所应知晓之信息，除此之外，虽一毫而莫取。每一个星民脑海中信息量之大，若要获悉其中的点点滴滴，需要付出与其真实经历几乎等同的时间。就拿这两名叫康源、安颖的餐饮公务者来说吧，他们回家后的私生活，我怎么能知道呢？

"言归正传，今日一定要加倍小心，但是状态要从容自然。不到万不得已，一定要避免一切可能发生的冲突。我们不可能一下子就获得我们想要的东西。正好，从明日开始的交流会都是每日上午开半天会，这样以后每日下午我们都有机会来此探查，晚上正好能够回去和大伙儿一块儿把这里的情况和第二日会议的问题一道进行商议。"

泖水道："可行，听首座安排，那接下来我们做什么呢？"

空流道："继续闭目养神，养精蓄锐。这两名餐饮公务者下午1点30分会从里面出来，然后回栈楼休息，3点再进来工作，晚上6点30分回栈楼歇息。"

泖水道："那你继续养神吧，我还是第一次来呢，我自己到周边转转，顺便熟悉一下地形。"

空流道："既然如此，哪有让女神独自赏景的道理。我愿陪女神一道览胜。"

泖水道："这还差不多，懂事。"

在如幻胜境中,空流和洢水一路指点风光,不知不觉中时光飞逝,看看将近3点钟,急忙赶回栈楼守候。空流看着康源与安颖从里面并肩而出,找准时机,控制其意念,然后与洢水一道快速贴近二人身后,不着痕迹地把他们扶回房间。随后,空流和洢水来到地壳运动控制公务署,因为已然将二人的基本信息全然掌握,进门时的身份信息扫描分毫不差,自然畅通无阻。

空流一进门,就看到了上次看见的那两条狗趴在老地方,刚一经过,空流就感觉到了两条狗的潜在反应:上次来的老朋友又来了。

空流心想:"自己可以骗过最先进的科技系统,但却骗不了这两条狗。智慧生灵从来自诩不凡,以为终可以掌控宇宙万象,往往无视这些所谓低等生物质朴的心智情感。"

空流向这两条狗报以一个友好的微笑,向它们摆了摆手。洢水也跟着顽皮地摆了摆手。

行走间,空流道:"告诉你一个秘密,你是所有餐饮公务者的首座,地球人简称'头儿'。我们都是你的下座,他们称之为'部下'。所以一会儿到了餐饮室,你需要给大家分配工作。"

洢水一听慌了神:"啊,我怎么知道分配什么工作?你怎么不早说呢?"

空流低声道:"莫要激动,不是告诉你要从容吗?因为你呀,心智单纯。我怕进来之前跟你说了,你有压力,反倒不自然,露了马脚。更何况,你不是一直在赏景吗,欢乐的时光怎能不尽心投入?不过现在说也不晚,你放心,你的工作内容其实最简单,正因为你是首座,你分完工以后也就没有什么具体的工作了。详细情况我一会儿就告诉你。"

洢水道:"好吧,你这么说,我就放心了。我除了能预知安全危机,再就是在生物领域稍有些研究,其他的我就一无所知了呀。对了,那你现在是干什么的?"

空流道:"你这就谦虚了不是,宇宙万象之大,凡事安全第一,这多重要。再有，你们轻尘落流派的造诣那可是非同小可呀，过往，主要是你们没有太多的机会学习。至于我呢，这次就是配餐的，还有，就是调研大家对餐食口味的信息反馈。我正好可以借这个身份到处走一走。"

浔水道："看来这两个人挑选得还不错哟。"

空流道："可不是嘛！对了，我还忘了告诉你，咱俩是两口子。"

浔水踢了空流一脚说："那好啊，看我回家怎么收拾你。"刚说完，自己又感到不好意思了。

空流接着又仔细嘱咐了一番，说话间来到了餐饮公务署门前。深入陌生重地，浔水不免感到如履薄冰，虽然她已感知当前并没有什么危险。倒是空流感觉像回到了自己家一样，走哪儿都是轻车熟路。浔水到属于自己的公务室收拾一番后，前往会议室议事。

会议室里包括空流在内大概坐了十几名部下，浔水定了定神说道："都来了啊，今天下午也没有什么具体的事情要讲，该说的今天早晨都已经讲过了。不过，我要重点说一下关于餐食的口味调研问题，最近这一两周要重点关注一下大家对当前餐食的口味方面的反馈情况。为什么说这件事要重点关注呢？你们都知道，咱们这里的公务人员情况比较复杂，哪里来的都有。虽然我们已经根据不同的地域特色提供了针对性的餐食，来自不同地域的人员更倾向于自己本土的口味，但他们有时也想尝一尝其他地域的风味。这就要求我们的餐食既要有本土特色，又要能够兼顾其他地域的口味。

"所以还是要多调研，多听听大家的意见。这个工作做得越细致越好。要深入到每一个系统、每一个部门，安颖你也可以找些其他部门的人员来协助你。这个工作我们向来都非常重视，所谓唯美食不可被辜负。好吧，我要说的就这么多，你们看看还有没有别的事？"

浔水讲完话以后，大家说了一些日常的具体事宜就散会了。空流来到浔水的公务室，竖起了一根大拇指，然后说道："今日咱们还有两个半小时的时间，6点之前咱们一定要出去。好了，我先走了。"

第九章 | 四面暗战

汨水站起身来叮嘱他一定要注意安全，随时保持联络。空流做了一个胜利的手势转身出去了。

空流规划了一下路线，脖子上挂着一根胡萝卜样式的调研仪，遇见谁都热情仔细地询问。他心下一边盘算，一边向秘密基地的方向走去，转过一道门楼就看见一座海蓝色的圆顶建筑，正是要寻找的秘密基地。

基地的四周皆是水面，将基地与周边区域隔开，只有一条曲折的连廊与外面的区域相连。基地正处于水域中央，水上除了零星点缀的珊瑚与鲜花之外，别无他物，任何想要进入基地之物皆可一览无余、尽收眼底。

空流老远就看到了一条黄色的警戒线，那是他所能抵达的离基地最近的边界。已经算是运气不错了，作为配餐员，他是能到达这个位置的极少数人员之一。空流从康源那里获悉，基地四周有8名安保人员，今天他要对接的那名安保人员叫保罗。

空流不紧不慢地朝警戒线走过去，他观察到保罗向这边望过来，空流向他挥了挥手。保罗大声问道："今天怎么这么早就来了？这不离晚餐时间还早着吗？"

空流道："你来一下，这不，我们上座给我布置了一个任务，需要做个调研。"

保罗笑着走过来："哟，还带着调研仪呢，来真格的啦。什么事？说吧。"

"还能有啥事？上座对这个餐食质量口味要求特别高，说要争取做到让每一个人都满意，让我来认真听取每个人的意见。你们这儿，大家是最辛苦的，责任重大，所以你们的意见非常重要。"空流拍了拍保罗的肩膀。

保罗自认为对这方面颇有研究："感谢兄弟这么想着我们，你们家领导要求就是高啊。你还真别说，这方面我真得好好说说。"

空流指了指旁边的石栏："我就知道你在这方面是行家，哪个星球的风味你没尝过，来来来，不着急，坐下慢慢说，我好好记一下。"

保罗刚一坐下，空流即时催发隐念，他要尽快争取时间，获取一切需

141

要的信息。空流算了一下时间，6分钟获取信息，5分钟交流餐食意见。转眼之间11分钟已到。空流觉得时间差不多了，时间再长的话，可能会引起其他安保人员的怀疑。

空流拍了拍保罗，说道："哎呀，老兄，你是不是太累了？怎么还差点打瞌睡了？"

保罗尴尬地笑了笑说："不好意思啊，平时公务时间基本上都没有坐过，一坐下来呀就有点犯困。好了，我该说的也说得差不多了。我看时间也差不多了，下次有什么要补充的，我回去再问问其他人。我代表安保的兄弟姐妹们向你们表示感谢啊。"

空流目送保罗走后，高兴地到别处实打实地进行调研去了。5点45分，空流来到洢水的工务室，一进门做了一个胜利的手势。

洢水给空流递了杯水："你没看到我在这儿稳坐钓鱼台吗！"

空流道："你心里自然有数，咱们找个理由，一会儿6点早点出发。"

过了一会儿，洢水出来看了看，和有关人员交流了一会："今天安颖收集的信息量非常大，也非常有针对性，我们今天早些回去，把这些信息梳理分析一下，明天一早咱们可以就此开个会。"

刚走出地壳运动控制公务署，洢水急忙问："看来进展得挺顺利，具体情况怎样？"

空流道："具体的咱们回去一块儿说可好，现在要紧的是，咱们赶紧回去找康源和安颖。随后咱们要尽快赶回室女星城。"

来到海蜃栈楼，空流一进屋，就催发强力隐念，将这一下午发生的相关记忆输入两人的意识。大约20分钟以后，空流说了声："好！应该没有任何痕迹，我检查过了，他们明天一切如常。咱们现在就可以走了。"

空流与洢水一出东西小镇，就极速飞驰，不到10点就抵达了室女星城。10点1刻，特别行动组召开秘密会议。

众士团圆分外开心，尘浪看到空流极其疲惫，非常关切："要不你先歇息一会儿，我们稍微晚点开没有关系。你们这一路飞奔过来十分消耗体力。"

伊凡道："他不是赶路累的，是因为心力消耗过大。这个隐念功能既伤身又伤神。"

空流伸展了一下双手："是的，赶路并不累，没关系，今天晚上歇一歇就好了。我们还是按时开会吧，让大家早点休息，明天才是重头戏，尤其是尘浪和知末，你们俩压力最大。这样，我把我这边的情况先介绍一下，有遗漏的洢水再补充。最后再梳理一下明日事宜可好？"大家表示没有异议。

空流道："细节我就不说了。我和洢水易形为两名餐饮公务者，进入到地壳运动控制公务署。然后我以这名配餐人员的身份去接触一名叫保罗的安保人员，再通过保罗获取所需要的信息。秘密基地里面是能量转换系统，这个系统的简要原理就是，把地壳运动产生的能量先吸收了，然后又通过这个系统输出的能量来控制星球各有关板块的运动。多余的能量先收集储存起来，未来根据需要再加以利用。

"这些情况看起来都非常正常，可疑之处主要有两点：一个是大约5星年前来了不少宇能者，至于宇能者的具体数量和所从事的活动，保罗并不知晓；第二个就是，恰恰在5星年前，基地内换了三名科学公务者，包括负责整个系统科技事务的上座，被更换的几名科学公务者去了哪里也没人知道。

"除了新来的这几名科学公务者，其他的科学公务者从来没有被发现出过这个基地。基地内人员出入走的是另一个秘密出海通道。整个安保系统，只有首座席勒才有资格参与核心层会议，知晓基地真正的秘密。这就是我这边的基本情况。"

尘浪道："大家听起来好像非常简单，但是若不是像你这样拥有超常的隐念能力，想要获知这些信息那是万难。对了，这些公务者的身份清楚吗？"

空流做了一下补充："保罗就是地球人，他本身也是宇能者，安保系统首座席勒及两位次座原来都是蓝焰星界的，其他安保人员基本上以红尘星界星民为主，基地里面的科学公务者只有青霜星界星民，后来的这些宇能者来自蓝焰星界和青霜星界。自从当年青霜星界协助地球处理地壳运动危机之时起，红尘星界就没有干涉过此中事务，一方面可能是技术方面因素，另一方面也是基于星际交往礼仪，怕产生不和谐因素。"

尘浪认为目前情况应该比较清楚了，只要能从席勒那里获取到相关信息，就能够基本接近谜底了。空流表示，明日除了洢水，还需要飞花落的帮助，如果有他们的协助，情况就比较好办。伊凡提醒大家，越接近真相情况就越危险，所以接下来每一步都要格外小心，最后，要做好应对正面冲突的准备。

"明日的行动方案，我这里已经有了，稍后传给大家。那接下来咱们梳理第二个议题，明日大戏终于要上演了。"空流说，"苏菲亚你先谈一谈。"

"这场大戏早就上演了，明日可以说是新篇章新高潮。"苏菲亚做了个具体解析，"我们目前面临的是四个战场。第一个是空流现在查访的秘密基地，而且很可能是一个突破口；第二个是咱们的沟通交流会；第三个战场是暗流涌动的从各方汇聚而来的势力，尤其是来自各星界七大流派的宇能者；第四个战场是各星界及有关星球的政治与军事力量，这是贯穿始终的真正的幕后战场，是最后走到台前的战场，也是要尽量避免正面冲突的战场。"

尘浪道："恰如苏菲亚所说，这四个战场环环相扣、彼此交错，牵一发而动全身。或明或暗，或者说忽明忽暗，在不同的阶段重要性都不一样。但就当下而言，这个谈判会议是在聚光灯下的，我们代表团就是各种明枪暗箭瞄准之下的演员，所以我们当前要做的就是把握好这个战场的主动权。这个沟通交流会，或者说谈判会议，怎么谈？从什么地方开始切入？这第一刀至关重要。"

知末站起身来，在屋子里来回踱步，最后停下来，仿佛坚定了决心：

"关于科学、政治、社会、文化等方面的具体知识与谈判内容,大家都反复研讨过了。此前的方案,科诗世界、联境、暗黑星空、文锦世界的首座们都认可了,这个我觉得不需要再探讨了。至于这个风云一刀从什么地方切入?我十分赞成此前由苏菲亚提出、泖水归纳的'思潮浪尖'战略。"

伊凡大笑,敲了敲桌子表达了一下自己的观点:"'思潮浪尖'这是个新名词,不过细想来也颇为贴切。这个交流会当前备受各方关注,如果这个谈判你们一上来就直接谈关于技术层面的问题,就会丧失其战略高度,使其意义平淡化。我以为要从广大星民的视角来看待这个问题,比如我是普罗大众中的一员,我会对什么感兴趣。"

空流道:"既然如此,我们就达成了思想统一。我们虽然处在风口,但需要的不是风口,风口是很容易转向的。我们需要勇立潮头,站在思想浪潮的浪尖上,引领一场思想浪潮的革命。我们怎样才能勇立潮头、站在浪尖上?大道至简,那就是本着一片赤诚之心,直面争议,把这个道理一层一层地讲清楚。"

会毕,代表团成员们本打算早些歇息,但直至夜深方才睡去。

第二日的会议如期举行,会前,没有任何不同寻常的消息,也没有任何特别的仪式。不过就是双方共约20多名代表,在一个封闭的屋子里会谈而已,如同许多寻常的会议一般。

屋内是如此的波澜不惊,但是外面的世界却是风雨满楼,星民们的议论充斥着几乎各个星球的每一个角落。时空信息弧上热浪翻腾,关于是应该"闭空锁球"还是要"星际互联"这样老生常谈的话题,却被炒得如同烈焰腾腾的火球。

中午12点,会议楼的大门打开了。当日的会议结束时间丝毫没有延迟,也丝毫没有提前。双方代表团成员的脸上均挂着职业的微笑。闪光灯瞬间让他们迷失在光影的海洋,他们在汹涌的人潮中一言不发,从容撤退……

下午2点,在众说纷纭的猜测中,联境代表团的言论飞上了时空信息弧，如同黑夜的明星高挂穹顶，像闪电一样划过七界。红尘星球代表团虽未置一言，但其姿态大家心如明镜。

联境代表团掀起了第一道思潮浪尖：

非理性寻找异星文明或消极选择"闭空锁球"，这是宇宙智慧生命星球科技文明发展的迷途，被称为第三重迷途。

因无能而祈求改变命运之主宰，因恐惧而怯懦退缩苟且偷生。

一些智慧生命星球在星际探索的进程中，会不自觉地步入一重迷途：因自身能力不足以实现星际跨越，就近乎疯狂地寻找异星文明，期盼能够找到一个更高级的异星文明跨越时空鸿沟来拯救自己，从而实现自我的星际跨越之梦。在七界实现星际互联之前，很多星球都有过如此经历。

事实告诉我们，这是一个极其天真而可怕的行为，一些星球文明甚至遭遇了灾难性的打击。

星际文明之间，最危险的接触就是，历经千辛万苦的触达。

一般而言，这种历经千百星年甚至更长时间才触达的两个星球文明，放在宇宙尺度下来看，科技文明发展水平都不高。在茫茫星海中，彼此的接触存在巨大的偶然性。否则，除非是一个星球文明发展水平非常高，它接触了另一个文明，而那个文明根本不知道。还有一种可能就是，那个高度发展的文明知道另一个低水平发展文明的存在，但是没有去触达。

而往往最危险的就是，两个科技文明发展水平都不高的星球之间偶然性的接触。

这种极其低频、需要消耗巨大的时间成本与物质财富的星际接触，会让两个实力相当或存在较小差距的星球之间，由最初的甜蜜而逐渐演变为猜疑、防范。一来一往千百星年之间，两个星球上任何的政治环境风云变幻，随时都可能演化发展为血腥的星际战争危机。或许某个星球尚在友好的睡梦之中，另一个星球已经先下手为强发出了致命一击。

我们需要在对无限宇宙的不断探索中让自己变得日益强大，这里有无数的选择与路径，而放任无序地寻找异星文明无疑是危机深重的迷途。一个星球文明，在星际探索中当尽可能避免去触达某个异星文明，应走好自己的路，不断实现自身的强大。

诚然，即便其尽可能地去规避，在星际探索中也有可能会遇到或发现某个异星文明，它比自己更强大。若如此，那也不必害怕，既然来了，就需要去面对，这考验的是智慧、勇气与运气。

如果一个文明比你更发达更强大，在你发现它之前，它往往能够先发现你；虽然这并非绝对，但大概率如此。先进文明与落后文明之间，好比站在山峰与平地上的两个人，往往是站在山峰之人先发现平地上的人，这就是文明的"山峰优势"。

一个文明迟早会被另一个比其更强大的文明所发现。一切不过是时间问题。所以，对于任何一个星球文明而言，要做的，唯有做好自己。

毋庸讳言，每一颗智慧生命星球都渴望拥抱星空，但一些星球出于安全考虑，惧怕星际探索、漫步远方的过程中可能会遇到其他星球文明毁灭性的打击，从而想消极地选择"闭空锁球"。

回望智慧生灵来时之路，古往今来，自从一个生命呱呱坠地的那一刻起，他（她）就发自本能地想向外伸展，触摸未知的世界。那高悬树梢的雏鸟，冒着被摔得粉身碎骨的危险，也要离巢飞翔。一颗在黑暗的泥土中沉睡的种子，当它一旦苏醒，就要奋力破土而出，去追寻那雨露阳光。

就连最为微末的星尘，也要抱团扩展，成就那星球的梦想。如果没有对远方的渴望，如果没有对未知世界的神往，何谈生命的荣光。

远方

它就在那里

它是自然的存在

它是本能的渴望

它是诗意的神往

任何生命本身就是一场奇幻的旅程，这绚烂的旅途既然有灿烂彩虹，就一定会有风风雨雨。我们从最初级的原始生物进化为今天的智慧生物，已然经历无数生生死死之考验。我们的血液里流淌着、基因里铭刻着不断去挑战自我的荣光，那我们今天为什么还要像寄生在黑暗里的蝼蚁一样苟且偷生。

任何一个文明发展探索的过程，就是这个文明自身走向强大的征程。如果一个文明故步自封，在这个茫茫的宇宙中，其抗风险能力就会越来越弱，其面临的危险性也就越来越大。

所以我们不必整日心怀恐惧、战战兢兢地躲藏在黑暗的角落苟延残喘，因为无论森林多么幽暗，躲藏终究是藏不住的。无论前面是璀璨星空，还是烈火地狱，我们无畏无惧，直面未来，这正是生命存在于宇宙的意义。

我们当遵循本心，走出闭空锁球的"幽暗维谷"，去追寻那风雨彩虹的"自在远方"。

七界联境思潮浪尖的波澜在星民们的心海中荡漾：既然现如今已然实现了星际互联，走过了在黑暗中摸索、非理性寻找异星文明的时代，也无须再回"闭空锁球"的老路，只要七界命运共同体紧密团结一致，在未来的宇宙征程中，力量将更加强大，道路将更加宽广。

思潮的涟漪正在一浪一浪地荡向远方，而风潮涌动的中心就在长安的秦月台和汉关台，这是长安城最繁华之所在，二者扼守长安大街两端，遥遥相望。

秦月台是政治组织公务者的密会之所，汉关台是宇能者荟萃之地，这在红尘星界早已不是什么秘密。每当华灯初上，长安大街游人如织，正因如此，这两处不允许有超越星民公共场所的监控手段，由此成为各方势力风云聚会的乐园。

曾几何时，科技让所有的星民足不出户、龟缩于任意角落，即可应付所有的交往，在这颓废而腐朽的一页翻过之后，那些最原始的习俗，让这些堕落的灵魂与身躯得以复原生命的鲜活，亲自去体验、触摸、感知世间万象，面对面的交流变得不可替代，即使是那些有着不可公之于众的秘密的星民也不例外。

见面，被赋予安全可靠之外的更多意味。

秦月台，形如出水之月，然而并不是圆月，如同一弯昏黄而细瘦的月牙。月牙的顶端直出云霄，水光接天之际，渺茫的歌声不绝于耳。

就在这月牙之内，每一个星界都分派了不同的代表与其他星界密会，虽然这些政治组织的公务者大多不是宇能者，不允许轻易易形，但是，各星球的形象管理公务署并不禁止蒙面。所以除了外面的游人，进入到秦月台里面的客人基本上没有不蒙面的，这里不愧是面谈者的隐秘天堂。

那些肩负不同任务，从不同星界赶来的公务者，今夜起一定会悉数在此隐秘登场。

从之前分析的情况及对今日发布的观点的反应来看，对于广大星民，空流他们有信心，一定会与星民们并肩而行。但是没有哪一个星球哪一个星界的政治组织，会轻易地表明立场，旗帜鲜明地与他们站在一起，即使他们已经决定了要走的方向，也不会轻易率先表露出来。他们一定要充分探测各方的微妙异同，小心翼翼地在星民意志与各种势力间找到巧妙的平衡。毕竟，随着科技的发展，如若稍有不慎，星际间的冲突导致的后果可能是毁灭性的。

空流与尘浪易形为两名普通星民前往秦月台。今日的秦月台似乎与往常并没有什么不同，只是连最高那一层上的灯都亮了。

空流笑着说："看来咱们得去会会嫦娥与玉兔了。"

尘浪道："嫦娥与玉兔归你了，我去找吴刚喝酒好了。"

他们此行的目的并不是为了要发现谁或者找到谁。来此间密会的这些公务者，即使他们不蒙面，遇见了也几乎都不认识。尘浪对各种政治组织了如指掌，在这方面的消息极为灵通，再通过空流的隐念功能，探知一些具体情况。此外，今天的来客，能被空流感知到的，他日若是再遇见，便可以知晓。

空流与尘浪蒙面刚进入秦月台，正行走间，空流突然屏气凝神："碰到老熟人了。"

尘浪低声道："咱们来此，除了红尘星界代表团成员及那日去迎接咱们的人，其他人咱们从来没有接触过。"

过了片刻，空流道："我知道是谁了，走，咱们跟过去。"

刚穿过一道门帘，他们看见一女子正在门廊处踱步。空流加紧几步走上前去，贴近她身旁说："见过赫拉执掌。"

只见那蒙面女子一惊，做了一个防备手势，沉声问道："阁下是谁？"

空流一本正经地小声道："在下空流。"

赫拉招呼他俩并肩而行："想必这一位是联境的尘浪了。"尘浪应了一声，正欲行礼。

赫拉道："不要露出行迹，咱们看上去像一起的就好。"

空流问道："您怎么也来了？"

赫拉道："还不是因为你们。咱们掌座料定你们今夜必定会来此探听消息，指派我来恭候你等，所以我一直守着这个必经之处。咱们先找个地方，吃点东西，这样才像来此间的客人。"

坐定用餐间，赫拉笑问："你们以为此地风月如何，可有什么凶险？"

空流觉得尘浪对政治组织情况比较了解，没有接话，看了尘浪一眼。

尘浪会意："我对各星界的政治组织情况略知一二，我们此行也只是想悄悄探听一些消息而已，来的都是政治公务者，想来不会有什么风险。"

赫拉道："你们这个想法极其危险，如果都像你们想的这么简单，这个秦月台早该关门了。虽然来此密谈的都是公务者，但是往往都有宇能者高手相伴，尤其像今晚这样，一定是顶尖高手如云，甚至还有顶级的高手。而且这里面也有像空流这样拥有类似隐念能力的宇能者，当然，你们物语落的情况你自然清楚，不会有谁给你们添乱，但是一些其他流派的绝顶高手，也拥有同你们类似的能力，可能层境弱一些而已。

"这些密谈者一方面要防范外部的危险因素，同时，也要防备一起随行的宇能者将密谈内容探知了去，所以，有时还会带两名以上的宇能者随行，互相监督制约。这个安全防范的道理与秘密传送音讯是一样的，既要防范外部的解密，也要防止内部的信息泄密，任何时候都没有绝对的安全。

"以你当前的宇能境界，遇上一般的宇能者，甚至是比你宇能稍强一点的宇能者，你的隐念力施展起来都没有什么问题，就怕这里有绝顶高手，一旦发现你获悉了他们不能外泄的密谈内容，一定会想方设法阻止你，这里有一条秘而不宣的规矩就是，你如果有能耐尽管来探知消息，但是一旦被抓住了，虽然不至于有性命之忧，但一定不能让你把秘密带走，他们往往会散掉你的宇能，抹去你的记忆。而且，所有的宇能者可群起而攻之，因为毕竟谁都不想自己的秘密外泄。另外，你们的身份一旦被暴露，对交流会的影响无法预知。"

空流和尘浪闻言都惊出了一身冷汗，没想到此行如此凶险。

空流问道："再次感谢飞花落的大力帮助，不知接下来该如何行事，是否就此打道回府？"

赫拉道："咱们之间不用客气，我之前说过，我们是一家人。这个中原委以后你会懂的。也不必就此回府，咱们还是能有所为。这样，尘浪对政治领域情况十分熟悉，应该大体知晓哪些台层有哪些政治组织经常活动。你呢，千万不要潜入他人意识意图获取信息，但是你可以感知他们的气息，了解一下与哪些公务者有接触，哪些公务者来过，这样应该没有什么危险，而且这些信息想必以后也是十分有用的。"

空流忍不住笑了起来："我今日本欲赏月约会嫦娥的，没想到要行使一条狗的使命。你们看啊，是不是这个情景，我就像狗一样，闻闻各色星民的味道，但是并不抢他们手里的骨头吃。"

尘浪与赫拉闻言忍俊不禁。赫拉笑道："请爱犬带路，咱们出发，我们还有几位同人在不同台层，以备不时之需。"

尘浪道："各星界代表之间的密会，大多不需要重点关注，他们的立场也基本知晓，不会因为一两次密会就有所改变，他们更多的是互相试探

151

及程式化的接触而已，我们需要关注一些不同寻常的接触。"空流与赫拉皆以为然。

尘浪一行来到秦月台 327 层，尘浪道："地球的西利洲与红尘星界的天狮星球有可能在这层附近密会。请感知一下，看看情况如何。"

地球作为红尘星界星都，颇有几分机缘巧合。红尘星界各星球中，就科技发展实力而言，天狮星球当排在首位，地球只能屈居第二。在紫陌星界进行星际探索的过程中，地球属于拉尼亚凯亚超星系团中首先被发现的智慧生命星球之列，并且地球人长得和无双星球的星民很相似，于是无双星球第一时间与地球建立了通联关系，设立了时空感融站，由此开启了红尘星界星系星球之间的互联互通。

后来，在关于红尘星界星都选择的投票中，地球以科技第二、历史文化第一，并首先建立星界通联关系击败天狮星球而胜出。天狮星球虽然遵从星民们的选择，但总觉得该为荣誉而战，一直在寻找机会想取得星都之誉。

5 星年前，天狮星球提出了星都轮换机制，每 50 星年轮换一次，集体投票选出星都，但曾经被设立为星都的星球不能再参与竞选。地球原则上同意星都轮换机制，但是认为已经设立为星都的星球也应有权利参选，大家公平竞争，凭实力参选。如此一来，各方就这个提议一直未达成一致，尚在博弈之中。

再说地球上的情况，地球分为四大部洲，东神洲、西利洲、南兰洲、北讴洲。四大洲之间，过往恩怨仇杀皆有之；不过，随着文明的进步，近 3000 年来没有任何武力冲突，偶有一些局部小的冲突也主要发生在星民部落之间。现如今几大洲在关于星球的主导地位，尤其在争夺地球的话语权方面，竞争颇为激烈，这其中分为两大主要势力，东神洲与北讴洲互为一体，南兰洲追随西利洲旗帜自成一统。

"他们在 330 层。如果所料不错，应该有地球村次长、西利洲首座米尔，天狮星球次长夜彗。"空流神色凝重。空流看过迎接尘浪一行欢迎仪式的影像，他们在随行队伍之中，根据获取的其他信息与现场感知比对，基本可以判定。

"此前卿岚掌座的担忧不无道理，红尘星界内部不安定的种子在借势滋长，外部压力在挤压渗透。"赫拉说，"他们一个想要执掌地球的话语权，一个想要争夺红尘星界的星都。就这两方而言，他们应该不会想要发展到武力冲突层面，不过是想借机达到自身的目的罢了。"

尘浪道："就他们这个维度来说，或许如此；但是他们想要借势的大玩家其实是要下一盘大棋，他们不过是其中的小小棋子而已，不过这其中棋子的作用却是至关重要。至于最后结局的走向，岂是这些棋子所能左右的？"

空流深深地叹了口气："当星星之火在风中忘情地摆弄自我的光芒时，它从来不会想到一片荒原的毁灭与自己何干？假若将来真如蓝焰星界和青霜星界的一些政治组织所愿，时空感融科技这样颠覆性的科技被掌控于他们之手，谁又敢断言千千万万颗星球星民们的命运若何？"

因为秦月台处于封闭状态，里面接收不到任何音讯信息，长时间与外界失去联系恐有变数，大家决定先尽快获知有关信息，随后赶紧撤离，具体情况回去再研究。待他们来到最高台层，空流根据尘浪提供的信息，感知到几个可能的异常情况。在720层，蓝焰星界驻红尘星界特使拓扑石、青霜星界驻红尘星界特使森如墨与天狮星球球长羽林在密谈。在1800层，蓝焰星界神弧星球次长莫雾松与暗黑星空自律公会次座仓舒在密谈。

秦月台台顶视野极好，长安灯火尽收眼底，只是大家无心赏景，刚上来就打算尽快下去。就在此时，三士几乎同时停住了脚步，如同蜡像般一动不动，周边的空气似乎固化了，但分明有呼啸而过的风声。

一个飘忽而苍凉的声音在他们背后响起："赫拉执掌别来无恙，此地风月甚雅，幸逢芳驾！"

三士缓缓转过身，赫拉深深致礼道："在下大幸，见过青古道掌座。"空流与尘浪闻言，均是大吃一惊："原来竟是幽草落流派掌座，只是幽草

153

落圣境在青霜星界，他怎会亲临此地。"只见青古道身形异常高大，亦是青纱蒙面，身着一袭青袍，双臂各镶9颗草叶。

青古道微微颔首，算是回礼："如此风华，三位竟无所求，何不移步共赏？"赫拉正欲答话，三士竟然发现脚步身不由己地挪动，且丝毫感觉不到强硬的压力，似有柔柔细风相拥。

空流向尘浪递了个眼神。尘浪致礼道："在下微雨落流派上师沙浪[①]见过青古道首座。"

空流紧跟着致礼道："在下物语落流派上师空本[②]见过青古道掌座。"

青古道轻轻"哦"了一声，一一还礼，笑道："原来竟是三大流派高才携手同游，甚为鲜见。如此，老朽就不打扰各位雅兴了，他日有缘再叙。"话音未落，飘然无踪。

三士同时松了口气："对方定是看到三个流派的宇能者在一起，不想一下子得罪了三大流派。"

赫拉道："我们从东西小镇救走了沄滟，他们一定想搞个明白，幽草落也一定与此有关。方才以为你们二位也是飞花落的门下，想有所动作。"

空流道："此地果然凶险，咱们快走。"

[①][②]　为了保密起见，空流与尘浪都没有用真名，报的是各自流派同门师兄的名号。

第十章　宇能计划

汉关台凌空高悬，远远望去，恰似高挂长空的大红灯笼。秦月台的月牙正对着汉关台，仿佛伸出双手欲揽之入怀、深情款款的纤弱女子。一弯新月与红灯笼交相辉映，这正是闻名遐迩的长安"红灯伴月"盛景，也是有情人对月抒怀的风月宝地。

伊凡与苏菲亚来到光华熠熠的大红灯笼近前，光影交相辉映之下，宇能者往来上下翻飞，如同挟飞仙以遨游。伊凡看见如此景象，自然分外兴奋。这里与扶风星球移风楼的气象大相径庭，移风楼千载如一，庄严肃静，但是汉关台却是别样的热闹繁华，好一派生机勃勃的景象。身为宇能上院未老的高足，伊凡期望借查访有关宇能者异动之机，一睹各流派风华。

汉关台每一层分内外两个空间，内部空间皆是雅致幽静的会客之所，外部空间则是宇能者尽情展示宇能、切磋交流竞技的舞台。进入汉关台的除了宇能者，还有大量的观光游客。汉关台不容许蒙面，但是宇能者可以易形。

伊凡与苏菲亚上上下下观摩一圈下来，大失所望，既没有发现什么有价值的情况，也没有欣赏到值得一看的宇能，大部分进行展示的宇能者都是各流派宇能下下之境者。他们正意兴阑珊意欲回程之时，空流一行刚好赶到。伊凡说了一下此间情况，众士亦是不解。

赫拉笑道："你们一个个都是大才，怎么这就不明白了？如此局势之

155

下，像你们这样的高手，谁还有闲情在此戏耍。虽然溯源至科诗世界，宇能者当独立于政治之外，但往往风云变幻之际，谁又能置身事外笑看风轻云淡。不过有些是为了一方之利，有些是为了共同福祉，终是利害之争。这些都是初习者，将此处当练习场而已，他们希望能够在此碰见高手，开阔眼界罢了。"

尘浪致礼以表谢意："执掌指教得是，据我在联境了解的情况的确如此。随着社会的进步发展，宇能者的能力越发强大，社会各界对他们的需求与期望也越来越高。宇能者无法完全脱离政治还有更重要的原因，一方面星际间通联日益紧密；另一方面，星际交流对智能装置与武力装置的严格限制，使很多工作只能依靠宇能者去完成。如此一来，宇能者已然深度融入政治生活的方方面面。"

"真正的高手此刻都在里面雅叙，10点以后他们会陆续出场。咱们到最高层，也就是火焰山等候便是。"赫拉说完，带领大家往上走。

伊凡赶紧跟上前去："承蒙指教，不愧是你们飞花落的地盘，我等自然是外行了。不过，我们这次来是为了查访消息的，是否还是在第一台层守候比较有利？"

赫拉道："不然。这个汉关台，凡是进来的宇能者，不管是怎么进来的，都要从最上面的两个台层下去方可。一般而言，宇能处于下境的宇能者是上不去最高台层的，它比次高层的顶端高出很多，而且悬于其上。所以一般能到达最高台层的宇能者，基本上宇能都在中境以上。"

于是众士沿着各台层缓缓而上，最高台层火焰山的高度果然非同一般，苏菲亚使出全力才堪堪抵达。站在火焰山上，对面的秦月台赫然清晰在望，但其内部景象一无所见，如同从秦月台看汉关台的情形一样。

火焰山的空间极为开阔，从中心到边缘足有3000米宽，台中心伫立着一根红黄相间的状若火焰的台柱。这火焰台柱如同山峰，极为险峻，四周光滑而无所遮蔽。

台层的四周围着一圈同样状如火焰的桌台，高低大小不一，颜色各异，三五组桌台围成一个群落。众士往四周一打量，各处宇能者颇为稀疏，大家找了一个空着的桌台组群围起来坐下，一边品尝果蔬点心一边漫谈。

9 点 30 分刚过，宇能者鱼贯而入，不到半小时，场地基本上坐得满满当当，后来者只能选一些边边角角落座。赫拉与伊凡对各流派及其中知名宇能者情况了如指掌，苏菲亚也大体略知一二。空流和尘浪在宇能界基本没怎么抛头露面，属于籍籍无名之辈。

赫拉道："今晚七大流派均有高手到场，长师以上身份的宇能者不在少数，各位务必谨言慎行，相机行事。"

宇能者所属的科诗能系虽归属科诗世界系统，但科诗世界仅在规则层面进行宏观把握，宇能者的管理则归于各个流派。大约 80 星年前，按地球上的时间计算约 560 年前，科诗世界与联境共同决议，为了挽救科技进步带来的各星球星民在体能方面的全面失能危机，增强各星界星民原始体能，除常规的星民体能强化工程外，提出了"宇能者计划"——培育星民原力超能者。

因宇能者归属科诗世界，"宇能者计划"实施之初，决议由暗黑星空与科诗世界联合商议，派遣七位宇能者在七大星界开山创派，在宇能者自然能力，即宇能教习方面不断发扬光大。各流派创立之宗旨即以维护所在星界星域与星民的安全为己任。

当初的七位宇能者被尊称为"宇能七圣"，在最初的七位宇能者的原生理念中，每一个流派就像一个原始的部落或村落，以原始的本能力量守护一个个部落村民。

宇能七圣序齿排班，分别在七大星界开创了七大流派：蓝焰星界的仙菌落，青霜星界的幽草落，红尘星界的飞花落，黄道星界的物语落，绿缈星界的微雨落，橙帆星界的轻尘落，紫陌星界的默石落。现如今，宇能七圣在七界只是一种传说，最后一位在公众视野中露面的时间尚需追溯到 390 年之前。

从各流派名号可窥见一斑，遵从自然之道与智慧生物的科学创造力，研发星民自身原力潜能。各流派虽在不同的星界创立，但可在任意星界星球自由发展。各星界陆续亦有各色小众流派兴起，欲自立门户；但一方面未得到科诗世界认可，另一方面也因宇能能力与七大流派不可同日而语，追随者寥寥，不成气候。

隶属于科诗世界总部的宇能上院在七大流派之外，属于宇能理论与科技研究机构，一般并不教习宇能者，也不允许在各星界开枝散叶，但与各流派互通有无。这其中，除了宇能上院设总部在紫陌星界星都、开创的流派设立在扶风星球，其他各流派总部，亦称为圣地，均在各星界星都。

各流派宇能者统一按掌座、执掌、圣使、次掌、上师、长师、少师、上学、长学、少学分级，分级兼顾品行、能力与选入流派的时间等因素。就七大流派而言，宇能各有所长，没有高下之分，只是具体到宇能者个体，能力自然有所区分。

宇能上院三老及各流派掌座宇能境界当在伯仲之间，各流派自创立以来，掌座、执掌之间并未有过公开的一较高下之举。至于宇能者大会，主要是鼓励新晋后辈们奋发有为，偶尔为开阔眼界之故，也会有个别流派的次掌一展绝技。当然，各流派不同境界的宇能者们在非官方公开场合的切磋异常活跃，所以版本各异的宇能排行榜常常为宇能者及星民们所津津乐道。

虽无权威的官方宇能排名，但每位宇能者在宇能界中均有不言自明的大体高下定位。

赫拉与伊凡为各士指认着来者，一一解说。跟随赫拉来的属下，除了月野纱织之外，余下三名宇能者目力有所不及，6000米之遥的人物面目形象几乎就看不清。空流与伊凡一对眼神，与大家打了个招呼，一起走走看看去了。

台层场地虽大，但笑语声不绝于耳。突然，一声长啸自东北角而起，一身影由小渐大，直奔中心台柱而去。只见那位宇能者一落地，身形暴长,足有近 5 米之高,头顶青色双翎,身前身后如各着七朵雪花,双袖似镶七颗露珠,脚踏绛靴,背负若一半月形青竹篓,上插一柄草叶剑。面寒如霜,双目如电,不怒而威,犹如天将。

"原来是贵流派圣境的上师克拉克。"赫拉对苏菲亚说。苏菲亚点了点头道:"我虽是幽草落末枝后学,但对主要师长还是知道的,他看上去果然是气度非凡,只是不知此番出场竟是何意?"

克拉克乃青霜星界星都金杖星球星民,自幼学习于幽草落圣境,在幽草落的上师中,当属排名第一的宇能者,于七大星界的宇能界中皆负盛名。幽草落流派源自金杖星球,其做派风格也大体如是,等级森严,规矩严明,作风刻板严谨。或因如此,其流派在各星界之发展甚为寥落。苏菲亚虽然修习的是幽草落宇能,从宇能者的身份来说算作是幽草落的门下,但其主要的身份还是文锦世界圣使。

相较于地球,金杖星球幅员辽阔,体积为地球的 2.5 倍之多,星民数量却不到地球的百分之七十;气候温暖,植被繁盛,多巨兽;星民体形亦多伟岸,身高大多 4 米有余,最显著的特征是其背部凸起,拥有形同鱼类的背脊。背脊部位亦是金杖星球星民精心装饰之所在。

按照宇能界的规矩,因宇能者均具有基本的易形之能,各星界星球的宇能者到其他星球之后,在通常的公众场合,需易形为该星球星民形象,除非在非常情况下,一般不得轻易使用宇能,尤其不得对非宇能者实施宇能。

今日云集于此的宇能者,除了面部相貌特征之外,来时身形均依照地球人模样进行了易形。所以此刻,以地球人甚至身形更矮小的一些星球星民的眼光来看克拉克,的确有点天兵天将下界的感觉。

克拉克大踏步绕着台柱走了一圈,向各方致礼后,朝向赫拉这边的桌台方位扫视过来,朗声道:"各位宇能界前辈与高才今日风云际会于斯,当为宇能界一大盛事,飞花落作为宇能界在红尘星界的东道主,不知欢迎我等叨扰否?"

赫拉心里有数，不管哪个流派，宇能者的入选规定非常之严格，所以，各星界宇能者之众，品行不端者极少，至多不过是争强好胜而已，宇能者之间的切磋很少有伤残致死事件发生，由此，个体之间仇怨甚少。但如果涉及流派甚至是星界、星球间的重大立场使命问题，那就是另一番情形了，超大规模的生死决战都可能发生。

幽草落向来行事低调，法度严峻，今日第一个登台喊话绝非偶然，不是克拉克一时兴起之为，眼下只能见招拆招，看看他意欲何为？于是，赫拉吩咐一番，让月野纱织前去答话。月野纱织飞临中央台柱，深施一礼："在下飞花落上师月野纱织有礼了，蔽派不敢以东道主自称，但有何吩咐，尽管差遣，定当尽地主之谊。"

克拉克亦知月野纱织之名，大笑道："不敢有劳贵派，只不过今日群英毕至，实属难得之极，各流派许久未曾交流切磋，如有幸，但愿一睹贵派之芳华。"

克拉克话音刚落，场内鼓噪声四起，想看二者切磋之众不在少数。幽草落的独家宇能为"天涯无幽"，刚柔相济、枯荣相依，以幽无而成其广大。月野纱织已有心理准备："那我们就有扰众士之雅兴，以博一笑耳，请多多指点。"克拉克未置一言，做了个先请的姿势。

月野纱织曼妙身姿微转，一条粉色光带上下翻飞，一枝带雨桃花缓缓飞出。那花枝看上去无依无托，飞得极慢，但其所过之处如暴风肆虐、飞沙走石一般，台柱之上似狂风大作、呼啸而来。克拉克缓缓取下草叶剑，向右侧轻轻斜挥而出，凝神不动，一枚草叶自剑尖倏忽而出，径自向花枝飞去，速度比花枝更缓。

草叶与花枝相距50米有余，僵持不动。"献君一枝花，不成敬意，难道是嫌少了吗？"花枝瞬间化作千百枝，如一片桃花林，急速向克拉克压过去。"此花虽好，但天涯何处无芳草！"刹那间，一片草地出现在桃林之下。

花枝纷纷坠落于草地之上，如同长在草地上一般。"还你一片花海草原吧。"接着，这桃林像被草地给吞噬了一般，一瞬间的工夫，消失得无影无踪。硕大的草地笼罩在月野纱织头顶之上，一分一分往下压。月野纱织手中的光带如钢柱顶住草地，光带前端深深插入了草地之中，眼看月野纱织手中的光带外露部分不足一米。

月野纱织浑身大汗淋漓，身形摇晃不止，眼看就要支撑不住。在场的宇能者都暗暗替她捏了把汗。只听月野纱织娇斥一声，被草地吞噬的桃林竟从中爆破而出，草地被炸得四分五裂，整个场地中心花草树木沙石弥漫一片，什么都看不见。只听克拉克大喝一声，转眼之间，台柱上空无一物，一切归为平静。克拉克神态怡然，走近月野纱织，致礼道："有劳芳驾承让了。"月野纱织气喘吁吁，摆摆手，唯有苦笑，惹得台下一片叹惋爱怜之声。

自从克拉克与月野纱织过上招，苏菲亚心中就感到不痛快，现在月野纱织落败了，苏菲亚真有点生气，她站起身来气呼呼地说："这位师长，他究竟是要干什么？尘浪，要不你上去给他点颜色看看。"尘浪还未答话，赫拉微笑着示意她不要生气，先坐下。

月野纱织飞临台下尚未落座，只听一个清脆的童音响起："两位娃娃玩得这么高兴，老朽也来凑凑热闹如何？"赫拉定睛一看，惊喜地说："微雨落怎么也掺和进来了？这演的是哪出戏。"来者正是微雨落的执掌荡小漾。克拉克见了也是大吃一惊，赶忙施礼。荡小漾朗声笑道："好说，好说。都是故交。"

这两位宇能者往台上一站，情形颇为有趣，一高一矮，身高相差太大。台下众士看见荡小漾出场也颇为吃惊：本是幽草落和飞花落之间唱戏，不知微雨落为何要来插一杠子，而且一出场就是执掌这样级别的高手。

微雨落圣境之所在，乃绿缈星界的星都天秤星球。天秤星球的体积约为地球的五分之三多一点，其上多为丘陵平原，季节不甚分明，湿润而多雨水，其星民数量尚不足地球的五分之一。天秤星球星民的性情、身形如

161

同少儿，面如天使，双耳似猫耳，地球人又称天秤星球为猫人星球。微雨落宇能者飞翔之能极强，冠绝七界。其独家宇能"星空飞流"，蚀物无痕，润物无声，如潇潇细雨，或轻淡若烟雾，或密集遮天蔽空。

刚才还热热闹闹的场地，此刻一下子变得寂静无声。大家知道此番竞技，定是精彩非凡。只见荡小漾顽皮地翻了几个跟头，腾空而起，飞临与克拉克差不多的高度，不知从何处抽出一根竹笛，盘腿而坐，旁若无物地吹将起来，其声如泣如诉，其境如小楼夜雨。

克拉克一改与月野纱织切磋时的从容之态，一上来便发起凌厉攻势。台柱之上刹那间布满足有数十米之长的草叶，一根根直刺空中，剑气森森、寒光凛凛，道道剑尖一齐上升；与此同时，无数道草叶剑从四面八方向荡小漾劲射而来，将其密不透风地围在中心。

眼看荡小漾上天入地无处可逃，就在这时，其周围飘现一层细细雨幕，这些绿幽幽的利剑射入淡淡的雨幕之中，竟全然没有了踪迹，任凭多少草叶剑从四面无穷无尽地射来。一阵阵烟雾涌上台柱，从草剑丛林上飘过，这些油亮的草叶剑居然慢慢变黄了，最后凋零在台柱之上，转而消逝无痕。

恰在此时，无数细若纤毫的雨丝漫天怒射，将四面射入的草叶剑纷纷击落。刚刚还是剑雨交加，霎时就是晴空万里。突然，荡小漾手中的竹笛一闪，克拉克手中的长剑当啷落地，没入台柱之中，在场的众多宇能者被震得头晕目眩。克拉克急忙去拔剑，却怎么也拔不出来，一时之间羞得面红耳赤。

荡小漾依旧顽皮地一翻跟头，落在台柱之上，脸上露出自得而又可爱的笑容："小子，不错不错，咱俩这一架打的是有声有色啊。"台下一片喝彩之声，好一派欢腾景象。喧闹声中，忽听一声清啸自汉关台之外远远划空而来。"荡小漾老孩童，何必调笑后辈，我来与你叙叙旧吧，咱俩总有七八十年没见了吧。"

话音未落，一略瘦而极高大的身影飞立台柱之上。其装束与克拉克相似，身形稍微矮瘦一点，年龄看上去似乎和克拉克差不多。当他飘落台柱之上站定之时，脸上满是慈祥的微笑，但体态却是极为威严，有如天神一般。只听台下惊呼议论之声不断。克拉克躬身长拜，随后缓缓退下，远远伫立在台柱旁而纹丝不动。荡小漾也一改顽皮之态，恭恭敬敬上前致礼。来者竟是幽草落掌座青古道。

赫拉见此情形，心下一惊，青古道不仅来到了地球，而且竟以掌座之尊在此登台造势。荡小漾若与青古道过招，必然败得很难看，虽然并不会有伤残性命之忧，但宇能者对于胜负之声名还是颇为看重，尤其是宇能高手之战，将在各界不断被传扬，成为抹不去的记忆与传说。

不管出于何种动机，荡小漾今日是为飞花落站台，飞花落此时如不出场，以后两家相见，颇为不美。思量至此，赫拉飞身凌空上台，向青古道深深致礼后，即向荡小漾打招呼致谢。

青古道回礼：“赫拉小妹，咱们又见面了。今时此地是你们的主场，来者是客，待客之道由你说了算。”赫拉赶忙道：“今日是我等待客不周，各宇能群英相聚于此，主要为叙旧而来。在下不敢有扰清兴，掌座若有雅兴，恭请上我们圣境小叙，不知意下如何？”

荡小漾看赫拉上来解围，站立一旁一直没有说话。青古道笑道：“今日大家既是老友叙旧，也是交流学习难得之机。刚才，老孩童对爱徒不吝赐教，使受益匪浅，老朽颇感欣慰。我碰巧路过此间，躬逢盛事，替小徒在此一并向二位请教一二，如何？”

与适才情形不同，此时台下各位看官，没有一位喝彩鼓噪的，偌大的场地，竟然寂静无声。一位掌座、两位执掌，这种级别的对决，可谓极为少见。场上切磋之外，在当前局势下，未来究竟会引发何种后果，在场的各个流派宇能者，没有谁敢轻易断言。

赫拉心下不解：青古道以掌座之尊高调亮相，绝非仅仅是切磋技艺这么简单。究竟是要表明一种立场，还是要传递某种信号？她与荡小漾对视一眼，事到如今，也别无选择。宇能界三大高手之战，一触即发。

赫拉与荡小漾心下盘算，一上来全力出击，或许还有一些胜算。荡小漾依旧笑得天真无邪，但他并没有潇洒自如地吹笛，竹笛也不知被他藏于何处。他腾空跃起，一手指天，一手向下探，只见青古道上空，雨丝绵绵，销魂蚀骨，青古道脚底之下，波涛怒涌，滔天黑浪席卷天地。

再看赫拉，以花瓣为刀，以花枝为剑，驱动全身宇能，片片花瓣化为宽大刀锋，射出炫目之光，刀海如潮笼罩着青古道；无数花枝，如急速旋转之漫天箭镞，钻入刀海之中。

台柱之上如两军对阵，电闪雷鸣，火花四溅，坚硬的金属台面被射得坑洼不平。此前过招，台柱丝毫未损，只因此时，赫拉与荡小漾无法完全驾驭自身激发的宇能，才会能量四散，引发不可控之伤害。

青古道双脚微分、双掌相交，身形笔直挺立，凌空缓缓转动，周身能量场将荡小漾与赫拉的攻势阻隔在百米开外。少时，青古道掌心露出一棵枯草，凋零欲坠。枯草围绕在青古道周边一圈一圈缓缓转动，残叶瑟瑟。这草叶慢慢由枯变黄，由黄变绿，最后竟发出道道似有若无的绿光。

刚才还雷霆万钧的花瓣之刀海、花枝之剑浪、细雨之箭阵，此刻全都销声匿迹，攻击能量似乎都被那棵枯草吸走了，回归本源，成了一道飞花细雨交织的诗意图景。慢慢地，竟连这风景也化作了虚无，只有那棵青草还在一圈圈光影流转地转动。再看荡小漾与赫拉，身体在空中急速晃动，显然依旧在全力驱动宇能，但似已到了强弩之末的境地了。

就在此时，刚才那颗不到半尺长的小草突然长至百米有余，草尖直指荡小漾与赫拉，一层铺天盖地的青幽雾瘴向他们以泰山压顶之势而来。看来，青古道是要给他们点教训看看，为克拉克挽回一些颜面。

片刻分晓即现，台下众士凝神屏息。一个色彩斑斓的身影突现台柱边缘，被激发的能量催动得摇摇欲坠之际大声呼叫："在下幽草落末学、文锦世界圣使苏菲亚，拜见掌座。我等有幸受教，请高抬贵手点到为止，就此罢手吧！"

青古道大吼一声："撒手！"三士同时急退200余米。如此突变，众

164

士自是大吃一惊。青古道大步走上前来，急问道："你说你是谁？苏菲亚？"苏菲亚赶忙整理好凌乱衣衫，跑过去躬身致礼道："报告掌座，在下正是幽草落末学、文锦世界圣使苏菲亚。"

青古道竟然没有说话，围着苏菲亚走了几圈，然后口中喃喃自语："苏菲亚，苏菲亚，苏菲亚，文锦世界圣使，文锦世界圣使……"反复念叨了好几遍。他突然仰天大笑："很好！很好！那今天就看在你的分儿上，到此为止吧。算你们二位运气好，今天你们不算落败，咱们扯平了。今天真是痛快！"言毕一声清啸，扬长而去，转眼消失无踪。克拉克亦追随而去。

面对这突如其来的变化，在场众士感叹不已，个个一头雾水。苏菲亚在宇能界属于无名之辈，况且又只是幽草落的年轻后辈，虽说文锦世界圣使这个名号尚算得上颇有分量，但作为一大流派的掌座，什么话也没说就如此赏脸，而且显然还分外高兴，不知这位年轻美丽的女子究竟是何等身份，真是令大家费解不已。

荡小漾与赫拉也颇感意外，唏嘘不已，不过总算是保留了几分颜面。今天可谓是好戏连场，帷幕落下，众宇能者也在一片喧嚣议论声中陆续退场，七界又多了一段传说。赫拉与空流一行恐夜长梦多，急忙撤退。赫拉让属下先回飞花落圣境向掌座汇报有关情形，自己与空流一行前往室女星城相商。

已是午夜时分，但众士毫无睡意，知末与泖水得知今日外间发生之事，大叫不平，生命中能有多少这样的精彩，怎可错过。大家将今日情形密讯传送给中枢在无双星球的有关方面，估计得多日后方有消息，同时对当前态势进行了深入剖析。

幽草落的举措应该是代表青霜星界，其掌座出场更是非常明确地强化这种意味。青霜星界的政界不好走到台前表态，借幽草落放风；这也可能不是青霜星界单方之意，估计是蓝焰星界与之商议的结果。目的十分明显：向理念相反的他方及立场举棋不定的有关方面施加压力。同理，微雨落的举措代表了绿缈星界，绿缈星界的立场此前就比较明确，现在就是要在这个节骨眼儿上再次强调而已。

作为微雨落的宇能者，微雨落的支持这么及时给力，尘浪自然是十分高兴。但是对于青古道这么抬爱苏菲亚，大家分析来分析去皆不得要领，最后，只能建议苏菲亚向文锦世界传送密讯探询缘由。

赫拉道："即便是我们掌座亲至，今日之情形，青古道即使给面子，也不会如此痛快，还是要讲条件的。"

此外，包括空流、尘浪在内的特别行动组成员心中都有个疑惑，在各大星界中，红尘星界虽然是首先表明姿态欢迎前来磋商交流的一方，但由于红尘星界内部情况比较复杂，变数却是最多的，最后亮相的底牌是什么，谁都无法预料。但作为红尘星界在台前的代言者，从交流团进入红尘星界伊始，飞花落方方面面的表现堪称旗帜鲜明——那就是交流团的坚定支持者，合作堪称亲密无间。

在特别行动组出发前，各有关方面对此并没有特别交代，只是表明"飞花落应该会是我们的支持者"。现如今，大家直觉上已经把飞花落当成了自家人。赫拉直接来到他们在室女星城的住所，如果依照纪律和通行规则，这是不可想象的事情，绝对是大忌。空流等虽觉于纪律不合，但主观上却觉得没有任何不妥。赫拉本人亦当深知这其中关节，也是十分自然地就来了。

大家心想，也许这就是地球人所谓的缘分吧。在远隔万千星河的异星他乡，在波诡云谲的星际旋涡之中，不管你背后的势力有多强大，在此刻，空流等不过似远离彼岸、在漫无边际的洋流中逆流勇进的一叶孤舟，能够在此遇到如此强有力的帮手是何其温暖与幸运。

众士研究完时局态势与明日会议事项后，谈到东西小镇秘密基地情况，赫拉认为空流当尽快把个中真相调查清楚，这是个重要的突破口。空流表示，明日会继续探查，希望赫拉能协调人手配合。

赫拉道："这个容易，那就让沄滟一同前往吧。深入险地，需要彼此熟悉，配合默契。"

空流分外高兴地说："执掌考虑得极其周到，太好了。"

苏菲亚道："首座，你这就有点过了啊，都不带掩饰的。"

伊凡道："莫要见怪，皆是本性流露。他去执行什么任务，从来都是美女相助。我觉得这个暗访的任务，我去也非常合适嘛，他就是不让我去，今天我算是找到答案了。"

泹水赶忙道："我赞成，明日咱俩组队，让他和浛滟一组。两大女神陪着他，想得也太美了吧。"

空流无奈地挠了挠头："我完全是从公务角度考虑的，纯属巧合而已。"

尘浪坐在他身旁，拍了拍他的肩膀："我虽然表示无比羡慕，但是理性分析，你的要求和执掌的安排还是非常合理的。"

知末道："你真是和事佬专业户。好事从来没有我的份儿，今天的事，我和泹水可要给你们记上一笔。好了，我也争不过你们，请问各位还有啥安排，没有的话，我可要睡觉去了。"

大家妙语连珠地互相打趣起来，赫拉笑道："我最后再叮嘱一句，经过今日此番折腾，宇能者方面的势力以后行事就不会那么遮遮掩掩的啦！今日台上那是叫切磋，以后一旦有具体任务，过招之际就是生死搏杀了。这也是你们当前面临的最危险最有能量的势力，所以需要分外小心。我们飞花落将密切关注各方变化，暗中布控更多的人手协助大家。好了，我不打扰大家了，告辞。"

众士送别赫拉，闲聊几句后各自歇息去了。

第二日，会议的开始与结束时间，与此前之计划，分毫不差；会议结束后，会谈者脸上也解读不出丝毫信息。下午时分，联境代表团与昨日一样，时间分毫不差地在时空信息弧上挂出了信息：

宇宙丛林是天堂还是屠宰场，星球文明在其间是猎鹰还是羔羊？这是宇宙智慧生命星球科技文明发展的第四重迷途。

天幕征途
TIANMU ZHENGTU

　　当我们逐梦远方，宇宙文明的图景又将怎样？是危机四伏的猎杀陷阱与屠宰场，还是令人神往的美妙天堂？

　　曾经，我们因未知而萌生恐惧，因恐惧而幻想邪恶。

　　当我们连跨越本星系都尚为不可能实现的梦想之时，那些渺茫不可见的外星文明绝大多数都已经成为我们想象中的星际战争恶魔，并在一代又一代的星球公民心中刻下烙印。

　　随着星球文明的高度发展，而星际跨越技术依旧止步不前，外星文明越发渺茫不可见之前夜，这种近似确切的恶魔传说弥散在恐惧与邪恶交织的黑暗星空，蒙蔽了多少仰望星空熠熠星光的无限神往之眼。

　　星际通联之现实业已证明，星际文明既不是猎杀陷阱丛生的屠宰场，也不是鲜花遍地的伊甸园。星际文明并不神秘，不过是星球文明的延伸与发展。星球内部文明曾经经历的一切，也许只是换了一个时空，继续上演。

　　但文明的力量早已今非昔比，每前进一步，都可令天地风云色变。善恶一念之间，多少生灵的命运从此改变。所以，每一个星际文明，前行的每一步当慎之又慎；既要坚守文明向善，又不能封闭自我，当抱团取暖，共御可能之邪恶文明。

　　以七界星域之广，仍不过宇宙之一隅，不敢纵议整个宇宙文明之生态，但以星际文明为星球文明之延伸发展及七界之实际而论，可以小见大，方可知宇宙星际文明之生态。

　　宇宙星际文明生态，即犹如某个星球文明上的动物生态群落——遵循弱肉强食的丛林法则；长久以来，既然这个生态群落能够持续存在，就说明这个生态系统是一个相互依存的体系，不可能是赢者通吃，毁灭一切。

　　如同一个丛林里的生态系统一样，如果某个物种将另一物种全部消灭，这个生态系统很可能就会因此失衡进而走向消亡，所以极少出现一个物种被另一个物种全部灭绝的情况。每一个物种能够生存下来，自有他的优势，但同时又都有其劣势，被其他物种所制约；即使是食物链最顶端的物种亦是如此。

所以任何一个星球文明，都不要过度畏惧被另一个星球文明所灭绝；如果某个星球文明果真邪恶如斯，它一定会遭到更强大文明的惩罚。纵使这个邪恶文明外部鲜有敌手，也一定会因邪恶而残忍的内部竞争而终究自我毁灭。

宇宙演化之妙，微如蝼蚁，亦有生存之空间，没有什么可以以唯一而独霸天下，这也许就是宇宙的法则。况各星际文明一路走来，历万千劫之磨砺，当在光辉之境，向善而为。

第十一章　秘境渔火

午后，空流与洢水赶忙和沄滟会合前往东西小镇。洢水见到沄滟，算是第一次看到她本来的模样，不由得夸赞不已："果真是天使一般的人儿，你要是在我们无双星球，怕是不能出门的，观者云集，会走不动道的。"

当着空流的面，听到这么直白的赞许，沄滟娇羞不已，竟不知如何应答："这，这，怎么会，我知道的，在你们星球，你可是家喻户晓的气象女神呢。"

空流见此情景，开怀大笑起来："我说你们二位，不要这么互相美化好不好，今天你们说谁好看，不算，我说了才算。"

沄滟笑而不语，洢水用手指着空流追着问道："你什么意思，不认同是吧？今天在这儿，你是少数派，我们说啥就是啥，认清形势好吧？"

空流笑着一拱手："好，好，和为贵。二位是我心目中的无敌女神，今天能有幸陪伴两位前往风光旖旎之地，荣幸之至！两位女神有任何差遣尽管吩咐，我一定做好配合。"

洢水一挥手："如此甚好！前面带路。"

空流一转身："好嘞！起驾！"

空流喜说笑，洢水天真直率，沄滟温柔沉静，但她今日和空流、洢水一道出行，心中也是分外欢喜，所以话也不少；三士可谓是一路心情舒畅，似全然忘了是要去执行极其危险的任务。

似乎眨眼之间，空流一行就到达了东西小镇。空流和洢水依旧易形为安颖与康源，沄滟易形为康源的助理子芳，三士顺利进入地壳运动控制公务署，筹划立即开展行动。因秘密基地四周空旷无所遮挡，需要沄滟之宇能制造幻境，三士商议留下洢水坐镇公务室，空流与沄滟前往秘密基地实施行动。

洢水道："请首座切记！今日不同往日，虽整体来说咱们应是安然无恙，但安危全在你一念之间，你一定不要强力而为哟。"

空流笑道："请预言大师放心，有你这话，我们心里就踏实了，请你稳坐中军帐吧。"

空流与沄滟到了秘密基地附近，空流和上次一样将保罗招呼过来，催动隐念，沄滟当即发动宇能制造幻境覆盖现场。空流借幻境掩护立即由安颖形象易形为保罗形象并来到安保岗位；沄滟利用幻境，将保罗换为安颖形象，一起离开。

空流快速扫描感知了一下周围环境，基地建筑外部表层竟然布满了极其昂贵的感息材料，可以感知吸收并屏蔽一切外部传播至此的信息。空流方才明白，为何基地四周虽然空旷，其位置也在他的隐念力可覆盖的范围内，却竟然感知不到任何有关基地的信息。

空流将外围的安保公务者信息快速了解了一遍，比之前从保罗这里获知的信息更丰富立体了一些。空流心想，时间紧急，得尽快接触到安保首座席勒才行，但是"保罗"在岗期间是不能离岗的，想到这里，空流暗笑了一下自己："真笨！"

易形为保罗的空流大叫道："哎哟，肚子痛得厉害，头晕，快站不住了，你们谁赶紧接替我一会儿。"两名安保公务者闻声赶紧跑过来，看见"保罗"脸色苍白，大汗淋漓，问什么情况，一名安保公务者让"保罗"放心，自己接替他值守，另一名安保公务者搀扶着他入内歇息。

空流一路轻声呻吟，一面赶紧催动隐念收集信息。突然，空流手部一震：他按图索骥，找到了席勒，席勒正在公务室和有关人员谈话。这名安保公务者以为空流痛得厉害，安慰他安康公务室马上就到，空流回过头微

171

笑表示感谢。

安康公务者给空流做了个快速检查,告诉他,是肠胃严重痉挛,发作起来疼痛难忍,但并无大碍,治疗后好好休息一下就好。空流笑着,无力地点点头：肠胃痉挛是他自己制造的。他闭上眼睛休息,正需要尽快静下来,集中精神催动隐念。

空流刚刚动用隐念,一下子有几分杂乱,触达到一名公务者就读取各种信息,这之中自然有一些有价值的信息,但是空流觉得还是要抓住要害,直奔主题。空流向席勒发动了隐念,席勒正在说话,突然站起身来,显得莫名地焦躁不安,伸手抓住杯子,喝了口水,又坐了下来,他对面的两名谈话者显然感到有点意外,但一切旋即又恢复了正常。

空流亦是大吃一惊,不禁一下子坐了起来,随后赶忙躺下。空流刚一进入席勒的意识,就遭到了强烈的排斥,而且是一种自发态的排斥。要说空流当前的宇能能力,虽然在宇能界名不见经传,但要论实力,在各流派的上师一辈中,也堪称前列,再加上隐念力与独特的抗伤害能力,综合能力甚至超过一些流派次掌,或可和某些执掌相抗衡。

空流发现席勒属于蓝焰星界仙菌落流派,其宇能实战对抗能力竟远在自己之上,和一些执掌相当,拥有这样超凡的宇能,当在宇能界赫赫有名才对,但现在的宇能界显然没有他的大名,这当真十分蹊跷。

席勒应该没有发现空流隐念力的入侵,意识中的排斥只是宇能到一定境界的自发反应。

空流想起了泾水的告诫,立即撤回隐念,快速盘算起来：如若强行进入,一定能获得极其重要的信息,时间也不需要太久,但危险性极大,席勒一旦觉察,不仅泾水和泛滟的安全难以保障,还会打草惊蛇——通过这样的冒险行为可能获悉有关信息,但如果不能拿到核心资料与证据,会功亏一篑。

可如果就此错过良机,以后或许就没有更好的办法了。空流正在两难抉择之际,突然发现席勒向自己这边走过来了。空流告诉自己,要保持最松弛的状态,以不变应万变。像席勒这样职业敏感性极强又宇能高超者,有丝毫不对劲之处,他都会看出破绽。

空流看见席勒走进房间,挣扎着坐起身来。原来席勒获知保罗身体欠安,谈完话,便前来看望。席勒非常和善地让他躺好不要起来,问候了一番,和安康公务者交流叮嘱后,说还有个会议,就先走了。

席勒中等个头,算得上是蓝焰星界神弧星球的标准身高。神弧星球根据科学测算,统一控制星民的身高、体重、形体,所以神弧星球星民的身高基本差不多,整齐划一,好似量产出来的一般。神弧星球星民皆以这个身高为傲,以为是星际间最美、最科学的标准身高。

席勒身穿金属质感黑色套装,如同铠甲武士;他的脸型像他的服装一样,轮廓分明,外形坚毅俊朗;他素来表情严肃,举止威严,目光锐利,作风严谨,行动有力。这些基本上是神弧星球星民,尤其是神弧星球仙菌落宇能者普遍崇尚的典型特征。

放眼七大星界,除了无双星球在紫陌星界的感召力,就要算神弧星球在蓝焰星界的影响力了。蓝焰星界诸多星球星民对神弧星球星民的思想理念、价值观、处世风格、自我素养等十分向往、倾慕甚至崇拜;这种崇拜最后发展成为一种自我优越感,进而走向带有非理性的偏执,于是危机的信号来临了。

空流平静地看着席勒远去的背影,不免深感忧虑:他那无比自信的自我优越感如影随形,无可隐藏。如果他是你的朋友,他可能是你朋友中无可挑剔的佼佼者;但如果他是你的敌人,那他一定是最危险最可怕的敌人。他们未来面对的不是一个或几个这样的对手,而是一个星球甚至是一个星界中数百万星球的亿万星民。

空流迅速将自己的思绪拉回,必须尽快找到新的突破口。"对了,刚才席勒提到要去召开一个会议,不知是什么样的会议,追踪到这一会议也许会有新的发现。"于是空流赶紧搜索会议场地。他催动隐念,刚刚收集了些信息,就发现不对劲:这不是一个高级别的会议,没有他需要的

173

东西。

他从保罗那里了解到：基地地面之上的部分，主要是安保公务者的公务室，而其他公务场所，比如科学公务者的公务室，是在地下大约数百千米深处。显然，在这里找不到这些科学公务者的核心信息。从席勒那里又获取不到信息，看来，只能从上往下摸排，先找安保次座获取信息。

空流瞄准两位次座公务室的位置，催动隐念，不巧，两位次座都不在。他搜索了一圈，也没有找到两位次座的踪迹。怎么办？时间在一分一秒地过去。"不能乱，千万不能乱。"空流告诫自己一定要冷静下来。

突然，空流脑海中闪过两个字："渔火"。虽然刚才空流进入席勒的意识只有短短的一刹那，但是"渔火"这两个字隐约出现多次，还闪现出带有其字样的机密文件场景。

这一定是一个极其重要的信息代号。究竟是什么呢？怎样才能进一步知悉？空流将从刚进来到现在所感知的所有场景快速梳理一遍，忽然精神为之一振：有一名公务者的身影多次出现，他曾出现在席勒的公务室；刚刚席勒前来探望自己的时候，这位公务者也跟在身旁；席勒现在正在召开的会议，这位公务者也在列。

"他一定是与席勒关系极其紧密者。"想到此处，空流大喜过望，转瞬立即平静下来，将目标锁定为这名公务者。空流发动隐念，直取目标。果然，他找对了——这名公务者正是席勒的助理戈尔。席勒所掌握的信息他基本上都知道，甚至很多信息，他比席勒知道得还要清楚。

一个小时过去了，空流基本上获悉了戈尔所掌握的所有重要信息。自此，空流心潮激荡不已，他终于知晓了真相——一个关于青霜星界与蓝焰星界在红尘星界的惊天秘密。空流收回隐念，疲惫不堪，气喘吁吁。他需要尽快休息一下，恢复精神，回到保罗的岗位上去。

空流稍稍恢复精神，便告别安康公务者，回到保罗的岗位上值守，他向沄潋发送了一道密讯。过了一会儿，"安颖"和"子芳"携手出现在基地的警戒线之外，向易形为保罗的空流招手，"保罗"高兴地迎上前去。

沄滟立即布置幻境，空流抓紧时间为保罗易为原形、植入记忆。

保罗感觉似乎打了个盹儿，清醒后神色有些疲惫地看着"安颖"与"子芳"说："今天发生了严重的肠胃痉挛，接下来需要好好休息一下。"

"安颖"道："你这估计是过于劳累导致的，那我们这几天为你准备一些有助于身体康复的饮食吧。"

保罗十分感谢："你们想得真是太周到了。"

辞别保罗，空流和沄滟加紧步伐，直奔洢水的公务室。空流一进屋，就对洢水说："真是料事如神，今天可谓是有惊无险。如若不是你提醒，差一点咱们三个今天就折在这儿啦！"

洢水欲问详情，空流表示此间不是说话之地。于是，三士从地壳运动控制公务署从容而出，分别安顿好康源、安颖和子芳，从东西小镇出来后立即飞身疾驰。

洢水按捺不住，刚一上路，就问空流今天情况如何。空流道："今天算是登堂入室，触摸到正果了，一个惊天大秘密。"

洢水道："快说呀！"

空流道："只能告诉你们两个字，渔火！"

沄滟轻笑道："渔火，这算什么秘密，还挺诗意，江枫渔火对愁眠呢！"

空流道："对了，就是这两个字，因事情重大，咱们还是按纪律行事，回去和大家一起说为好。"

洢水嗔道："我们就是陪跑的啦，来一趟什么也不知道，感觉没我们俩什么事似的。沄滟，你以后可要记住了，和他一起不管做什么事，只有吃亏的份儿。你想吧，一项任务完成了，只有他自己知道，我们呢，啥都不知道，纯粹地盲从。"

沄滟道："没办法哟，就只能往好的方面想啰，咱们也有咱们的好，落得个清闲不操心。"

洢水道："要说一点不操心是假的，咱们自始至终，悬着的心一刻也没放下呀。"

空流道："二位女神受委屈啦，咱们三个那是绝对的金三角，今天的任务完成得多闪亮，把咱们各自的优势可谓发挥得光芒四射。没有你们二位，我只能是盲人摸象了。下次来还是咱仨不能变，估计再加一些力量配合就可以。"

三士一路神采飞扬，比预计的时间提前一个小时抵达室女星城。

刚一落地，浒水就皱了皱眉头："不妙，感觉有点儿不对劲儿。"

空流问："什么情况？"

浒水道："也说不上来，咱们进去就知道了。"

三士急冲冲进门，尘浪赶忙站起来："可算回来了，回来了就好！"

大家正互相问候，浒水迅速扫视了一下四周道："是不是发生什么事了？咦，知末呢？"

尘浪道："是的，怕你们分神，没敢告知你们。"

空流道："不要急，大家坐下慢慢说。对了，向大家介绍一下，这是飞花落圣使沄滟姑娘，也就是你们之前见过的卿嫣。"

沄滟起身与大家一一致礼，礼毕，道："打扰了，不要耽误大家议事。"

空流道："那好，先说一下你们的情况，然后再说我们这边的情况。"

原来大概3个小时以前，大批宇能者在室女星城外集聚，高声喊话，要向默石落的高手伊凡挑战切磋，如果伊凡不出去，他们也决不退去。据了解，这些宇能者以幽草落、仙菌落两大流派为主，夹杂少数其他自封流派，他们作势要闯城。红尘星界方面调遣了安保力量最终驱散了叫嚣者，这场喧闹前后大概持续了近两个小时。

当大家回到机要会议室之时，发现少了知末。城内监控系统全方位搜寻，发现在大家前往城北处理城外的挑战者事务时，知末出了城。看他的影像，走得虽然匆忙，但是倒也从容，而且他自己刻意启动了信息屏蔽装置，出了城就监控不到他的信息了。

知末为什么突然要出城呢，而且也没有给大家传送密讯。室女星城对城外信息是全域屏蔽的，在没有开通特定秘密音讯通道的情况下，城外的信息是进不来的，所以基本上也排除了知末突然接到城外某种信息的可能。

"有没有可能是收到了我们某方面的信息？"空流问道。

尘浪道："我们查了记录，没有。我们自己方面的信息应该不会只发给知末，也一定会传给我们。尤其是不得留存的即时无痕绝密信息。针对当前情况，我们与红尘星界方面商议，因为目前情况不明，一方面要保密，以免引发动荡；另一方面，红尘星界方面已经启动了全方位力量秘密寻找。建议我们不要出去找知末，敌方在暗，我们在明，以免踏入陷阱。"

"嗯，我们只能是以不变应万变。从洢水的判断来看，目前知末应该没有危险。到了一定的时候，再不回来，我和伊凡就得出去追踪。"空流若有所思地说。

大家焦急地等待。知末此时突然出城的确十分蹊跷，双方交流会的核心就是探讨时空感融科技的有关问题，而知末是关键会谈者。

"我最大的担忧就是……"尘浪突然转过头来对空流说。

空流道："我明白。"

大家此刻都了解他俩的意思。要让知末在不和他们打招呼的情况下欣然出城，只有一种情况，那就是，这一切都是红尘星界内部某方面所为。如若是这样，那情形就无法控制了。这种可能性是完全存在的，因为红尘星界内部局势颇为复杂。

沄滟打破了沉默："你们看是否需要和赫拉执掌联系一下，让飞花落查找一下知末大师的行踪，同时从有关方面查探一下消息？"

一语惊醒梦中人，关键时刻，竟然忘了这么强有力的一个好帮手。

空流道："哎呀，当局者迷，我们只想到红尘星界方面已经去找去了。"

沄滟当即向赫拉执掌发送了密讯，赫拉立即发出行动指令，她表明，

177

在长安，如果飞花落都找不到的人，那不知还会有谁能找到。赫拉同时建议，伊凡可以秘密出城，她会派人接应，做好里应外合的配合对接。此外，赫拉指出，知末出城不会是红尘星界政界方面所为，她对红尘星界政界主流方向还是十分了解的，即使是受到内外压力的情况下，也不会以如此风格行事；但不排除或是天狮星球等其他方面的有关势力所为。

众士大喜，一下子又有了柳暗花明的感觉。伊凡当即出城。

苏菲亚道："如果不是红尘星界方面所为，情形就要好很多。那就只有一种可能，室女星城内有他们的内应。"

尘浪道："看来，我们和红尘星界方面都低估了有关方面的渗透能力。那个隐形的彩虹桥就是他们联系的通道，可惜我们缺乏条件设备，不然可以反噬他们的信息。"

"估计谁也想不到，如此机要重地竟然潜伏他方势力，由此看来，可能潜伏的势力不止一方。"空流笑道，"我们以为在我方大本营指点江山、运筹帷幄，没想到一出场就深入敌后。不过，好在，潜伏人员还不能进到我们的核心位置。今晚宇能者们大张旗鼓地向伊凡约战是提前策划好的，目的是将大家引出核心区域，然后趁乱让知末出城。我们以后要加强对知末大师的保护，不过知末虽然宇能在我们之中算是最低的，但其思想力是最强的，我相信他出城自有他的理由。"

"回来了该批评还是得批评，你们不好意思说的话，我说，我得揪一揪他的耳朵，咱们必须有严格的纪律性，对吧。不然多危险呀！"浐水假装不悦地说。大家苦笑不已。

尘浪问空流道："要不咱们现在说一下你那边的情况？"

空流道："我们算是撕开了大幕，大幕之下掩盖的东西都一览无余了，下一步就是要把这个东西拿出来，有证据在手才算是取到真经了。这个任务正好需要知末和伊凡，是否等他们回来后一起说为好？"

大家都表示愿意等知末和伊凡回来再说，他们不回来，每个人的心里都不踏实，做什么也都做不到心里去。就这样大家一直等到午夜时分，突然接到伊凡发回的密讯：已找到知末，正在安全返程途中，片刻即到。众士悬着的心终于落了地！不到20分钟，赫拉、知末、伊凡、月野纱织一行4人秘密抵达机要会议室。

大家赶忙围了上去，看到知末脸色有些苍白。赫拉说道："受了点内伤。不太严重。已经紧急处理过了，无大碍。"

空流一边对赫拉表示谢意，一边叫洢水准备一些食品点心，安排大家坐下。尘浪立即传密讯告知红尘星界方面。

知末一改往常的不羁，对大家表示歉意，非常抱歉让大家担心了，而且影响了大家的工作与休息。大家都表示，安全回来了就好，其他都不重要。

空流语重心长地说："你今天知道自己的重要性了吧，你可是我们的重点保护对象。你今天要是'光荣'了，我们就得打道回府了。"

知末摇摇头道："你们以后有义务教教我宇能，不出来不知道，没有点本事到哪儿都受欺负，光是思想强大也是不顶用啊！"

洢水递给知末一些点心："我本来要揪你耳朵批评你的，看你这么惨，就算了吧。"

空流道："时候不早了，你先压压惊，把情况从头到尾说一说。我们后面还有一些议题一起商量一下。"

原来，今天的宇能者在城外北边喧嚣，大家都急忙赶了过去，知末在后面慢了一点，他顺道到河畔的隐形彩虹桥附近看了看。他几乎每日都要来这儿探测一下，看看这个彩虹桥有什么变化。这时，他发现附近河水的振动与平常有些细微差别——一定有消息从室女星城内的某个地方传送至此，也就是说，有他方势力在城内潜伏。

于是，知末寻迹溯源，发现在离城门口不远处的一名环境公务者有极大嫌疑，就不紧不慢地跟了过去。那名环境公务者似乎也发现了知末，于是在向城外走去。知末只得装作出城跟了上去，他的宇能密讯传不了那么远，又没有带远程传送密讯的信极，所以来不及告知大家。

179

知末一路追踪，竟然跟到了长安城外秦始皇陵，这是远古时代在地球上的中国的第一位皇帝的陵寝，秦始皇陵号称是当时地球上规模最大、结构最奇特、内涵最丰富的帝王陵墓之一，如今已然成为星界文化遗产。这位被追踪者一进入皇陵，就消失在茫茫的兵马俑大军之中。

兵马俑最初被发现之际，曾被誉为地球第八大奇迹，印证过往文明之辉煌。这些被埋藏在地底的兵马俑原本光彩绚丽、鲜衣怒马，出土之时，因当时科技水平之限，一朝颜色消逝；然其历经岁月沧桑，依旧千姿百态、栩栩如生、生动跃然。

当然，后来的科技水平足以让曾经的历史一一"复活"。现如今，这些兵马俑穿过历史的烟云，回归本来的模样，以更加丰富、鲜活的姿态屹立在流光的长河里，永不褪色。有像活着的真人般仿生物态的兵马俑，有仿生虚拟态的兵马俑，还有静止文物态的兵马俑——也就是真实留存下来的文化遗产。

知末第一次来到这里，只见人呼马嘶、兵车辚辚、军威浩荡、旌旗猎猎，不禁为这历史与现实交织的壮观景象所震撼。知末正沉浸在遥想之中，突然，五名兵马俑不知从何而来，围成半圈，悄无声息地挡在知末面前。

知末一震，随即知晓，这些并非真实的兵马俑，而是易形的宇能者。知末之专长是搞科研，宇能不高；但身为仙菌落的宇能者，通过最基本的气息判断，就能大体知道来者的身份，这五位宇能者竟是仙菌落的同门。

圣境坐落于蓝焰星界神弧星球的仙菌落流派，由"宇能七圣"中最年长者七圣之首开创，其独家宇能为"微妙通灵"，研习世间生灵万物之幽微神妙，从生命的起源与灵识中悟道；通晓星界各种生物发展、构造与生物特性；熟知种类繁复的星际细菌、病毒与生物之间相生相克之道。

就能量与场力维度排序而言，仙菌落的宇能当属七大流派之末。但若以实战能力论，仙菌落常常能以柔克刚、以无形胜有形，制敌于未觉，让对手败得不明所以而心生敬畏甚至恐惧。所以，无论是在广大星民之中，还是在宇能界，仙菌落流派素来以神秘著称。

神秘往往滋生误解，如若某位宇能者或者星民突然遭遇身心伤害或重大健康问题，而又查找不出缘由，往往臆测为仙菌落宇能者所为。由此，长久以来，仙菌落背负了诸多恶名，而仙菌落方面也从不解释，尤其是出自仙菌落圣境的宇能者，秉持蓝焰星界神弧星球星民之特质，自律、自信而特立独行。

知末当初选择修习仙菌落宇能，只因认为自身特质非以力量见长，如今也是宇能平平，仅属长学之列，与仙菌落圣境同门及其他同流派高手更是从未有过交往。因蓝焰星界一贯之立场，仙菌落自当遵循立派之宗，以维护蓝焰星界之安危为使命，所以知末今日见到仙菌落同门如此举动也并不感到意外。

五位宇能者森然肃立，知末见对方默然不语，先开口道："拜见各位同门师长，未料各位师长竟是此中同道，深夜有如此雅兴来此观摩。"

当中的一位宇能者开口说话了，是一位男士的声音，其声坚硬而冷峻："此景虽奇，但你当是为我们而来，我们亦为你而来。"

知末没料到对方一上来说话就如此直接，咄咄逼人。自踏入秦始皇陵的那一刻起，知末就大体明白了：本非自己意外发现了那名潜伏的环境公务者，而是自己中了对方的圈套。

城外向伊凡叫嚣的挑战者、潜伏的环境公务者假装传送信息，这一切都是事先谋划好的，所有的时机、节点把握得分毫不差，并且不惜以暴露一名潜伏者为代价，而这一切行动的目标恰恰就是自己，如今他们已成功引诱自己出城并落入埋伏。

知末已经知道了个中因由，也并不慌张，眼下只能见机行事："果然是仙菌落圣境的行事风格。咱们既是同门，何苦用如此手段？"

对方答道："无他，为使命所驱而已。你亦如是。"

知末道："诚如斯言，但使命当为正道而行，否则，就是助纣为虐。"

"何为正义，何为非正义？我为蓝焰星界安危而行，这是当初本流派立派之宗。你们今日举七界之大旗，以捍卫七界广大星民之福祉游说四方。但时至今日，关于关乎各星球命运的时空感融科技的运行归属机制，诸星界星球立场未定，持各种观点的星民之数未明。放眼星界之广、星民之众，你们又岂能代表大多数？"

"我们是遵七界决议而来，与各星界相商求同存异，避免武力冲突涂炭生灵。你方如有异议，可光明正大进行协商，为何要公开释放武力威胁，同时暗中处处设置障碍？"

"截至目前，蓝焰星界并未诉诸任何武力行动，请尊重事实。既然立场不同，那就为其使命各显神通吧。你已主动屏蔽监控系统，我们亦如是，此际当无人知晓，那我们就凭实力说话吧。"

"你想要做什么？"

"你就是我们的目标，我们需要你脑袋里的信息，请跟我们走一趟。"

知末明白对方想要带走自己，采集关于时空感融科技方面的信息，笑道："你们想得太简单了吧，时空感融科技多么复杂而机密，我所掌握的不过是冰山一角，纵然你们获取了又有何用？"

"所谓见微知著，有时获知一点灵感就能拥有一片星空。"

知末心想："对手如此思维缜密，姿态从容，并不是一般的宇能者，其在知识、科研及宇能等方面的造诣均非同小可。决不能让对手获取这些极其重要的信息。"作为特别行动组中的一员，知末在出征前就经历过血与火的考验，也做好了随时付出生命的准备；但没想到一切来得如此之快。

知末此刻思绪万千：他若死了，此行的会晤谈判必定终止，也意味着本次行动的失败；当然，后续谈判或可重启，但无疑增添了诸多变数。此刻唯有一死，别无选择，否则后果不堪设想！想到此，知末心意已决，暗中催动宇能自毁脑部系统以绝后患。但令他心惊不已的是，自己体内的细胞、病毒及各系统竟然不听指挥，毫无反应。

"千古艰难唯一死！何苦自绝于世。你我都是同门，怎会忍心要你性命，况且是像你这样的科学大师。"对手不无轻蔑地笑道。

知末知道，这么近的距离，对手已然通过宇能控制了他身体内的组织结构，自己已是求死不能了。虽然过了鬼门关，但知末此刻却是万分焦急，不禁方寸大乱，他顾不得许多，飞身全力向近旁的柱子上撞去。

对方显然未料到知末有此一着儿，掠身阻挡，知末未撞着头部，身体重重撞在柱子上。其他宇能者一起飞动身形，将知末拿住，使其动弹不得。5位仙菌落宇能者带着知末刚刚飞出秦始皇陵，赫拉与伊凡一行正好赶到撞了个正着。这一下，高下立判，赫拉与伊凡几招就将对手击退。

伊凡正欲擒获一两名仙菌落宇能者回去问话，赫拉道："当下全力保护好知末要紧，若我们擒获了他们，他们再派援手追过来，怕情况有变。而且情况已然明朗，擒获一两个执行者也问不出太多的东西。"随后，赫拉一行便回到了室女星城的机要会议室。

了解完知末这边的来龙去脉，众士都道好险。

知末道："我自以为思维能力挺强，奈何对手太狡猾。"

尘浪道："你知道否？你今日若是'光荣'了，仅仅是本次行动失败了，那倒也不是大事，就怕成为点燃炸药桶的火星，星界的民情一旦激起，有时候不是说谁想扑灭就能扑灭的。"

"今日幸亏赫拉方面与伊凡皆是追踪高手，所以算是不幸中之万幸。有此一出，也算是给我们上了一课，未必全是坏事。只是我们今后行事必定当慎之又慎。重担在身，个个当以身作则，严格遵守既定的纪律。"空流说完，扫视了一圈，顿了顿，继续说道，"我们这边今日亦有大事，向大家做个汇报。"

赫拉目视了一下月野纱织，月野纱织便会意，向众士施礼辞别。

空流将今日进入地壳运动控制公务署后的情况简要介绍了一下以后，强调说道："渔火！多么诗意的名字，你们谁能想到，这竟然是一种威力可怕的杀伤性武器！"空流刚说到这儿，知末神色忧虑地说道："我已经大体能猜到是什么了。"

原来，青霜星界凭借在控制地壳运动方面的先进技术优势，在七界联境的决议下，为地球提供了极大的帮助。但是一切在数星年前悄然发生了变化。原本通过控制地壳运动产生的能量，可以循环利用造福于民，然而不知何故，造福于星民的美好愿望变成了一场惊天的阴谋。

通过对控制地壳运动过程中产生的能量的改造利用，在公益服务外衣的掩盖之下，一种新型的能量武器"渔火"诞生了——相当于在地球内部安放了一颗炸弹，而且这绝非一颗普通的炸弹，它的威力足可以从地球内部起爆，将地球炸得四分五裂，让地球不复存在，地球上的一切万物生灵也从此灰飞烟灭。

大家听完空流的描述，都沉默不语，室内一片寂静。赫拉的双手在发抖，不是因为恐惧，而是因为愤怒。她站起身来，几乎难以控制自己的情绪："就在我们脚下的这片土地上，万物生灵在这里繁衍生息，这个古老的星球，在浩瀚的宇宙中成长了几十亿年呀！谁曾想到，在这幽深的地底之下，竟然埋藏着如此邪恶的阴谋。简直是邪恶至极！"

苏菲亚走过去紧紧握住赫拉的手，并首先打破了沉默："他们虽然还没有举起屠刀，但是已经踏上了邪恶之路，哪怕仅仅只有这样的想法，都是邪恶的，更别说已经在别人的星球上安放了这样的武器。不过，理性分析，我想，事情也许还没有坏到不可挽回的地步。

"他们的初衷也许并非是想要毁灭星球，至少目前看来是这样。如此强大的能量诱惑，加上他们对科技的狂热追求，使他们失去了理智。不管是过去、现在，或许将来也是如此，很多星球，都希望能创造出能量威力越大的武器越好，哪怕是大到能将整个宇宙毁灭。

"早在远古时代，地球上全部的核武器一旦被引爆，足以将整个地球毁灭好多次。但是，理性加上幸运，地球存活了下来。现如今也一样，谁都想拥有最强大的武器，能够威慑到任何一方势力。用不用那是另外一回事，但是一定得有，诸多星球都是这么想的，这就是所谓的恐怖平衡。这也许就是自诩智慧的智慧生灵某种悲惨宿命的死结！现在，他们在地球上悬了一把剑；只是，他们是否会将这把剑砍下来，那是另一回事。"

知末长长地舒了口气，说道："苏菲亚的分析非常有道理。只因他们心中也明白，这个武器不是所有星界中最厉害的武器，如果他们做出邪恶之举，那他们一定也会受到同样的惩罚。所以，地球暂时不会有危机。"

尘浪道："那接下来就是我们的路怎么走的问题。这每一步都事关重大，步步为营。这件事一定要绝对保密，当前只能局限于我们在座的各位知晓。我建议暂时都不要告知联境总部。"

空流道："我赞成尘浪的意见。目前我们只是知道这个内幕，接下来必须拿到最关键的证据资料。不过，获取秘密资料的行动与此前秘密查访不一样，难度与危险系数都要高得多。所以我们必须制定周密的计划。行动伙伴上，在昨日我与洇水、沄滟的基础上，需要伊凡及飞花落更多力量的协作。

"如能做到既获取了资料又让对手没有觉察，这是最好的结果。但是我们也要做好最坏的打算，那就是，行动失败并付出生命的代价。当然，我们要尽一切可能将代价控制在最小范围内。

"此次行动存在两个最危险的因素：一个是地壳运动控制公务署的安保首座席勒。我已经给大家介绍过，他的真实身份是蓝焰星界军方中将，在地壳运动控制公务署名义上是安保首座，实际上是蓝焰星界派驻在此的军方总监管。他的宇能远在我等之上，只怕比伊凡还要略强，在座的唯有赫拉执掌能够克制他。

"还有一个更危险的因素就是这个渔火系统在地底下，要穿过一片深海区才能抵达。除了智能系统，基地方面在这片海域训练了一种名为乌鳗的海洋生物在此守护，乌鳗是地球的海洋中最凶猛的生物。据我了解，以我的抗伤害能力，大体是能够对付的；但是，按照秘密基地的内部管理规则，凡是涉及渔火系统的，不得单独接触，必须是至少两者同行。"

"我易形为席勒的助理戈尔，而与我结伴同行的人会有极大的危险。也就是洇水和沄滟你们当中的一个。"空流说到此处，停顿了一下，大家都不无忧虑地望着洇水和沄滟。

浔水和沄滟互相对望了一眼。浔水笑道:"小精灵,难道还要跟我抢不成。我有感知安危的能力,这个角色自然该是我的了。"

沄滟亦轻笑道:"我是地球人,对地球上的生物与海洋环境更加了解,而且我又是飞花落的圣使,作为飞花落的精神象征,具有特殊的能力,可以和生物更好地交流。再者,这涉及地球的生死存亡,我有责任,还是我去为好。"

"这项工作应该是仙菌落的宇能者比较在行,可惜我学艺不精啊。"知末无奈地摇摇头。

空流道:"这不仅仅是生死考验的问题,究竟是谁去,还是你们俩同去,需要我们经过详细的方案规划与论证,在此就不细说了。我已经默默推演过多次,最大的可能性就是我们获取了资料,但最后被发现追逃出来。所以我们需要规划路径,协调更多的力量进行阻击。"

赫拉道:"没有问题,我会向卿岚掌座请示,她一定会全力协助。"

沄滟突然插话道:"向掌座只说是空流他们要去查访上次究竟是谁、在什么地方把我抓走的,这次查访有较大的危险性,所以需要飞花落的全力协助。我们不要说关于渔火的任何信息。"

赫拉道:"好的,这样好。"

听了沄滟的话,大家都有几分诧异。卿岚乃飞花落掌座,为什么要对她隐瞒这件事?圣使作为各流派精神的象征,在道德精神层面及流派内部宇能者心中具有至高无上的感召力;但圣使一般不参与事务性工作,事务性工作由掌座、执掌管理,包括圣使的日常事务。圣使往往都是从与掌座或执掌有某种血缘关系的宇能者中挑选而出,所以基本不存在圣使与掌座关系不合的问题。

沄滟看到大家有几分疑惑,微笑了一下解释说:"按照刚才空流首座所说,我们此行存在被发现并发生冲突的极大可能。其实对于他们来说,关心的并不是冲突本身,而是我们到底是否获知或者说知晓了多少他们的秘密。

"因为他们一旦认为我们知晓了他们全部的秘密,并将其告知了红尘星界方面,红尘星界必定会有所动作。如此一来,他们也一定会做出相应的动作。万一这个秘密又被公之于众,那最后的局势可能会发展到不可收拾的地步,这才是真正的危机所在。

"所以如若飞花落出手将他们击退,他们随后一定会迅速派遣重要人物来飞花落,正式向我们掌座询问此事。而我们掌座从来不会说假话;此外,我们掌座以一大流派负责人的身份出现在如此正式场合,一定不会向另一流派隐瞒此事。所以先不能告知她关于渔火的消息,这样一来她就会按她知道的情况说。这样给对方吃了个定心丸,也许会由此化解一场危机。"

大家听了沄滟的分析,都认为她考虑得十分周全。

空流道:"你正好也提醒了我们,如果对方不知道我们获取了他们的机密,那自然好;若我们成功获取资料并安全返回,但他们知道我们获取了这个机密,那我们要第一时间与对方接触,先承诺替他们保密以安其心,以防激起不测,然后商讨怎样在最小范围内尽快妥善处理此事,让危机消解于无形。"

众士商讨一番后,夜深各自歇息去了。

第十二章　红尘迷局

次日上午的星界科技文化交流会刚开始，㳄水一踏进会议室就感觉有些不对劲儿。她把这个情况密讯告知了众士，尘浪提醒红尘星界方面再检查一下会议室的安保情况，再次检查后没有发现异常。众士只好相互提醒保持警惕。

上午的会议进程过半，知末正在发言，突然听到他大叫一声，用手指着自己的嘴巴，说不出话来。大家急忙围过去一看，只见知末浑身大汗淋漓，嘴唇干裂，血痕累累，满嘴起疱。伊凡上前来招呼大家让开，伸手按住知末背部后心，片刻，他焦急地说道："不好！应该是中毒迹象。"

空流也赶紧走过来探测："果然是中毒，是'烈日病毒'。"

这时，一艘急救云帆已然快速抵达会议室，安康公务者立即对知末进行全面检查，将知末带到室女星城内的安康公务署进行医治，会议不得不中止。

"烈日病毒"是一种变异病毒，施毒者根据地球环境特征下毒，该病毒在地球上一般是上午11点和下午2点这两个时间点发作。中毒者如同站在烈日之下，大汗淋漓，口舌生烟，全身上下从内到外犹如被烈日炙烤一般，苦不堪言。

伊凡表示，知末目前的中毒情况还不算太严重，如果立即运用宇能，耗费一些时日可予以消除。红尘星界方面表示目前是非常时期，各士还是要保持身心最佳状态应对一切可能的变化；已经选派了最好的病毒专家对知末进行诊治，地球时间一两日后当可康复。

双方商议，对知末受伤事件要严格保密。红尘星界方面随即发布了一条简短信息：因有关技术问题需要详细论证，今日暂且休会，后日会议将继续进行。这条简短的信息立即飞向了七界的各个角落，随之而来的是各方猜测。

特别行动组立即召开了紧急会议。会议分析认为，知末身上的病毒应是昨日在秦始皇陵外的仙菌落宇能者撤退之时所施。因下毒者撤退时比较匆忙，所以中毒情况并不算十分严重。下毒的目的无非是为了给会议带来混乱。烈日病毒比较隐秘，未发作时处于潜伏状态，所以知末回来后，并未发现有什么不适，常规检查也没有发现任何异常迹象。对手处处设伏，可谓防不胜防。

会议商定，基于今日的突发情况，原定于今日去秘密基地探查的计划取消，明日看情况再定。会议正进行中，红尘星界首座丹泊与地球村球长乔治秘密前来看望知末，尘浪作为红尘星界交流团代表前往接待。

就在各种论调甚嚣尘上之时，下午2点，联境代表团的信息又一次准时挂上了时空信息弧。

作茧自缚于自我"系统自限"，无法跨越"系统鸿沟"！这是宇宙智慧生命星球科技文明发展的第五重迷途。

世间万象，包括我们每一位星民个体，小到微粒，大到星球，都是一个独立的系统，皆因自成系统而存在。每一个自成一体的系统彼此相互依存，构成了大千世界。

每一个系统皆有系统自限，系统自限使其自成体系独立于其他系统而存在；但系统自限也使各个系统之间产生了系统鸿沟。系统鸿沟或可见或不可见，或细微或广大，既存在于微小的物质微粒之间，也存在于浩渺无垠的星球之间。

两个相距遥远的星体之间，看上去似乎是两个物质系统之间的鸿沟；实际上，是物质系统与非物质系统之间的鸿沟。只有越过了辽阔的非物质空间（诚然，非物质存在中亦可产生物质存在），才能联通两个物质星球，抵达彼岸。

如要联通浩瀚星河，必须突破系统自限，跨越物质与非物质两大系统之间的鸿沟。历经数千万星年发展方才横空出世的时空感融科技恰是如此，它实现了物质系统与非物质系统的交感相融，让宇宙智慧生灵挣脱了固守孤星终将走向毁灭的宿命悲歌，让真正的星际自由翱翔不再如梦幻泡影。

这是宇宙造物主的神妙演化，也是宇宙智慧生灵的伟大创举。

我们千千万万星球上的每一位星民，唯有突破自我系统自限，跨越系统鸿沟，方能够抵达梦想的光辉彼岸。

这条信息如同往常一样，毫无悬念地登上了时空信息弧的榜首。但不一样的是，今日这条信息之下，展现了一条附言，是红尘星界代表团发的一个笑脸。这留给了星民们无尽的遐想。也许是对今天中止的会议引发的各种猜想的一种巧妙的回应吧。

红尘星界首座丹泊与地球村球长乔治刚刚离开，红尘星界方面立即调遣了更多的安保力量，再次对室女星城的安全保卫进行了全面加强。自从联境代表团抵达红尘星界的那一刻起，红尘星界公务署的灯光彻夜长明。七界之内，红尘星界首座与地球村球长可谓是压力最大的两个人，任何微波涟漪都可能引发惊涛骇浪。

下午稍晚些时候，赫拉来了，她表示，卿岚掌座已下令，将对空流的行动提供全方位的支持。大家就此详细探讨了具体的行动方案。与此同时，赫拉对特别行动组成员讲述了飞花落所了解的、当前在长安城内的各方势力情况，包括力量强弱、彼此联系以及活动范围。

空流表示，纵观全局，外部势力不是最值得担忧的，堡垒都是从内部攻破的。目前红尘星界内部形势堪忧，主要由地球西利洲与东神洲之间的博弈及红尘星界天狮星球的不安定因素造成。如何化解当前这两大主要矛盾至关重要。

正商议间，红尘星界方面传来消息称，蓝焰星界等各星界驻红尘星界特使及天狮星球、东神洲、西利洲等诸方面均想前来会晤，交流有关科学文化事宜。

联境代表团入驻室女星城伊始，就已经对外界表示，为了确保会议的顺利召开，非特别情况，谢绝一切会晤。此番各方提出要来会晤，当是因为今日会议中止，前来探听消息的。

经大家商议，空流最后决定，除了天狮星球、东神洲、西利洲三方面，其他方面均予以推辞。这三方面均属于红尘星界内部势力，联境代表团目前正在与红尘星界磋商，与其内部各有关方面增进相互了解，有利于推动会议进程。对于其他方面来说，也是非常合理的解释。

苏菲亚联系室女星城方面部署会晤安排，并提出了严格的安全性与保密性要求。会议商定由尘浪与苏菲亚出席会晤较为合适，尘浪既是代表团首座，又是联境首席公务参谋；苏菲亚身为代表团成员，亦是文锦世界圣使；二者分别在星界政治领域和文化领域拥有广泛的影响力，如此安排也是为了体现代表团对会晤的高度重视。

次日一早，根据统一安排，十名代表一起去探望了知末的伤情，经病毒专家精心治疗，知末的伤情已稳定；此外，还专门为知末配备了粒子机器人"药使"，让药物能够直接作用于烈日病毒，会康复得更快。

上午和下午，天狮星球、东神洲、西利洲三方面代表依次前来，大家全程观看会议。

各方来的虽都是科学文化代表，但会议上除了对科技文化历程、发展现状及未来方向进行例行的沟通之外，表达的最终还是对各方利害关系的关注。

天狮星球与地球在200多万星年前就建立了联系，但那时的星际航行技术十分落后，仅仅依靠提升飞行器的速度，进展极其缓慢。在地球所在的银河系外的河外星系星球中，天狮星球算是离得较近的星球。

第一次星际偶遇是天狮星球首先发现并访问了地球，这也是天狮星球在银河系中发现的第一个智慧生命星球。此次航行花了约 2.4 万星年，后来随着航行速度的提升，两个星球之间最快也要 1.6 万星年抵达。因彼此相距太过遥远，在数百万星年间，联系也不过 4 次而已。天狮星球的到来，为地球带来了科技飞跃的福音，不料也间接地带来了危机。

也就是在天狮星球访问地球后的第 5 星年，地球在星际探索旅行中遇到了银河系银狐星球的星际探索飞行器，两个星球从此建立了联系。地球和银狐星球的科技发展水平相当，两个星球之间飞行器的航行时间大约需要 90 余星年。

这种低频的、时间与物质成本耗费巨大的星际联络，让地球和银狐星球两个星球之间的关系由最初的惊喜、喜悦逐渐演变为猜忌与极端的不信任。

在利用时空感融科技建立便捷的星际通联之前，那些相隔不太遥远的星球之间，上演了太多的血腥战争，诸多星球沦为悲惨世界。而当这些发生的现实传回挑起战争的星球时，却已是百余星年前的历史尘埃。

地球与银狐星球幸运地闯过了曙光前的长夜暗战。

时空感融站铺设快捷的友谊之路以来，天狮星球、地球与银狐星球之间，如同诸多星球一样，虽然彼此之间全面融合开放的步伐迟缓，但少了猜忌与欲望引发的危机，能够互相尊重和谐共处；因为互相之间，如有任何问题都能实现快速沟通，同时，也知道天外有天、人外有人，如此一来，谁也不敢轻易发动战争。

现如今，天狮星球的意图很明确，随着星际融合交流进程的发展，未来所触及的疆域空前扩展，希望能够凭借当前在红尘星界首屈一指的科技优势，在红尘星界、甚至在七界各种事务领域谋求更大的话语权。

尘浪表示，科技实力只是一方面，现如今完全凭科技实力说话的时代已经过去了，主要还是看能得到多少星球、多少星民的支持。因为如果要谈到科技实力的话，天狮星球在红尘星界也许是最强的，但是如果放到七大星界整个星域中去看，并没有任何优势。所以如果片面看待这种优势，反倒会成为自我负担。

天狮星球代表谈到，天狮星球近在咫尺，以地球上的时间计算，算上出发前的准备时间，20多分钟即可抵达，希望联境代表团能够到天狮星球上去参观了解一下他们的星球文明，同时，着重考虑一下，如果有可能，把联境代表团与红尘星界最后磋商达成的成果签约仪式放到天狮星球上去，那是再好不过的了。最后，天狮星球代表表示，在联境的统一指导下，天狮星球一定会为红尘星界的和平及星民的福祉作出更多的贡献。

尘浪和苏菲亚通过与特别行动组实时密讯交流后，当场表示，对于天狮星球方面提出的诉求，完全可以商议，只要有利于红尘星界内的团结一致与和谐共处，联境代表团愿意做出最大的努力进行协调沟通。

下午，东神洲与西利洲代表一同参加了会晤。东神洲与西利洲本是地球上同根而生的，但往往这种情况，彼此之间的关系微妙而复杂，因为他们之间有太多的爱恨交织，不像两个星球之间要么征服、要么友善那么简单。

东神洲与西利洲代表均口才极佳，在会晤中谈古论今、舌灿莲花，对各自的文明进步、文化发展及各自的政治组织在地球上所做的贡献极尽渲染。对于他们这种过度的片面夸赞，尘浪考虑到自己所代表的身份，不好轻易说什么。

苏菲亚没有这方面的负担，与双方交流了一番各星界的文明情况后指出，能够被选定为红尘星界的星都，除了幸运因素之外，毋庸置疑，地球拥有光辉灿烂的文明。但是，每一个星球都需要从立体的视角审视自我。

从里向外看，可能从斑驳的裂缝中看到的都是照映进来的辉光，从外向里看，或许会看到裂痕累累之下的阴影与黑暗。

当初，紫陌星界发现地球时，确实是分外吃惊的：如此多灾多难的星球是如何走到今天的？而如此美丽的蔚蓝星球又为何如此多灾多难？

翻开地球的人类文明史，从人类诞生的那一刻起，以较大的时间跨度来记录，历史上绝大部分的时间都充斥着战争、掠夺、饥荒、贫困、独裁、奴役、灾难的黑暗印记。

有些人的一生可能是幸运的，但那仅仅属于一部分人，在某一个国度、某一个地区、某一个时期如此。在这个星球上，同一个时期内，太多的人在悲惨世界中神往那可知而不可至的另一个世界。

在地上的有形的边界，实则都无形中深深刻画在人们的身心之上，或幻化为华彩的项链，或异化为沉重的枷锁。即便在同一个边界之内、在美丽的花篮之内，亦有千疮百孔。

自从地球成为星都以来，地球上的四大部洲之内，没有了战争与杀戮；地球村球长、地球公务署，内受地球星民民意所托、外受红尘星界及联境强大的支持，不再是受各方势力摆布的傀儡存在；但是变相的掠夺、隐形的奴役、黑色的交易……这些依旧存在！

人类，当让这个星球上的每一个星民——不同的种族、不同的地域、不同的时期的人们，共同享受人类文明发展进步的成果。人类，是一个命运整体。

如果人类的智慧不能够完成这一使命，不管人类在地球上创造了怎样绚丽的文明、怎样先进的科技，在七界视野下，地球都不属于足以引以为自豪的文明，也不是一个值得称道的文明。若如此，在星际无界时代，她必将走向衰败。

"所以，无论是东神洲也好，还是西利洲也罢，你们今天本不当为争利而来。如今，地球不再是一个与世隔绝的星球，岂可在这弹丸之地上争抢蝇头小利。你们二者如果不致力于解决这一内部重大问题，未来何以在星界立足？

"地球，作为红尘星界之星都，应为各星球之表率，当成为地球上的每一个人曾经神往之世界。"

苏菲亚十分严肃但极其理性、克制地表述之后，东神洲与西利洲代表均极为震动，起身致礼，沉重而诚挚地表示：可谓身在其中，当局者迷，苏菲亚一番言论如醍醐灌顶，一语惊醒梦中人；唯有完成人类自身的使命，方才有可能在时空感融时代助力地球作为红尘星界星都的可持续发展。

下午的会晤刚结束，红尘星界首座丹泊与地球村球长乔治就传音讯过来，想了解一下会晤的情况。晚上，各方陆续传来的消息表明，今日与三方的交流不仅非常顺利，而且达到了比预期还要理想的效果。地球及红尘星界内部的融合呈现出联境代表团抵达以来最好的局面。

大家观看了苏菲亚与各方代表如数家珍的星界文化论道之后，感慨算是见识了文化的力量。苏菲亚谦逊地表示，用地球上的话来说，应该是"外来的和尚好念经"或者说是"当局者迷"这个道理。

休会一天后，第二日会议如期举行。会议开始前，病毒专家对知末进行了全方位的检查，红尘星界有关方面为其提供了最高级别的保护。整个会议中，大家都紧张地观察知末和涊水的反应。好在自始至终，一切风平浪静。会议最后，双方商定，如果一切顺利，后日即可签约；但目前需要绝对保密，待一切准备完善，签约前两小时再发布消息。

下午2点，联境代表团在时空信息弧上又挂出了信息：

当伟大的梦想成为现实，随之而来的却是贪婪的诱惑之心迷失自我。这是宇宙智慧生命星球科技文明发展的第六重迷途。

时空感融科技跨越了浩瀚的自限鸿沟，让亿万年的星际自在航行梦想成为现实。这项空前的突破性科技当为各星界星球所共享，致力于增进全星界星民之福祉。但是，共享不等同于无序的各自占有、各自操控。

好比我们现在所在的地球上的太阳，光辉泽被万物生灵；但如果地球上的每个人都能操控太阳，那一定是整个地球的灾难。

地球上有一个古老的神话——后羿射日：相传，天上曾出现了十个太阳，每个太阳都争着为地上的人们发热发光，致使大地遍地流火。于是一个叫后羿的英雄箭指苍穹，射落了九个太阳，射落的太阳化作金乌坠入大海，从此地球恢复了往日的美好。

相比太阳之于地球，时空感融科技对于单一星球所能产生的影响力是无可比拟的。如果每一个星界或者每一个星球都能操控时空感融科技，带来的必将是毁灭性的灾难。

时空感融科技虽源于紫陌星界无双星球，但自其诞生的那一刻起，其使命就是搭建友谊之桥，而非沦为征服者的屠刀。按照通行规则，紫陌星界及无双星球本可将如此重大的核心科技保密雪藏，但其致力于推动时空感融科技在所有星球星民的福祉指引下运行。如今，七界联境正在号召各星界为此建言献策。

毋庸讳言，往往当伟大的梦想一朝成为现实，随之而来的却是贪婪的诱惑之心迷失自我。

时空感融科技的威力实在是空前之强大，它让贪婪的诱惑之心蠢蠢欲动，那些意欲雄霸宇宙的狂野之心，渴望无边无界的征服与占有……

我们每一位星民，无论你身处无限星空的哪一个角落，让一切狂热退尽，叩问灵魂最深之处，当你仰望星空，你究竟神往的是怎样的世界？

这则短短的信息，却激起了比以往任何一次都要强烈的风暴。各方都明白，这次会谈将要接近尾声了：联境代表团已经十分鲜明地竖起了旗帜，毫不隐讳地指出了反对势力的存在，并且向广大星民发出了灵魂倡议。

第十三章　绝境繁霜

"山雨欲来风满楼，就让暴风雨来得更猛烈些吧！"就在信息挂出之前、准备前往秘密基地探取渔火机密之时，空流紧握尘浪和赫拉的手，留下了这句话。

此次探取情报不同往常，因为需要将洢水和沄滟一并带入秘密基地地底深处，仅仅是易形流程就极为复杂，哪一环出问题都会功亏一篑，幸好有沄滟的幻境宇能相助。

制造幻境属飞花落独家绝学，在飞花落内也不轻易教授，只因沄滟是飞花落圣使，身份特殊。但沄滟的宇能还不深厚，幻境一般维持的时间不长。

常规的隐形能力很多宇能者都能做到，但要做到在科技监控系统下完全隐形，除非借助特殊科技设备，单凭智慧生物本身，几乎做不到。相传曾经的宇能七圣有此等能为，但那毕竟只是传说。如今，也只有飞花落的独家宇能通过制造幻境可以骗过科技监控系统，但这并非通常意义上的隐形能力。

空流易形为保罗进入秘密基地后，首先找到了戈尔的公务室，进入室内将戈尔催眠并将其藏好，然后易形为戈尔。易形为戈尔的空流来到公务室外，说要留下保罗处理公务，并安排其他安保人员接替保罗值岗。

整个基地虽有科技监控系统全时全方位监控，但是戈尔每天都要对全部领域进行巡查，席勒则是每周巡查一次。每次巡查，都由戈尔从在地底工作的系统安全科学公务者中调配人员，一起进行全程巡查。

空流通知两名系统安全科学公务者上来后，首先对基地地面内部系统进行巡查，然后再巡查基地外围系统。正在巡查之时，看到易形为安颖的洢水和易形为子芳的沄滟来到警戒线外，在向这边招手。于是空流吩咐两名系统安全科学公务者继续巡查，他与接替保罗的安保人员过去看看。

双方会面后，空流全程对这名安保人员进行了隐念控制。沄滟立即制造幻境：安颖和子芳离去，戈尔和安保人员回到基地。空流不得不争分夺秒抓紧时间，刚一到达基地门岗，便立即催动隐念，首先处置好安保人员，让其正常值岗。然后，空流带着隐身幻境中的洢水和沄滟快速进入到戈尔公务室。

空流叮嘱了洢水和沄滟两句，马上走出房间，暗暗地舒了口气，然后跟随两名系统安全科学公务者快速巡查完毕，带着他们回到戈尔的公务室。

进入房间前，空流通知洢水和沄滟隐藏好身形。两名系统安全科学公务者刚进入房间，空流随即对他们进行了隐念催眠，同时获取了系统需要扫描的全部信息。当下，三士走出房间，立即前往基地深处。

抵达基地地底需要乘坐天梯，进入天梯之前有两道检查。上了天梯之后，洢水和沄滟颇感意外，她们原以为这么深的天梯必定狭小而昏暗，没想到天梯不仅十分明亮，且极为宽大，此前从未见过这么大的自动梯，看来这里经常有规格巨大的设备需要运送。

空流通过隐念严肃地提醒她们，要把自己当作这里的老熟人，不要有任何好奇的表情流露。天梯速度极快，一会儿工夫就抵达了地下转换场；然后需要从转换场乘坐深海航行器"浅舟"方可前往渔火装置核心控制要地。

真正充满挑战的危险旅程即将到来。

接下来的旅程之所以危险，只因基地采取了极为严密的安保举措：他们认为单一的科技监控设备不是万能的，从而综合运用了设备安保、人员

第十三章 | 绝境繁霜

安保、生物安保三位一体的强大组合系统。

这片封闭海域饲养了成千上万条乌鳗，它们据称是地球上已知的海洋生物中，猎杀能力最强大的生物。这些乌鳗原本是青霜星界金杖星球的生物，被带到地球上生长以后，发生了变异。只因这些乌鳗的信息属于绝对机密，公开的信息非常少。而戈尔他们可能因为不会面临乌鳗攻击的危险，所以空流从他的记忆里获取的信息极为有限。

这些乌鳗比一般的生物智商要高，远超过地球上的海豚。通过训导及乌鳗之间的交流，这里的每一条乌鳗都熟悉了能够通过这片海域的所有人员的信息，它们视这些人为天生的主人，不仅不会对这些人发起攻击，而且驯良得像只小泥鳅。凡是不熟悉的任何生物通过这片海域，乌鳗就会发起攻击；而且一旦发起攻击，不战胜对方不会罢休，它们会战斗到最后一条乌鳗。

空流一行乘坐的浅舟比较小，通体透明，大概能够容纳6人。系统既可自动巡航也可接受人为操作。洢水扫了一眼系统设置，坐到了驾驶位上。浅舟的速度是设定好的，全程大概需要不到半小时。

刚刚行驶约5分钟，洢水皱了一下眉头，空流和沄滟也感觉到了——有乌鳗过来了！

空流通过隐念告知洢水和沄滟，务必要保持镇定、放松，不要慌。然后，空流说道："咱们这个浅舟的系统安全，我记得好像是每个月巡查一次？"洢水回答道："正是。"空流道："检查频率似乎有点低，我提议以后可以每周做一次巡查，这样与整个安保系统的检查周期相匹配。我回头向席勒首座汇报一下。我看咱们现在就可以进行一次临时检查，了解一下相关情况。先关闭一下系统。"

洢水会意，立即关闭了系统。

"咱们现在处于离线状态，科技监控系统对这里的一举一动监控不到了。一会儿即使咱们和乌鳗发生冲突，在这茫茫大海之中，也不必担心被发现了。"空流接着说道，"启用原始动力装置前行，我们要迅速接近乌

199

鳗，只有通过接触找到反制它们的方法，才可能扫清障碍抵达目的地。"

泖水突然说道："它们比我们想象的要可怕得多，我们在接近死亡。"

"是接近，还是死亡？"空流问。

"我没有经历过死亡，不能确定；但那种感觉，想必你们是知道的。"

空流道："我们已经没有了选择！我一会儿出去以后，如果发生不可挽回的情况，你们俩立即掉头。记住，这是命令！即使你们暴露了，因你们还没有看到他们真正的机密，只要通过外交手段交涉，当无性命之忧。我们尚未完成的使命，需要你们活着，以后去完成。"

前方传来乌鳗的啼叫声，如同女婴哽咽之音。说话间，那条乌鳗已经来到眼前。"天哪！它果然是大得惊人！"沄滟不由得高声喊叫。这条乌鳗通体黝黑，周身披鳞散发青幽之光，赤红的双眼，犹如两个硕大的灯笼，全长目测足有40余米。

"这是一名探路者，也是一条年幼的乌鳗。想必它已经闻到了我们的气息。我要出去了。注意！我们不是要与它进行殊死搏斗，而是要了解它。所以，一会儿无论发生什么状况，你们都不要冲动，记住我的话。"

泖水和沄滟都没有说话，只是用力地点了点头。

空流转身出了浅舟，乌鳗迅速游过来，但却在距离空流身前大约20余米处停了下来，眼睛死死地盯着空流，一动不动。乌鳗虽然凶猛无匹，但在发动攻击之前却极为谨慎。空流施展万象有为宇能，试图了解它的习性，并与之沟通，结果惊奇地发现乌鳗的智商大约相当于地球上三岁左右的小孩。

空流向乌鳗释放出善意，发出同样的啼叫声。但是他很快发现，这些乌鳗都被训导过，具有极强的目标感。凡是面对陌生的生物，必须发起攻击。

这条乌鳗还是安然不动如山岳，空流只得主动向它慢慢靠近。15米、10米、5米，泖水和沄滟的心都提到了嗓子眼儿上。

乌鳗行动了，有如闪电一般。但乌鳗并没有用锋利有力的牙齿撕咬空流，而是用身体缠住了他。这大大出乎空流所料，因为空流通过宇能对它的咬合力进行了估测，应该不会超过9万牛顿，自身的抗伤害能力完全可以承受；但乌鳗巨大的身体缠力能聚合其身体的全部力量，比咬合力不知要大多少倍。

空流似乎感觉到身体里的每一个细胞都将破裂，一种不可名状的剧痛与无尽黑暗中死亡般的窒息感向他袭来。空流拼尽全身宇能进行抵抗，但越是抵抗，乌鳗的身体就缠绕得越紧。转眼间，空流感觉似已灵魂出窍，意识全然模糊，死亡即将降临。

空流的脑海里又浮现出那些曾经多次出现过的梦境片段：

"自己正在向下坠落，下方是一片黝黑苍凉的山脉，山脉间烈焰腾飞，他有些莫名的恐惧，仿佛能听见自己的啼哭，然而听到的分明是一名婴儿的啼哭声。一道强烈的闪电掠过，他倒下，扑倒在无边的灰烬中死去……

"画面一转，自己身处一片绯红的桃花云雾之中，看到了一位温柔可亲的女子的面容，他确信那就是他的母亲，虽然他从未见过自己的母亲……转瞬，他又来到了流霞染醉的山谷之中，那里飘来悠扬的钟声，这钟声，是如此的清越、祥和，仿佛能涤荡这世间所有的恐惧与忧愁。他感觉自己如同一朵流云，飘浮在空无一物的空中，无所欲亦无所求，就这样安然地睡去……"

空流感觉自己沉睡了许久，尚在梦境之中。在梦里，他听见了女子的啼哭声；而且不止一名女子，是两名女子在哭泣。空流又赫然发现，这并不是梦，是沩水和沄滟在为"死去"的自己流泪。在空流的一生中，他第一次感觉到女子的哭声听来竟是那样的伤情，但又是那样的醉人。

这两名女子哭得如此的哀伤、凄婉，空流心想："这如果是一个梦该多好，我宁愿永远在这样的梦里不要醒来。但这样的现实又分明比在梦里更加美妙。"

特殊的使命让特别行动组的成员们走到了一起，正所谓日久生情，共同的使命与经历，让彼此之间结下了生死与共的友情。但除了友情之外，是否还有其他别样的微妙情愫？不仅仅是空流，特别行动组的每一位成员，谁也不敢去多想。只因无论是他们曾经的身份，还是当下的特殊身份，以及生死难测的未来，都让他们只能把一切深深地埋藏在心底。

只是一切都阻挡不了这些青春激扬的心中隐约的、悠悠的爱意的弥漫……

只听沄滟抽泣着说："空流他已经死了，难道我们就这样活着回去？"

浈水哽咽道："空流去之前说要让我们继续完成使命，他只是想让我们活着。我们这是绝密行动，万一身份暴露了，却又没有拿到核心证据材料，会引发各界对于联境的巨大不利反响。此外，即使未来可通过外交途径让我们活着回去，对我们自身来说皆是毕生莫大的耻辱。"

"秘密行动一旦失败了，最好的选择就是让一切看似从未发生过。不要让我们的组织荣誉蒙尘！"沄滟心意已决。

"这海底世界是极美的，能长眠在此也算不错了，何况我们三个还能永久相伴。"浈水说完，二士相视一眼，意欲自绝。

空流听到此处，不由得一激灵："对了，我们还在海中呢，还在危险的境地！"

他悠悠长叹了一口气："我说你们怎么就那么不听话呢？任务既然还没有完成，就不算失败。叫你们活着，偏要去赴死，这样好吗？"

浈水和沄滟错愕不已，转而惊喜交加，激动得说不出话来，扑过去紧紧抱住空流。

"好了，我才不舍得死去呢，我都醒了有一会儿了，刚才还以为自己在做梦。"空流说完，换来的是浈水和沄滟的横眉冷对。空流刻意拉长了声调："二位战友莫要见怪，我也是让乌鳗给压迷糊了，刚好趁机歇一会儿！"

原来那条乌鳗不知何故竟然慢慢松开了身体，抛下空流，也没有攻击浅舟，转身游走了。这条乌鳗走后，到目前为止，还没有其他乌鳗前来。

浈水道："它估计是以为你已经死了，所以带着胜利的骄傲走了。"

第十三章 | 绝境繁霜

"通常来说,乌鳗将猎物缠死后,会吞食掉。我感觉它必然知道我没有死,乌鳗一点都不笨,可我也想不明白究竟是何故?乌鳗的这种缠绕力实在是太恐怖了,足有35万牛顿以上。不过通过此番接触,我想我已经找到了对付它们的办法。"空流说道。

汦水和沄滟一听,精神大振,阴霾一扫而光。

因已耽搁不少时间,汦水开足马力快速前进。一路畅通地走了大约10分钟,就听见有像是女子的叹息声悠悠不绝地从远处传来,声音极为幽微,但却传得极为深远。

沄滟大惊失色:"这恐怕是乌鳗之王!"

空流道:"正是它来了。今日之成败,在此一举!"

叹息之声越来越近。数不清的乌鳗从四面涌来,在浅舟四周游弋,将浅舟团团围住,一双双赤红的眼睛,在幽暗的海底发出贪婪、恐怖的光芒。

"咱们不要有任何激怒这些乌鳗的举动,直接奔乌鳗之王过去!"汦水轻声提醒大家。

空流道:"说得没错,在乌鳗之王没有向我们发动攻击之前,其他乌鳗是不会行动的。我们不能有一丝一毫的恐惧,只要战胜了乌鳗之王,就可大功告成。记住,这次是要战胜它,而不仅仅是接触!"

乌鳗之王出现了!身长160米有余,眼睛有如城门洞。它实在是太大了,仿佛一座山在海底沉浮。三士跳出浅舟,空流立即催动宇能,发现乌鳗之王的智商比之前的小乌鳗还要高。

"这或许是好事,从某种程度而言,有利于理解相互之间传递的信息。"空流心想。

空流让沄滟赶紧制造幻境,要让乌鳗之王看到一个比自己强大得多的乌鳗,体积至少是它的两倍以上。沄滟在水下制造幻境,体力消耗极大。汦水催动宇能为沄滟助力。空流需要专注,尽全力对付乌鳗之王。

果然,乌鳗之王看到比自己大得多的同类突然出现,不由得往后疾

203

退 200 余米，但随即又缓缓向前挪动。其他的乌鳗也赶紧撤离，纷纷闪到了乌鳗之王身后的海域。好在乌鳗之王具有勇士精神，不是靠打群架制胜的动物。否则这么多的乌鳗一拥而上，任凭再强大的对手也会瞬间尸骨无存。

乌鳗之王虽感到恐惧，但它要捍卫作为王者的尊严。它愤怒地发出了啼叫声，这个声音比刚才更加细微，但却更加清晰、婉转，在寂静的海底听来分外的凄凉。空流知道，这是乌鳗之王在拼命发出试探：对方到底有多强大？

乌鳗之王的发声像年轻女子的叹息声。空流通过隐念协调泖水和沄滟一同发声。泖水和沄滟本就是女子，空流虽不是女子，但模仿起来自然也是惟妙惟肖。她们的声音更加幽怨而富有情感。三道声音齐发，更具有穿透力和感染力。

双方你来我往地发声足有 5 分钟之久，空流鼓励泖水和沄滟，一定要坚持住，要有必胜的决心和意志，不能让对方听出有丝毫的恐惧与退却之意！

突然，乌鳗之王动了，在缓缓后退！空流告知二士坚持住！不要动！乌鳗之王在继续后退，周遭的其他乌鳗也在撤退，然后一下子跑得无影无踪。

空流等既不追击也不后退，如定海神针一般一动不动！空流抓住机会，赶紧释放出善意："我是饲养你们的主人请来的，只是路过此地，并不构成任何威胁，晚些时候将返回并离开这里。你依旧是这里的王。"

空流发现这只乌鳗之王竟然理解了他的意思。它轻轻摆了摆脑袋，似乎在对自己示好，然后默默无声地沉入了海底。

成功了！三士快速回到浅舟，手紧紧握在一起，激动万分。

空流兴奋地说："这些乌鳗已经知悉了我们的气息，知道了我们的厉害。接下来的海中行程和返程当一帆风顺。现在，打开动力系统全速前进！"

第十三章 | 绝境繁霜

洢水开启系统启航，科技监控系统恢复如常，好像什么都未曾发生过。

空流道："你们看，这就是隔的时间太久才检查一次的结果，咱们刚刚这个临时巡查花了不少时间，还是发现了一些问题。"

洢水道："说的是，我们今后一定要努力改进，提高安全防范意识。"

浅舟提示即将抵达终点，比预计晚了11分钟。眼前出现了一座褐色的城堡，上书"寒山殿"三个青色大字。这颜色基调、处所名字，与这幽深之境堪称绝配。

洢水和沄滟虽心有所想，也不敢有丝毫情绪流露。空流一如往常，到哪里都像在自家一样闲庭信步。

城堡如同横卧地底的橄榄球，各处皆有安保人员巡防。空流带领洢水和沄滟例行巡查，洢水和沄滟在心中默记紧要关口。外部巡查完毕，众士自一端端口而入，城堡内却是另一番景象：内壁碧如蓝天，光线如同白昼，和地面之城并无两样，处处壁画皆是一幅幅动感海景。

偌大的城堡寂静无声，也几乎看不到人员往来。众士先环绕内殿一周巡查，然后依次巡查各公务室。所有的公务室完全透明，当是为了利于监控。各公务室内的公务者如同沉默的机器，只是一味地埋头工作，各公务室的屏幕上不时闪过地球内部构造的画面。

空流巡查完各公务室后，迫不及待地赶往渔火机密所在。其机要重地需再往地下一层。渔火机要层的门一打开，只见整个空间火海绵延、天崩地裂，大大小小的屏幕上岩浆烈焰滚滚翻腾、奔涌咆哮，地球内部能量图景一览无余。

洢水和沄滟一下子被眼前的景象惊呆了，空流虽然已经知晓，但身临其境，感受还是有所不同，直面如此惊心动魄之场景当真是第一遭。因为此间的公务者都配有声音及视觉处理设备，不会受此干扰。安保公务者需要尽可能发挥安保人员的特有优势，不允许佩戴任何设备。

空流赶紧稳定心神，同时暗中提醒洢水和沄滟务必要镇定。为了防止

205

监控设备发现异样，空流笑道："你们不像我，我每日巡查，已经无感了。"

洢水道："可不是嘛！尤其有时心中正在想着其他事情，猛然一进来，还是不免要被震撼一下。"

常规路线巡查完毕，最后，空流一行来到最关键的核心位置：渔火总控公务室。

渔火总控公务室位于大厅一端一个不起眼的角落，与其他公务室形成鲜明对比的是，此间十分安静，光线柔和，场地也不大。依照规定，这里只有易形为戈尔的空流能够进去，洢水和沄滩需要在外面等候。空流通过身份信息扫描后进入室内，室内有三名科学公务者。空流进来后，他们依旧埋头于工作，互相之间连招呼都没打，往常亦是如此。

空流在眉间设置了生物扫描设备，一路进行记录。此基地的科技监控系统能够将进入的人员所佩戴的任何设备检测出来，即使是生物设备也不例外。但因空流具有特殊的隐念异能，能够将特制的生物扫描设备与自己的身体和意念相融合，使监控设备检测不出来。

此外，空流还可将生物扫描设备记录的内容存入自己的隐念中，等到需要之时，再将隐念中储存的内容输出到生物扫描设备中，然后通过生物扫描设备传输到任何需要的设备系统上。

空流将室内影像上显示的内容扫描了一遍，发现记录的证据材料太少，于是启动隐念，发现这三名公务者知悉的信息量极大，而且关于渔火的资料，基本上都进行了系统存档，还有他们正在操作的信息处理器中亦有大量的资料。

通过生物扫描设备直接入侵信息处理器显然不行，任何系统入侵这些设备一定会被发现。

想到此处，空流说道："三位同人，打扰一下，有个不是很紧急但却极为重要的议题需要与你们交流一下，看看有什么好的建议？"

三名科学公务者抬头看着空流，他们由于长期沉浸在工作中，目光均有几分迟滞。

第十三章 | 绝境繁霜

"我们的渔火装置，联通的地域颇广，涉及从地壳到地心的地球内部各处构造，虽然自成体系，本身的安全性能也有充分的科学保障，但是渔火装置本身毕竟远离渔火总控公务室，如果有外界因素的故意破坏，我们是否有应对举措？渔火系统的安保系统怎样与整个基地的安保系统融合？我认为这是一个非常值得我们思考与交流的问题。"

听了空流的话，三位公务者脸上均露出紧张之色，你看看我，我看看你，不知如何应答。显然，他们也认为这是个十分严重的问题。对于渔火的威力，他们再清楚不过了；对于科技控制手段，他们也很有信心；但是对于人为的破坏，那可是什么情况都有可能发生的。

"嗯，额，这的确是个需要认真考虑的重大问题。""这要是出点什么意外，那后果可是不敢想象。""这么深的地下，有谁会来，而且我们的视镜上随时能看到这些设备装置。以前还真没想过这个问题。"三位公务者开始严肃地讨论起来。

"渔火系统是相对独立的，可以与整个基地的安保系统相融吗？当然，这中间要设立防火墙。"空流问道。

"这应该是可以的，既要融合，又要设立应对特别情况的阻断机制。"其中一名公务者答道。

"咱们现在可以一起研究了解一下。"空流赶紧趁热打铁。

大家都说好，一名公务者打开了系统，边看边讨论。如此一来，空流可将证据材料扫个够了。最后，空流对他们说，今天的讨论意义重大，收获颇多，表示感谢。大家热情地道别。出来后，空流暗中告诉泲水和沄滟，大功告成了！三士准备撤退！

空流边走边准备再多获取点信息，便催动隐念搜索。正搜索中，空流突然低声叫喊了一声，一阵晕眩，几欲摔倒。空流急切道："快去一下安康公务署，头痛得要爆炸了！"

泲水和沄滟上来就要搀扶，空流道："不要扶我，我自己走就行。"三士来到安康公务署，安康公务者经检查，说是工作压力过大，精神紧张所致，稍作治疗，休息调理一下就好了。

大约休息了一个小时，空流始终话很少，一直在闭目养神。从安康公务署出来后，空流简短说了句："今日身体不太舒服，需要尽快回去休息一下。"

自始至终，空流神情异常严肃，沉默不语。浔水和沄滟只是感觉情况有些不对，但也不知道究竟怎么回事，大家一路无话。

回程一路上倒是十分顺利，回到戈尔的公务室。空流吩咐沄滟布置幻境，先对两名科学公务者实施隐念，更改记忆；两名科学公务者走后，又依样让保罗回到了安保岗位；最后对戈尔实施隐念，但让戈尔延迟5分钟苏醒。随后，空流轻车熟路地带领浔水和沄滟在沄滟布置的幻境中快速离开基地。

三士在安颖的公务室停留片刻，将安颖等处置稳妥后，随即从地壳运动控制公务署出来，易形为游客从东西小镇出发。飞花落已安排诸多暗探在此接应。基地方面往常在小镇即布有暗探，上次沄滟被飞花落从海靥栈楼中救走后，又增强了布控。

空流一行怕异常行为会引起对方警觉，心中着急却又不得不压低速度，缓缓而行。尚在海水中潜行，飞花落的暗探即发来密讯，东西小镇附近的基地暗探有明显异动，具体情况不明。空流一行当机决定加速前进，刚驶出海面，就看到伊凡等前来接应。

"对方有异动，按既定截击方案实施。"空流对伊凡说道。刚说完，就一头栽倒在地。众士一阵惊慌，伊凡一搭手，说道："是消耗过度，虚脱了。浔水、沄滟，你们护送空流尽快离开。"

这时，空流又醒了过来，声音十分微弱："慢！还有十分重要的事要交代。我已经无力传送密讯了，但请立即告知尘浪，第一，飞羽牧笛小九按计划准备好了吧，立即释放过来。第二，通知红尘星界首座丹泊与地球村球长乔治，立即对东西小镇及其周边场域进行信息封闭，除了我方专属通道，不得让任何信息从此中传出。第三，告知尘浪和丹泊，以联境需要对红尘星界时空感融站的安全进行检查的名义,临时封闭信息音讯系统两小时。第四,通知丹泊和乔治尽快赶到室女星城,有重大事情商议。一切都按最高级别机密施行。"

伊凡按要求布置完毕,立即按既定的"金蝉计划",与飞花落人员一道分别易形为空流、泖水、沄滟所装扮的游客模样,空流三士则易形为另外的游客模样。正在这时,暗探又传来密讯,发现对方有大批人员秘密调动,正准备从东西小镇出发。

一定是对方发现了什么,伊凡立即联系赫拉做好应对准备,空流一行先行撤离。就在此时,飞羽牧笛小九已经赶到,空流一行赶紧上飞羽。空流道:"我要传输所扫描的信息,你们注意外面的动向,随机应变。"

暗探的信息持续传来,对方人数超出了此前的预期。赫拉立即联系飞花落圣境,紧急请求援助。不多时,基地宇能者奔腾而至,声势浩大,杀气腾腾。基地宇能者一到,立即分散队形,将伊凡等夹在中间,以防他们逃走。

当中一黑衣者满面寒霜,眼中精光凛凛,但一点都看不出他的怒气。

伊凡知道这就是席勒,看到对方默然无语,问道:"这片海域甚为辽阔,风光尤佳,不知阁下何故阻挡我等去路?"

"你走错了路,去了不该去的地方。"席勒语气冷峻,话语简短。

"此话从何说起?"

席勒并不回答,右手微微一展,一片薄雾将席勒和伊凡围在中间,其余众士视野隔离在外。随即,展现一段影像,正是空流一行所扮的戈尔等在渔火机要层的画面。

伊凡见此,正色道:"我虽是暗探,但走的是正道,我没有走错路,反倒是你们走错了路。"

"爽快,既然不否认,那你也应该知道,暗探窃取机密一旦被抓住了,只有一条路可走。还需要我们动手吗?"

"应该悔过的是你们,你们现在回头还来得及。再说,你抓住我们了吗？"

"一个都走不了，你们将永远与这些机密同眠于此，海水会洗尽一切。"

席勒说完，薄雾弹指散尽。接着他用手一指，所有基地宇能者一拥而上，并不理会与伊凡同来的其他宇能者，直奔易形过的伊凡三者而来。显然对方是要直击目标，一击绝杀。飞花落宇能者见此情形迅速聚拢过来，将伊凡等三者保护在中间。

双方即刻厮杀在一起，一片混战。基地宇能者数量足足超出飞花落宇能者两倍之多，顷刻之间便占了上风。赫拉一开始并未参战，身处外围进行调动指挥。一见情况不妙，即刻飞到伊凡身旁，共同御敌。

伊凡与席勒之间的战斗甚为激烈，双方一时之间难分高下，愈战愈勇。渐渐的，周边宇能者都插不上手。伊凡默石落流派的"幻石惊辰"宇能以刚猛见长，而席勒仙菌落流派的"微妙通灵"宇能善以无形制胜。

伊凡的宇能施展起来大开大合，周遭百米内乱石穿空、劲风呼啸。而席勒看上去似乎丝毫未发力，只不过手指随意指指点点，如同在写字、画画一般，脚下微微踏步，身形几乎在原地未动。

渐渐地，伊凡的宇能虽然力道有增无减，身体却在一步一步后退。原来席勒的宇能虽看上去毫无声息，但却无时无刻不在侵蚀着对方的五脏六腑。伊凡不得不拼尽全力封住席勒的宇能场力。席勒突破伊凡宇能场的每一丝力道，都让伊凡感觉到体内如同受到刀割针刺一般。赫拉正在与对方众多宇能者混战，看到伊凡面露痛苦之状，抽身向席勒拍出一掌，二者趁势抽身换位。

赫拉一招既出，攻守立即易位。席勒低声惊呼，不由向后退了半步。一交上手，席勒对伊凡和赫拉的身份就了然于心，但是对于席勒的身份，伊凡和赫拉始终没弄清楚，放眼七大星界，宇能达到如此境界的宇能者当不超过二十个。

席勒心中明白，核心机密已被伊凡等窃取，如果不将其赶尽杀绝，后

第十三章 | 绝境繁霜

果将不堪设想。此时又遇到平生罕见之敌手，只能是采用拼命的战法，以求速战速决。所以席勒便全力实施尸骨无存的杀招，要让对手的身体全部分化为粉末，消逝无痕。

赫拉看到对方参战者数量占优势，而己方援助力量尚未赶到，时间久了亦是不利，也求速胜。赫拉也使出了最厉害的杀招"花逝泥零"，能够顷刻之间吸尽对方所有的能量，死去的对手形同干枯的花瓣，转眼与泥土融为一体。

双方之战处处险象环生，惨叫声不绝于耳，死伤者过百，海面之上风云剧变。就在这时，飞花落的援军到了，战斗形势瞬时即变，伊凡等形成了压倒性的优势，赫拉在与席勒的战斗中也明显占尽上风。

就在基地宇能者渐渐败退之际，尘浪传来紧急消息：丹泊与乔治几乎同时传来密讯，探测到该区域能量场突然出现异常。从东西小镇发出的物能聚变武器"黑眼圈"已锁定该片区域，武器已然发射，即将对该区域进行毁灭性打击。凡黑眼圈所打击之处，皆化为黑色焦土。

这是基地方面看到局势不妙，不仅要将对手置于死地，而且连自己人的生命也都不顾了，宁可双方同归于尽，也不能放过窃密者。参与战斗的敌我双方共一千多个生命即将烟消云散。

信息显示，黑眼圈实施的打击区域面积不大、射程极短。红尘星界方面根本没想到东西小镇内竟暗藏杀伤性武器，因距离太近，顷刻即至，发射武器进行阻拦已然来不及。红尘星界通联署对此感到极为震惊，此区域内本不应该有物能武器存在。目前唯一的办法只有尽快撤离战场，尽可能减少损失。但伊凡等能否安全撤离？一切都是未知数。

空流所在的飞羽也在打击范围之内。因空流传输到牧笛小九上的绝密信息，以及通过牧笛小九同步传输给尘浪的信息，需要高度保密，必须通过该区域的专属信息通道传输；所以牧笛小九飞离不远，亦在对方黑眼圈锁定的目标区域内。

根据空流测算，牧笛小九如果立即全速航行，当可撤离被打击区域。

211

但是，伊凡、赫拉等几乎没有任何生还的希望。

红尘星界、室女星城及牧笛小九的系统均显示，除了黑眼圈将要破空而来，对方匿藏的三艘战舰也将同步前来支援，实施打击。眼看一场千余生命即将瞬间灰飞烟灭的惨剧无法避免。

就在此时，一个苍凉的声音在空流耳边响起："两处目标，只能救一个，是救你这艘飞羽，还是那些参战者？"

空流感到十分惊异，究竟是谁？但也来不及多想，当真是左右为难：飞羽上有极其重要的绝密资料，但是那边有更多战士的身家性命。

这个声音又响起："到底救谁？立即回答！没有考虑的时间！"

空流灵光一闪，驾驶飞羽以最快的速度向伊凡的方向冲去。"我全速行驶，与那边的目标合二为一，时间应该来得及。如此，是否都能获救？"

"果然不一般。"对方的声音中有几分赞许。

空流不知道声音的主人是谁，如果对方另有图谋，那自己无异于自投罗网，还会连累伊凡、赫拉等全被一网打尽。

不尽一切可能逃离，反倒逆向而行。无论是飞羽上的泖水、沄滟，还是在各自系统上能看到牧笛小九的所有星士，都被空流的举动惊呆了。一切都来不及解释，空流只能凭自己的直觉做出抉择。

刺眼的光芒已照亮苍穹，黑眼圈来了！所有的人都停止了战斗，死神笼罩着大地。

突然，整个天空从白昼变成了黑夜，一轮明月从中天升起，月华如练，月色下，漫天火红的枫叶从空中飘扬落下，时间在此刻似乎凝滞而缓慢，无边无际的枫叶覆盖着大地。

黑眼圈在天空中出现了，一个个黑色的光环布满天空，仿佛夜空魔幻的焰火，又如同魔鬼恐怖的魅眼。眨眼之间，冷风萧索的夜寒彻骨，幽幽繁霜满地，黑眼圈像秋风中的枫叶一般，纷纷坠落，落在海面，一个个如同孤寂的长夜中远处江船上渺茫的渔火。

第十三章 | 绝境繁霜

除了那轮明月，天空中空无一物。片刻，三艘战舰从月下掠过，明月突然西沉，三艘星舰如同流星一般，坠落天际。人们被眼前的景象惊呆了，一切仿佛仍在梦中。一阵悠悠的钟声从遥远的午夜传来，把人们从梦中惊醒。

时空又回到了白昼，双方的战场依旧，但所有的参战者似乎彻底失去了战斗的意志，意兴阑珊。双方不约而同地收兵回城，海面又恢复了往常的宁静。宁静的背后，可怕的风暴或许即将来临。

第十四章　千星归零

回程途中，空流全神贯注传输信息，渄水和沄滟你看看我，我看看你，想询问空流但欲言又止。空流看到她俩的神情，亦是装作视而不见。尘浪的信息过来了，声音有些颤抖："红尘星界方面征求我们的意见，是否对东西小镇派兵全面封锁？"

空流一边传输信息，一边密讯与尘浪沟通："当然需要，但不要进入地壳运动控制公务署里面，一切待会议后再定。与丹泊及乔治召开的会议，特别行动组成员中，你和知末、苏菲亚出席即可，我和其他成员在另外的会议室观看。一方面利于对特别行动组进行保密，另一方面有利于秘密磋商互动。另外，飞花落的赫拉与沄滟可列席会议。"

"明白。你传输的信息我都看到了，怎么会这样？"尘浪的声音依旧控制不住地发颤。

"我理解你的感受，我刚知道这些的时候也惊呆了，还差点晕倒。现在咱俩尽快商定一下会议的内容。"

听到空流和尘浪的对话，渄水和沄滟不知发生了什么，面面相觑，起身走过来。空流道："你俩坐好，不要过来。"说完，空流切换到了封闭模式，不让她俩听到谈话内容。

空流与赫拉等赶到室女星城，红尘星界首座丹泊及地球村球长乔治已提前抵达，即时召开会议。

这边会议室内，空流斜躺在椅子上，和大家简短地打了个招呼，然后向浔水歉意地微微笑了笑。浔水有点生闷气，一言不发，把脑袋偏向了一边。

那边会议室里，乔治刚一进来就急切地说道："怎么会出现这种情况？东西小镇哪来的武器，简直太不可思议了！"

丹泊耸耸肩，一摊手，表示自己什么情况都不知道，一头雾水。尘浪轻轻挥挥手，等与会者各自坐定后，说道："乔治球长说的是个问题，但这不是最重要的问题，否则也不用把诸位召集到这里开会。时间十分紧急，我就直接切入主题。"

乔治一惊："不是为了这事儿？这多大的事儿呀！"

尘浪道："有比这大得多的事儿！来，我们先简要看一下资料。"尘浪快速展示了一下空流获取的基地情况及渔火的部分资料。除了空流、浔水和沄滟，其他与会者显然都被岩浆奔流的壮观景象震撼到了。丹泊和乔治一脸疑惑，还没有明白这种渔火装置的危害性。

尘浪收起了画面，加快语速说道："刚才资料放得比较快，我来说明一下。地壳运动控制公务署的来龙去脉大家都比较了解，我就略过不说了。现在的情况是，青霜星界通过为地球提供的这项控制地壳运动的服务，谋划了一个巨大的阴谋，在这个阴谋之中，蓝焰星界亦有参与，或许还是主谋。

"这项阴谋是什么呢？就是通过对控制地壳运动过程中产生的能量进行利用，制造了一种新型的能量武器——渔火，这个武器就镶嵌在地球内部，其整个神经系统从地壳到地心，链接的范围极广。这个渔火的威力有多大呢？它能将整个地球炸成粉末，连一块完整的地方都剩不下。"尘浪稍稍平复了一下情绪，继续说道，"当然，他们并非一定要将地球炸毁，但是这个武器已经被制造出来，一个空前的威胁现实存在了，地球上亿万生灵的命运被操控于他人之手，就怕极端的情况发生。"

丹泊和乔治至此如梦初醒，二人不由自主地站起身来，又重重地坐下，脸上汗水涔涔。

"我们怎么向百亿地球人民交代？人们要是知道了后果不堪设想。"乔治喃喃道，难以接受这个现实，失声痛哭。

"简直是罪恶至极！我们已经被推到了悬崖边上，只要稍有不慎就会万劫不复。"丹泊一拳重重地砸在桌子上，几乎控制不住自己愤怒的情绪。

"大家且安静，提醒你们都要有个心理准备，这还不是最坏的情况！更可怕的是，现如今，在红尘星界，凭借在地球上控制地壳运动技术应用的成功，他们已经将这项技术应用到了更多星球上，并已在5200颗星球上安装了渔火装置。

"他们内部甚至有个隐秘而可怕的玩笑，'5200——我爱你，多个零。要么归我，要么归零。'也就是说，对于这些被安装了渔火的星球，要么受其控制，要么将被毁灭！总之，只要有可能，他们可以同时让这5200颗星球瞬间化为乌有。20多万亿星民的性命岌岌可危。"

"5200颗星球！""20多万亿星民！"尘浪话音未落，两间会议室内惊呼声一片！除了空流和尘浪，所有的与会者都站起了身，接着就是死一般的寂静！大家全都无声地看着视镜影像上滚动着的5200颗星球的名字，似乎是从死神手中坠落的死亡名单。

洢水和沄滟此刻方才明白空流这一路以来的种种，空流在基地安康公务室待着之时，在那样危险的境地，在心中如此愤怒、承受巨大心理压力的情形下，要用尽全部的精力收集这些星球的资料，并一个不落地记住这么多星球的名字，是何等的不易。泪水在洢水和沄滟的眼中奔涌。

空流提醒尘浪回到会议议题。尘浪打破了沉默："诸位的心情我感同身受，但现在不是愤怒与恐惧的时候！我们当直面这样黑暗而可怕的现实，找到应对的办法。"尘浪一个一个地扶着大家坐下。

这边，空流欠身招呼大家坐下，他知道大家此时有许多话想说。"我们先开会。"空流简短地说道。

"我们第一时间封锁了各方信息，以免引起不可控的混乱。但这只是权宜之计。我们联境代表团此次前来，本是为了化解一个巨大的潜在危机,却未料到发现了一个巨大的现实威胁,而且这两者彼此关联,稍有不慎就会交互影响,全面爆发!

"但是,情况还没到最坏的地步,我们获得了这个机密,赢得了先机,相信我们一定能够化解这次惊天危机。在此,我代表联境,先将我方的意见陈述一下:接下来,我们不能再向青霜星界方面封锁信息,也不要隐瞒;继续的封锁与隐瞒、不接触会引起对方的猜忌、惊慌、敌对,从而将危机推向不可挽回的战争。

"我方需要尽快主动告知他们,我们已获知并掌握了这个信息,并且第一时间采取了最高的机密保护措施,暂不向外界公布。我方愿意首先通过协商的途径来解决问题。根据规定的时间节点,他们需要争取时间以最快的速度拿出解决方案。我方充分相信他们的智慧与理性,不会做出极端的举动。否则,青霜星界必定会遭受同等程度的打击,那将是毁灭性的灾难。

"与此同时,我们也要做好最坏的打算并做好应对极端情况的举措。第一,会后,我们会以最高安全级别的方式将信息传送给联境首座微禾与科诗世界公务首座何为。一方面,请求派出破解渔火的科学公务者与科技装备;另一方面,联境当会作出相关的反应,包括武装应对准备。

"第二,阻断所有安装了渔火系统的区域的信息通道。第三,红尘星界安排武装力量对所有安装了渔火系统的区域进行秘密封锁。注意,是针对具体安装的区域,而不是整个星球。第四,以联境与红尘星界共同的名义向青霜星界发送外交函件。如上同时进行。这几项比较紧急,我们先商讨,再商议其他事宜。请诸位简要发表意见。"

与会者紧急商议,基本没有异议,各方即时下令安排诸项事宜。说起来不过寥寥几项,实施起来可谓牵一发而动全身,浩瀚星界难以计数的力量牵涉其间。相关事宜大体安排妥当后,已过午夜时分,大家一边吃饭一边继续开会。

"对蓝焰星界方面是否需要知会并有所动作?也许蓝焰星界才是真正

的幕后主使者。"丹泊十分忧虑地说道。

"虽然基地的安保工作由蓝焰星界派员负责，但从目前的资料来看，看不到蓝焰星界主使的任何证据。我们不宜没有根据地扩大，多面树敌陷于被动。但要做到心中有数，密切关注蓝焰星界动向，以静制动。"尘浪道。

"应当对蓝焰星界和青霜星界在红尘星界的各方面势力进行秘密监控，充分掌握其一举一动。"乔治提出建议。大家表示赞同，同时建议让飞花落配合参与有关秘密行动。

"还有一个问题就是，东西小镇的武器与战舰从何而来，又是何方神秘势力消解了来自秘密基地的攻击？这可不是一般的力量能够阻止的。"丹泊提出了这个大家都充满疑惑的议题。

"情况有没有可能是这样的？蓝焰星界和青霜星界中的一方在东西小镇秘密生产了物能武器，这想必不是什么难事，今日实施攻击后，另一方可能觉得不妥，不想把事态扩大，于是进行了阻击。从当时的情形计算分析，只有在东西小镇那么近的距离实施拦截阻击才有可能。"知末作出了科学分析。

大家觉得这虽然有点难以理解，但理性分析，也只有这样才能解释得通。

"不过，消解攻击的不像一般的物能武器，当时的场景大家都看见了，这可能是一种新型武器，对这种武器的性能还有待分析研究。这可能又是一种潜在的威胁。"知末对自己的分析进行了补充。

听完知末的话，又一朵乌云笼罩在大家的头顶。

"在联境派遣其他科学大师到来之前，我们调遣一切科学力量配合知末大师进行研究。"丹泊当即表态。

乔治似乎想到了什么，说道："对了，签约仪式何时举行？原计划在天狮星球举行，如若计划有变，以何种理由对天狮星球进行解释？以何种理由对外界解释？还有，渔火事件是否需要告知天狮星球？"

空流道："这也是眼下需要决议的大事，请各位议一下。"

因时间紧急，这个议题空流和尘浪及特别行动组其他成员都还没有来得及商议。就在那边商议之时，空流一边和尘浪密讯商议，一边和泲水、伊凡在这边会议室商讨。

"我认为签约仪式应该推迟，至少应该推迟到青霜星界的反馈到来之后，据情况再定，届时，作为一张牌可进退自如。算来至少得等到4天后。"伊凡首先提议。

尘浪密讯亦表示赞同伊凡的意见。

"考虑到当前的局势，我认为应当告知天狮星球，天狮星球上也被装置了渔火，他们一定会与我们站在一起同仇敌忾的。再者，考虑到安全问题，不管何时签约，都不能在天狮星球上进行。"泲水提出了自己的建议。

苏菲亚密讯表示赞同泲水的建议，同时表示，如果签约的话，签约仪式最好放到青霜星界提供了地壳运动控制服务，但又尚未部署渔火装置的星球上去。

尘浪认为这是个好主意："看看有没有这样的星球，青霜星界刚刚进驻星球并为其提供地壳运动控制服务不久，依旧地质灾害频发的星球。这样一来，可以研究连青霜星界都不能及时解决的地质灾害问题为由，为联境派员来解决渔火问题提供一个对外的解释。"

空流看着大家的提议，沉默了片刻，突然兴奋地说道："找到了！还真有这么一个星球。"

最后，综合大家的建议，会议作出决议：

第一，今日会后，由尘浪和丹泊、乔治一道，共同将实际情况告知天狮星球球长羽林，并要求其务必做好保密措施。

第二，签约仪式推迟，根据联境指令及青霜星界反馈情况再定。

第三，如签约，签约仪式定在希田星球举行。希田星球不仅符合苏菲亚提出的条件，而且还是与黄道星界陀螺星球结对的友谊星球。

第四，签约仪式推迟的公开解释为：联境要求青霜星界务必管控好希田星球的地质灾害，同时派员前来提供科学援助。签约仪式将择期在希田星球举行。

接近凌晨3点，会议结束。会议约定，与会各方从此进入全天候紧急状态，随时进行紧急磋商。

丹泊和乔治离开后，特别行动组成员及赫拉、沄滟又聚在一起商议，洢水把获取机密资料的过程讲述了一遍。

空流苦笑道："主要是这5000多个星球的信息量太大了，又看不见，无法扫描记录，只能将搜索到的信息强行记下来，不敢漏掉一个星球。这的确是我平生遇到的最大的考验，所以不能分心，顾不上其他任何事情。"

空流看了洢水和沄滟一眼，接着补充说道："在我们那一层下面，还有179层，分别监控、储存着这5000多颗星球上的渔火资料，这亦是他们内部的绝密；连上我们到的那一层，一共是180层。这就是180层地狱！我一路上对二位舍生忘死的战友有所怠慢，在此赔罪了啊。"

不必说特别行动组成员，算上飞花落的赫拉、沄滟，在座的众士，皆是在各自组织中声名远播的佼佼者。唯有空流属于籍籍无名之辈，就是在座的众士，至今也不知道空流究竟是何身份。虽然大家心中不免好奇，不知从哪里突然冒出来这么一个小子，不仅让大家走到了一起，还一下子成了自己的头头，但这一路以来空流的所作所为与卓尔不群的能力，让大家对他不仅打心眼儿里敬佩，而且喜爱有加。如果没有空流，很多事情可能就是无法完成的任务。

洢水和沄滟站起身来，向空流躬身致礼，泪水在眼眶里打转，哽咽着说不出话来。

众士皆感慨这信息得来太不容易了，都是生死相依的战友拿性命换来的，他们全都起身向空流、洢水、沄滟一一躬身致礼。

"咱们来此没多少时日，已经半数在生死边缘走过一遭了，这还只是在第一站红尘星界，未来长路漫漫。我原以为，最坏的结果不过就是死亡而已，现在才知道，死亡并不是最难的，最难的是如何才能完成使命，化解可能给万亿星民带来灾难的空前危机。"知末走过去紧紧握住空流的手感慨不已。

空流也是心情激荡不已，自己从来未曾想过，有朝一日会在风口浪尖之上，承受如此重大之使命，他充满感慨地长长叹了一口气："情况虽然比我们想象得要严峻得多，但我想也不全是坏消息。我们今日差点死在黑眼圈的打击之下，但你看看，我们现在都安然无恙。对了，刚刚丹泊和乔治都在，有个问题不太方便说，就是瓦解黑眼圈的究竟是谁，目前依旧是个谜。

"因为只有我在现场听到了那个对我们进行施救的密讯，虽然到现在为止，我对此也是一无所知，但是凭直觉，感觉那不像来自青霜星界或蓝焰星界的。一切是如此的玄妙。我们一方面等待联境的消息，另一方面也可以再深入调查一下。"

"有句话不知当不当讲，我感觉那更像是联境在此秘密布置的武器，不然没有更好的解释。"尘浪犹豫了一下说道。

知末笑了笑："我估计丹泊和乔治嘴上虽没说什么，但心里估计也有此一想。"

赫拉倒是坦荡："我认为即使是联境在此秘密布置的武器也没什么，主要看出发点是什么。事实是最终拯救了大家，而不是带来了伤害。"

洢水摇了摇头："若如此，总感觉不是那么光明正大。"

大家心里的想法和洢水差不多，觉得若果真是联境秘密布置的武器，还是应该提前和红尘星界商量，经红尘星界同意了才好。不过，到目前为止，一切仅仅是猜测。

夜已深，大家互道晚安，各自歇息去了。

第二日，不管是联境代表团还是红尘星界方面，各方都进入了极其忙碌的紧张状态。

空流特别强调："当下最关键的是，红尘星界对秘密布控情况的落实，涉及数千颗星球的诸多方面，工作极其繁重，而这也是最容易爆发的风险点。通常来说，没有来自青霜星界或蓝焰星界的指令，无论是在地球的渔火总控指挥部，还是在各星球的渔火管理机构，都不敢私自采取任何行动。但是，有一种特殊情况，不知当初青霜星界或蓝焰星界是否有秘密指令，他们安排在红尘星界的某个组织或某个特殊公务者，在某种特定情况下，可以权宜行事。"

尘浪说道："若果真有的话，这个特殊机构或公务者只会在地球上，所以对这些重点对象的布控极其重要，不能有一丝一毫的疏漏。我们整个代表团当前最重要的工作就是与红尘星界及地球方面无缝对接，时刻关注他们各项工作的执行情况及消息反馈。"

伊凡指出，要重点盯防宇能者，尤其是宇能高强的宇能者，因为他们突破布控的能力比较强，容易传递消息，并下达有关方面的指示。众士深以为然。

大家按照分工，一一领命行事。

第一，赫拉、伊凡和沄滟及飞花落众宇能者负责协助红尘星界及地球方面做好当下最重要的布控工作。

第二，知末负责协助红尘星界科学公务者投入到渔火的破解工作中。

第三，尘浪与苏菲亚负责与红尘星界等各方的实时沟通对接。

第四，泬水负责与联境的对接及签约等有关工作的筹备。

第五，空流负责规划应对当前及未来局势的战略方案。

8时许，红尘星界方面传来消息，天狮星球获知渔火的情况后，万分愤慨。天狮星球球长羽林表示，将尽一切力量按联境及红尘星界的指令做好应对工作。

8点15分，红尘星界方面密讯表示，基于东西小镇隐藏武器的情况，红尘星界已深入东西小镇，对地壳运动控制公务署内部，进行了全面布控，但是怕对方鱼死网破、铤而走险，没有接管他们的任何工作，也没有进入秘密基地里面，渔火及地壳运动控制系统依旧掌握在对方手中。已经与对方充分沟通，暂且维持一种平衡状态。

8点20分,一条消息登上了时空信息弧的热点:红尘星界希田星球南部发生重大地质灾害,方圆百余千米的区域发生重大塌陷。

8点45分,另一条消息登上了时空信息弧的头条:青霜星界不久前已进驻希田星球提供地壳运动控制服务,但未能及时有效控制该星球重大地质灾害的发生。经红尘星界与联境代表团商议,已传音讯请求联境派员前来希田星球查看灾情,并提供科学援助。这项工作也将成为双方会晤磋商的议题之一。

10点11分,红尘星界方面汇报表示,经过昨日连夜安排部署,全部5200颗星球的武装力量布控由星界统一调配,已全部到位。效率确实惊人!

10点15分,联境代表团对外发布信息表示,与红尘星界方面的会谈工作正在紧锣密鼓、有步骤有节奏地顺利推进,为表示对希田星球地质灾害的关切,双方将在该星球举行一场重要会议。

各方面的消息表明,关于渔火的保密工作,可谓做得滴水不漏,外界没有听到半点风声。希田星球被推上了舆论焦点,成了星民们当下谈论的热门话题。

希田星球正处于地质板块运动十分活跃的周期,当下地质灾害不断。因一个星界之内,星球众多,某个星球的自然灾难并不为广大星民所关注,所以希田星球之所以成为当下备受关注的焦点,还是和眼下的复杂时局有关。

另一方面,希田星球因美食而闻名于星界。希田星球的美食还得从黄道星界说起。当初,星界之间建立互联互通以后,启动了一项星球结对计划以增进星界友谊。黄道星界星都陀螺星球和红尘星界希田星球结对。

陀螺星球之所以选择和希田星球结对,是因为希田星球自然环境恶劣,星民们的生活之本——农业极其不发达;而陀螺星球以高度发达的农业而著称。通过陀螺星球长期以来的帮助,希田星球的农业发生了翻天覆地的变化,从而一跃成为知名的美食星球,不断发展创新出独具特色的美食文化。

只因星际间的交往还停留在政治领域，经济文化等广大星民之间的交流尚未充分开放，只能通过时空信息弧进行信息交流，其他星球的星民对于希田星球的美食往往观其色而不知其味。

午间时分，赫拉发来密讯，幽草落掌座青古道亲自前往飞花落圣境拜会卿岚掌座。泛漉果然有先见之明，没有预先将渔火的有关信息告知卿岚。卿岚以一派掌座之尊，有所选择但却据实告知青古道自己所掌握的情况：飞花落主要是协助红尘星界方面行事，提供有关安全保障服务。这也是各流派遵循自己的使命所在。

从双方交流的情况来看，青古道对东西小镇海域发生的情况一无所知，但是有关方面的信息来源突然凭空断了，他感觉一定是发生了重大事情，而且对红尘星界方面实施的布控有所察觉。他感到深深的不安，想探测飞花落的姿态，同时探听有关消息。

卿岚明确表示，幽草落与飞花落追根寻源，一脉相承，不希望彼此之间发生不愉快的冲突；但各有属于自己的使命，如果使命所在，希望双方都能互相理解，为公不结私仇。至于其他更多情况，飞花落从不刻意参与，也并不愿意去探究。青古道如要获得更加确切的消息，当通过正当的外交途径与红尘星界方面沟通。

青古道没有获知更多想要的信息，寒暄一番后随即告辞了。

卿岚提醒，以她对青古道的了解，青古道亲临红尘星界，一定会有所动作。赫拉分析，虽然青古道和青霜星界核心层的关系极为密切，但是，他是否知晓渔火的秘密尚未可知，接下来的这几日大家要做好充分的防范。

下午，空流召开特别行动组会议，赫拉、伊凡和泛漉在外布控不能参会。他首先发言："经过详尽分析，我推断，我们对青霜星界未来的姿态不必过分悲观，但也不宜过分乐观。他们可能不会激进地向前迈一步，走向战争的边缘，但是我估计也不会轻易就将所有的渔火武器毫无条件地自动销毁了。他们一定会有较好的表态，但是行动上会趁机提出有关条件。"

"我们首先要分析，他们如果提条件，是针对联境还是红尘星界？"苏菲亚提出了思考意见。

尘浪说道："我以为他们还是会在时空感融科技这上面做文章。还有一个情况需要考虑，他们会不会将这个情况告知蓝焰星界，如果告知蓝焰星界，蓝焰星界的反应会是什么？"

"关于在时空感融科技上做文章，我的想法同你一样。至于是否会将这个情况告知蓝焰星界，我倾向于认为这一次他们不会，未来的情况不好说。不知大家意下如何？"空流问道。

泖水接着空流的话说道："从现实情况来看，他们之间更像是一种合作关系，青霜星界并不完全是台前的傀儡。不管他们是否告知蓝焰星界，他们都会首先权衡对于自身的利弊。"

"联境的回信要比青霜星界晚两日到，在青霜星界的信息回来之后、联境的信息回来之前这段时间对于我们是个巨大的考验。因为青霜星界的信息一回来，我们得积极回应，而我们的举措还不知是否符合联境来的指令。"尘浪显得忧心忡忡。

空流若有所思："是啊！白天大家要做具体的工作部署，晚上请丹泊和乔治过来商议。算起来，我们的信息在明日黎明之前，就该到达青霜星界星都金杖星球了吧。"

第十五章　青霜幽暗

　　黄昏时分，夜幕四合。区域坐标：青霜星界星都金杖星球首府御溪。

　　擎天大殿九霄议事厅内，光线暗淡，空气似乎停止了流动，庄严肃穆的琼宇之下，一位身披青袍、身形高大、面如青瓦的中年男士端坐在宽大的高台之上，下面一排整齐划一地坐着13位神情恭谨、面容各异的男士，统一身着绿色长袍，此刻如同13尊木雕一般。

　　高台上坐着的是青霜星界首座莫雨。他其实很少在这个高台上坐着，只有在涉及青霜星界极其重大的事务之时，他才会被下面如同13尊木雕的男士请到此处。如同往常一样，他照例发表了一段极其正式而又枯燥乏味的讲话，进行了一番严厉的训示。下面坐着的各位俯首帖耳、战战兢兢、大气不敢出。

　　突然，话锋一转，莫雨似乎充满无奈而又十分厌倦地挥挥手："你们商议吧！"言罢，转身头也不回地向内室走去，眼中满是寂寥与哀伤。下面坐着的男士们躬身低首相送，连眼皮都不敢向上抬一抬。待到首座身后的门重重地关上，看不见了身影，众士方才缓缓起身。

　　一位公务者走到高台前一按，室内的格局瞬时变化，高台降低了许多，规格也缩小了大半。台下的座椅分列两旁。只见刚才13位男士中，正中间坐的那位昂首走上前来，在台前坦然坐下，其他的12位分两列坐在两旁。

　　上台就座的是金杖星球球长鼎冠，其余12位分别是青霜星界势力最强的 12 个星球球长。崇拜强者，尊崇秩序尊卑，捍卫规矩礼法，这是青霜星界过半数星球共同的世界观。当然，也有近半数星球是因领域因素被划归为青霜星界，这些星球并不认同秩序等级森严的价值理念。

联境一直在致力于做出一些改变。

青霜星界首座就是在联境的强烈要求之下，根据青霜星界广大星民的民意选出来的；但是青霜星界首座没有任何实际的权力，也无法代表广大星民的意志，他只是在需要的时候，按既有的程式走一下过场而已。青霜星界大小事务的决策权均掌握在 13 位星球球长手中。

对于七界而言，桥修通了，路依然遥远。

青霜星界首座唯一的权力就是在这个简短的程式过程中，在这短暂的一刻，他拥有至高无上的权力，在此仪式中，在座者不敢有任何的不敬，若有不敬者，他可以当场将其罢免，被罢免者将会受到无情的唾弃，再也没有任何翻身的机会。

这就是青霜星界强大的世俗规矩，是如此的不可言喻，而又不可逾越。

金杖星球是青霜星界最强大的星球，也是最遵从规矩礼法的星球，所以毫无争议地成为青霜星界的星都。作为金杖星球权力至上的球长，鼎冠自信满满地高坐在这个位置上，其他球长也觉得理所应当。

他们心中都有一个共同的信念：追求更加的强大！

但此刻，这些在各自星球享有无上权力的强者显然有些惊慌失措。他们如同贪婪而勇猛的偷猎者，刚刚放了一个冷枪，击中了猎物，但是猛一回头，却错愕地发现，自己正处于别人的猎枪之下。

鼎冠敲了敲桌子，用沙哑的声音说道："这可以说是我们有史以来最大的危机。万幸的是，他们在信中说替我们暂时保守秘密。否则，这个秘密一旦公开了，这千千万万星球上万亿星民的熊熊怒火都能将我们活活烧死。那个局势怕是联境都控制不了的。

"当然，既然当初我们做出了决策与选择，就没有什么可后悔的。我们追求更加强大的使命永远不会改变，但是我们需要十分理性地看待当前的局势。我们所要的不是毁灭。说实话，要毁灭这5000多个星球非常容易，但是我们究竟能得到什么？如此一来，我们面临的也将是毁灭。

"没有时空感融科技的支持，没有时空感融站的存在，再强大的武器都是徒劳。我们就像无头的苍蝇一样，连自己家的门都飞不出去，而我们的对手，却能像雄鹰飞过鸡窝一样，顷刻之间就能给我们以毁灭性的打击。说来说去，还是我们不够强大，没有最先进最强大的科技。所以我们应当做出和我们实力相符合的姿态。

"但是，我们是否就要第一时间像拔除杂草那样，把我们煞费苦心研制的渔火武器像野草一样连根拔起？这是我们手中的一张牌，关键是看这张牌要怎么打。既不能像决堤之水一样一泻千里，也不能让熊熊烈火引火烧身。我要说的都说完了，请诸位都依次发表意见吧。我们今天就要当场决策，第一时间拿出反馈意见。否则，也许对我们实施毁灭性打击的武器已经在路上了……"

红尘星界地球这边，天刚放亮，空流就知会特别行动组成员，想亲自再去其他一两个部署渔火武器装置的星球看看。大伙一致反对：现在外面的局势如此紧张，不安全因素极多。要是出点什么意外，那麻烦可就大了。尘浪也表示，在如此紧要关头，一动不如一静。

空流说道："这个危险性我不是不知道；但是我想，我们可能忽略了一件事，那就是他们既然在地球上制造隐藏了黑眼圈这样的物能武器，难道他们就不能在其他星球上也这样做吗？这些武器为什么之前通过能量场探测发现不了，是因为被渔火能量及各星球上的熔岩能量所掩盖了。

"渔火这个终极毁灭性武器他们不敢轻易动用，但是像黑眼圈这样的武器，他们在必要的时候还是敢随时发射的，而我们会因为渔火武器而投鼠忌器。且不说这么多的星球如果都启动黑眼圈，会引发多大的伤亡；主要是黑眼圈对于我们后续接手或者处理渔火装置会造成极大的麻烦，所以我们必须要把这个情况查清楚。"

第十五章 | 青霜幽暗

尘浪道："如此看来，这果真是个很棘手的问题。但是，是否可以让红尘星界派遣武装力量前往查看？"

"如果是明查，当然可以，但是很容易引起正面冲突，引发过激反应，一旦引爆了渔火装置，后果不堪设想。所以最好的方式还是暗探。地球有他们的渔火总控中心，他们在其他星球的安保措施一定要比地球松得多，我估计都不用进入核心领域，只要接近他们，通过隐念都能获取到具体情况。"空流信心十足。

尘浪道："既如此，驾驶飞羽从时空感融站秘密前往，再让红尘星界提供充分的安全保障，应当可行。你看谁陪同你一起去？"

"我独自前往即可。"

"让洢水陪你一起去吧，她手头的工作完成得差不多了。这样好彼此有个照应。"

空流笑道："那好吧，只怕是我照顾她了。"

洢水听了气不打一处来："你以为我不出去走走，闷得发慌是吧？我才不愿意和你一块儿去呢。只要和你一起执行任务，哪一次不是在鬼门关上走！你以为你是颗星星啊？你若是的话也就是扫把星。"

"是的，当然比不了你这颗气象明星。"

尘浪和红尘星界沟通安排妥当，空流与洢水乘坐牧笛小九秘密出发。空流算了一下时间，20分钟即可抵达目标星球。

空流不经意看到洢水满面愁容、十分不悦的神情，疑惑地问道："难道你真的生气了，跟我一起出来真的不开心吗？"

洢水猛一抬头，脱口而出："怎么会？我高兴得很呀！"旋即两颊绯红，稍一低头，转眼美目一横，"难道就一定要很开心才可以吗？"

刚说完，洢水就感觉有点不对劲："我怎么发现咱们此行还是有点危险呢！"她此刻方才发觉自己实在是太开心了，竟然没有觉察到对危险的直觉感知。

空流漫不经心地问道："怎么会？咱们这一次应该算是最轻松的旅程

229

了,简直就是星际半日游。"

"按道理应当如此,但你也知道我的感觉,向来不会错的。所以咱们还是小心为上。"

空流满不在乎地说:"那是自然。"

顺利抵达目的地后,果然一切如空流所料,与东西小镇情形大为不同:这个地壳运动控制公务署比一个普通的公园还要小,与东西小镇的人流如织相比可谓天差地别,这幽深的海底除了公务者,根本连个星民的影子都找不到,安保措施自然要松懈得多。

空流的顾虑得到了证实,作为守卫渔火的防御武器,黑眼圈这样的物能武器已经成为他们在各个星球的标配。

空流对洢水道:"你的感觉是对的,你当是因此而忧伤。"

洢水道:"也许如此吧,但是你这方面的感觉却从来没有对过。"

空流突发奇想:"我们上次只是去了渔火的总控中心,但是却没有亲临渔火装置设置现场。这里的防御如此松懈,我们可以走得稍远些,去实地看一看。"

洢水道:"咱们没有佩戴专用设备,渔火装置核心区域的力场与辐射情况必定极其复杂,怕是抵达不了吧。"

"咱们就到最外围区域探测一下,也好为以后科学公务者们的破解工作提供一些参考。"空流与洢水搜索到一处海底地壳断裂带间歇性喷发的火山口附近。

"这处火山大约有十来年没有爆发了。"洢水对周围环境进行了仔细勘察。

"这未必是自然现象,或许是渔火在起作用。"空流沿着岩石断层向下游去,突然,他喊道,"快过来,我找到了。"洢水赶忙游过去。

"你看,这些树根一样布满岩层的东西就是他们渔火装置的最外围末端。"

"这看上去和岩石的颜色形态简直一模一样。"

"是的，你看，渔火就像一棵树，吸收能量类似于树根的根系吸收养分，在根系对土壤中的养分主动获取的同时，植物生长与代谢功能使土壤中的养分向根系表皮迁移，发生质流和扩散。"

"看来，这个武器的理念还是十分先进的，融合了自然演化之道。"

"没错，渔火不是一个简单的能量聚合武器，它的可怕之处并不仅仅在于能量巨大，而且融合了生长理念，与星球融合，也就是说与星球长在了一起。所以不是说打它一下，摧毁某个区域，就能把它给打坏了，事实上它的系统遍布整个星球，这也就是知末大师说这个武器有可能十分棘手的原因。咱们今天算是实地证实了。"

"那意思是说，它有点像动物身体里的血管，已经成为星球身体的一部分了。"

"你说得很形象，不要小看了这个树根一样的材料，它不仅具有高能阻断功能、吸收功能，还具有循能功能，也就是说哪里有合适能量源，它就能自动生长延伸到那里。所以只要它想获取，就能得到源源不断的能量，除非最后把符合要求的能量都吸尽了。"

"我要好好看个究竟，你看那条'树根'，那么长，延伸到下面越来越粗壮。我下去看看。"洇水说完呼溜一下滑了下去，转眼就不见了踪影。

突然，传来洇水大声呼救的声音。空流一惊，急忙赶过去寻她。

"我被吸住了，不知怎么动不了了。"洇水大声呼救。

空流刚到跟前，发现自己也被吸住了，两人吸在一起，动弹不得。"不好，咱们都被它吸住了。抱歉啊，我可不是故意要靠你这么紧啊！"

洇水踢了空流一脚："哎呀，都什么时候了，还废话连篇。咱们的质量不大呀，要是咱们能被吸住，这海底那么多的生物不都得被吸住吗？"

"不是这个原理，它吸收的是高聚能物质。咱们都是宇能者，学习过宇能，体内的能量密度比一般的生物高。看来，有时候能力强不是什么好事啊。"

"能不能不要贫嘴，都快透不过气来了，要被融化了，痛得生不如死啊。"泖水在不停地大口大口喘气。

空流明白此中的厉害,如若不能尽快脱险,泖水将必死无疑。自己虽然抗伤害能力强一点,但丧命也是迟早的事。"我在想办法,不能心急,否则会离死亡越来越近。"

"果然,和你一起就没什么好事,这次不只是在鬼门关外走一遭,只怕是要进去了。"

"你要相信自己的感觉,应该会有办法的,死不了的。"空流心中充满了深深的内疚和自责:"如果当初自己坚持独自前来……如果自己听了泖水此前的预警能够更加警惕一点……"空流不由得无声地紧紧握住了泖水的手。

泖水流下了激动的泪水:"你不要难过,这些不关你的事。自打我们离别家乡的那一刻起,就踏上了危险的旅程。一路以来,虽然艰险,但是我们在一起却十分开心……我只是想到还有那么多星球、星民的命运未卜……心中好不甘、不忍……我们不要说这些伤感的话了。你能和我讲讲你的故事吗?我知道有规定……但我怕以后没有机会听了,我们就要死在一起了,在你心中,我们能算患难知己了吧?"

"算,当然算!只是,我也不知道我是谁,我对自己的身世一无所知。我真的没有骗你。"

泖水柔声道:"我自然是信你的,虽然你很神秘,但我们都很敬佩你的。我有时想,如果有一天,我们回到了家乡以后,大家天天无忧无虑地在一起,该有多好啊!"

"是啊。可是,造化无常,星辰如尘。环宇万象弹指若烟云中,谁又了然谁之来时去时路。好在这末路归途之上,我们彼此相伴,不算孤独。否则,时空无涯,我的孤魂定是回不去故乡的。"

他俩断断续续地说着话,身体里的能量在抽离,恍惚中死亡在一点点靠近。各种不知名的海洋生物从眼前静静地游过,这两个智慧比它们高得多的生物的生死存亡在世间万类中又算得了什么,生命的悲欢时时刻刻都在上演。

一条巨大的鲨鱼身影在远处浮现,那些小生物被吓得四散奔逃,眼前又恢复了宁静。

模模糊糊中空流突然低声叫道:"浒水醒醒、醒一醒,快!"

浒水用十分微弱的声音说:"我在……做什么?"

"不要睡,坚持一会儿,我要试一试。"

空流拼尽全身气力凝神催动隐念,那条大鲨鱼竟朝这边游了过来,空流艰难地伸手搭在大鲨鱼身上,大鲨鱼竟然温顺地一动不动。

空流对浒水说:"我要向你催动隐念了,你照我的意思做就行。"

二士体内的能量在急速外泄。浒水一惊:"能量消失得越来越快了!"

空流用隐念告知浒水,一定不要施展宇能抵抗,顺其自然。

突然,空流喊了一声:"起!"

大鲨鱼游动起来,竟然带着空流和浒水一道离开了渔火那粗大的根系。浒水激动地抱着空流叫道:"怎么回事!我们竟然得救了!"

空流赶忙道:"停住!不要动,等一等!"

大鲨鱼带着二士游了数十千米,空流松开了搭在大鲨鱼身上的手,大声道:"去吧!感谢鱼兄救命之恩!"

空流看到浒水还是一动不动地不敢说话,大笑道:"傻瓜,咱们脱险了,还抱着我干什么?"

浒水一愣神,一把推开空流,然后追上来就要打,空流在前面疾驰。

"怎么回事,咱们真的就这么又活了吗?"浒水到现在都不敢相信。

"可不是嘛!不信你打打自己的脸,打重一点。"

"哼!我打你,试试是不是真的?你讲讲,什么情况?"

空流道:"渔火吸收咱们的能量,不是均匀地吸,咱们体内的能量不均衡,就算不被吸干而死,也要被活生生折磨死。那条大鲨鱼再晚一点出现,咱们就死定了。当时大鲨鱼一出现,我就施展物语落独家的宇能功能让它游过来,然后把咱们体内的能量均匀地释放到它身上,咱们的能量一旦全都均匀地释放掉，能量密度低到了一定的程度，那个渔火装置自然就不能再吸住咱们了。"

"哦，我明白了，真是太巧了！咱们为啥又跟它游了一路？"

"咦！这个道理好懂呀，你现在浑身力量满满，哪儿来的？咱们先要把释放到鲨鱼身上的能量收回来，然后再从它身上借点能量补充体力；但是在能量收回来之前，我们要离开那片区域，不然一不小心又被吸住了。还有，这个鲨鱼足够大，咱们的能量释放给它后，它能够承受，没有太多感觉。之前在咱们眼前游来游去的那些生物太小了。"

"真是绝处逢生，一定是我感动了上苍，才给你送来了这条大鲨鱼。"泖水调皮地说。

"好吧，这样说来，头功归你。对了，我忽然想到，要是咱们刚被吸住的时候我就施展宇能，可以招呼来想要的鲸、鲨之类。但是，我那时没想到脱身的办法，后来看到大鲨鱼才猛然想到了。要是鲨鱼不及时出现，即使后来想到了，也无法将宇能传送得那么远了，那可真就玩儿完了。"

"好你个空流，不到最后时刻脑子都不好使，是吧！"

"嗯，主要还是想和你多待一会儿。"

"你看我打不死你。"

"哎，做了坏事，总是要付出点代价呀。"

二士一路飞奔，很快抵达飞羽，准备启航回程。上了飞羽，一看信息，才知道尘浪那边又发生了大事。

原来，地球时间上午9时许，暗探报告，幽草落掌座青古道和上师克拉克径直往东西小镇去了，没有任何理由与措施能对他们实施阻拦。

对外界来说，所有的布控都是秘密进行的，对内来说，地壳运动控制公务署已经被强行控制了，只是没有触及操控渔火武器的核心部门。东西小镇属于星界公共领域，只能是秘密布控，任何游客的行为活动都没有被禁止。

丹泊、乔治和尘浪等一接到消息，急忙召集会议商议，均认为青古道此刻前往东西小镇，一定不是凑巧，定当另有缘由，指示各方务必继续密切关注其一举一动。

青古道与克拉克刚刚抵达东西小镇，红尘星界方面就接到了青古道发来的外交照会，大意是说，幽草落流派掌座青古道今日前往东西小镇观光，突然想到了青霜星界在此为地球提供了地壳运动控制服务，希望前往参观。

丹泊接到这个消息，一下子感到有点猝不及防。按照外交礼节，青古道临时提出这样的要求有点唐突，但也并无特别不当之处。

显然，青古道并非临时起意，而是经过了周密的谋划。他们如若在出发前提出要求，红尘星界方面完全可以找个堂而皇之的理由加以拒绝。而现在，好比客人已经到了家门口了，你不让进去，就会有失礼仪。

乔治苦笑道："这样一来，不仅不得不同意他们的要求，按照外交礼仪，丹泊首座还应当前往陪同；但因对方是临时性要求，丹泊首座可以派员前往，不用亲自去。"

丹泊觉得现在是非常时期，可不敢有丝毫含糊，决定亲自前往。

尘浪分析道："青古道的信息里虽然什么都没说，但从他的举动来看，我想他一定是知道渔火的秘密的。他的高明之处就在于让我方以为他什么都不知道。从他前往飞花落拜会卿岚掌座时，就计划好了今天的行动。他去飞花落一方面是为了获悉飞花落的动向，另一方面也是为了显示自己毫不知情，起到麻痹我方的作用。"

苏菲亚道："我有一个想法，不知可不可行。我们可以以子之矛攻子之盾。他既然装作对一切毫不知情。我们可以一方面在外交层面，以外交礼节配合他的一切需求；另一方面秘密通知赫拉与伊凡进行拦截。赫拉和伊凡假装不知他提出的要求，就当在东西小镇偶遇，然后提出希望青古道予以指教一二。

"当然，这需要冒一定的风险，青古道与克拉克宇能极强，要谨防受到重伤。如若把握得好，可以有意受点轻伤。一旦赫拉或伊凡受伤，丹泊首座就可以出面，借此提出，先给两位治伤要紧，青古道提出的要求待与飞花落的风波平息以后再做考虑。"

大家都觉得这是一个极好的办法。红尘星界需要遵照严格的外交礼仪，但作为飞花落和默石落的宇能者，可以按照宇能界的规矩行事，挑不出半点毛病。青古道一行在如此敏感的时期要进入地壳运动控制公务署，一定有非常之举。必须尽一切可能进行阻拦，谨防发生任何不测。

于是尘浪密讯赫拉与伊凡火速前往拦截。同时，丹泊通知青古道方面，非常欢迎他们前往地壳运动控制公务署考察，丹泊将亲自前往陪同，请他们稍候。赫拉与伊凡抵达后，青古道见到二位也是暗暗吃惊。双方寒暄过后，赫拉提出，如此机会实属难得，想和伊凡一道，向青古道请教，请求给予指教一二。

青古道冷笑一声，心知肚明，也不点破，欣然同意。按道理，既然是切磋，不能狠命相搏，但赫拉与伊凡为了逼青古道下手击伤自己，联手奋力出击，招招直取青古道要害。克拉克在一旁观战，脸上看不到一丝表情。

究竟是宇能相差悬殊，青古道不到十来分钟的工夫就将二士制服，且丝毫没有伤到他俩。切磋刚刚结束，丹泊就赶到了，见到此等情形，只能连声说这是误会，于是不得不硬着头皮陪同青古道前往地壳运动控制公务署，赫拉与伊凡亦陪同在侧。

就在丹泊走后，尘浪一直放心不下，他感觉青古道既然布下了如此周详的计划，一定不达目的誓不罢休，赫拉与伊凡恐怕阻止不住他。于是尘浪紧急联系沄滟求助卿岚。沄滟至此方才将渔火的秘密与有关情况告知卿岚。卿岚获悉后，夸赞沄滟思虑周详，但既然情况这般危急，也顾不得许多，决定亲自前往与青古道周旋。

卿岚刚刚出发不久，东西小镇就传来消息，赫拉与伊凡的阻击计划失败，青古道他们已经进入地壳运动控制公务署。卿岚让沄滟密讯尘浪和丹泊，自己前往的计划不变，并且要告知青古道，因获悉赫拉向他提出切

第十五章 | 青霜幽暗

磋，唯恐有失礼之处，所以亲自前往拜会。

青古道一进到地壳运动控制公务署，看到处处戒备森严、严防布控的情况，装作大惑不解地问这是为何？丹泊只能说，既然卿岚掌座也来，那就等到卿岚来后一并作解释。待卿岚赶到后，这处地壳运动控制公务署算是迎来了有史以来的高光时刻：三大掌座与首座共同亲临考察。

进到一处会议室后，丹泊屏退左右，采取信息隔离后，十分严肃而忧虑地将渔火的机密简要告知了青古道和卿岚。青古道和卿岚听后，均作出极其惊诧之神情，对此等举措深恶痛绝地讨伐一番后，三方坐下详谈许久。最后，众士均表示一定严守秘密，维持现状，待青霜星界及联境回信后，再做定夺。丹泊心中一直暗笑，心想，大家互相打哑谜的局面也不算坏。

考察队伍并未触及渔火管控区域，只当不知此中情形，走马观花例行巡视了一圈。席勒全程接待作陪，卿岚及赫拉、伊凡等均觉察到青古道及克拉克见缝插针地偷偷与席勒进行信息交流。好在卿岚在场，他们也不便做些什么。考察结束后，各方礼节性告别后，各自回程。

空流与洧水了解情况后，火速赶回室女星城，特别行动组成员与赫拉、沄滟正在一起议事。

从发生的情况来看，青古道与克拉克不仅知道渔火的秘密，而且很可能还是关键角色，他们此行有可能是来秘密传达关键指令，或者在此关键时刻作出态势为未来的谈判做铺垫。

渔火的信息保密措施，对于外界来说，做得非常成功，但对于青古道来说已经破防了，他们一定以其独有的方式打通了沟通渠道。从青古道今日之举措也可以看出，青霜星界等方面是不会那么轻易妥协的。

接着，除了亲密接触的这些细节略去之外，空流又把自己这边遇到的情况详细讲了一下，大家感觉到可谓是处处惊险迭出。

空流最后总结道："目前，核心问题就是两个，一个是渔火未来的解决方式，因为对方有黑眼圈和渔火两套武装系统，即使联境拥有更先进的

237

攻击性武器，只要不能做到瞬间强攻抢占到渔火的操控权的话，就会带来对方引爆渔火的危险。所以，最好的方式是能够无声无息地瓦解渔火体系，对联境提出此方案，就看科技能力上能否实现。另一个就是，能否想办法获悉青古道和席勒交流的信息到底是什么。"

知末道："我们已经在做前期的准备工作，目前看来，你这个方案最为稳妥，也是唯一的选择。从科学理论上来说，不能说没有可行性，但是你想，5000多个星球，要同时开展行动，规模极为宏大，不仅需要科技上的攻关，更需要周密的部署。"

知末刚说完，沄滟就喜形于色地说道："空流说的第二个问题不难，咱们明日就可以实现……"

第二日一早，空流、赫拉、苏菲亚、伊凡、沄滟、乔治一行乘坐云帆，秘密出现在东西小镇，这当中，只有空流进行了易形。来之前，已然安排加强了对对方暗探的布控，以防走漏消息。他们径直来到地壳运动控制公务署前，乔治让人上前传话：听闻昨日三大掌座与首座来此考察后，今日，联境代表团代表亦特意前来考察。

这次考察当是以身为联境代表团代表的苏菲亚为主宾，席勒急匆匆前来迎接，一看如此阵仗，知道来者不善。双方客客气气做了介绍，席勒此前和赫拉、伊凡进行过生死之战，但此一时彼一时，面上皆是一团和气，有说有笑。

苏菲亚自然是蜻蜓点水式地走走看看，不多时就考察完毕。考察团一行正往外走，行到一空旷处，伊凡突然向席勒致礼道："上次有幸领教，以阁下的宇能，当在宇能界盛名远播，但阁下如此之低调，在下实在佩服得紧，机会难得，想借此再向阁下讨教几招，不知肯赏光否？"

席勒一听，心下一愣，他知道对方来定有所谋，但想不到伊凡突然提出这么个要求，一来伊凡在宇能界也是声名在外，且宇能尚不是自己的对手，当不会耍什么花招；二来，对方这么正式的考察，不太可能借机打群架，把自己怎么样。所以一时想不明白伊凡到底要干什么。

第十五章 青霜幽暗

伊凡看席勒正在犹疑之间，不等他表态，直接就拉开架势进攻。伊凡一招既出，一发不可收拾，招招连绵不绝。席勒未料到以伊凡在宇能界的身份竟然如此行事，不得不全力应付。双方虽然是切磋，但高下局势极为明显。

双方缠斗大约五六分钟，沄滟突然说道："席勒首座宇能果然高明，我也一同受教了吧。"话音未落，就飘身上前加入战斗。因沄滟的宇能以幻境见长，这样一来，就给席勒造成了不少错觉，场上的局势随即生变，伊凡和沄滟步步紧逼。

宇能者都极其爱惜自己的名声，席勒虽是以一敌二，但也不愿落败，不得不使出浑身解数。空流趁机全力发动隐念。果然，在此情形下，席勒对空流的隐念毫无察觉。大约也就两三分钟，双方斗得正酣，空流做了个暗示，伊凡和沄滟交换了一下眼神，同时向两边飞出，退出战斗，随后走过来一躬身，齐声道："承蒙赐教了。"

考察团一行告别了席勒，急急归程。这就是沄滟出的主意，算是剑走偏锋，按宇能者手法处理问题，没有按外交常理出牌。乔治自始至终并不知个中原委，只道是联境代表团真的想要考察了解情况。回到室女星城，空流召集特别行动组成员会商。

空流没有做任何铺垫，直接切入主题："青古道他们上次是用暗语传递信息，信息就隐藏在他们听上去毫无破绽的对话里，但是他们的对话使用了特别的表述方式。这是他们的第一次碰面，青古道本次就是受青霜星界方面所托，前来应对时空感融科技会商事宜及渔火有关事宜，他拥有除了启用渔火武器之外的一切临时处置权力。青古道传达的指令亦是一定要保持克制，一切等青霜星界的最新指令到了以后再定。"

"目前来看倒不是坏消息，只是以后需要更加密切关注青古道的行踪。"尘浪道。

"不过，席勒提出了一个要求，他认为当下的情况，应该让蓝焰星界知晓并参与决策，理由是蓝焰星界为青霜星界的这项工作提供了安全保

239

卫，必定会受到牵连。青古道给的回复是需要请示青霜星界总部，既没有答应也没有强硬拒绝。"空流接着说道。

以当前了解的情况，大家分析，青古道和席勒都不知道蓝焰星界和青霜星界在渔火这件事上，究竟是怎样的一种合作关系。

知末一拍手，笑道："现在不用着急，这个事很快不就清楚了吗？他们那边的前来会商者马上就要到了，到时候，空流到他们脑袋里转一圈不就知道了？"

空流正在来回溜达，他走过去拍了拍知末的肩膀："我说大师，你还是好好想想怎么破解渔火吧。这个问题你就想简单了，正规的外交场合是严禁使用这种手段的；另外，他们的要员前来，青古道一定时时陪同在侧，想用这种手段也很难。"

赫拉也笑了："他虽然是去别人的脑袋里偷东西，但是盗亦有道，不是想偷就能偷的，否则不仅不灵了，还要反受其害。我们都一样，只能做点小事，解决渔火这个科技武装的猛兽，最终还是要靠科技手段去制服。"

这一日倒还算平静，算日子，明日青霜星界的信函该到了。不管是友好协商还是尖锐对立，正面交锋无可回避。晚上，大家虽然终于能够睡个早觉，但谁又能成眠呢？

离天亮还有两三个小时，尘浪就被小鸟歌遥叫醒了，是红尘星界的急讯：青霜星界的信函到了。

来不及碰头了，只能召开拟真会议，会议地点放在日常议事的机要会议室。待各自拟身就位，丹泊道："刚刚接到青霜星界的信函，比我们预计的早到了不少。信函内容非常简单，只有一行字——惊悉联境密函，深感惶恐。我界七位球长即时启程，前往拜谒相商。贵方接本函后一小时（地球时间），我方即至红尘星界星都。"

"这个信函一丝歉意都没有，但表明的姿态很好，让我们也说不出什么来。这本身就是一种态度——本质上来说，他们不是来认错的，是来谈判的。我们应抛弃对他们的一切幻想，做好充分的应对准备。"尘浪率先发言。大家皆表示认同，没有异议。

苏菲亚提议："青霜星界决断素来高效，我们当应快速商定。我提议，虽然青霜星界首座未至，但他们实际由13位球长作决策，本次来的超过半数的7位球长即能代表青霜星界的决议。所以，还是丹泊首座前往迎接为宜，我们联境代表团一个都不要去，各位以为如何？"

尘浪和丹泊商议后认为可行。丹泊当即部署下去，同时指令务必做好一切保密与安全措施。在讨论接下来的举措时，空流将意见密讯传给了尘浪和苏菲亚，尘浪吩咐苏菲亚发言。

苏菲亚提议："明日暂不与对方洽谈。第一，对方必须拿出谈判方案来，我方再与之商谈。第二，表明我方并不着急，沉住气，掌握主动权。第三，离联境的来函日子更近，便于寻求应对之策。"

知末道："我们还真要把这个拖字诀用好，不仅是现在，谈判以后，恐怕还得继续用，为我们破解渔火赢得时间。"

会议快速确定了"掌握主动、稳住局面、赢得时间"的十二字方针。随即，丹泊准备前往迎接访客。乔治请求赫拉协同做好全域保障及侦察工作。空流向特别行动组成员下达命令，全员进入紧急战斗状态，随时做好迎接一切紧急任务的准备。

第十六章　联境际会

黎明前的夜，至暗时刻。

青霜星界代表团的飞羽即将从时空感融站换场出站。"快看，出来了！"泖水盯着视镜向大家喊道。

竟一下子来了 7 艘飞羽，看来是每一个星球代表团乘坐一艘。青霜星界飞羽状如雪花，颜色亦是白得晶莹剔透，体积比红尘星界的飞羽要大得多。金杖星球星民身形巨大，交通工具体量自然要大些，青霜星界外交的星际交通工具统一遵照星都金杖星球的标准制定。

7 个星球代表团先后下了飞羽，阵容颇为盛大，各团均为 99 名成员，男士 50 名、女士 49 名，合计 693 名代表。代表们的装束颇为简洁，皆身着青霜星界经典的长袍，不分男女都是一样的绿色，只有 7 位球长例外，6 位球长身穿蓝袍，唯有鼎冠为青袍。

他们的星际环境感应自动调谐装置，也就是俗称的"环适宝"，应该是直接植入了各位代表的体内。因为从他们的外在看不到半点痕迹。此中可窥见青霜星界的科技发展水平——至少目前来说，红尘星界还做不到这一点，红尘星界的"环适宝"还只能在外部佩戴。

丹泊的接待队伍也是 99 人，算是极高的规格了。大家注意到，丹泊的礼节极其周到细致，但全程面容肃然，未曾流露半点笑意。青霜星界的代表们却是一反常态，全然没有他们与生俱来的刻板做派，一个个笑容可掬、轻松自若，好似来旅游观光一般。

洢水嘻嘻笑道："两方都算是做足了功课了！"

"简直就是角色大反串。佩服！佩服！"知末摇头晃脑地说。

"把他们所有成员的信息查清楚。"空流对苏菲亚道。

"恐怕多半不是真实信息。"

"先查，再分析，主要是看看有没有重点要防范关注的对象。"

空流接着对尘浪说道："接下来，这台前的大戏，主要靠你领衔，带领苏菲亚、丹泊他们唱了。我和伊凡、洢水最好不要露面，做幕后秘密工作，便于紧急情况机动。知末潜心研究渔火装置，还有考虑到安全问题，也就不要参加了。"

"你是幕后策划兼总导演，我们在台前一定全身心投入，尽一切所能完成任务！"尘浪用力地拍了拍胸脯。

苏菲亚深深地叹了口气，说道："有危险的时候总是你们做秘密工作的冲锋陷阵，我们真是惭愧。只希望你们都平安、都能好好的。"

"是啊，尤其是我，还需要你们看着宝贝似的保护。这个渔火装置我们搞科研的要是破解不了，只能以身殉职了。"一向天塌下来都满不在乎的知末满是惆怅。

伊凡看了看赫拉，说道："有你们在，红尘星界对于我们来说，已经算得上是福地了。青霜星界金杖星球这个刀山火海，前往的日子应该不远了吧。寇既能来，我亦能往！"

赫拉展颜一笑："你都已经给他们定性啦。好，只要你们需要，我们定一路同行。"

空流起身向赫拉深施一礼，然后嘻嘻哈哈地向沄滟施礼。

沄滟一嘟嘴："虚情假意！"

洢水道："你见他几时真心真意过，总导演嘛，本职工作就是教你怎么表演。"

苏菲亚指了指空流和尘浪，笑道："一个总导演，一个主演，都是知面不知心的家伙。"

大伙儿你一言我一语接着商议了一阵，抬眼看见晨光乍现，天快亮了，各自回屋小憩，随时备战。

青霜星界访问团一早传过话来，希望在下榻处会见幽草落掌座青古道。红尘星界知悉后，协助做好安排。上午，青霜星界访问团提出，想在会商前拜会联境代表团。联境代表团回复：为避免有关方面不必要之误会，三方会商时直接会晤即可。

中午前，会晤时间及各方与会代表敲定。

青霜星界方面，每位球长携带一名助理及特别参事出席。青古道的名字赫然在列，身份竟是青霜星界首座莫雨的特别参事。各位助理应是政界专职公务者，其他特别参事均为宇能者。

红尘星界方面亦邀请飞花落掌座卿岚以对等身份出席，相应各参会者均按对方安排对等部署。联境代表团方面，按既定计划，安排尘浪、苏菲亚与知末作为会议主持方代表出席。

对于红尘星界提出的、要求青霜星界代表团提交会谈方案事宜，青霜星界代表团提出，按照对等原则，红尘星界亦需要向青霜星界提交会谈方案。双方最后商定，会谈现场交换。

下午2点，联境代表团挂出了一条简短消息：青霜星界代表团赴红尘星界星都接洽时空感融科技事宜。消息立即蹿上了第一热榜，从时空信息弧向各星球扩散开去。

第二日上午9时，三方秘密会谈准时开始。三方代表从各自通道同时步入会场，霎时坐定，安定无声。三方表情各有不同，联境代表平静如镜，红尘星界代表冷峻如霜，青霜星界代表面带春风。

尘浪不动声色地直入主题，没有半句寒暄："请双方互换会谈方案，并同时呈递会议主持方。"方案刚刚交换完毕，红尘星界代表团个个脸色急变，寒霜化作了烈火。尘浪等面上虽不露声色，心中直呼，果不出所料，情况甚为不妙。只是青霜星界代表，个个笑意渐浓，面若春花。

空流等另处一室，会谈各方情形清清楚楚看在眼里。空流一拍桌子：

第十六章｜联境际会

"果然是老狐狸，个个笑里藏刀。好在咱们此前就说过，不能对他们抱有任何这样的希望：一下子就把问题痛痛快快给解决了。"

青霜星界的谈判方案大体表达了几方面意思：

首先，对于渔火装置造成的现实危机与当前复杂的局势，表示深深的歉意。其次，对现今的情况做出解释，表明其本意并非要制造渔火装置这样破坏性极大的武器，而是在处理地壳运动产生的能量过程中不得已而为之。

当初装置渔火的目的是为了精细控制、循环利用及安全释放能量。但由于技术手段问题，安全释放问题一直没有得到解决，结果导致"能量雪球"越滚越大，于是不得不利用这个装置将其暂时控制起来。

此外，当情况出现以后，也考虑到要和红尘星界方面进行沟通，但又怕引起不必要的恐慌，所以一直迟迟未动。接下来，青霜星界会全力配合红尘星界解决渔火装置问题。只因渔火装置已成为各星球不可分割的一部分，就青霜星界目前掌握的科技手段来看，要安全稳妥地解决这个问题，估计非一日之功，需要很长的一段时间。何况涉及5000多个星球，规模如此巨大。

青霜星界也可以完全退出为所有星球提供的地壳运动控制服务，由红尘星界或联境指定的有关方面接管。青霜星界则提供任何需要的后续配合，由此产生的任何后续投入，青霜星界也不索求任何回报。

当然，不管是哪方面介入，在渔火装置的处理工作过程中，稍有不慎，都有可能引发某颗星球爆炸的风险。青霜星界在此进行严肃地提醒与警示，如果谁造成了这种后果，不能将该责任归咎于青霜星界。

最后，通过渔火装置问题，青霜星界深切地感受到，即便是服务于公众之科技，都有可能产生不可预测之危险。时空感融科技之于渔火装置，先进程度判若云泥，若其一旦不可控，带来的后果不敢想象。

当下，在时空感融科技领域，青霜星界所知甚少，几乎没有参与任何实际工作。所以请求在时空感融科技有关事务中承担更多，我方既然愿将

245

渔火装置的一切全盘移交，想必紫陌星界也不会明珠暗藏，愿与各星界共享科技文明成果。鉴于青霜星界在科技领域的微末成就，愿联境在时空感融科技的共治共管方面给予青霜星界更多的考量。

青霜星界的会谈方案看起来找不到任何毛病，或者简直可以说是无懈可击。他们首先主动承认了错误，做了应有的表态。接着，把这个错误归结为一个偶然的失误与必然的、不可控的客观条件。同时表示，愿意为解决这个现实危机承担任何的配合工作，并借此对时空感融科技的共治共管提出建议与要求。

青霜星界可谓环环相扣，祭出了一个以退为进、暗藏锋芒的高招。若依此方案，残酷的现实是，渔火装置这个深深埋藏在红尘星界 5000 多个星球内部的巨大威胁，短时间内得不到任何解决。

空流向苏菲亚传送密讯，让她告知尘浪与丹泊：咱们还是以不变应万变，牢牢把握住既定的十二字方针。丹泊，该发怒要发怒，要无情控诉。尘浪，要进行严厉谴责与不动声色地威慑。最后，该稳住的要稳住。

只见丹泊拍案而起，声色俱厉地怒吼道："贵使远来是客，我们该尽的礼仪，丝毫不敢懈怠。但是，用你们的良心好好想一想，几千颗星球，数万亿星民的生死安危，你们用一句不可逆转的错误、一句轻轻的道歉，就这样应付了事吗？

"你们换位想一想，如果这些定时炸弹在你们各位的星球上，你们会怎样？你们的星民会怎样？解铃还需系铃人，谁犯的错误谁就必须要承担后果。即使联境和我们红尘星界不参与，你们也必须把这个问题给解决了。

"曾经，我们是基于联境的决议及对你们的充分信任，才让你们在我们这么多的星球上提供了这项服务。你们提供了服务，我们付出了应有的报酬，而且从来不曾有过任何干涉。你们很早就知道存在巨大风险，既然你们控制不了，为何不及时和我们沟通？

"如今，定时炸弹给我们安上了，你们却说这个炸弹拆卸不了。这是无论如何也解释不过去的。纵有千般托词，我们的广大星民一旦知道了，只能认定这是一个蓄意的、邪恶无比、罪恶滔天的侵略和谋杀的阴谋布局。而且，整个联境星民的想法都一定如此！你们的方案我无论如何都不能接受！否则，谁又能对得起这万亿星民？！"

丹泊的话语像暴风骤雨一般排山倒海地向青霜星界代表团倾泻而下，但见青霜星界代表个个安之若素、纹丝不动，一如既往地保持克制的微笑。

尘浪轻轻一抬手，丹泊见状，向对方怒目横视，缓缓坐下。

尘浪面无表情地问鼎冠："对于红尘星界方面的陈述，贵方有没有什么异议？"

鼎冠恭敬地答道："再多的解释恐怕也无济于事。我们所能做的在我们的方案里都进行了充分的阐述。如若红尘星界方面不能接受，当下我们也没有更好的办法，只能回头另行商议了。"

尘浪道："那好，按议程，进入双方沟通协商环节，不管你们各方的态度和结论怎样，平等对话沟通是必不可少的。"

尘浪话音刚落，红尘星界代表争先恐后地纷纷高声质问，一时之间，群枪舌剑、你来我往，会谈室内乱成了一锅粥，好在除了捶桌蹬椅之外，没有身体攻击。

这边，知末看得直摇头："你们这些政客，真是理解不了。"

伊凡笑道："既是演戏，亦是真实表达。谈判这事，自古以来如此。"

赫拉道："你我皆是江湖俗客，知末大师可是超凡脱俗的，见不得这些流俗。"

知末被赫拉说得不知说什么好："这个……我不是这个意思，你们，你们，自然是很好的。"

看到知末如此窘迫，众士皆大笑不已。知末自从上次遇险被赫拉救了之后，深感自己无能的同时，对赫拉敬赏有加。或许士皆如此，对自己不具备之处，分外羡慕。

知末生来一副颇为清高的个性，敢于怼天怼地；但不知何故，对于赫拉的话言听计从，即使是玩笑之语，也从来不敢稍加辞色。于是苏菲亚和泖水不时借此打趣，弄得知末常常越发手足无措。

泖水正欲插话，突然发现会谈室内有些异样，指着视镜说道："你们看一下，是不是有情况。这几个球长长得高矮胖瘦、参差不齐，但你看他们的助理，个个一般高、身材一般匀称，再看他们的特别参事，除了青古道，剩下的全都如此。尤其是特别参事，不论男女，一个个俊美非凡。但最关键的不在此，你看他们的眼神！"

大家围过来仔细一看，还真是有文章。青霜星界代表团的几位特别参事，分别坐在几位球长身后的高台上，与红尘星界代表一一相对而坐，但性别却正好相异。只见一个个神光飞动、波光流转、眼神迷离，神情似有挑动之意，但并不显露。

青古道自从进场起，就一直在闭目养神。卿岚亦是双目微闭、姿态安详。

再看其助理，皆神色平静，并无异常，细看来都是清一色的美丽女子，尤其是正中间那一个，也就是鼎冠的助理，当为最美。其神情冷艳、气度孤傲，却频频扭头目视尘浪，眉宇间温情脉脉。

赫拉道："泖水说得没错，这几位特别参事当属仙菌落的宇能者，他们在有意无意地扰乱红尘星界代表心神，像丹泊、乔治他们都没有任何宇能，对方都不用使什么宇能，只是用眼神就能起作用。不过，我看他们绝不敢控制红尘星界代表的心神，不过是想让他们降降怒火而已。再说了，他们若敢胡来，卿岚掌座一定会知晓。"

"你看那个美女助理有没有问题？"伊凡问道。

赫拉问道："那么多美女助理，你看上了哪一个？"

"就是正中间那个，"伊凡道，但急忙改口，"我可没有看上她啊，我只是发觉她有点不对劲儿。"

赫拉过来揪着伊凡的耳朵，笑道："难怪一直看得全神贯注的，哪次开会，从来没见你这么认真过。"

空流亦微微笑道："伊凡是宇能界公认的英雄好汉，英雄爱美女，没什么错吧。"

"你这不是火上浇油吗？那边正开着重要会议呢，真的，你们好好看看。"伊凡揶揄道。

空流接着道："我看这女子没什么问题，你看她举止并无异常。我想，不过是对尘浪有些好感罢了。应该是发自内心的，不像是刻意而为。我看，如果要去青霜星界的话，尘浪合适。"

"你这都是什么操作，又不是去谈情说爱。"沄滟说道，面色微红。

"有缘者必经有缘事。"空流意味深长地笑道。

"嗯，我看这位美女助理的气质和尘浪还真是有几分般配，说不定真有缘呢。不知道苏菲亚有没有注意到她，怕是竞争对手来了呦。"知末煞有介事地品头论足。

"你胡说什么呢，一天到晚满嘴跑风。苏菲亚心里怎么想的，你知道呀？"空流白了知末一眼。

泃水盯着空流问道："你不会是看到这么绝色的女子对尘浪有好感，失落了吧。你说，什么样的女子才能和你这样自以为是的另类有缘呢？"

"是呀，我看就算找遍七大星界估计也是没有的。"沄滟也过来帮腔。

"哈哈，你们说什么呢？哪还用找呀，我看这里就有两个！"知末顽皮地用手指了指泃水和沄滟。

泃水和沄滟互相看了一眼，一跺脚，起身过去就要推搡知末，知末吓得转身就跑。

"好了，好了，保持安静。那边谈着天大的事呢，你们在这里调侃。"空流嘴上虽这么说，语气却是分外亲切。说实话，空流十分愿意看到他们这样轻松一些的样子，大家肩上扛的责任和心中承受的压力实在是太大了，且不说个个随时都在与死神打交道。

也不知是对方的温柔攻势真的起了作用，还是争吵累了，会谈室内竟

249

然渐渐安静下来。

尘浪看双方沟通环节的时间也差不多了，朗声说道："虽然双方未能达成最终的共识，但彼此进行了充分的沟通。对于红尘星界代表的愤怒之情与其提出的要求，我代表联境表示充分的理解与支持。虽说是双方商谈，但会议的宗旨是解决由青霜星界造成的重大危机问题。所以，最重要的是青霜星界的态度与解决方案。

"我们抛开各自代表的政治组织身份，仅从一位不管是来自哪个星球的普通星民的角度出发，对青霜星界一手造成的危局进行怎样的批评与谴责都不为过。你们可以有你们的政治追求与政治理想：追求更加的强大。但是，任何所为都不能以伤害任何星球及广大星民的安全与生命为前提。

"一旦有此种情况发生，联境无论付出怎样的代价，都一定会以最严厉的手段惩罚始作俑者。当然，青霜星界一方也真切地认识到了自己的错误，提出了解决方案，不过方案看来并不完善。显然，问题不是一次会议就能彻底解决的，我们必须有明确的时间表，不能无限期拖延。下次会议，相信我们能确定明确的时间，拿出更完善的方案。

"至于时空感融科技问题，不在本会谈议题之列。但我方采纳青霜星界的建议，欢迎青霜星界为时空感融科技的共管共治贡献更多的智慧。

"请各位务必记住，我们一致的宗旨是要解决问题，化解属于你们各自的危机。而非借机生是非，让事态升级，走向不可控之境地。这种企图带来的后果不仅百弊而无一利，而且会恒久刻在耻辱柱上遭到各界星民世代唾弃。"

尘浪说完，定下明日休会，后日再继续会谈后，宣布散会。

青霜星界代表对尘浪的讲话显然颇为满意，竟率先站起躬身致歉，红尘星界代表见状亦微微回礼。三方各自无话退场。

尘浪和苏菲亚进来的时候，特别行动组成员一个个盯着尘浪，不说话、只是笑。尘浪被笑得浑身不自在，自个儿上下看了个遍，没发现身上有啥东西:"你们这是怎么啦?"

苏菲亚拿起桌子上的一杯水,往他手中一塞,说道:"怎么啦?你长得好看呗!来来来,你好好照照自己。"

尘浪被苏菲亚这莫名其妙的话搞得一头雾水。空流趁机说道:"我们刚刚接到一封密函,青霜星界发来的,想邀请你前往做客。"

尘浪惊问:"这不刚刚开完会吗?他们的动作难道这么快吗?"

空流道:"可不是嘛!她着急呀,就邀请你单刀赴会。邀请你去的是金杖星球的知名高士,名字叫作惊鸿影,听说过吧。"

"惊鸿影、惊鸿影……"尘浪嘴里念着这个名字,好像在哪里见过,但又一时想不起来。

空流道:"有道是自古多情却被无情伤。都看了你半天了,你连伊的名字都记不得。今天鼎冠身边的美女助理你难道忘了吗?"

尘浪拍着脑门大叫一声:"我想起来了,我想起来了!哎,今天的会议实在是太重要了,不敢有丝毫的分神。现在回想起来,的确是位绝美女子。真的是她邀请要我去的?"

看到向来稳重的尘浪一副如梦初醒但又颇为急切的样子,大家齐声哄堂大笑起来,个个笑得东倒西歪。尘浪才明白空流有可能是在拿他开玩笑。苏菲亚没好气地说道:"你说你们一进来也不讨论会议情况,话题全在一个女子身上。赫拉执掌,你说他们这个样子,好吗?"

赫拉笑而不答。空流止住笑,轻咳了一声,说道:"好吧!苏菲亚说得对,最美的女子都在这儿呢。咱们言归正传啊。基本情况都知道了,不赘述了。都在咱们预料之内,把控得非常好。当然,他们的言语与方案中,皆有不实之处。知末他们已经对渔火装置的研制过程进行了还原,证明了渔火就是他们因势利导,蓄意而为之的产物。

"但在彻底破解渔火方面,他们或许没有说谎,应该还没有掌握这种技术。我们只能按既定方针,通过外交手段来为咱技术上的突破赢得时间。对了,他们在现场对丹泊等施加的干扰,你们都知道吧?"

尘浪道:"是的,不过也是后来卿岚掌座告知我们的。今天在现场,青古道与卿岚虽然看上去都在闭目养神,但都起到了定海神针的作用,算是彼此给对方吃了一颗定心丸。"

空流道:"确实如此。好了,咱们今天的会议就到这儿吧,接下来有许多事务性的工作要处理,咱们就不搞疲劳战术了。丹泊他们估计还有很多事要找尘浪你们碰头。明天应该算是比较轻松的一天。青霜星界等方面估计有许多消息要传递,咱们随时应对处理吧。还有,伊凡,那位美女助理的来历要想办法查到,为尘浪他们做点准备。"

伊凡不知空流是否还在开尘浪的玩笑,但又看他说得那么认真,就看了尘浪一眼,尘浪怕苏菲亚他们趁机找茬,不敢接话。于是伊凡未置可否地随口应了一声。

空流最后说道:"联境的信息后天一早就该到了吧,既盼它早点到,又怕像青霜星界上次一样,大半夜来,搞突然袭击。"

第二日,尘浪和丹泊、乔治开了几次拟真会议。其余各士皆着手筹备联境指令到后可能涉及的方方面面之事务。大家亦是过了午夜方才休息。

倏忽一声鸟鸣,空流被屋内的歌遥叫醒了,原来是苏菲亚发来了紧急密讯。他睁眼一看,天还没亮,转眼打开密讯,惊得跳了起来,立即翻身跃起,叫醒尘浪和苏菲亚:"微禾首座马上就到,不到20分钟即出时空感融站。你俩立即前往接待,就你俩。"

尘浪和苏菲亚听了也是大吃一惊,但什么也没问,什么话也没说,立即准备出发。"你们出发的同时,密讯告知丹泊和乔治做好安排。一切要绝对保密。"就在尘浪和苏菲亚准备的同时,空流继续说道。

苏菲亚负责和联境进行信息沟通对接,但她看不到信息内容,所有的信息只有空流能首先看到。联境发来的信息十分简短:"本信函抵达后,微禾于地球时间20分钟即至,联境特别行动组一二士迎接即可。密讯。"

尘浪走后,空流随即通知联境特别行动组成员及赫拉、沄滟在各自岗位待命，但没有告知具体任务。联境代表团成员亦全体立即上岗。安排完毕，空流自己则秘密前往机要会议室等候微禾。

为了保密，机要会议室内没有显示微禾一行的任何信息，只有尘浪的密讯随时告知动态。不多时，机要会议室的门开了，只有微禾独自出现在门口，空流激动地小跑过去。微禾大步走过来，紧紧握住空流的手，轻轻拍着他的肩膀，说道："你们做得太棒了，非常出色。向你们致敬！"

坐定后，空流又把最近的情况作了详细汇报。微禾听后，面露赞许之色，但亦深表忧虑，说道："你们已经做到最好了，但局势的确十分微妙而复杂，否则我也不会亲自前来。按礼节应该是丹泊前去接待，然后双方举行会晤。

"我一到就直接和你会面，也是考虑到这是非常时期。想必红尘星界方面也能理解。咱们谈完后，一会儿我先和丹泊、乔治秘密会晤。会晤回来后，立即和你们特别行动组成员会商。依照规定，我与尘浪、苏菲亚一路上除了问候之外，一句其他话题都没有交谈。"

微禾说完起身就要出发，刚走到门边，突然想起了什么，说道："云流意首座、知约首座、何为首座都有特别密讯，嘱托我一定要亲自交给你，具体什么内容，连我都不知道，七界内只有你能读取。我想还是第一时间给你比较好，也许对后面的会议会商决策有用。"

空流一听，甚为吃惊：是什么样的信息连微禾都不知道，而且三位首座各自都带来了密讯。至于云流意首座与何为首座有密讯给自己，还好理解，毕竟自己受教于原道世界与科诗世界；但与暗黑星空却素无往来，更无甚渊源，暗黑星空若有什么消息，也应当是通过微禾传达才合理。空流躬身接过，心中却大为不解。

微禾与红尘星界方面的会晤时间很短，会晤一结束，立即赶来和大家会见，赫拉与沄滟亦在列。

特别行动组各成员虽然离开故土的时间不算很长，但经历了许多事，如今"娘家来人了"，而且来的还是家长，仿佛一下子有了主心骨，日日夜夜紧绷的神经终于可以松弛一下了。

大伙儿虽然个个形神激动、振奋，但皆仪容肃然、心情异常紧张；毕竟，微禾带来的信息事关重大决断。

微禾向大家一一问候，亲切地说道："来得匆忙，来不及提前通知，请各位见谅。远隔千万星系与大家在此相聚，十分不易。在此，代表联境对在座各位致以崇高的敬意！你们的所作所为可歌可敬，而且无论是作为代表团代表，还是联境特别行动组成员，当然也包括赫拉执掌与沄滟圣使，你们的表现皆极为出色，历史将会铭记这一切。未来，我们还有更艰辛的路要走，你们将会面临更加严酷的挑战。我相信你们会做得更好……

"当前的红尘星界，尤其是地球，是核心战斗的前沿阵地、是火山口，我若不亲临前线直面斗争、化解问题，那还要我这个首座有何用？当前一切问题的核心就是如何能够争取不费一兵一卒，利用科技手段尽快破解渔火危机。只要我们争取一切条件，做到了这一点，就是最大的胜利。

"从我们出发的那一刻起，我们的科学公务者就在研究这个问题。这次来的有150多位科学公务者，我们定的目标是在三天之内务必找到答案，用一天时间部署，五天之内消解全部渔火装置。至少需要几百万艘星舰，要秘密集结、抵达不同星球同时实施行动。这对红尘星界的部署能力也是极大的考验。这期间不能发生任何影响计划的意外情况。"

微禾讲完话以后，一一询问各成员意见，最后形成了统一的决议。微禾的意思非常明确，他此番前来，主要是为了解决青霜星界渔火装置引发的危机。这不仅关系到广大星民的福祉，亦是当前十万火急的重大政治事件。

关于时空感融科技问题，与红尘星界的会谈及接下来与青霜星界的沟通，依然由空流主导，空流还需继续带领特别行动组完成有关特殊使命。尤其是时空感融科技问题，当前还是定性为科学文化交流范畴，微禾作为

第十六章 | 联境际会

联境首座，一言一行皆备受瞩目，不便过多介入。

不过，当下渔火装置问题还处于严格保密状态，所以微禾前来红尘星界的目的不能以此为理由，只能告知外界，联境代表团与红尘星界关于时空感融科技问题已达成共识，将邀请联境首座微禾前来出席见证双方的签约仪式。

当下各项事务既已商定，散会后各士分头行事。

下午2点，红尘星界首次在时空信息弧上挂出有关时空感融科技的信息：红尘星界与联境代表团已就时空感融科技问题达成共识，签约仪式将于后日在天狮星球举行。届时，七界联境首座将亲临现场见证这一重大历史时刻。

一石激起千层浪，消息刚刚发出。红尘星界联通署被前来询问消息的各方信息炸翻了天，外围被星民们围得水泄不通。红尘星界方面按照联境代表团的指令，向外释放了微禾"即将"抵达地球的时间与双方举行签约仪式的时间。

一场多方博弈的局中局再次拉开帷幕。

青霜星界代表团获知消息后大为震惊，他们原以为红尘星界和联境方面当下应当是谨小慎微地维持现状。而现在，在这个微妙的节骨眼儿上，释放这样的消息，明显是在向青霜星界施压，在谈判的棋盘上前进了一大步，青霜星界该如何接招？

青霜星界代表团向红尘星界方面传话表示，考虑到红尘星界后日与联境有重要活动，明日双方的会谈建议取消，待红尘星界与联境签约仪式举行后，双方看情况再定会谈时间。

红尘星界当即答复：可以。

过不多时，青霜星界代表团又向红尘星界方面传过话来，表示明日的会谈还可以进行，考虑到明日上午联境首座微禾将抵达地球，双方会谈时间最好推迟到下午3点举行。

红尘星界亦当即答复：可以。

255

红尘星界从之前的愤怒焦虑甚至是惊忧变得如此淡定从容，让青霜星界突然失去了方向，一下子没了底气。

红尘星界接到秘密消息反馈，青霜星界可能在与蓝焰星界接洽。

赫拉亦发来密讯，在飞龙台与天鹅星城附近出现了大量可疑宇能者，这是刚刚公布的、微禾未来将要抵达和下榻的区域。

空流、尘浪等在场的特别行动组成员均认为，这个局中局还是有极大的危险性，建议微禾不必亲自冒险。丹泊、乔治亦发来同样的建议。

微禾认为，他明日必须按照外交礼仪光明正大地出现；否则，对外界解释说，为了安全起见，七界联境首座微禾乘坐特制飞羽直接抵达下榻天鹅星城，这会给广大星民留下极为不好的印象——联境首座难道是如此胆小如鼠、贪生怕死之辈吗？现在，该做的决议、部署都已经提前完成了，还有什么可顾忌的。

最后，大家商议，依旧遵照微禾的意见，按此前决议的方案实施。

大家正说话间，红尘星界发来音讯：青古道要求前往迎接微禾首座。按照惯例，微禾前来红尘星界，属于七界政治领域事务，红尘星界可以不邀请青古道；但青古道作为一大流派掌座，既然提出了这样的要求，那还是要充分考量的。

红尘星界主要是考虑到安全因素，所以不敢独自决断，前来询问联境代表团的主张。

微禾笑道："他既如此热诚，若拒绝，岂不显得我们小气了不是？自然是张开双手欢迎。"

空流眉头紧锁："话虽如此，届时他就在您身旁，他的能量您是知道的，他若去，安全问题不可不防。"

沄潋道："卿岚掌座自然是要去的，让她时刻盯着青古道可好？"

空流道："自然只能如此了。明日飞龙台这边接待仪式由尘浪、苏菲亚出席陪同，安全方面，我们有卿岚、月野纱织接应，泖水负责预警。天鹅星城下榻处是另一大风险点，按礼仪只有尘浪、苏菲亚、泖水和乔治你们在,我和赫拉、伊凡在这边提前做好安全部署,沄滟负责预警。"

空流刚说完,泋水听罢,心直口快地说道:"都不用预警,明日一定有事发生。"

大家心头一紧,空流直接瞪了她一眼。

泋水才发觉有些不妥:"抱歉啊,没表达清楚,我是预感明日有事发生,不是说微禾首座一定要出事。"

微禾面露微笑,朝泋水点点头:"不打紧。"

沄滟道:"现在最奇怪的是蓝焰星界,尤其是仙菌落,最近一直没有什么动静。但此前知末两次出事都是仙菌落所为。"

"他们的注意力是不是都转移到基地席勒那里去了?"泋水问道。

尘浪赶忙道:"应该不会,伊凡和席勒及伤害知末的仙菌落宇能者都交过手,他说他们并不一样。还有一点,此前我与空流也谈到过,青霜星界幽草落的掌座青古道,还有绿纱星界微雨落的执掌荡小漾都来了,别的流派暂且不说,蓝焰星界仙菌落的掌座、执掌、次长等,一个都没露面,这一点十分不同寻常。"

"蓝焰星界之敌对立场最为鲜明,如此大的反常必有所谋。席勒这个在仙菌落及在宇能界名不见经传者,宇能却如此不凡,足见蓝焰星界图谋之深。"空流道。

"这一点倒是和你与尘浪有些相似,可见敌我之间,谋略可谓是棋逢对手。"苏菲亚笑道。

尘浪与空流相视一笑,说道:"我俩在宇能界的确是毫无微末之名,宇能比席勒也有不少差距,不过论综合能力,实战的话,空流应该不会输给他。"

微禾道:"你们分析得已经极为清晰了,接下来可以让飞花落重点查探一下各流派宇能者的情况。只要咱们周密计划应对,没有什么化解不了的,相信大家的智慧与能力。好了,我看今天就到这里吧,还有许多事等着你们呢。"

是夜，往来于飞龙台与天鹅星城的飞羽、云帆川流不息，一切只为"微禾的到来"而准备；而微禾却秘密乘坐穿梭于其中的一艘飞羽悄然进入了飞龙台内。

第十七章　星际暗袭

第二日一早，飞龙台警戒区外人海漫漫、蔓延无际。地球人算起来，七界联境首座已有数百年未踏上过红尘星界星都的土地了。所以此番景况与尘浪上次抵达时相较，不可同日而语。地球天上、地面、地下全方位的监测系统全部开启，探测每一个角落任何一丝可疑情况。最大的不安全因素就是身负特殊使命的、防不胜防的敌对宇能者。

按照既定时间，3艘联境飞羽毫秒不差地从时空感融站转场而出，12艘红尘星界护卫星舰上下前后左右护航，极速驶入飞龙台内。少顷，飞龙台的大门缓缓开启，七界联境首座微禾从飞龙台内迈步而出，面带春风，挥手致意，随行的仅有9名代表。

无数道光彩闪烁、一浪浪欢声交织，声光淹没了世界，什么都听不见、也看不清。丹泊与卿岚、尘浪等对这一切仿佛视而不见，快速招呼前来迎接的各界代表上前，以求尽早礼毕；卿岚更是和青古道如影随形。

欢迎仪式整个过程的时间比通常缩短了三分之二，一切正常！看着微禾首座前往天鹅星城的云帆飞起，在如此波诡云谲的局势之下，有多少关注这一刻的眼睛；谁都知道，什么都没有发生的意义有多大。

云帆从飞龙台到天鹅星城不过3分钟的行程，起飞一分半钟时，随行的苏菲亚收到空流的密讯：幽草落的克拉克刚刚突然出现，自称与伊凡不期而遇，以切磋的名义约架；伊凡不得以接招，为了安全起见，边打边将克拉克引到别处去了。

红尘星界及飞花落、特别行动组所有安保力量均收到警示。余下行程的短短一分钟分外漫长，终于，微禾乘坐的云帆降临在天鹅星城门前的广场上。按惯例，接下来的流程应是，微禾与乔治下了云帆后，双方在广场握手道别，乔治目送微禾进入到天鹅星城，最后乔治乘云帆离开。如此，全部礼仪才算结束。

就在云帆的门刚刚开启、微禾步出云帆的瞬间，突然，一声清亮的叫声从远处破空而来："赫拉执掌，别来无恙否？仙菌落伏射前来拜会！"话音刚落，一行远影须臾疾飞而来。细看之下，当头的为一名男子，后面一排齐整整围成一个半圆弧，一共13名宇能者，以中间一女子为中心，左边6名女子，右边6名男子。

在场者俱是一惊：来者竟是仙菌落执掌伏射与仙菌落闻名宇能界的"十三夜"。他们到来的时机算得竟是如此的精准，而且一出现就直报家门。若非如此，在此极其敏感的时期，无须赫拉等宇能者出手，在场的红尘星界护卫武装力量瞬间即可将其杀个片甲不留。但是，他们上来就亮出了名号，若再将其击杀，不仅于理不合，而且更重要的是，势必会与仙菌落这一大流派彻底决裂为敌。

至此可见，从青古道出席欢迎仪式拴住卿岚到克拉克缠住伊凡，再至伏射的出场，一切都是一个完整的计划，不知究竟意欲何为？

空流、尘浪与乔治都要求微禾立即返回云帆紧急避险，因为仙菌落的独家宇能致伤往往无迹无形，护卫武装力量又不便采取任何措施，基本派不上用场。单就宇能者而言，对方不仅数量上占尽优势，而且俱为精英高手。

微禾抬眼望了望伏射一行，并未回转，只是站立在原地静观其变，他传密讯道："虽说仙菌落的手段诡秘莫测，但现在对方并未采取任何不利行为，我若就此退缩，岂不贻笑大方？且以不变应万变吧。"

空流等心中明白，包括微禾此刻的抉择在内，皆已在对方的谋算之中了；只能密讯告知全体警戒，进入临战状态。尘浪、苏菲亚、泖水、乔治

第十七章 | 星际暗袭

等已快速下了云帆,围在微禾身边。

微禾话音未落,伏射等已齐刷刷落地,堪堪立于进入天鹅星城的道路中间,呈扇形排开,如钉子一般屹立不动,整个挡了个严严实实。只见其个个身量如一、内穿黑色铠甲、外披一袭黑衣,与空流当初寻找特别行动组诸士之时的装束一模一样。各士不由自主地朝在一旁警戒的空流瞪了一眼,泂水更是做了个咬牙切齿的表情,空流抬手揉了一下眼睛,满脸苦笑。

看见伏射,就仿佛看到了席勒的影子,身量面容相似,初见者不细看几乎难以分辨。赫拉快步迎上前去,双方相互致礼。礼毕,赫拉笑道:"远客突至,有失远迎;为何来得这般突然,竟是要处处彰显贵派之异彩?不知几时抵达的星都?"

伏射道:"我等有幸初临贵地,既定他日前往圣境拜会,未料想竟在此地不期而遇,甚为有缘。"伏射徐徐道来,面色如常。

赫拉道:"确实凑巧,既如此,但愿能略尽地主之谊,请执掌小叙若何?"

伏射道:"荣幸之至,恭敬不如从命。请!"伏射做了个谦让的手势,随即招呼属下跟随自己就要向前走。赫拉一看不好,微禾等正好在他们将要前行经过的道路之旁。

"且慢!"赫拉极力缓和自己的声音,接着道,"执掌或有不知,今日联境首座到访星都,正要前往天鹅星城下榻;咱们正好挡在了他们前行的路上,可否闪过一旁,为他们把道路让开?"

伏射愕然抬头:"哦!竟有这等情形,我久在幽末之界,不识时事风云,多有冒犯。"伏射说完,轻轻一挥手,只见"十三夜"中间的那名女子快速退闪一旁,她左右两边的12名宇能者快如魅影,分列道路两旁。伏射与赫拉并肩立于道旁,远远目视微禾,并无半分上前寒暄之意。

众士见状,心中皆叫苦不迭。对方面上礼节周全之至,但如此一来,微禾不得不从其合围相夹的队列中穿行而过,其风险可想而知。况且,无论是政界还是其他组织,向来无此特权,在此等情况下可以随意驱离他

261

方。除非，某一方可能会侵害广大星民的利益。"

乔治见状，也只能无奈地摇摇头，心想："此等情况，恐怕只有使用时空场分界压制技术方可确保无虞。即在微禾需要经过的区域，将场域隔离开来，但看上去与寻常丝毫无异。只是如此一来，成本极高，劳民伤财，广大星民定然不喜，所以事前并没有启用。事到如今，只能看我方宇能者的能力了。"

微禾依旧是一副慈眉善目的样子，面带微笑、迈开步伐向天鹅星城走去，尘浪等紧跟左右，全副武装的智能甲士围成一圈行进。大家都明白，除非仙菌落的宇能者动手出击，否则，这些智能甲士只能是壮壮声势而已。

空流突然飞身而起，抄在微禾一行的前头落在"十三夜"之间，只见他突然差点跌倒，反手拍出一掌，怒道："你们竟然暗算我！""十三夜"中，只是三位宇能者身形晃了几晃，均未侧目，更未还手。那位领头的绝色女子面露讥诮之色，依旧一言不发，身形未动。

在场的都明白，空流是想借此激怒对方，给智能甲士动手找个理由，哪怕是借此将他们驱离此地也好。

少时，微禾已进入到"十三夜"列队合围之中，众士个个都捏了一把汗，空流、尘浪等均已发动全身宇能，布控在微禾周围，赫拉全身心提防伏射发动突然袭击。短短的数十步距离，漫长得似乎跨越了几多星辰，除了震人心弦的脚步声，一切仿佛都不存在了。

什么都没有发生，眼看着微禾一行已然跨进了天鹅星城的大门，大门正在关闭，只剩下最后一丝光影。

突然，空流感觉到一股极其强大的潜流爆射而出。"他们动手了！"没错，正是仙菌落的宇能。空流的宇能对仙菌落的宇能感知得最为真切。双方的宇能均以神识见长，只不过物语落善融会贯通于万物为我所用，而仙菌落以灵识潜入相生相克之道制敌于无形。

接着，城门的最后一丝缝隙关上了，其内毫无动静，没有收到警讯。

再看对手，除衣袂飘荡之外，依旧身形未动分毫。空流知道，虽然自己和尘浪、浔水、苏菲亚、沄滟等均以宇能为微禾护卫，但刚才对方的一击超乎寻常，怕是已经突破了防护圈，好在距离较远。

空流当下更无顾忌，一声怒喝："看此刻你们还有什么话说，搞暗中突袭，还配做什么宇能者？"接着，催动五成宇能向"十三夜"领头的女子扫去。

赫拉大叫："不好！"却来不及阻拦。那名女子的手动了，但也仅仅是轻轻挥动了一下。空流"哎呦"大叫一声，直向云霄弹射而去，竟然看不见身影，半晌才从半空中落下。

空流刚一落地，惊奇地瞪大了眼睛，围着那女子看了三圈，张大了嘴巴一句话也说不出来。看着空流奇异的表情，那女子忍不住咯咯地笑了起来，比不说话的时候竟是可爱了许多。

"怎么样？服了吗？"那女子终于开口了。

"服，不过，有点不太相信。"空流叹了口气说道。刚刚为了保卫微禾，双方还是你死我活的敌手，此刻却似叙旧闲谈，这就是宇能者的世界。

"就你这身宇能，当比各派掌座差不多啊。你不是人吧？啊，入乡随俗，这是地球人的说法。你肯定是合成智灵！不对啊，如果是合成智灵，刚才，早被那些智能甲士收拾了。"空流怎么也不相信，面前这位女子的宇能竟然能和各派掌座比肩。不过，刚才，这位女子只是想给他一点颜色看看，不然，估计这身骨肉早废了。所以，空流心中还是颇为感激。

"你是什么样的，我也和你一样，咱们皆是血肉之躯，这点不必怀疑。不过你这身宇能也是十分了得，宇能界好像没听说过你的名号。"那女子严肃之余，却也语笑嫣然。

这时，赫拉与伏射双双走了过来，二士竟如同老相识一般，双方丝毫没有戒备之意。宇能者即是如此，身负特别使命之时，只有任务，别无他情。任务一旦结束，回归宇能者本色，下次任务来临，亦是如此，循环往复。所以，往往也不甚分明，究竟何时是敌，何时为友。

赫拉笑道："你一门心思只在她身上，竟然忘了他们的名号了？"

那女子致礼道："在下爱丽丝，见过赫拉执掌。"

赫拉回礼，接着对空流说道："别说是你，再加上我一起，也不是她的对手。"

那女子笑道："不敢不敢，执掌见笑了。"

"他们号曰'十三夜'，13位宇能者皆心意相通，形同如一，你看到的只是她一个在激发力场而已。如此，比一般的13个宇能者加在一起强大得多。爱丽丝是上师，其余12位皆为长师，宇能都堪称上乘。"赫拉一解释，空流方才恍然大悟。

空流亦赶忙上前向伏射执掌致礼，伏射不苟言笑，却十分认真地问了空流的名号，转头向赫拉与爱丽丝说道："物语落何时出了这么一位才俊，我竟不知。这小子宇能、抗伤、机变、风采，都堪称超凡绝伦，以后必有大成；但关键是得好好活着，值此多事之秋，活着不易。我记住你了。"

伏射说完，与赫拉告辞，招呼门下而去。爱丽丝走过空流身边，放缓脚步，傲然一笑道："我也记住你了。记着，可要好好活着啊。下次再碰见我之时，未必有这么好的运气。"

空流亦笑道："记着好啊，我可不敢死，只怕你伤心了不成。"

赫拉道："又贫嘴，咱们要不要进里面看看去？"

空流还未接话，看见一个身影从天而降，原来是伊凡回来了。伊凡一落地，大叫道："今天这一架打得太过瘾了，多少日子没有这么活动筋骨了。对了，微禾首座安全地进去了吧？也有我一份功劳啊。"

空流道："打架打爽了可是不容易，细细说来听听。"一路以来，空流感觉伊凡的个性可是变了不少，以前少言寡语、孤傲冷峻，如今不仅个性开朗了许多，而且多了几分豪迈慷慨之气。

"你呀，有你哪门子功劳，要等你的话，十个首座也没啦。"赫拉没好气地说。

伊凡一听，像犯了错的小孩一般，压低声音道："难道出了什么差错？"

第十七章 | 星际暗袭

赫拉听了心里一乐："你进去看看不就知道了？"

伊凡一下子摸不着头脑，只能默默跟在赫拉与空流身后。

空流见此情形，故意说道："我说伊凡，此前在紫陌星界，尤其是我去扶风星球之时，感觉你好像就是绝世高手一般，怎么咱们这一路下来，我见的，好像个个都比你要强呀。你看看啊，卿岚、青古道、荡小漾、伏射、席勒，还有咱们的赫拉执掌，那是不用说了；也就克拉克，好像比你差一点，所以你今天打痛快了。所以你呀，还是要对赫拉执掌更加尊重一点，哪次任务不都是她保护你呀？"

伊凡一听，脸上火辣辣的，空流说的好似无法反驳。他偷偷瞥了赫拉一眼："这个，嗯，这几大星界，多少宇能者，流派也就这几个，这些最厉害的偏偏都叫咱们遇上了。赫拉，哦，她自然比我强，她保护我，我自然是不好意思。"

赫拉讥讽道："下次再有任务，打死了我也不保护你，你先上，我看看你有没有点男儿本色？"

空流哈哈大笑："不过话说回来，我觉得你俩搭档，那是绝配。你看多少次，只要你俩一起出马，妥妥的。今天伊凡把克拉克带走，也是立了大功了啊，不然，微妙的场面可真不好说。"

"这是实在话，咱们配合得那是相当默契。"伊凡一下子来了精神。

"我没觉得，每次我都操心不完，我觉得挺累的。"赫拉故意抬杠。

"好吧，空流，下次分配任务，把我们分开，今天说定了啊。"

三士不知不觉来到了微禾下榻之处。尘浪看他们到来，说道："正担心你们呢，怕你们外面起冲突，也不知道情况怎样，不敢让你们分心。微禾首座受了伤，正在检查，估计伤势不太严重。沄滟、泍水、苏菲亚三个也受了轻伤。具体伤情等一会儿就知晓。我没事。他们的宇能真是超出了我们的预判。"

空流等听了，还是颇感意外，因为未收到尘浪的密讯，以为大家没事。好在伤势不重。尘浪不解地问道："那他们为何要等到我们进来以后，门快要关上之时才动手呢？"

赫拉看着伊凡问道："你不是会打架吗？你说说看，这是为什么？"

伊凡心想："这是盯着我不依不饶啦？"他抓了抓脑袋，支支吾吾地说道："我又没在现场，我哪里知道？"

赫拉道："空流当时就和我私下沟通过了。对方不会、也绝不敢当场击杀微禾，他们想要达到的最理想的效果就是，让微禾首座在不知不觉中受到重伤，然后在离开现场以后死亡。所以，他们只能是暗中使劲，这样一来，力场自然就大打折扣。

"当时的站位，爱丽丝站在靠近天鹅星城大门的这一头，伏射站在那一头。伏射的站位是想让我离爱丽丝远一些，把我引开。他们如果在微禾穿过他们队列的时候袭击，微禾会在我的防护范围之内，达不到目的；而且万一引发对抗，他们会遭到智能甲士的攻击。

"他们在大门即将关闭之时发动袭击，一来，趁我方最松懈之时出其不意；二来，他们的风险最小，万一引发了智能甲士的攻击，也便于逃跑。再有，就是微禾离我较远，我的防护力场大大减弱了。这些，他们都已经精确计算过了，好在他们低估了空流和尘浪的宇能，以为将伊凡引开就稳操胜券了。"

伊凡道："真是好算计，我竟不知道这么多谋划在里面，惭愧！对了，难道伏射自始至终都没有出招？"

赫拉答道："连暗中主动出手都没有，不过，在我尽力拦截爱丽丝偷袭时，他亦暗中出手阻拦了我。也是由于他只是暗中出手，只分解了我一部分力场，我才得以很大程度上阻拦住了爱丽丝的偷袭力场。"

这一遭虽说是众位稍有受伤，但也算是有惊无险了。只是青霜星界方面的邪恶之心虽然路人皆知，却一直潜藏不动；好在终于将他们在台前的表演者仙菌落引到了明处。在伏射一行今日现身之前，无论是飞花落还是红尘星界方面均未发现他们的踪迹，足见其行事之隐秘。

不一会儿，安康公务者传过话来，微禾等均伤在脑部，所幸伤势都不重,中的是"十三夜"的杀手锏"沙漠幽灵"。"十三夜"的宇能皆是针对攻击目标的大脑,摧毁对方的思维意识。

凡身中"沙漠幽灵"者,诊治就在一个"快"字。刚开始,伤者没有任何感觉,而一旦过了某个时间节点,脑内的细胞迅速发生突变,变得如同沙粒一般,从一粒沙子瞬间蔓延为整个沙漠,所有的脑细胞被沙化而不可逆,但外表丝毫无损。当然,伤者的脑细胞是否被沙化及沙化的速度取决于其宇能强弱。

像今日这种情形,微禾虽受伤不重,但因不是宇能者,没有宇能相抗,病毒潜伏时间只有10分钟。抢在病毒暴发之前救治就非常容易,一两个小时就能恢复如初。

微禾带出话来说,让大家不要等他,后面还有许多事,尤其是下午与青霜星界的会谈及明日的签约仪式。他稍后康复了就与大家通过拟真会议开会商议。于是空流等先行回到室女星城,同时指令封锁消息,就当一切都未曾发生。不多时,沄滟、洇水、苏菲亚亦康复,赶过来。

下午的会谈,青霜星界代表团依旧是个个笑容可亲,但各位特别参事眼中摄魂动魄的奇异神光没有了。青古道与卿岚依然端坐闭目养神。

鼎冠一上来就问道:"贵方事务繁多,颇是辛苦。明日贵方与联境的签约仪式没有变化吧?此等盛事,我方可否一同出席观摩?"

丹泊心下会意,淡淡一笑道:"已然定好的事,怎会有变化。至于贵方是否方便出席,或者哪些方面可派员出席,还得请联境方面定夺。"

尘浪道:"我会将贵方的意思呈报微禾首座。时下当就会议之主题会商。"

鼎冠不经意地快速看了青古道一眼,说道:"如此甚好,如此甚好。"

丹泊身体往后一躺,若无其事地请鼎冠先发言。鼎冠的态度表现得格外诚恳。他表示,青霜星界的科技水平快速破解渔火装置的确无能为力,恳请微禾首座协调联境予以支持。并承诺,无论联境安排哪方面的科学公务者接手,如发生任何问题,青霜星界愿意承担一切责任与后果。

接着，鼎冠起身向尘浪微微致礼，望了望丹泊，话语直接转向了时空感融科技。

"我方对贵方与联境达成共识表示欣喜与祝贺。相信不久的将来，我方很快也会与联境达成双方满意的结果。同时，相信贵方与联境的共识一定不会影响到我方及其他星界在时空感融科技方面的关切。

"借此，我方提出，未来在时空感融科技共管共治方面享受的权利，不应低于贵方。我方愿意参考贵方的有关条款与联境相商，但我方有个条件，即我方与联境的会谈签约不能在红尘星界举行。如同与红尘星界会谈一样，烦请联境代表团前往青霜星界星都会商。否则，我方关于如上承诺的所有条款恐难获得青霜星界广大星民的支持。"

尘浪闻言，面如平镜，说道："我们能够看到青霜星界在渔火装置问题上的态度转变，这在解决当前最迫切的危机问题上又前进了一步。当然，请青霜星界一方务必记住，在渔火装置未被完全破解之前，密布的乌云时时刻刻笼罩在你们各方头顶之上。

"关于时空感融科技，联境原则上接受你们提出的前往青霜星界会谈的提议。但是，你们在座的7位球长必须留在这里，待渔火装置问题彻底妥善解决以后方可离开。"

青霜星界代表团的7位球长没有任何反应，彼此也未交流，鼎冠只是略微沉吟，随即道："我们等渔火装置问题解决了，再一起前往会谈，有何不可？"

尘浪一笑："当然可以，所以这个问题当下不必着急讨论。"

鼎冠道："只是，只是……但恐渔火问题迁延日久，联境代表团与红尘星界完成签约仪式以后，即先行前往会商也可。我们可委托其余5位球长全权代表与联境代表团进行会谈。待此处问题解决后，我们再赶回去。"

尘浪道："此处危机尚未解决，我们代表团就先行前往，这个方案，还未列入我们的计划之内，需要研究后才能给贵方答复。此外，还有个问题，毕竟，时空感融科技问题并非你们星界内部事务，必须需要青霜星界

268

第十七章 | 星际暗袭

首座莫雨参与，否则，于规不合，也无法对广大星民解释。"

鼎冠急切地说道："我方也是希望时空感融科技这个关系广大星民福祉的重大问题早日落地，请联境方面予以慎重考虑。至于莫雨首座参与会谈，那是理所应当的，红尘星界所遵照的规制我方一样都不会缺失。"

尘浪表示，后日给青霜星界代表团答复。随后，三方讨论了有关细节，会谈在友好的氛围中结束。

稍晚些时候，微禾发来音讯，告知大家，他的伤已痊愈，并对今日会谈之结果十分满意："一切都在按我们把握的方向前进。"

青霜星界代表团虽说对渔火装置危机十分忧心，但此事木已成舟，只能走一步看一步。他们的心思如今全在时空感融科技这一决定宇宙星际话语权的颠覆性科技上。

联境代表团充分掌控他们这一心理把握主动。就渔火装置问题，只要把7位球长留在地球，他们就不敢轻易有什么过激的举动。此外，通过时空感融科技的会谈，要开启13星球球长掌控青霜星界命运的破冰之旅。这必定是又一个充满残酷挑战的更加危险的旅程。

次日清晨，朝霞满天。红尘星界广大星民的心情，就像这地球上的阳光一样灿烂欢愉。如同日前微禾抵达时一样，长安城的飞龙台再次成为各大星界关注之焦点。除了前来现场观摩的星民，多少信息公务机构、多少星球上的星民，此刻正守候在视镜前观看这一历史性的重大时刻。

地球首府长安城与天狮星球首府渔舟的现场场景在视镜上不时切换。时间到了，所有的镜头锁定了飞龙台。只见两道金光一闪，在无数欢呼雀跃声与热望的眼神之中，两艘金色飞羽迎着万道霞光穿云破空而去。

就在两艘飞羽刚刚起飞不久，红尘星界通联署及室女星城、天鹅星城等多处机构监测系统收到紧急预警：时空感融站换场切换区域附近约万艘星民的云鸟系统被神秘的信息入侵者劫持，全部不由自主地以最高航行速度向时空感融站换场区域飞速移动。

按照计算，即使两艘飞羽以最快的速度全速行驶，也会在这些云鸟到

269

达时空感融站换场区域后3秒钟才能抵达，这万余艘云鸟将会把时空感融站入口堵得水泄不通，飞羽将无法进入时空感融站。很快消息再次传来：通过对被劫持的所有云鸟的系统进行追踪，显示劫持的技术手段来自橙帆星界，信息源自橙帆星界驻红尘星界星都地球上的星际飞地。

红尘星界发来紧急音讯询问："是否返航？是否返航？"同时，进行护卫的红尘星界战舰扫描显示，所有被劫持的云鸟均没有攻击性武器，但是几乎每一艘云鸟上都有星民，显然不能将其击落。

室女星城发出指令："继续前进，就近观察。要求橙帆星界驻红尘星界特使立即做出解释。"

视镜显示，上万艘云鸟与两艘飞羽均在迅速移动，即将抵达时空感融站换场区域。万亿星民被这一幕惊呆了，不知道究竟发生了什么。

橙帆星界特使急讯表示：我方没有挟持任何云鸟，一定是有关方面伪装橙帆星界实施的阴谋。我方请求立即派出两艘飞羽前往时空感融站换场区域探查真相，如有任何危险，我方愿共同面对。

室女星城同意了橙帆星界方面的请求，同时密讯通知知末，让联境科学公务者立即介入探查。此时，视镜显示，时空感融站换场区域空间已被云鸟塞得严严实实，联境的金色飞羽也已抵达该区域，正在进行观察。

全体星界战舰早已就位，准备随时应对一切可能发生的意外情况。同时，光芒舰群立即出动，对周边区域无缝侦察。少时，又有两艘橙色飞羽出现，橙帆星界的飞羽到了。

就在此时，红尘星界发来令人振奋的消息：我方已占领被挟持的云鸟的信息系统，正在击退不明劫持者。

果然，视镜显示，红尘星界已经完全掌控了所有的云鸟，这些云鸟正在有序撤离。

大家正在欣喜地看着云鸟陆续撤离，突然，橙帆星界的飞羽发出求救信号：我们的系统刚被完全不知名的信息源劫持，两艘飞羽即将全面失去控制！

第十七章 | 星际暗袭

看来，要么是红尘星界中了对方的声东击西之计，对方有可能是从云鸟系统中主动退出的；要么是橙帆星界新飞来的两艘飞羽是对手计划的一部分；抑或是橙帆星界果真参与了其中。

转瞬间，情况一下子变得异常复杂。

有关方面刚刚收到信息，还未来得及作出反应，只见橙帆星界的两艘橙色飞羽全速向联境的两艘金色飞羽撞击过去。双方的距离实在是太近了，星界战舰根本来不及将其击落。只见两团耀眼的亮光冲天而起，紧接着一声连着一声巨响，电光石火之间，4艘飞羽化作了碎片，在蓝天下、白云间，烟雾弥漫长空，残骸萧萧坠落。

这一波未平一波又起，突如其来的惊天之变让视镜前的万亿星民目瞪口呆，随之而来的是莫名的恐惧：一场可怕的风暴马上就要来了。近乎所有的视镜信息机构都使用了"前所未有的恐怖袭击"来定论、谴责这场刺杀阴谋，并对微禾、丹泊及所有代表团成员的遇难表示深切的哀悼。

悲伤的阴云笼罩着千万颗星球，随着时间的流逝，悲伤的消息还在向更多的星球扩散。

诸多星球已经向广大星民发出了预防战争的第一道警告。仅仅是一道消息，就击穿了多少星球、多少星民的宁静生活，不少星球的生活与经济秩序一下子陷入了恐慌与混乱。

红尘星界方面发出了一条指令，整个红尘星界宣布进入战时状态，在红尘星界疆域之内，除了联境及本星界的飞行器，任何机构的飞行器一律禁飞。这被理解为预防袭击及准备战争的前奏，其他星界收到消息后或将采取类似的应对举措。地球上空战云密布，战舰、飞羽、光芒等舰群往来穿梭。

橙帆星界驻红尘星界特使发出了严正声明，声称本次恐怖袭击事件与橙帆星界无关，这种嫁祸于橙帆星界的行为极其可耻，橙帆星界将与联境及红尘星界一道，誓必追出幕后真凶，坚决捍卫七界和平。

包括青霜星界、蓝焰星界等在内的所有驻红尘星界特使均发布了严厉的谴责声明。

傍晚时分，知末向室女星城发去联境科学公务者的追踪密讯。密讯显示：

对手可谓极其狡猾隐秘。所有劫持云鸟的劫持信息源就在其中一艘云鸟上。云鸟的信息系统虽在星界的统一监管范围之内，但由于云鸟属于星民的民用出行工具，出于星民的隐私安全考虑，不会对云鸟实施全程的全息监控，只有当其出现异常之时，才会定向探测诊断。

劫持者将种子信息源种在一艘竞技云鸟上，这种竞技云鸟通常十分活跃，行使的路径繁杂、路程远、时间长，它所经之处，将种子信息播散到附近的云鸟之上，相互之间快速感染。种子信息源不仅覆有三层伪装，而且极其幽微，不以一个系统化的信息呈现，只有随着被感染的载体越来越多，才逐渐互联为一个完整的信息体系。所以极其难以察觉、捕获。

当它集合万艘云鸟之后，种子信息源足够强大，且与橙帆星界的系统具有相容性，所以能够就近快速劫持橙帆星界的飞羽系统。至于橙帆星界的飞羽飞临时空感融站换场区域，究竟是双方共同的谋划，还是对方以橙帆星界的科技手法嫁祸于橙帆星界，从而吸引橙帆星界的飞羽前来，这一点科技手段无法查明。

不过有一点可以肯定，他们没有直接劫持联境的两艘飞羽。一种可能是，对手觉得联境的科技十分强大，没有一击必中的把握，反而可能会打草惊蛇。还有一种可能性就是，他们已经有百分之百的胜算，没有必要实施其他计划。云鸟的速度不行，只能用来对联境的金色飞羽进行封堵，而不可能实施撞击，如果那样的话，联境的飞羽能够轻松躲避。

哀伤的夜分外漫长，所有的方面都在等待：联境和红尘星界方面会说些什么？然而，除了红尘星界发出的那条指令之外，联境和红尘星界什么都没有说，有的只是黑夜与沉默。

第二日依旧是明日丽天、朝霞万丈。苍天也好、自然也罢，虽万象缤纷，却似从未有情。

第十七章 | 星际暗袭

红尘星界星都地球时间 8 点 45 分，联境代表团在时空信息弧上发布了一条信息。这条信息让所有获悉的星民与机构公务者惊掉了下巴、整晕了大脑。

信息内容如下：

联境与红尘星界关于时空感融科技的签约仪式将于地球时间明日 9 点按既定计划举行。签署地点由红尘星界天狮星球改为希田星球。联境首座微禾、红尘星界首座丹泊及双方代表团成员均已抵达希田星球。

信息之下附带了一条全息影像，微禾端坐在一处会议室内，面容严肃、目光坚定。他发表了一个简单讲话："亲爱的奇异七色视界广大星民，我们又迎来了崭新的一天。在红尘星界星都刚刚发生了一场危机，欲望与贪婪滋生了罪恶与阴谋。

"他们想占有更多，更大的权力、更广阔的空间、更有力的征服……这一切并不是广大星民想要的，我们不需要更大一些的囚笼，更不需要一个更大的地狱；我们期望在辽阔的宇宙自由翱翔，我们追求一个更加广阔的美好天地……

"我们依靠广大星民的力量与智慧粉碎了他们的阴谋，阴谋者必不会罢手，我们绝不会退缩。无数智慧生命星球的历史与未来就是一段段追求光辉福祉的伟大征程。明日，联境与红尘星界将就时空感融科技的共管共治签署协议，这将是极具历史意义的伟大时刻。明天又是美好的一天。祝福你们，我的朋友们。"

广大星民的反应从震惊、疑惑到欣喜，甚至喜极而泣："我就说，联境怎么可能会那么傻，那么轻易就被暗算了呢！"

前一条悲伤的消息还在急速传播的路上，多少星球正处于空前的混乱之中；新的消息又像波浪一样滚滚向前，在波浪奔涌之间，席卷世事无常。

红尘星界星都地球时间下午 2 点，联境代表团在时空信息弧上发布了一条信息：随行的联境科学公务者已为自然灾害频发的希田星球提供了科学解决方案，希田星球的自然环境将从根本上得到持久性的改善。

273

第十八章　史诗印记

"真是太不容易了，我们终于躲到了一个安全的地方，明天可以踏踏实实地签约了。"微禾刚发表完讲话，知末靠在椅子上长长地叹了一口气，大笑一声说道。

"怎么说话呢，你注意用词。咱们的智慧之选怎么一到你这儿就变成了东躲西藏了。"赫拉一根手指点射知末的肩膀。知末痛得龇牙咧嘴，只好不停地求饶。

微禾一行抵达希田星球时，已是当地的黄昏时分，微禾等直接下榻红尘星界驻希田星球的星际飞地。希田星球离地球很近，加上两头花费的时间，抵达星际飞地也不过十来分钟。

为了应对阴谋者的破坏，确保时空感融科技签约仪式的顺利进行，联境抛出了诱饵，待对手实施袭击后，趁着红尘星界大搜查之机，暗度陈仓，秘密前往希田星球；同时，红尘星界下令在红尘星界内其他星界的飞行器禁飞，确保对手无法追踪到希田星球。

之所以要到希田星球举行签约仪式，还有一个十分重要原因就是，之前已公布联境将派科学公务者解决希田星球频发的自然灾害问题，正好借机全面深入研究渔火装置。

在地球及天狮星球，对方参与渔火装置的各种力量十分复杂，不利于联境和红尘星界的科学公务者开展工作。而在希田星球，对方参与渔火装置的力量均处于红尘星界的控制之下，只要不采取危及对方生命安全的过

第十八章 | 史诗印记

激措施，均极为配合。

此次随行的大量科学公务者一到希田星球就在红尘星界安保力量的协作之下直接投入到了渔火装置的一线科研之中。微禾等为了刻意低调，亦是抵达之后才通知希田星球球长，告知对方不必迎接，晚餐时会面，共进简餐即可。

丹泊看着微禾，然后面向大家，以征求的眼神问道："托黄道星界的福，希田星球的美食可是享誉星河，明天签约后就要返程了，如果可以，今晚放松一下，出去体验一番如何？"

微禾笑道："不必看我，这次，知末、尘浪他们是主角，你是地主，我入乡随俗。"

也就在本次行程前后，随着红尘星界的局势日益明朗，特别行动组虽然依旧保密，但是几位成员在交流团中的核心地位算是对丹泊与乔治、羽林开放了，毕竟，双方已然站在了同一条战线上。

知末和尘浪相视一笑，看到众士个个热望的眼神，想到大家种种不易，安全方面当是万无一失，于是欣然同意。

夜幕已降临，丹泊挑选了城中一处相对幽静雅致之地，众士乘坐云帆前往。云帆飞得极低，便于大家欣赏夜色。和地球相比，希田星球显然是个小老弟，但其星民稀少，所以算得上是地域广阔，南部还有大片的区域没有星民居住。许久以来，星球自然灾害不断，所以几乎没有高层建筑。

虽是夜晚，众士在云帆上望去，视野却是极为开阔。抛开科技维度，得益于黄道星界星都的帮助，加之星民较少，希田星球堪称独具特色，其各地格局基本为乡村融入城市、城市包围乡村的城乡互融格局，田园与城市功能构造交错有致。

众士大多生活在高度科技化的科技之城，赫拉等长期生活在隔世之境，这种融合之景象并不多见，均感觉妙趣天成。

众士都做了一番易形处理后方从云帆下来，希田星球球长哥拉斯已独自在此等候。众士见哥拉斯如此轻装简行的做派，甚为高兴，大有好感。

275

漆黑的高空之中，俨然看见悬空闪耀着光华四射的四个巨幕大字，意为"夜露风辰"。

"夜露风辰，有点意思。"知末口中念着名号，坏笑道，"我得给空流首座发点信息，好好馋馋这小子。"

"这个主意不错，统一走一个密讯通道，我们都给他发点。"尘浪接过话来。

"夜露风辰，听着不错，只是感觉和美食没什么关系，倒是有几分诗情画意。"伊凡看了一眼赫拉，询问道。

赫拉笑道："你若觉得不好，可以将这四个字吃掉。"

伊凡道："你这话如何理解，难道我们宇能者就这么简单粗暴？"

苏菲亚扑哧一笑："可别将我们算上，赫拉执掌说的可是没有错，这四个字的确可吃。夜露、风辰是希田星球文化中历史最为悠久、最有代表性的两道美食，这个美食之城就是以此命名的。"

"可能是我无知。这星际间实现自由交流也有100来星年了，还不是徒具其表罢了，只是满足政治需求的工具，连信息都不能自由共享、共通。各个政治组织考虑的不是广大星民需要什么，而是控制、征服与权力的游戏。"伊凡感慨不平。

丹泊笑道："这不正是各位使命之所在吗？不然的话，你每日就在移风楼里高坐，把酒临风、看看风景就够了。"

就在这时，只听苏菲亚大笑起来，朝知末喊道："你看看空流给你发了什么？"

空流发来的密讯显示："此口福、目赏、心悦之事，众可享，独知末不可享！渔火危机未破解，你岂有闲情雅趣？"

知末生气地大叫道："你们说说，这个空流啊，把我吃饭的资格都给剥夺了。不吸取能量哪来的灵感。你们大家，一会儿把好玩的、好吃的影像都发过去，就是要气死他。我一会给洢水发信息，就让她给空流准备最差的食材。"

"我看行！对比加深伤害。"尘浪附和笑道。

大家难得在一起如此轻松，走了一小会儿，就能看见往来穿行的居民了。希田星球星民的形象也是颇为有趣。一些星民身形肥硕、白白胖胖，而另一些星民形体纤细，又黑又瘦，形成极为鲜明的对比，且不论男女，再也没有看到有其他外形形象的星民了。

这些星民看见微禾一行，也同样感到有趣，不过并没有围观者，只是感觉鲜见。星际通联建立以后，不同星球政治组织公务者前来观摩还是常有之事，只不过，不同星球星民的形象多多少少有些差异罢了。

知末走近细瘦的哥拉斯，调皮地仔细瞧了瞧。哥拉斯见大家看着有趣，赶忙上前介绍："我们这个星球主要有两个派别，不是严格意义上的政治组织，算是两个不同信仰的流派。一个流派主张要靠自身的劳动才能得到应有的收获，在劳动中体会到精神喜乐。只有自己亲自生产的东西，你用起来才会更加愉悦。要在亲自参与的劳动中赋予生产对象以愉悦与友爱，所以他们拒绝用机器来生产，某种意义上来说比较排斥过分科技化的手段。他们的一些理念与原道世界有相似之处，所以，有一些星民被选入了原道派。"

伊凡笑道："想不到这里还有同……"伊凡刚开口，赶忙闭口不言。

尘浪等心想，没想到在这个星球还有不少同门。不过原道世界并不排斥科技的发展进步，只是不要因为走得太远偏离了世界的本源。

哥拉斯接着说道："另一个流派的理念认为，智慧生命的智慧就是要善假于物，要充分发挥科技之光为我所用。只要通过科技手段能从事的工作就不要去亲力亲为，从而把更多的时光放在对生活的感悟与自我提升上。不过，虽然两大流派的观念不同，但是彼此之间还是很和谐的。两个流派中的星民，观念也有互相转变的，这些都是自然的行为，没有强制的约束。"

两大流派的理念在美食城的格局上表露无遗，一边是地面上大大小小、一排又一排的原生态矮屋，琳琅满目的美食望不到边，熙熙攘攘的星民笑语喧哗。另一边是一幢规模极宏大的科技之城，也是整个希田星球规模最大、高度最高的建筑——天鲜栈楼。大家在云帆上早就看见了，不过此际走到跟前，看得更为真切。

天鲜栈楼的建筑形态也是颇为有趣，只见一根巨大的勺子形状建筑下方着地，上方斜入高空，"勺子"的柄末端搭在一座高悬天空的巨大的碟形建筑上。星民们当是可乘勺形天梯而上，直达碟形建筑。

这碟形建筑就像用餐的餐盘，盘子中间又耸立着一个硕大的琉璃色水杯，杯子正上方，空悬着似欲滴下的水滴，妙趣横生。再看"餐盘"底部中央，一道"细流"涓涓不息地流到地面，星民们可通过这道细流顺流而下，到达地面。整体设计可谓生活化、形象化且科技感十足。

哥拉斯指着天鲜栈楼说道："这座建筑，黄道星界亦提供了科技支持。"

"想来如此，就这悬浮的大水滴，恐怕贵星球的科技力量还做不到如此完美。"知末接过话来。

苏菲亚有几分不解："这不就是一个悬浮建筑吗？怎会做不到？"

知末笑道："悬浮建筑不难，难在哪里呢，你看到碟子下面的流水了吗？这个流水不是从碟子里面来的，而是从上面悬浮的水滴建筑上来的。但是这个水滴又是悬空的，与下面的碟子和细流之间断开了，中间看不到这个水怎么流下来的，而且此水源源不断。水滴上的水又是从哪里来的？这里面就有很高的科技含量了，涉及物态与易态，也就是物质的虚实粒子、正反粒子之间相互转化、交换等多领域科学。"

众士听了，均大为叹服，这是真正将设计创意与科技力融为了一体。再看城上的星民，亦是穿梭如织；看身影，还是胖者居多，也有细瘦星民，偶尔还能看见零星的宇能者飞腾。

赫拉笑道："我发现，只要空流不在，你的存在感好强啊！"

"是吗？难道我怕他吗？我们是同学，我是大哥，让着小弟，难道你们没看出来吗？"知末稍有得意之色，摇头晃脑地说。大家一股脑儿地摇头，都表示不承认。

知末只得转移话题，看了看微禾："这楼上风光想来极好，咱们是不是要上去瞧瞧？"

微禾笑而不语，一路皆是如此。

尘浪道："自古城高风大，怕是过于显眼。咱们还是直接去丹泊首座预订的绿野小庐吧。"

正行走间，苏菲亚道："你看，空流又发来了密讯。知末大师，他还是念念不忘你的本职工作。他说这'夜露风辰'与你们要研究的那个'渔火'要是配成一幅图景的话，意境上倒是极为契合的，可谓一派自然和谐之境，也许回归自然能让你找到答案。让你闲暇之时不要忘了本职工作。"

"我懒得回他，你就告诉他，我今天就要让希田星球从此产生一道新菜——夜露风辰拌渔火。"知末刚说完，似乎若有所思，呆住不动，突然间大叫一声，"我找到了，我找到了，太好了……"一边大笑，一边搂住伊凡的脖子使劲地摇晃。大家吓了一跳，不明所以。当地的星民也纷纷侧目，向这边望过来。

尘浪赶紧示意伊凡带着知末快走，尽快离开。来到绿野小庐，大家坐定，知末从似乎有些痴癫的状态中平复下来，眼中闪着喜悦的光彩，说道："大家见笑了，没有事。渔火的破解过程中遇到了一个难题一直攻克不下。'夜露风辰'这几个字，经空流这小子，额，空流首座一念叨启发了我，帮我找到了一条新路径。"

这次连微禾都不禁大为动容："竟有这等奇巧之事！"微禾一直以来面上显得不焦不躁，但心中最担忧的就是这件事。时空感融科技问题虽暗藏巨大隐忧，但毕竟不像渔火问题有这等燃眉之急。

知末看看尘浪、又看看微禾，问道："你说，这个空流，什么来历？真是够神奇的啊。虽说也是从科诗世界出来的，但这么高深的科学研究，他根本摸不着边啊，竟然凑巧是他启发了灵感。这小子，真是有点意思。"

微禾并未答话，只是微笑。

尘浪道："他跟你的渊源比跟我深呀，都是从科诗世界出来的。"

知末知道，自己一高兴话有点多了，也就闭口不言，竟如空流所说自顾自地认真琢磨起本职工作来了。

众士正在大快朵颐之时，苏菲亚提示，空流给微禾与尘浪发送了一条紧急实时密讯，时延不超过5分钟。尘浪一看，大惊失色，告知众士，可能存在严重安全威胁，情况紧急。

原来，空流一直坐镇地球室女星城，指挥排查飞羽撞击事件前后的有关情况并掌控各方动静。在飞羽撞击事件发生之后至禁飞指令下达之前，一共有一万多艘飞羽进入了时空感融站，其中，飞往外星界的不过数十艘，绝大多数都是红尘星界内部飞往各星球报告信息、应对危机的。

在众多信息中，空流发现有一个情况极其可疑：就在飞羽撞击事件发生仅仅13秒之后，也就是在大量云鸟陆续撤离时空感融站换场区域的混乱之际，竟有3艘飞羽全速飞进了时空感融站，前两艘来自蓝焰星界驻红尘星界星际飞地，分别飞向了天狮星球和希田星球，第三艘来自青霜星界驻红尘星界星际飞地，飞向了斜晖星球。这要么完全是巧合，否则，能在如此短的时间做出反应，一定是事先已经计划好的；而计划这一切的很可能是袭击阴谋的实施方。

知末当即十分肯定地说道："只有一种可能，那就是橙帆星界飞羽撞击联境飞羽之时，从撞击到毁灭的短暂瞬间，对方通过系统获悉联境的飞羽中是空的，他们知道自己中了空城计，所以立即启动了已经计划好的下一步行动。

"这同时也说明了当时红尘星界没有完全占领被劫持的云鸟上的信息系统，对方一定伪装隐藏了细微的潜伏信息。也就是说，红尘星界没有将战场百分之百打扫干净，否则对方不可能知道联境的飞羽是空的。"

空流密讯表示，正在等反馈，通过红尘星界全域探测系统查探乘坐这3艘飞羽的都有谁；同时告知尘浪，让希田星球同步紧急排查到达的飞羽，以便做好应急准备。

丹泊说道:"看来我们的工作有疏漏,本以为咱们启程后随即下达飞行禁令就万无一失了。如果是这样,他们有可能很快就会找到这里的。"

哥拉斯道:"我已经下达了紧急排查指令。前来的不过是几名宇能者而已,咱们有这些随行的合成智能甲士保护,在咱们的领土上,足够安全了吧。"

伊凡道:"球长有所不知,我们这是预判他们为敌,实际情况是,在他们实施攻击之前,我们没有任何理由对其发起攻击;但是他们一旦发起攻击,我们即使让其灰飞烟灭,恐怕对我方的伤害已经造成了。何况,很可能他攻击了你,你还不知道。很多时候,肩负政治使命的宇能者比智能武器装备要难以应付得多。"

赫拉急切地说道:"咱们不要再讨论了。要是洢水在就好了,现在咱们不知道确切的危险何在。据我的经验判断,对手很可能已经潜伏在咱们乘坐的云帆附近设埋伏了。这样,请尘浪带着智能甲士保护大家赶紧从后面撤离,对手应该还没有跟过来。同时,请哥拉斯球长另行秘密调遣云帆或飞羽前来接应。你们一定要尽一切可能重点保护好微禾首座与知末大师。我和伊凡必须主动出击,前往云帆,拖住他们。"

微禾道:"怎能让你俩去涉险?"

赫拉道:"请首座无须多言,你和知末有任何不测,会引发怎样的危机谁都知道,所以没有任何考量的余地!"

微禾说道:"好!保重!尽量不要起冲突,要等到援手赶到。那我们走吧!"

赫拉与伊凡快步出门,不敢腾空飞翔,怕被对手锁定位置。赫拉边走边释放出一支"风眼","风眼"升空以后,周边一定区域内的飞花落宇能者就能收到密讯赶来。毕竟在红尘星界领域之内,飞花落的宇能者势力自然不同。

赫拉与伊凡刚刚走到云帆所在的瓜田边上,就感觉情形不对,暗暗互相提醒对方留意。刚走两步,一排黑影如鬼魅般骤然而出,刹那间将二士团团围住。赫拉道："果然是你们。"来者正是爱丽丝领衔的"十三夜"。

领头的爱丽丝沉声道："没料到吧，我等已恭候多时了。"言语中似有讥讽之意。赫拉尚未答话，爱丽丝忍不住发了声"咦"，说道："为何只有你们俩？不好，我们上当了。他们兵分两路，目标溜走了，应该走得不远，赶紧从空中追踪。"

"十三夜"眼看就要集体撤退，赫拉与伊凡身形一晃，一前一后反将他们夹在中间，拦住了去路。爱丽丝冷笑一声："就凭你俩，那就别怪我不客气了，只能尽快将尔等就地解决。"

爱丽丝一声令下，"十三夜"一起出击，全力痛下杀手。赫拉与伊凡本打算采取拖延战术，谁知对方一上来就看出了端倪，根本不给喘息之机，看来今日是凶多吉少。伊凡未和"十三夜"交过手，其宇能以刚劲见长，素来不喜仙菌落的阴柔宇能，当下长啸一声，豪气干云。

只见瓜田里地上的、架上的，各种硕大的不知名的瓜被伊凡搅动得漫天飞舞，呼啸来去如同流星一般。这些舞动的瓜此刻怕是坚硬如同金刚石，个个皆有开山裂石之能。对手也深知其中厉害，不敢过于靠近。

赫拉知道此刻当与伊凡配合，刚柔相济，何况敌强我弱，不能硬碰硬，只能以防守躲避为主。赫拉看到对方不敢与飞瓜硬碰硬，于是制造飞瓜幻境，自己与伊凡在对方眼中与众多飞瓜无异。

"十三夜"看到找不到赫拉与伊凡，心下大骇，同守同攻，向不同方位的飞瓜依次发动攻击。因"十三夜"的力场的确过于隐秘阴柔且强大，总能不时穿透赫拉与伊凡防守的力场圈层。大凡被其扫中哪怕分毫，体内便如刀挖针刺一般疼痛。

赫拉只能一边伺机还击，一边躲在真正的飞瓜后面防守才觉得稍稍好受一点。伊凡见状，亦依样画瓢。"十三夜"意在速战速决，进攻自然是步步紧逼，每一招都是致命的杀招。顷刻间，赫拉与伊凡感觉体内的五脏六腑、血脉筋骨，甚至每一个细胞都如同有无数小虫在撕咬啃噬，又如有千百把刀剑在一片片往下削切。

二士痛得几欲昏绝，但又不想喊叫出声，向对手示弱，于是紧咬牙关，怎奈牙齿止不住抽动，满嘴血流如注。正在如同炼狱之际，只听爱丽丝娇喝一声，"十三夜"霎时全部排成一列。

赫拉见状，急忙拉起伊凡闪电般腾挪到云帆之后，只听天崩地裂的一声巨响，漫天呼啸如同金刚石般坚硬的飞瓜瞬间化为一片遮天蔽日的粉尘，整艘云帆也裂成了碎片，纷纷如怒箭弹射而出。赫拉与伊凡双双被撞击出足有300米远，如枯叶坠落尘埃，一动不动。

爱丽丝座下的一名宇能者说道："想来怕是差不多了，是否还要再出手？"爱丽丝一扬手，说道："不必，也是不得已，还有更重要的事要办，走！""十三夜"一齐腾空而去，追寻微禾一行。

再看微禾这边，紧急调遣而来的两艘云帆刚刚赶到，众士正在陆续进入，智能甲士围成一圈严防死守。爱丽丝已然锁住云帆定位，疾驰而来，转瞬即至。

尘浪一看，大事不好，叫道："他们来了，快！快！快！不能等他们先动手了，赶紧攻击！他们已经和赫拉交过手了，已经主动攻击咱们了。"

24名智能甲士立即全力开火，"十三夜"惊呼一声急速散开，飞向下方。由于地面上星民众多，"十三夜"躲闪能力极强、并皆有幻影功能加持，智能甲士难以完全锁定目标，又怕伤到地上的星民，一时之间也不敢射击。

微禾说道："咱们已经进入了云帆，现在可以去接应赫拉与伊凡了吧？"

尘浪说道："还不行，你们乘坐飞羽先走。我带领10名智能甲士前去接应赫拉即可。只要他们一靠近，你们就全力开火。"

话音刚落，尘浪发现四面众多黑影向云帆疾驰而来，再定睛一看，大呼危险。原来是大批仙菌落的宇能者赶来了，竟有百余名之多！"十三夜"看到援手赶到，倏忽从地面飞临而上。24名智能甲士一起开火，奈何对方宇能者众多，几名宇能者已经抓住了云帆，云帆在空中上下翻飞，随时都有坠落的危险。

苏菲亚见状，急忙说道："咱们应该抛弃云帆，现在请每一位抱在一名智能甲士的背上，边战边撤退，否则可能会全军覆灭。"

众士觉得苏菲亚的提议甚好，于是智能甲士将他们一一背负在身。虽然对战斗力有所影响，但大大增加了众士的安全系数。

这边赫拉竟然醒了过来，浑身上下痛不可言。就在他俩刚刚藏在云帆后的一刹那，伊凡奋力将赫拉推到了自己身后，所以伊凡受的撞击比赫拉还要重。她忍痛爬过去探了一下，发现伊凡还活着，只是昏死了过去，不禁喜极而泣。

赫拉拼尽全身仅存的气力催动宇能，但伊凡还是一动不动。赫拉心下万分着急，一旦被仙菌落的宇能所伤，恶化进程极快，何况伤势这么重。好在二士抗伤害能力颇为深厚，否则早就没了性命。

就在此际，空中无数光影闪耀，赫拉喜出望外，赶忙招手，一动之下痛彻心扉，再次昏死过去。

尘浪这边的情况正是万分危急，已有5名智能甲士被击毁，当然对手也是伤亡颇为惨重。仙菌落的宇能者采取分割隔离战术，将智能甲士各个击破，一部分宇能者用刚猛之力场攻击智能甲士，一部分宇能者用阴柔之宇能攻击伤害各士。

众士均有不同程度受伤，其中丹泊受伤最重，几次差点从智能甲士身上滑落，他终于再也把持不住，大叫一声从空中坠落。就在这千钧一发之际，苏菲亚高喊："快看，是飞花落的宇能者！"

只见遮天蔽日的宇能者足踏桃花，从各方骤涌而来。丹泊已然被飞花落的一名宇能者轻松带起。大家精神为之一振，场面立即逆转，飞花落宇能者将仙菌落宇能者围了个密不透风，任凭"十三夜"宇能再强，也只有被动挨打的份儿。

微禾获悉赫拉与伊凡已被飞花落宇能者送走救治，就下令放余下的仙菌落宇能者一条生路。待对方逃走，苏菲亚快速盘查了一下双方伤亡情况，此战还是颇为惨烈，这边众士皆有不同程度受伤，另有3名飞花落宇能者受伤，1名宇能者遇难，7名智能甲士被击毁。对方35名宇能者受伤，11名宇能者遇难。

丹泊与哥拉斯紧急安排，一面救治伤员，一面处理遗留问题。因救治及时，双方受伤的宇能者均无生命危险，一场生死攸关的风波就这样过去了。但因事发仓促，来不及进行信息屏蔽，这颗宁静的星球因此事沸腾了，沸腾的热浪也通过时空感融站传到了其他星球，一些星球封锁了消息……

第二日，时空感融科技共管共治签约仪式按计划正常举行，并进行实况信息传播。在微禾的见证下，知末、尘浪、丹泊分别代表科诗世界、联境、红尘星界挥洒下了永不磨灭的印记。数千万颗星球的星民先后在视镜前见证了这一具有非凡历史意义的时刻。

时空感融科技最初诞生于无双星球科诗世界，后与无双星球政治公务署联合开启了星际互联时代。由此逐步建立起了七界联境组织，开辟了奇异七色视界，划分了七大星界。联境组建以后，在时空感融科技的管理应用方面，逐步取代了无双星球政治公务署，与科诗世界一道共管共治。

基于紫陌星界之意愿，联境一直致力于推动时空感融科技的共管共治，与红尘星界签署协议可谓意义重大。共管共治的核心要义一方面是为了解决这一颠覆性科技的独家非对称性优势，消除不平衡带来的恐惧与不安；另一方面就是要确保其可持续性的安全应用。而这是一个极其庞杂而富有艺术的科技体系与制度体系。

现实的危机就在于有关势力意欲借推动时空感融科技的共管共治之机，窃取、占有这一颠覆性科技，从而实现其征服或蚕食更广阔星空之阴谋与野心。

"凡非凡之事，呈现于众的往往皆是风景之一隅，背后的风雨，又水流花谢知多少？"空流看到视镜中的影像，看了看泖水和沄滟，如释重负地长叹了口气说道。

泓滟问道："不知赫拉执掌和伊凡几时能完全康复？"

空流道："估计尚需一两日，目前还不能自如行动，不然也应出席签约仪式；多险呐，我们差一点就失去了两位战友。丹泊也还没完全康复，硬撑着出席的。"

泑水道："我们在和平的道路上前进了一步，但同时离危险也更近了一步。"

"确实如此，这次的签约仪式更多是具有一种示范和象征意义。有关方面的这次阻击没有得逞，后面的动作只会一步步升级，更艰险的考验在等着我们。自我们出征以来，不管是出于哪方的使命，已经有100多名宇能者付出了生命的代价。无论是眼下的渔火危机还是未来关于时空感融科技问题的危机，恐怕还会有更多的牺牲……"空流异常沉重地说道。

大家陷入了沉默，良久戚戚无声。

空流一直不希望给大家带来忧愁与压力，为了调节氛围，他仔细地看了看泑水和泓滟，笑道："我看你俩最近这气色，真是少有的好啊，尤其是泑水，以前经常气色很差。是不是觉得还是在大本营里待着踏实啊？"

泑水心里咯噔一下，脸上红霞欲染，心想："还不是因为你这个天杀的冤家，不知何故就落下了这个病根，只要一担心你，就头疼得要死要活的。"但转瞬即恢复了平静，嗔道："以前气色不好，还不是因为经常和你出去执行任务，知道你不靠谱，担惊受怕呀！"

泓滟是女孩儿家，自然明白泑水的心思，知道但凡空流去执行有危险的任务，泑水都会十分不安；但心里也是十分不解，泑水有预知安危的能力，怎么还会那么担心呢？当然，她更不知道，泑水常常要忍受不可抑制的肝肠寸断之痛的煎熬。

空流道："那好，以后再要执行任务呢，你就预先告知我安危情况就行，我就不带你去了，就让泓滟陪我去，泓滟的宇能比你要好，我也就不用那么操心了。"

泓滟和泑水对视了一眼，齐声说道："我们都不想和你去。"

沄滟接着说道:"你呢,以后可以找苏菲亚,不对,苏菲亚愿意和尘浪一起执行任务;那就找赫拉执掌,也不对,赫拉执掌愿意和伊凡一起执行任务。哈哈,没有谁适合你,你就只有自己啦!"

沄滟和洢水笑得开心至极……空流拉长声调说道:"这么说来,我还得对你俩好一点了。"接着,假装脸色一变,正色道,"行了,现在就安排你俩和我一起执行任务。从现在起,做好微禾首座一行安全返程工作及对可疑目标对象的实时监控工作。"

洢水和沄滟应了声:"是!"给空流做了个鬼脸,分头行事去了。

希田星球这边,大家分析,回程之时对方实施袭击的可能性不大,其目的并非想暗杀谁,而是为了阻止联境与红尘星界签署时空感融科技共管共治协议;因一旦与红尘星界签署了协议,他们想在时空感融科技方面提出更多的要求,或者有何非分之想,就多了一道坚实的屏障。

根据空流的密讯,之前抵达天狮星球、希田星球和斜晖星球的宇能者已经查明,分别是伏射、爱丽丝领衔的"十三夜"和克拉克。红尘星界星际间已然禁飞,这三股势力只能留在现有的星球上了。

尘浪指出,需要重点防范他们侵入当地星球的地壳运动控制公务署、染指渔火装置;尤其是希田星球,大量的科学公务者正在夜以继日地攻关渔火装置的破解,务必要确保他们的安全。大家最后商议,赫拉与伊凡留下,加强安保工作。知末自然走不了,需要参与渔火装置的破解工作。

临行前,微禾紧紧握住知末的手,语重心长地说:"未来可能还有许多更大的危机,但是眼下最大的危机能否快速顺利地化解,主要就看你们的啦。"

知末神色肃然,直视着尘浪的眼睛说道:"请首座放心,我们已经找到了路径,看到了光亮,就等'夜露风辰'之后的黎明破晓了。"

微禾喜道:"那就好,那就好,我虽然不尽知这个中堂奥,但你这个语义双关可谓是恰到好处。但也要提醒一下,"微禾看了看赫拉与伊凡,接着说道,"一定不可掉以轻心,阴谋者,或者可以说是敌方,一定还有动作。从这几次的经历来看，他们的谋划十分周全，很多地方都让我们防不胜防。这也可以理解，敌暗我明。切记，切记！你们的安危是一切成功的根本。"

赫拉郑重地致礼道："请首座和大家放心，我们就算拼了性命也要护卫他们周全。"赫拉话语简短，但众士听了分外动容。眼前的两位战友刚刚差点付出了生命的代价，他们本是逍遥一方的超级宇能者，但依然还要作为一名最普通的战士，战斗在最危险的前沿阵地。

归程果然如料想般十分顺利，但就在微禾一行刚刚抵达地球不久，空流就发现有关方面有异动。

时空感融站之间不允许进行任何的信息屏蔽、压制、窃取，当然除了紫陌星界凭借技术优势可以为之，其他方面在技术上也做不到。但在时空感融站之外，各方在信息领域的争夺战与秘密谍战之交锋可谓已经白热化。

显然，微禾等刚抵达地球领空，有关方面就已知悉并意欲有所举动。经过破解分析，对方果然想对天狮星球、希田星球和斜晖星球的渔火装置有所动作。

第十九章　夜露风辰

经过一夜的部署，空流刚刚将三个星球的应对举措安排完毕，丹泊就发来密讯告知，捕获到蓝焰星界在红尘星界的星际飞地在向红尘星界的1000多颗星球传输信息。经比对，这1000多颗星球上均部署了渔火装置。信息传输就在此刻刚刚开始，而此前，对方没有向这些星球传送过信息。

因发生了飞羽撞击的恐怖袭击事件，红尘星界下达禁飞指令是符合规则的，但是不能因此禁止信息通行。禁止时空感融站之间的信息通行，需要联境决议；而禁止任何他方信息通行，只保留自己独家信息通行，享有独家非对称优势，则一样毫无可能。

"我们阻止不了对方传送信息，这如同撤掉星际通联的友谊之桥一样不可能。我们目前已经把所有星球上部署渔火装置的区域进行了信息阻隔，理论上来说，信息到达不了各星球的地壳运动控制公务署。如果信息真的到达不了，那他们为什么还要这么做？

"还有，需要考虑的是，各具体星球上的对方势力在收到这些信息之后，会通过怎样的方式将其传递到地壳运动控制公务署里面去？此外，他们传送的信息是什么，我们能否破解？你们先回去休息一会儿，顺便思考一下，我们可以随时沟通。"空流声音沙哑，看到大家都很疲惫，便抛出了问题，让大家先回去考虑。

近晌午时分，众士陆续来到会议室。等微禾、丹泊、乔治和羽林都到了，空流就打开知末发来的密讯，是关于破解渔火的通俗讲解与简易计划方案。

　　破解渔火，简而言之，可通过以下两种途径：一个是要将渔火中的巨大能量释放掉，另一个就是要将渔火长满星球、源源不断吸取能量的"血管"全部斩草除根、消灭干净。

　　首先说明第一个方案，将渔火中的巨大能量释放掉。要做到这一点，有个简单易行的方法，就好比要将一个池子中的水抽干一样，用一根水管、找一个出口即可。当然，和放水不一样的是，释放渔火的能量需要承受高能的导引材料。此外，就是将能量排放到哪里去的问题，无论是将如此巨大的能量集中排放到地表空间还是外太空，都会引发巨大的环境变化危机，所以，最好的办法就是将释放的能量储存起来。

　　从联境的科技手段来说，无论是高能导引材料，还是能量集中储存，都可以实现。但是，这里有一个风险概率的问题，就好比我们抽水时难免都会有水滴洒落的情况，渔火能量释放也存在同样的问题。因渔火中的能量是通过无数"毛细血管"吸收而来的，每个时间点的能量都具有极大的不稳定性，一定会出现能量遗洒的情况，哪怕遗洒的仅仅是"星星之火"，都极有可能造成巨大的破坏。

　　再有就是，能量的集中释放与储存本身就存在危险，无法确保百分之百的成功。所涉数千颗星球，过程耗时且并非须臾就能完成，只要有一颗星球出现事故，后果就无法承受。

　　所以说这第一个方案，实现能量的集中释放与储存并非最佳之选。

　　接着说明第二个方案，就是将渔火长满各星球的"血管"或者说"根茎"清除干净。最简单干脆的办法就是将其连根拔起。这一点，通过渔火自身拥有的能量加持，也可以实现。但是会出现两个后果，一个是渔火的"血管"被拉扯得支离破碎，断裂的能量碎片会影响各个局部的生态环境；另一个后果就是，由于这些"血管"深深镶嵌在星球之中，强力拉扯会将星球撕扯得遍体鳞伤。

　　由此，第二个方案看似简单易行，也实不可取。

但不可忽视的是，依据现有的科技发展水平，上述做法是相对成熟的。这就好比有病需要对症下药一样，当前的这个药是现成且有效的，只不过这个药在疗效上不尽如人意、有副作用，会产生一些次生反应。如果没有更好的药，这个药也是必须用的，需要接受这个现实。

当然，更好的办法是找到一条新路。幸运的是，我们找到了一条新路，且正在这条新路上前行。"夜露风辰"这个地名看来是个风水宝地，在空流不经意的启发下，给予了我们灵感，我们回到自然中去找到了答案。

自然界中，露形成的最好的气象条件是天气晴朗、微风习习的夜晚。这样的夜间气候有利于地面及地表之物能够实现快速的辐射冷却。微风可使辐射冷却在较厚的气层中流畅地进行，同时让贴近地表的空气得到更加充分的交换，从而确保有足够充分饱和的水汽促进凝结，于是形成了露水，同时地表也得到了冷却。

破解渔火的新路就是，在遍布星球的特殊暗物质"风"的加持下，让渔火辐射释放能量，得以冷却，同时形成暗物质"露水"，这个露水降到星球上之后，能够将渔火千丝万缕的"毛细血管"消解掉。如此一来，在一个循环系统之下，一举两得地解决问题，堪称自然而完美。

当然，这里的暗物质"风""露"并非自然界之风、露，需要通过特定的科学原理与特殊的科技手段而制成，但与之有殊途同归之妙。更为神妙之处乃是，由于渔火装置并非一个点状的能量个体，而是一个遍布星球之广的巨大的能量体系，唯有风、露这样的形态，方可布满整个星球，润物细无声地将之化解。

具体的操作是，首先需要激发渔火装置能量释放的能量介质，激发能量介质需要做到三点方可：一是需要具有穿透渔火装置实现激发反应的能力，因为渔火装置内的能量都被锁定在几乎不与物质能量发生作用的低能暗物质材料管内；二是能量激发介质应是柔性流体态，能够自发充满需要的星球空间；三是能量需要被均匀可控地激发。

接着就是被激发的能量的吸收与转化，关键就是要从物质能量转化成暗物质露水。如此，"露水"方能与渔火装置的低能暗物质材料管发生相互作用，然后就是暗物质系统内部的两种相态的转化，从而最终将密布星球的"毛细血管"消融瓦解，彻底摧毁其源源不断吸取能量的能力。

我们简要的思路和方案到此就解说完了，接下来面对待解决的问题就要看各位高才的啦。那就是同样重要的实操保障问题。

首先，这5000多颗星球需要同步实施，只有这样，才能确保在所有星球投放的"风"与"露"的同一性和稳定性。

对了，这两种武器（应该说是两种装置或者说是两种设备，其实也可以说是武器，因为渔火装置本质上就是一种破坏性武器，这两种装置就是用来摧毁渔火装置的）我们就叫它"夜露"和"风辰"，这个名字既形象又富有诗意。

每个星球需要至少1200艘星舰实施投放，这需要庞大的星舰数量，如若红尘星界的星舰数量不够，需要从其他星界调配，这就涉及指挥系统的统一问题，工作量十分繁重。再有就是，需要调节好各个星球之间的相对时间差，实现同步实施。

其次，就是安全问题。一个是确保实施过程的安全，另一个就是防止有关方面破坏的安全保障。

详尽的要求我就不赘述了，请具体协调对接者制订实施方案。

知末密讯影像声情并茂、简明扼要的讲解到此结束了。大家看完，既有终于看到希望之光的喜悦，又有大战之前的紧张与躁动。曾经一直呼唤，让暴风雨来得更猛烈些吧，现在，暴风雨终于来了，成败在此一举！

"知末不愧为大家，这么庞大、复杂的工程，简要、通俗地讲透了，"微禾颔首展颜，望着大家接着说道，"大战即将打响，时间万分紧迫，请空流看看如何分工。"

空流道："那好，我们就直入正题，本次行动的代号就叫'夜露风辰'。行动兵分四路。第一路，尘浪熟知星界政治，对装备情况更是了如指掌，那就与丹泊一道亲自指挥本次行动，全面负责实操保障工作。苏菲亚通晓星界文化与语言，协助做好协调对接工作。第二路，当是知末领衔的科技攻关组，由羽林协助，负责落实'夜露'与'风辰'装置的按时保质保量生产与安全护送；此外，由赫拉与伊凡负责科技攻关组的安全保障。

"第三路，外交是另一个更大的战场，请微禾首座负责应对各星界外交举措及有关重大危机，由乔治球长协助。第四路，隐秘战线，我和卿岚掌座负责信息情报及突发危机工作，由洢水和沄滟协助。"

各士一一领命。

空流接着说道："本次行动涉及的星球数量之多、领域之广、调用的装备与星民力量之众，都堪称史无前例。这虽然不是一场真正的对抗战争，但潜在的影响与可能性利害超越了任何一场战争，且存在诸多不确定性，任何一丝意外都有可能影响整个战局。本次行动，要求地球时间第三日上午9时全部准备完毕，预演三次。同时，推演所有可能性意外，预演三次。最后，定于第七日晚9时行动！"

至此，"夜露风辰"行动正式开始。

空流刚说完，洢水突然焦急地问道："上午捕获的突发情况，也就是蓝焰星界在红尘星界的星际飞地在向红尘星界的1000多颗星球进行信息传输这件事，是当下一个现实的危机。而且，我已经确切地判断这是一个重大的安全危机！当如何处理，需要尽快决策！"

听到洢水的话，室内的气氛一下子凝结了，谁都没有说话。大家都知道，洢水所说的重大安全危机意味着什么——肯定会发生什么大的不幸，这简直是一定的！即使当某天科技发展到一切尽在掌握的程度，似乎都没有谁会怀疑来自原道世界本源的力量。

微禾首先打破了沉默："现在眼下的事千头万绪，每一项都是不得不为之事。我们还是不要把所有的力量消耗在一件事上，要各路重点突破。这个现实的危机，由空流主要去应对，务必尽快破解。其他各路力量还是按空流的指令行事，这其中，需要互相支持的，再协作。诸位以为如何？"

微禾说完，看了大家一眼，最后将希冀的目光落在了空流身上。这副重担恐怕只有让空流再次挑起来。

空流坚定地点了点头，然后微笑着望了望大家，笑道："结果很明显，我们只有把各条路上的雷都扫除了，才能全面推进，当然不能挤在一条路上。还有，既然我们没有选择，那就只能直面危机。不要忧愁，先行动起来，只要做起来，问题就解决了一半。行动吧，战友们！"

各士分头行动，投入了各自的战斗。空流怕"十三夜"有异动，担心知末团队的安危，首先向赫拉传送密讯了解情况。赫拉回信表示，经过上次的战斗，现在反倒安全了，如若对方有任何攻击行动，希田星球的武装力量将格杀勿论。球长哥拉斯已经下令部署了最严密的保卫力量。

空流强调，在如此强有力的武装力量护卫之下，宇能者的攻击自然不必担忧，但务必谨防对方使用其他的打击方式来影响科技攻关队伍的安全，如有任何风吹草动须第一时间沟通。紧接着，空流和卿岚、泖水、沄滟等赶忙投入到蓝焰星界信息传输的行为分析破译中去。

泖水能感知到存在的潜在危机，但并不能锁定这1000多颗星球中，究竟危机会在哪颗星球发生。不过有一点可以确定，地球没有危机。这也很好理解，敌方势力皆在红尘星界星都，他们当不会自掘坟墓。

虽然希田星球反馈回来的信息，表示当可确保万无一失，但在这所有的星球中，空流最担心的还是希田星球，也就是知末领衔的科技攻关队伍的安全问题。他们的安全若是出了问题，其他各路千军万马的部署皆是徒劳。

空流再三斟酌，虽然当下任务极其迫切紧急，但还是决定派遣泖水前往希田星球，从而确定希田星球是否存在安全危机，如未来有任何异常情况，能够提前预警。泖水的感知力并非万能，她只能确切感知和自身密切相关的相对领域环境的危机，如同她当初能够感知无双星球与联境的危机，但并不知晓今日红尘星界面临的危机一样。

大家也纷纷表示赞同空流的意见，事到如今，没有更好的选择。渔火装置的科技攻关力量目前只能继续待在希田星球,若撤回星都,地球的局势更复杂;迁往其他星球,一动不如一静。综合考量,首抓问题的要害,这当是最好的决策。

"须立即启程,待问题彻底解决了方可回来,到时给你接风,万事小心,一定要注意安全。"空流对洢水说道。

"放心好了,有任何情况随时向你报告。"

"好的,如遇特别紧急情况,在报告的同时,一定要果断处理,很多时候,偶然事件会产生、改变或引发必然的后果。"

"好,我记住了,我会和知末、赫拉、伊凡及哥拉斯他们密切磋商。对了,你,你最近应该都会待在室女星城大本营指挥,不会出去执行特殊任务吧?"洢水脸上挂着深深的忧虑,忧虑中带着不可言说的苦楚。

空流心里一惊:"暂时是没有,但眼下的情况你也清楚,不知道什么时候就会发生突发情况。难道是我有什么特别的危险吗?"

"那倒是没有,至少目前我看来没有;不是怕你后面要执行特殊任务万一有危险吗?"洢水莞尔一笑,随即又显黯然之色。她不想把自己的秘密与痛楚告诉空流。

空流隐约感知或者说是非常明显地感受到洢水、沄滟与他之间的感觉,与其他战友之间不一样。这种感觉是彼此之间相互的,仿佛是超越友情之外的一种微妙的知己情愫,但又不是确然的爱恋。

这种感觉有时分明十分确切而真实,有时却又缥缈而自我怀疑。当你以为真切时,一句话语、一个眼神瞬间觉得缥缈;当缥缈时想要去寻找一切踪迹去求证,却又一次次坠入真实与虚无的忧喜循环而无法自知。

洢水此际的表情,显然不同于其他战友的关切,甚至比即将要远离久别的恋人还要痛苦不舍。这不过是一次普通的离别而已,虽然跨越星际,但科技缩短了距离,重逢不过是分分钟的事。洢水那真情的告白似已表露无遗,这电光石火之间,空流竟不知如何应对。

他对洢水虽然也有某种不同寻常的感觉,但猝然之间,让这种雾里看

295

花的感觉一下子变得这样了然直接，显然还没有心理上的准备。况且，在纪律上这是不被允许的。但如若就像对待其他战友那样回答，又怕对洢水这真挚无邪而又直白热烈的情感表露带来伤害。哪怕是带给洢水一丝丝这样的感觉，空流都是于心不安的。

时光似乎停止了流动，空流正在自我的世界中纠缠、挣扎，突然感觉到洢水不轻不重地拍了一下自己的肩膀，笑盈盈地提高声音说道："你怎么啦？傻啦呀？好了，你暂时没有特殊任务，我就好过多了。如果有特殊任务一定要告诉我啊，只要有可能，我就要跟你一起去。好啦，我该走了！"

空流还没反应过来，洢水一摆手，笑语嫣然地走了。看着洢水曼妙远去的身影，空流心想："这是什么意思？分明没有半点因为分别而依依不舍的感觉呀！难道是为我如若执行特殊任务有危险而担忧？那之前多次和我一起身处险境也没见她如此惶惶不安，这一点也不像……的确是变幻难测，幸亏我没有说出什么不恰当的话来，不然情何以堪。"

想到此处，空流不由得轻轻地连连自拍胸脯，慌乱不已。

咚的一声，空流感觉自己的脑袋被谁轻轻弹了一下。

"想什么呢？想得这么出神！"

空流抬头一看，沄滟竟不知何时来到了跟前，一双妙目神光流转，正好奇地打量着自己。

空流着实吓了一跳，不由站起身来，一边手足无措地后退，一边磕磕巴巴地说道："你、你、你、你怎么来了，刚来的吗，我、我怎么都不知道？"

沄滟见状，大感不解：空流很少有如此语无伦次的时候。于是向前紧逼一步，稍稍贴近空流，随即身体又往后仰了仰，手指连连轻点，带几分阴阳怪气的腔调："噫，我怎么就不能来了？你怎么啦，慌成这样，一定是做了什么亏心事，是不是？"

刚刚走了一个冤家，不想突然又冒出来一个，空流心里正云山雾罩地想着她俩的事，怎能不慌。在空流心里，对于泖水和沄滟，这微妙的感觉似又有些不同，但究竟有何不同，却并不了然。只是对于她们都一样莫名的欢喜，这欢喜里，也没有对谁多一点、对谁少一点。

空流也曾想过，这荡漾的欢喜的涟漪或许并不是那澎湃的爱的波澜；曾经有经验者说过，若是爱的波澜，那定是会爱谁多一些的，正如最爱自有天注定一样；虽然，现今并没有任何金科玉律要求对爱情之专一。

于是，空流常想："特别行动组成员禁止爱恋的规矩也是极好的，正好找到一条理由去阻止那放纵的情愫一发不可收地奔向炽热燃烧的爱的原野。"

他深恐有一天会因为天注定之爱而对泖水和沄滟中的某一个而厚此薄彼。

空流怔怔地看着沄滟。除了那次在飞花落圣境，空流再也没有像今日这样不由自主地好好看过她了。当然，此前既没有这样的心境情境，也不好意思作出如此失态之举。纵使如今彼此这般熟悉，她那绝世精灵之美，永远如同在幽迷的森林中与之梦幻般地第一次偶遇。

"我是做了点亏心事，我正想到你，谁知你就来到了眼前。"空流已然恢复了常态，用一贯的风格恰到好处地掩饰了内心的意乱思潮。

沄滟虽对空流的话语腔调早已习以为常，但感觉空流的举动还是颇有些反常，心里掠过一丝温柔的甜蜜，微微侧过脸去，说道："是不是想到要给我派什么任务，又有些良心发现于心不忍呢？"

"还真让你猜到了。"

"既然是任务，那是我的荣幸，还有什么为难的呢？"

"蓝焰星界的星际飞地传送信息，而青霜星界并未参与；当然，有可能是他们协商好的，但也有一种可能，那就是，这是蓝焰星界的单方面行动，青霜星界并不知情。"

"嗯，的确存在这种可能性。"

"那这种情况，肯定不是青霜星界希望看到的，青霜星界的七大球长现在都在地球上,他们目前最希望维持现状,以免影响他们关于时空感融科技的谈判。"

"是这样,那我们需要做什么呢?"

"需要把这个情况告知青霜星界!目前的这种敌对状态,通过政治途径显然不合适;其他的隐秘方式,又怕他们不相信,以为是我们的离间之计。最适宜的方式就是通过你们飞花落告知对方。因为你们不是政治组织,但同时你们的信源值得信赖。尤其是如果由你亲自传递信息给他们,以飞花落圣使的身份,作为一大流派的精神化身,没有谁会有任何质疑。"

"你说的没错,这件事我应是最好的人选。何时行动,信息传送给谁?"

"即时行动,信息给幽草落的掌座青古道,要亲自前往,用最古老的方式,面对面告知他。不要通过密讯传送的方式,这样会留下痕迹,即使对方并不能查看到。这种事不能留痕。"

"你这么一说,好像咱们做的是件不光彩的事,见不得光似的。"

"那倒不是,只是这算是隐秘战线的一种行事方式而已。我担心的并不是这一点,而是这件事只能你单独行动,连卿岚掌座都不要说。只因青古道的行事方式也是诡秘难测,我担心你的安危。"

"你骗人,我一点也不信。光明正大地去,能有啥危险?"

"嗯,这个,也是哦,好像真没啥危险的。是我想多了,不由自主地担心而已。那你去吧。"

沨滟努力地控制着脸上的表情,捏着衣衫,慢退两步,然后翩然而去,好似雪域中高冷的枝头上独放的花朵一般。空流连其背影都不敢久久凝视。

沨滟刚走,乔治和羽林的全息影像就出现在视镜上,二士满面焦容,乔治首先说道:"参与信息破译的科技团队刚刚传过话来,他们的原话是这么说的,信息进行了三层维度的系统防护,有 10^{64} 种可能的路径,但是即使把这所有的路径都走一遍,你以为找到了一片世外桃源,但实际上

第十九章 | 夜露风辰

可能是一片枯萎的草地，草地上是随意散落的乱叶。"

"我知道了，那就是几乎没有破译的可能。也就是说，信息的防护系统用的是复杂的高科技手段，即使把防护系统破解了，但是里面的核心信息用的却是最原始的记录手法，具体信息指什么并没有规律可循，只有接收者才明白是什么意思。这就好比咱俩约定，把下一次要见面的暗语定为蚂蚁一样，即使中途被破译了，谁也不明白是什么意思。"

空流在不停地来回踱步，他甚至都想到了："要不要采取最简单直接的办法，抓住这些信息接收者问一问，不就知道了嘛！"

但是时下抓这些信息接收者似乎没有任何理由。有时，虽然隐秘战线的做法似乎并不需要合理的理由，况且是为了广大星民之福祉的重大事件，所谓大义不拘小节。但这又与敌手的做法有什么区别呢？空流的心中争斗不已。

"事急从权，直接抓他们不就行了吗？"羽林终于忍不住了。乔治也随即附和了一声。

"我也不是没有考虑过，但总觉得不妥。况且，这些信息接收者，不惜在此非常时刻暴露出来，一定是经过了特殊训练与考验。咱们未必能从他们那里轻易得到什么，除非使用非常手段，但这显然有违我们最神圣的价值准则！而且往往一个坏的做法，其影响并不在当时，而在于长远之将来，先行后效，贻害无穷。所以断不可取！"

"实在不行，能否辛苦你亲自秘密走一趟？问一个是一个，先找到线索再说，可以先去我们天狮星球。"羽林愁眉不展地轻声问道。

"看来也只能如此，你们选取某个星球的信息接收者，跟踪住，我去通过隐念查探消息当不难。但值此非常时刻，我能否离开大本营，还需要征求一下微禾首座的意见。或许，卿岚掌座当也能做到。不管怎样，这个单点突破的思路我是非常赞成的，先撕开一个口子，总比全面出击但一无所获要强。"

空流说到此处，突然一拍桌子，高叫一声："慢！"

乔治和羽林吓了一大跳，不明所以。空流一拱手，笑道："二位对不住，失礼！失礼！你们给我提了个醒，尽快告知破译团队，不要试图破译了，这条路十有八九走不通。这样，把这1000多个星球的信息进行一下差异比对，看是否有所差异，我们再从中去锁住重点，在差异中去寻找线索。"

乔治和羽林一听，眉头顿舒："这是个好办法，而且简单，应该很快就会有结果。"

乔治和羽林下镜隐去，空流心境大好："嗯，这里应该有洢水和沄漉的功劳，一定是她们带给我的好心情激发了灵感。为什么自古至今都说，如果说有造物主的话，她一定是女性……"

空流正在胡思乱想，微禾首座和颜悦色地走了进来。

"你这个想法实在是太妙了，那就等等看看结果出来再说，你先不急去走一趟。实在要去的话，就让卿岚掌座跑一趟吧，这个时候，你这个主帅不能离开军中大帐啊。"

"好的，但凭首座吩咐！"

"这可不成，规矩不可乱哪。我就是提点不成熟的意见，用地球人的话说，顶多算半个师爷。"

微禾与空流正在聊天议事，乔治和羽林同时上镜，乔治兴奋地说道："有重大发现！"

"这么快！"

"可不是嘛！思路一变，空间无限。虽然所有的信息都经过了防护处理，似乎并无差异，但是经过差异比对和精微分析，发现有一个信息包信息微量有极其细微的差异。不过，究竟差异是什么并不知晓。"

"这就够了！是哪里的信息？"

"发往君山星球的信息。"

"君山星球！"

空流调出君山星球的信息一看，众士不禁大惊！

第二十章　君山不离

当获悉蓝焰星界方面唯有发往君山星球的信息与众不同后，空流立即通知众士即刻上镜。

"基于君山星球的特殊状况，他们发送的信息一定有问题，请卿岚掌座与苏菲亚秘密走一趟，需要即刻出发。最重要的是查探该星球的渔火装置异常情况，同时，暗中控制住信息接收者，拿到信息内容。一定要快，及时沟通。"

作为红尘星界众多智慧生命星球中的一员，君山星球却是颇为奇特。奇特之处倒不在星球本身，而在于星球上的智慧生物，也就是该星球上的星民。

君山星球是一颗与地球相似的类地岩质行星，密度比地球稍大，约为 6.13 克每立方厘米，质量大约为地球的 1.8 倍。论年龄，当是地球的小老弟，比地球年轻近 9 亿岁。

红尘星界称主宰君山星球的智慧生物为"不离"，君山不离与一般星球上的智慧生物形体特征差异极大，他们与地球上的一座座大山类似，或如延绵的山丘、或如耸立的山峰，行动极为迟缓，有些君山不离几乎终其一生不动，所以被称为"不离"。

他们虽然行动不便，或者说他们本质上就不愿行动，但确实属于智慧生命无疑，如同诸多星球上打坐的冥想者。也许正是因为君山不离体形硕大无朋、行动不便，他们的精神世界比诸多星球上的智慧生命更加平和，他们的智慧更善于参透纷繁复杂的表象而直抵事物的本质。

所以原道世界在君山星球的开枝散叶之盛无与伦比，几乎每一位君山不离都是原道派的原道者。由此，君山星球成为红尘星界星民们心灵的朝圣之都，亦是为诸多星球答疑解惑的智囊星球。

这种身心上的极大不平衡也许正是宇宙造物主的平衡之道。

这边卿岚和苏菲亚刚刚出发不久，乔治却接到了来自君山星球的密讯，空流打开一看，众士再次大吃一惊，感慨不已。

原来君山星球发来的密讯内容显示：君山星球即将于星都地球时间数小时后发生爆炸。布置在君山星球的渔火装置已被秘密启动，爆炸不可逆转。作为原道派的原道者，君山星球星民在此前已有所感知，但以为是红尘星界整体当下面临的危机，并不能确切地知晓危机就在君山星球自身。此种差异也恰恰体现出了泖水的超凡之处。

等到君山星球确切知晓自己星球上的渔火装置已被启动之后，意欲第一时间告知星都，但他们知道，此刻，星都正在应付一场更大的危机，感觉与整个星界那么多星球的命运相比，自我星球的命运无足轻重。君山星球唯恐影响大局，打算平和地直面存亡危机。这是何等超凡之境界！

就在刚刚，也不知他们又是如何知晓了联境要派员前往君山星球查探，所以才决定及时发来密讯。

真是玄而又玄，如若不是及时找出了发往君山星球信息的差异，一场更大的悲剧恐怕不可避免。

"魔鬼已经越出了地狱，他们首先扑向了天使！"空流毫不迟疑地立即下达了指令，"立即从为'夜露风辰'列装的星舰中调遣宽大的天幕级星舰前往君山星球，营救所有的君山不离，一个都不能少！我刚刚计算过了，我们只需要 5 小时 37 分钟就已经足够。乔治在大本营指挥，羽林随同前往君山星球一线调度。"

乔治与羽林领命而去。

"这里有个棘手的问题，就是营救了以后怎么办？需要快速找到一个与君山星球一样的星球作为他们新的家园，不知有没有，即使有的话，协商协调也是个重大问题。"尘浪说道。

空流道："这的确是个问题，我们只能一个问题、一个问题地来解决，眼下还有个比这更紧急的问题：一定有君山不离宁死也不愿意离开，他们中很多本就生死看淡。所以需要你辛苦一遭，亲自以联境的名义发出号召，让他们相信联境一定会想办法为他们找到新的家园。正好苏菲亚精通他们的语言、文化和心理，让她协助你。"

尘浪听了，深感问题极其紧急而又十分棘手，立即就要前往。这时，微禾说道："这项任务本该是我前去更合适！"

空流与尘浪相视苦笑，只怕更大的危机马上就要向微禾压过来。微禾若有所思地轻轻挥了挥手："看来只能你先去吧，我也来做好我这边的准备。"

这是一场紧迫而又规模宏大的异星救援行动，3万5千多艘自由折叠式天幕级星舰集结地球，从时空感融站向君山星球即刻进发。星舰容量最小的也有5立方千米，最大的可调节超过6000立方千米。

以地球区位计量，君山星球距离地球约210万光年。卿岚和苏菲亚已经给空流传送过来君山星球不同视角的实时影像，空流看了一下相对时差，看来这二位的功课做得还是颇为娴熟。

这时，卿岚的话音响起："我们在君山星球的时空感融站转场区域，这里建立了临时指挥中心，最早的天幕星舰两分钟后即到，最晚的也不超过3分35秒。君山星球已将星球爆炸及联境救援的消息发往了全球，整个星球目前都非常平静。君山不离目前最大的担心不是他们自己，而是寄生在他们身上的整个生态系统及这些大大小小的动植物物种。

"影响是一定有的，而且不会小。即使能够构建相差无几的自然物理环境，但心理和精神上的影响是难以完全化解的，何况是这么浩大的一场转移。请先全力以赴做好救援转移工作，红尘星界通联署正在筹划下一步的安置任务。"

空流切过君山星球各处的画面，一个个君山不离像湖泊一样的蓝宝石般的眼睛里流下了一道道涓涓细流……

泪水模糊了空流的眼睛：这是一颗宇宙的尘埃，这也是一个智慧生物种族的全部世界。

一艘星舰出现在视镜前，紧接着，一艘接着一艘，如同蜂群一般，转瞬间，遮天蔽日布满了君山星球。探测系统汇聚的结果很快就出来了，一共有3322万8853名君山不离，要装下所有的君山不离，星舰数量绰绰有余。

全部星舰按照尘浪和苏菲亚制定的话术一遍一遍地喊话，同时开启了自愿进入的自动吸入模式，漫天的君山不离如腾云驾雾一般缓缓腾空而起，悲哉！壮哉！君山星球的万物生灵失去了茫茫宇宙中唯一存在过的家园，宇宙之大，竟无以为家……

开始视镜上的数字在快速地滚动，后来翻滚的速度越来越慢，终于变成了一下一下的跳动。预料中的情况终于发生了，甚至比料想的还要坏，1600多万君山不离宁死也不愿离开自己的家园，他们不是不相信联境能够让他们活下去的能力，而是要和自己的家园一起化为灰烬，在宇宙中不朽。在他们看来，这甚至比失去家园而苟活于世更有意义。

时间在飞速流逝，视镜上的数字偶尔闪动……卿岚、尘浪、苏菲亚，所有亲临君山星球救援现场的星士的嗓子都已经嘶哑了。虽然几乎发不出声音，也没有任何君山不离能听见他们的呼号，但是，他们近似乎疯狂地一遍又一遍地重复着连自己也听不清的话语……

空流感觉到从未体验过的哀伤与无力，红尘星界通联署的信号一遍又一遍地传送过来。空流知道是关于被营救的君山不离的下一步安排，但是他无力去做任何一个哪怕是极为轻微的动作，这么多的生命即将在自己的眼前消逝而自己却无能为力，那一切还有什么意义……

"你醒醒，你醒醒！这么危急的时刻你们都怎么啦？"众士都为要亲眼看见即将发生的悲剧，却无能为力而失能。沄滟一个个地使劲摇晃着大家,她去见完青古道刚刚赶回来。

"对了,空流,赶紧振作起来!能救多少是多少,赶紧接入红尘星界通联署的信号,好做下一步的安排。"微禾首先回过神来。

"我知道的,安置已经被营救的君山不离的时间来得及,我只是抱有幻想,想等更多的君山不离被救上来后一起撤离。"看来空流并没有完全被悲伤击垮。

空流看着沄漷,他为她的冷静惊奇不已:"也许她还不知道有这么多的君山不离将要化为烟尘。"

空流眼里突然闪过奇异的光芒。"快!沄漷,你快去君山星球!我来通知渼水,让她从希田星球立即赶过去!"

"要我去做什么?"沄漷一脸茫然。

微禾等也都大惑不解,君山星球就快要爆炸了,得命令前方撤退了,这个时候还让她俩去送命吗?

"你现在就走,我回头再和你说!"空流说完,顾不上理会大家,立即向渼水传密讯,命令她必须立即赶往君山星球。沄漷看到空流坚定的眼神,没有丝毫犹疑,没有任何话语,立即疾驰而出!

空流下完指令,赶忙向微禾及已经上镜的乔治等解释,同时,打开了与沄漷、渼水的秘密音讯。

"只能是试一试,看能否救出更多的君山不离。联境的倡导已经不管用了,我想看看原道世界的感召是否管用。君山不离都是原道学派的原道者,渼水是原道世界圣使,身份特殊,虽说应该保密,但现今局势危急,顾不得许多。不过由于渼水圣使的身份不是公开的,需要有说服力的星士为她亮明身份。在红尘星界,即使算上所有的政治组织,飞花落的影响力无疑是无可比拟的,沄漷作为飞花落圣使为渼水佐证身份最合适不过了。"

听完空流的分析,众士在一点点逼近的绝望中看到了一丝微光,但谁也没有把握。大家来不及多想,分秒必争地和渼水与沄漷沟通话术。

似乎是穿越黑洞视界般时光凝滞的等待,渼水和沄漷终于出现在了君山不离的天空。

刹那间，数万艘星舰在空中打出了她们的全息影像，整个星球包裹在无数双双丽影飘飘的奇幻瑰丽之境，笼罩在君山星球上空的悲伤阴云似乎一下子消散无痕了。无论是谁，从未在一颗星球上看到过如此神奇梦幻的景象。

"我是飞花落圣使沄滟，这位是原道世界圣使洢水。我们此来，无论生死，与你们同在。"沄滟的每一个全息影像把她的声音传递到了君山星球的每一个角落。

沄滟的话音刚落，整个君山星球发生了震动，这并非仅仅是意象上的，还是确切检测到了的震动。每一位君山不离轻微的身体挪动引发了共振。

与此同时，在视镜前的所有指挥者及执行者也惊呆了——沄滟没有按既定的话术喊话！她们是要把自己置于与君山不离一样的绝境了。如若她们不能说动这些固守家园的君山不离，按沄滟话语的意思，是要陪同君山不离们一同赴死了。

空流模糊的目光从视镜上微禾、尘浪、卿岚、苏菲亚、乔治、羽林……他们的脸上一一扫过，他不知道自己的决策究竟是对是错，如若发生不测，他不知道如何向他的战友们交代……如果失去了两位最爱的战友，自己如何还能苟活于世……

"我代表原道世界，向每一位家人们发出属于原道者的最神圣的感召。你们的生命并不仅仅属于你们自己，也并不仅仅属于君山星球。每一颗星辰，都是宇宙的孩子，都历经了亿万年美丽而痛苦的嬗变，才化为孕育生命的家园。她源于星尘，也终将归于星尘，无论是恒久还是一瞬。一个家园走完了她的生命历程，还有更多的家园、更多宇宙的孩子需要你们去守护，还有更多的智慧生命需要相互守望。

"请不要在苦难中迷失，秉持我们原道世界最基本的旨意，哪怕是一粒最微不足道的微尘，也要在宇宙中释放出最璀璨的辉光。

第二十章 君山不离

"万物皆有能量,请照亮属于自己的路!

"我们一起向希望与未来进发吧!"

泖水简洁而直抵灵魂的话语响彻大地,在空中,泖水和沄滟千万道身影泪流满面。在地上,泪水的溪流融汇成了心碎之河。在各个不同星球视镜前的星民们,泪海淹没了时空。

时光流逝,沉默的大地缓缓躁动,终于,大地震动了,波动的信号传遍了星界!视镜上的数字欢腾起来,飞舞得眼花缭乱。

天涯共此时,所有能看到信息的星球变成了欢呼雀跃的海洋。但是星民们紧绷的心弦还没有放下……

随着视镜上欢快的数字一点一点放慢了脚步……最后终于定格了!整个君山星球只剩下三位星民拒绝离开了。这是一场堪称完美的营救。

最后三位拒绝离开的星民中,有两位是守卫地壳运动控制公务署渔火装置的君山不离。阴谋者通过一只栖居在地壳运动控制公务署的猫头鹰,将启动渔火的信息传递了进去。对于这些生活在自己身躯上的生态丛林中的生物,君山不离将它们视为自己身躯的一部分,怎会思虑到这些邪恶的诡计。

还有一位是君山星球的球长济无舟。他自责没有守护好这颗星球,不能让这颗星球孤独地离开。

"让更多的君山不离去守护宇宙的其他孩子吧,这个孩子总得有谁为她守护,就让我们和她一起永在吧!"济无舟的话音刚落,三位君山不离已经发出了山崩地裂的力量震碎了自己的内脏。强行施救是不可能的了,只要他们不是自愿离开的,强制行动只会撕裂他们硕大无朋的身躯。

再不撤退就来不及了!空流向现场的尘浪发出了最后的指令。

仿佛倦鸟归林后的黄昏,浩浩荡荡的星舰快速撤离之后,喧嚣的君山星球一下子归于寂静,似乎在静候死神即将降临。整个星球遍体鳞伤、血色漫漫,君山不离的身躯与地表经年累月融为一体,如今留下一个个血色印记。

307

这辽阔的伤痕必将烙印在君山不离世世代代的灵魂深处。目击惨烈的现实也引发了诸多星球对于自身命运的深层思考。

已被营救的庞大君山不离群体正在按既定的方案进行临时安置。通过计算星舰与恒星的质量及运行轨道，红尘星界迅速找到了一颗与目标星球的条件匹配度较高的、命名为哈维的恒星，于是将所有自由折叠式天幕级星舰连成一体成为哈维的临时行星，确保外部空间环境尽量接近君山星球，再通过星舰内部系统调节小环境。

不过，专项科学小组论证指出，目前将君山不离安置在哈维恒星只是临时举措，最好15星日之内、最晚不宜超过45星日，需要找到适合君山不离居住的星球。通常而言，找到完全相似的星球近乎不可能，即便找到了，还要看这颗星球是否已经存在智慧生命。这颗星球如若有星民，需要同他们协商是否愿意接纳新来的移民，同时需要论证该星球是否具有相应的承载能力。最好是能找到条件相近，但又没有智慧生命存在的星球进行快速改造。

接下来主要靠科学公务者们努力了，不管怎样，一场火烧眉毛的战役算是结束了，空流等算是暂时松了口气。

但一场更大的战役已经悄然开启，微禾被席卷进暴风眼中心。

第二十一章　星空茧房

"我们只有10分钟的时间！是地球时间，而非七界星时。10分钟必须做出决策，公布消息。我们不是第一次讨论了，现在需要根据最新情况作出决议。"微禾主持召开应急拟真会议。除了在希田星球的知末、赫拉、伊凡，还有协调君山不离后续安置任务的苏菲亚、羽林，特别行动组其他成员及丹泊、乔治悉数出席了会议。

对于君山星球的突发事件，红尘星界星都地球上的各星界组织及红尘星界内距离较近的近200万颗星球均已知晓。离红尘星界较近的蓝焰星界、黄道星界、橙帆星界星都也会很快获悉，不出三日，君山星球事件将传遍七界近千万颗星球。

救援行动刚刚结束，不少组织及星球都发来音讯询问因由及后续情况，微禾既已亲至红尘星界，七界联境和红尘星界必须及时给出一致的答案。

科学公务者刚刚发来的密讯显示，君山星球已然起爆，渔火一旦起爆，好比动物的血液系统一般，其循环功能使所有"血管"中的能量向高能的"心脏"汇聚，血管也随之收缩，最后汇聚成一个能量中心集中释放。整个过程如同大大小小、源源不断的地震能量汇聚到一起，直到最后一刻大爆炸将整个星球从内部膨胀式震裂。

不过，渔火的爆炸与其他武器不同，相对缓慢而隐秘。不同于常规的能量聚变与能量激发武器，渔火造成的后果类似于星球自身引发的自然灾害。这也正是其掌控者的诡计多端之处，为人为破坏披上了一层伪装的外衣。即便是屠杀了一颗星球上的万物生灵，也可推脱为一场不可抗力的星球自然灾变。

"事实及答案好公布，最关键的是各个星球全球性的恐慌与混乱一定会发生，尤其是君山星球的现实，加剧了星民们对灾难可控的不信任。"丹泊首先急切地说道，他和微禾一样，是将要承受压力最重的人了。

"要么选择不说，既然要说，就一定要说事实，这一点不需要讨论！现在的重点是说什么、不说什么及先说什么、后说什么，怎么说？"微禾重申了主题。

乔治说道："好，我长话短说。首先，君山星球是由基于地壳运动控制系统产生的渔火装置，被不明方面启动而发生爆炸，这个基本事实要先说清楚；但建议不要说负责这个系统的青霜星界，想要蓄意炸毁所有的星球，会引发恐慌。其次，我们只是掌握了蓝焰星界方面发往君山星球的信息差异，但并没有找到直接证据，所以也不能公开说是蓝焰星界启动了渔火爆炸。最后，要告知公众已经找到了解除渔火危机的办法，并且会尽快实施。"

乔治还未说完，丹泊突然说道："鼎冠的实时密讯过来了。"

微禾道："接吧，定向模式。"

启用定向模式，与会者都能够看见听见鼎冠的言行，但鼎冠只能看见丹泊。

"丹泊首座好，因事态紧急，尚未来得及向联境汇报，想第一时间和您直接沟通一下。我方郑重声明，君山星球大爆炸事件和青霜星界毫无关系，我方没有采取过任何不当行动。至于个中因由，不难推测，这是要彻底捅破天，有关方面是要把我方逼上绝境，同时向你们极限施压。"鼎冠想极力控制自己的情绪，但每一根神经似乎都在颤抖，指甲几乎要陷进桌子里去。

"这样的局面你们早该想到，不管怎样，是你们一手打造了屠刀。暴风雨就要来了,也好涤荡一下你们当中那些罪恶的灵魂。如若你们还想放下屠刀立地成佛,有心向善而行,我们可以和你们一起去直面危机。"丹泊毫不客气,免去了一切外交辞令,神色分外严肃。

不等鼎冠插话,丹泊一口气说道:"没有弄清楚的情况我们不会说,不是你方的责任我们也不会乱扣帽子!但是事实必须公之于众,该承受的你们必须要承受,无论是各界星民的谴责还是今后联境决议的惩戒。根本的是要确保安全顺利地尽快解除渔火危机,否则你们这些球长,就等着下地狱吧。"

"我们或许是制造了利刃,但我们并不是魔鬼,到目前为止,我方没有做任何草菅人命之事。是魔鬼偷取了我们的利刃,把它变成了屠刀。古往今来,又有哪件武器不是屠刀?我们有些手段连保持威慑都算不上,仅仅是为了保持一种平衡。"

"现在不是讨论这些的时候。请你方准备应对一切可能发生的状况,解决实际问题,让整个星界回到和平的轨道上来。还是那句话,我们只能做正确的事。这也是联境方面最重要的指令精神。"

"我方知道怎么做了,无论如何,我方一定按联境的指令行动。我们马上向我们的星都发去密讯,做好一切应对举措。"

鼎冠刚下镜,尘浪说道:"沄滟传给青古道的信息极其重要也非常及时,如此一来,青霜星界知道蓝焰星界背信弃义,他们之间就会出现裂痕,青霜星界暂时就不会站到蓝焰星界一边做出不利举动。"

微禾环视了一下众士,说道:"我看大家的意见都非常统一,详尽的方案都已经有了,还有谁需要补充的?"微禾说完又笑着问空流,"你只是点头表示认可,还有两分钟时间,有没有具体需要说的?"

空流笑道:"我不说就是为了节约时间,蓝焰星界在暗,我们在明,不知道他们还有什么阴谋,所以只能尽量赶时间,包括'夜露风辰'的实施,必须提前。这个议题等消息发布后再讨论吧。"

"那好……"微禾话还没说完,丹泊突然站起来大声叫道:"坏了!"

众士一惊。

"你们看！"丹泊一边说一边切过影像。一条信息刚刚登上时空信息弧就炸翻了天，正在向各大星界急速传播。这条神秘的信息揭示，君山星球大爆炸事件是由青霜星界设置的地壳运动控制系统造成的，他们秘密将这个系统改造成了不可移除的、足以将任何星球炸得荡然无存的武器，这种武器在红尘星界的几千个星球上都存在。而七界联境和红尘星界对此一清二楚却向各界星民隐瞒了消息。

"来得好快呀！真是环环相扣！"空流说道。

丹泊又并行切过来另一幅影像，是红尘星界公务署星际音讯中心的实时影像，一片片深蓝的视镜上，无数的红光闪烁，那是一颗颗星球及一个个组织发来的紧急征询信号。这些红光聚成了一片火海，映红了众士怒火燃烧的眼睛。

"第一，各星球的空前恐慌混乱不可避免，尤其是安置了渔火装置的星球。第二，星民的民意浪潮会漫灌青霜星界、红尘星界、联境甚至是各星球的政治组织，进而可能上升到切断星际通联，回归从前。第三，部分失去理智的星民会冲击渔火装置所在地，既要做好安保工作，又不能引发大规模武力冲突。第四，红尘星界包括联境要做好武装防御，但要尽一切可能避免战争。"微禾一口气说完，立即站起身来，"现在不是发布消息这么简单了，要立即举行联境现场信息发布会，丹泊，咱俩现在就要出场。"

"好，去红尘星界公务署，走互联通道，只需要12秒。"丹泊说完，和微禾一起离开了。微禾同步给空流发送密讯："最根本是要解除渔火危机，天大的事这边有我来应对，你带领大家全力部署'夜露风辰'。"

空流吩咐各士紧急行动，同时向希田星球的知末发去了特急密讯……

微禾与丹泊召开了面向七大星界的紧急发布会。面对巨幕影像上有无数光点往来穿梭涌动的七大星界星都与红尘星界星球，空旷的大厅里的微禾与丹泊，面容严肃而镇定。影像上红线触达的光点表明发布会信息已经抵达的星球，目前皆为红尘星界的星球。微禾看了一眼不断增长的数字，

第二十一章 | 星空茧房

示意丹泊可以开始。

发布会十分简短，整个过程不到3星刻。

丹泊没有提这条神秘的信息，也没有进行任何辟谣，而是直面问题，他指出："我们的确面临一场空前的危机。青霜星界曾造福于各星球的地壳运动控制工程已经演变为了潜在的破坏性武器。至于这是他们作为一种科学实验进行尝试的结果，还是一种针对性的潜在威慑，还有待调查。

"红尘星界及各个星球的有关组织基于对这一福祉工程的信任而没有进行任何干预与监管，负有不可推卸的责任。不久前，我们暗中调查发现了这一惊天秘密。我们没有发布消息，是为了避免恐慌。因为找到解除危机的方法比什么都重要。在没有找到切实可行的方法之前，稍有不慎就有可能引发更大的危机。

"我们已经秘密安排所有牵涉其中的星球做好了对这一破坏性武器的防控，防止阴谋者启动它。君山星球由于某种特殊性，防控工作上出现了漏洞，阴谋者伸出了魔爪，他们与此前对联境首座实施暗袭的势力，应是同一股力量。"

微禾的话语更为简短直接。

"多少日夜以来，我们的科学攻关团队在舍身忘我地与时间赛跑，现在，我庄严地宣告，我们已经找到了彻底破解这种武器的办法，不管它是屠刀还是魔刀，我们最晚将在3日内部署实施。这也是我来到红尘星界星都地球的根本原因，我必须与你们站在一起直面最真实的危险，而不是躲在遥远的星海他乡指手画脚。

"现在，我们最需要的是冷静、信任与团结！危机过后，对责任者的追究、对罪恶者的惩戒，即便是到了宇宙的尽头，也绝不会停止！我们现在唯一要做的就是与时间赛跑，所以不再多说了，后续，我们会随时发布最新情况。"

微禾与丹泊刚刚下镜，尘浪和乔治就发去了音讯告知，给所有星界和有关组织的部署及应对建议信函都已经发出去了。微禾读完消息就出现在

313

了室女星城空流的会议室。

"正在实时跟踪评估联境发布会的效果与影响。"丹泊说道。

"这取决于联境与红尘星界长久以来的公信力，还有各星球的社会治理能力。但是浪潮一旦涌起，绝不会骤然停息，当潮头过去，唯有理性而切实有效的言行才是平息潮起潮落的定海神针。"微禾停顿了一下，接着说道，"除此之外，一定要密切关注局势失控的星球，要有应对举措。"

消息显示，发布会刚结束，蓝焰星界驻红尘星界星际飞地第一个发布了信息，表示作为星球地壳运动控制工程的安保服务方，对有关爆炸性武器及君山星球的危险竟然毫无察觉，负有失察之责。自愿放弃作为该工程的安保服务资格，并愿意尽全力配合做好事故追查工作，提供一切有可能的援助。

"一切都在意料之中，魔鬼要充当救世主了。"微禾说完，转头问空流，"请问知末怎么说？"

"如若追求万无一失，必须得按照既定的流程时间。但是，评估当前严峻局势，知末和尘浪都认为必须提前，避免夜长梦多，对所有执行部署及防护力量带来不可预估的风险。被调走执行君山星球安置行动的星舰已经得到补充，消除所有星球上的渔火确定没有问题，不过大规模协作可能会出现协同性问题，有一些星球的工作需要延长打打补丁。"

"最早可以提前到什么时候？"

"星界时间明日 11 时。"

"好，能否行动，由你定夺。"

空流从各士的眼神中看到了信心与力量："决心已下！经过精确计算，可赶在君山星球最后大爆炸前结束行动。星界时间明日 11 时，准时实施'夜露风辰'计划，全部星球一致行动。"

这时，知末发来密讯："派往前来召开发布会的红尘星界首席科学大师杨宁已经出发。"这是联境安排的第二场信息发布会，将由杨宁进一步发布有关解除渔火的信息，并公布'夜露风辰'计划的实施时间。

第二十一章 | 星空茧房

空流带领大家前往红尘星界通联署，最重要的行动部署即将开始。茫茫七界，一颗名为地球的星球此刻正成为千万颗星球关注的焦点，这个星球上即将发生的一切，将决定七大星界局势变化及成千上万颗星球命运。

虽然实时评估显示，联境信息发布会的积极效果正在正向上升，但是微禾预计要发生的所有情况都毫无悬念地发生了，源源不断的信息在视镜上掠过。最危急的就是大约有630多颗星球发生了冲击地壳运动控制公务署的情况，防护一旦失守后果不堪设想。

空流等经提取信息发现，这630多颗星球的武装力量全部处于热武器阶段，极其容易发生伤亡事件。空流立即同微禾、丹泊传送音讯会商，丹泊紧急下令调集星界武装前往，使用红尘星界最前沿的生物战舰"春晓一刻"释放无色无味的生物武器"春眠"，可使方圆数百千米内的生物瞬间沉睡、却不会产生任何身心上的伤害。

几乎所有星界及重大组织均已就君山星球事件及联境的信息发布会发布了最新表态，但青霜星界迟迟没有发表任何消息，这进一步激发了有关各方的怒火、加剧了局势混乱。

尘浪代表联境向鼎冠发去了最后的秘密通牒。联境计划由红尘星界首席科学大师杨宁主持的发布会尽快召开；但是，这场发布会必须在青霜星界表态之后，否则势必难以达到预期效果。

青霜星界终于发布了消息，信息非常简短，除了表达与各星球相似的震惊、谴责及无偿援助，其主要大意为，对联境公布之事实没有任何异议，同时，联境的消息也证实青霜星界不是君山星球事件的策划实施者，一直以来，青霜星界从未实施有损任何星球之举。未来无论发生任何情况，都将无条件接受并执行联境之决议。

显然，青霜星界的声明必定会招致各界新一轮的口诛笔伐浪潮，但无论是联境还是红尘星界等各有关组织却是暗中松了口气，至少到目前为止，青霜星界没有在排山倒海的声讨中失去理智，如若其在绝境之下孤注一掷，局势将会变得异常危险而复杂。

显然，联境的一系列举措让青霜星界的天秤在慢慢向联境倾斜。

大战前夕，红尘星界通联署指挥中心一片寂静，空流、尘浪、卿岚、苏菲亚、洢水、沄滟、乔治、羽林等分列不同大厅待命。空流发出了一条密令。星界时间 11 时整，尘浪轻轻移动了一颗红色光球，万万亿星民瞩目的"夜露风辰"行动开始了。

行动一旦开始，除非发生重大变故，否则就无须再下任何指令了。对于横跨数千颗星球的行动，即使通过时空感融站，能将最大的相对时间缩小至分钟级，任何的即时指令都已经没有任何意义了。一切在开始之前就已经注定了结局。剩下的如同观看一场宏大的时空游戏，无论是指挥者、执行者还是视镜前的星民。

随着 200 多万艘星舰从星都出发，与各星球自身配备的星舰融合，总共超 600 多万艘星舰参与了整体行动。就算是红尘星界通联署指挥中心最巨幅的视镜影像，也无法显示所有星球同框的全貌。

与空流等在红尘星界通联署指挥中心的行动同步，微禾与丹泊在红尘星界公务署关于"夜露风辰"行动的星界信息战也全面展开，不同维度的海量信息向各界星都及红尘星界所有星球传播。

信息显示，5200 颗星球的全部星舰实现了同步集结。似乎被压得喘不过气来的红尘星界通联署指挥中心爆发出了第一声欢腾，关键的第一步成功了。接着就是所有星球 600 多万艘星舰同步释放"风辰"。因"风辰"属于暗物质结构，对于生活在这些星球上的星民而言，除了看见在空中整齐列阵的星舰，其他一切如常。

红尘星界通联署指挥中心的影像上能够观测到经过特殊处理显示的"风辰"轨迹，起初仿佛是一朵朵粉红的流云，须臾之间，一颗颗星球整个被包裹在粉红的迷雾之中，这粉红之雾润物无声，潜入一颗颗星球肌体之中，它们直取目标，向渔火吹响了进攻的号角。

如同春风唤醒了沉睡的大地，以整个星球为席的庞然大物——渔火苏醒了，它血脉偾张，如饥似渴地吮吸着每一处冲过来的"风辰"，每一个毛孔热力四射，能量在欢愉中流逝，空中，"夜露"张网以待。

视镜影像上，一颗颗晶莹剔透的露珠如同一颗颗闪烁的流星坠落。这是一场宇宙级的、却又毫无声息的水火交融的冰与火之歌。在这无声的歌谣里，渔火一点点流尽了热血，肌肤在泥土中、在岩石中、在岩浆中、在海水中，在一切将死与未死的腐朽中消融……这个曾经深深镶嵌在各个星球的肌体血肉之中而又足以主宰各个星球存亡的强大能量武器，终将在和风细雨中随风而逝。

如果仅仅是现场景象，各星球星民在视镜前看到的不过是一艘艘翱翔的星舰而已。微禾指令将红尘星界通联署指挥中心的影像发往各处。这场空前的宇宙级武器消耗战没有硝烟、没有杀戮、没有伤害，甚至没有声息……有的只是一幅幅曼妙的宇宙奇观。

在星界的历史长河中，这场战斗超越了任何一次惨烈无比的星际之战，在广大星民心中留下了不灭的光辉。这或许就是科技向善应该有的样子，一场正义之战的结局，未必只有伤害，亦可美妙如斯。

地狱之火已熄，战争阴云顿消。各界星民不再处于惊恐慌乱之境，但在大悲大喜交织之下，星民民意思潮空前活跃，七界混乱景况一时难平。

就在"夜露风辰"行动刚刚结束，关注点重新回到即将爆裂的君山星球之际，蓝焰星界的一则消息挑动了广大星民的神经，再次成为核心焦点。

蓝焰星界的消息称："蓝焰星界能够拯救君山星球，让处于垂死边缘的君山星球起死回生。蓝焰星界正在请示联境，为一切可能发生的奇迹做好充分的准备。"这则消息源来自蓝焰星界驻红尘星界特使，应该有足够的可信度。

蓝焰星界重新点燃新希望的消息，像超新星爆发的光芒一样射向无限星空；同时，丹泊收到了蓝焰星界使者发来的密讯。

密讯表示，蓝焰星界已经掌握了一项最新的前沿科技，也可以说是一种全新武器——"星空茧房"。

星空茧房能够产生强大如星系中心黑洞的引力效应，或吞噬或吸积星云星尘，能够超越漫长的星辰演化而快速制造新的星球，成为星辰诞生的摇篮。另一方面，如若充分释放其威力，亦可将一颗颗星球压缩成一个个的乒乓球，甚至能将一个不大不小的星系变成一个装满乒乓球的运动场馆，成为禁锢星空的茧房。当然，星空茧房将一颗爆裂的星球聚拢复原更不是什么难事。如若能够抢在星球四分五裂之前实施营救，可通过后续辅助工程，当能尽量保持星球原有的自然生态系统，并实施修复。是否同意实施救援，请联境尽快予以答复。

微禾立即上镜召开紧急会议。毋庸置疑，这个问题知末最具有发言权。刚刚结束"夜露风辰"行动战斗赶回来的知末，脸上写满了疲惫与不安。

"理性分析，蓝焰星界具备制造这种武器的能力并不意外。早在君山星球发生爆炸之前，也就是空流发现渔火武器装置的时候，我们就想过，如果万一发生了爆炸怎么办？是否可以拯救？办法无疑是有的。我和丹泊及羽林沟通过，红尘星界的科技能力目前还实现不了，但联境的科技能力完全没有问题。核心问题是，拥有了这种科技能力是否就能够制造这种武器或者装置？

"像这个星空茧房，它最容易做到的是毁灭一颗星球；当然，也可以拯救一颗星球。但要制造一颗有用的星球，远非易事，他们这个星空茧房可能具备某些功能，不过真正要凭空制造一颗能够对智慧生命有用的恒星或行星，是一个极其复杂的系统工程，他们不可能做到。

"试想，一颗星球需要在宇宙中演化数十亿年，才可能对我们有价值。我想，更多的是他们为这个武器披上的一件美好外衣。不管如何，这种具有广域时空杀伤能力的武器，其不可控的安全隐患带来的后果绝对是宇宙文明的灾难。

"按照联境的科技能力，可以生产出太多广域时空杀伤性武器，但绝不可能如此而为。联境建立以来，一直在倡导对广域时空杀伤性武器的严格限制，但时至今日，由于不同星界诸多星球各有所图，推动的进程极为缓慢。所以，我们当时即使向联境提出申请，联境也需要通过严格的程序来决议，决议通过的可能性近乎没有，即便能通过，时间上也来不及。

"回到蓝焰星界制造的星空茧房，应当属于严格禁止性武器之列。现在，他们借助这么一个巧妙的时机推出来，可见用心之深。对于是否批准他们的请求我先不发表意见，我从安全性方面讲一下。第一，我推算，他们的星空茧房武器一定已经早就发送出来了，只等红尘星界取消禁飞限制，开启时空感融站，就能瞬时抵达。否则，从蓝焰星界星都到这里至少需要一星日以上的时间，君山星球爆裂之前不可能赶到。第二，如果将它放进来了，搞个突然袭击，顺手将地球灭了，咱们可就都在一个乒乓球里面了，再想这些问题就来不及了。好了，时间宝贵，我先就讲这些。"

微禾说道："已经说得非常清楚了。现在，我们进退两难，即便我们将星空茧房的危险性向广大星民讲明白，在当前形势下，星民们的意愿一定是这样的：'先救了君山星球再说，而且没有任何情况表明蓝焰星界有不良动机，他们是来提供救援的而不是来搞破坏的。反倒是联境与红尘星界对此束手无策、毫无作为！'所以，当下要考虑的是，能否让他们实施救援，同时又能确保安全？"

知末道："那好，请丹泊首座立即让对方回答三个问题，第一，他们装载星空茧房的星舰是否已经发送过来了？第二，驾驶星舰操控武器的是谁，用地球的话说，就是驾驶星舰与操控星空茧房的究竟是机器还是人？第三，这次运送的星空茧房威力究竟有多大，是能够聚拢一颗星球还是能压缩一个星系的星球？"

丹泊的信息刚传送过去，对方立即给出了答案。第一，果如知末所料，星空茧房已经发送过来，只等红尘星界开启时空感融站，就能立即抵达。第二，整个系统由合成智灵操控，当然，也可以由智慧生物操控。第三，出于安全性考虑，同时通过对君山星球的质量测算，本次投送的星空茧房属于最低能级序列，仅对质量在 2×10^{25} 千克以下的星球能实现预期效果。

"地球的质量低于君山星球，所以危险性依然存在；而且对方所说的是否完全属实，必须要审查。所以，我认为，如果要实施救援的话，联境必须前往进行安全审查，并由红尘星界合成智灵接管操纵星空茧房。否则，决不能贸然行事。"知末给出了最终建议。

全体与会者立即表决，决议通过，丹泊向对方发出了密讯。这次对方却没有立即回信。

看着视镜上君山星球的实况影像，大家都在焦急地等待，丹泊打算催促对方，众士亦多表示不能被动等待，可以催一催。但微禾示意不要着急，再等一等。

"对方此番的目的就是要通过救援行为顺理成章推出星空茧房武器。如若对方不答应联境提出的要求，他们既不能达到目的，民意也不会站在他们一边。他们不过是在博弈而已。"

"来了！"丹泊高声说道。

蓝焰星界回信同意接受联境提出的安全审查要求，但对于由红尘星界合成智灵接管操纵星空茧房，表示无法实现。星空茧房系统在设计上只认可己方设定的合成智灵，而不认可任何他方的合成智灵。若红尘星界派人，而非合成智灵，则可前往操纵星空茧房系统，这种模式可以设定。

星空茧房在设计之初，即考虑到，如若其落入他方之手，则会对己方造成重大安全威胁，同时，会造成技术泄密。所以，如若他方的合成智灵劫持了该系统，则无法启动任何操作。若是他方的智慧生物劫持了该系统，系统会自动启动防御机制将其击毙。其防御系统可能对某些特殊材料结构的合成智灵无可奈何，但对于击毙任何智慧生物，绝对是万无一失。

"这个完全可以呀，派人前往有何不妥吗？"看着丹泊颇为凝重的表情，微禾问道。

"他们设置了不可更改的自毁模式，星空茧房一旦启动投射，星舰及星空茧房的所有配套系统将自动毁灭，我们派去操纵的人将随之一同牺牲。"

大家看到知末无奈地摇头，知道一切只能如此。

"由红尘星界通联署派其他专员前往？"此刻，没有任何一位与会者提出这样的建议。因为大家都知道，任何生命都是平等的。何况处在这样的关键时刻，在座的更应该将这份责任扛在自己肩上。

沉默，仅仅是极为短暂的沉默。无界行动组全体成员，包括沄滟，都不约而同地站了起来。此刻，任何话语都是苍白的，微禾的嘴唇嚅动了许久，才轻轻地说道："一个就行了，不要那么多。"

尘浪将手压在空流肩上，使劲想让他坐下。空流双手握住了尘浪的手，将他的手慢慢地挪开。

"前路漫漫，下一段征程即将开启，还需要你带队。你什么都不要说了，这是命令！对了，惊鸿影还给你发来了特制的信函呢。"空流扶着尘浪坐下，又拍了拍伊凡的肩膀，"还有你，爱丽丝可是给你下了战书啊，到时可不要给我丢脸啊，当然，若你要怜香惜玉，我也深深表示理解！"

空流又一一走到各士身旁，依次扶着他们坐下。

空流走了一圈，站在尘浪的身后，双手搭在他的肩上。看着众士一个个默默不语，笑道："就剩这最后一点收尾工程了，红尘星界这一幕幕惊心动魄的明争暗战，因为有微禾首座、卿岚掌座、丹泊首座、赫拉执掌、乔治球长、羽林球长等诸士的呕心沥血，还有知末大师等我亲爱的战友们的生死与共，咱们总算即将画上一个还算圆满的句号了。这该是准备迎接胜利的曙光时刻，我们应该高兴一点呀，亲爱的战友们，为我壮行吧！"

室内默然无声，泖水、苏菲亚和沄滟已是泪流满面，泖水和沄滟不知何时又站起了身不肯坐下。她们坚定的眼神已经说明了一切："坚持要与空流同去！"

"此刻，我们需要的是理智而非感情用事！任何无谓的牺牲都不可取，何况，还有更重要更艰险的使命等待你们去完成。坐下！这是命令！"空流面色如铁。

"让沄滟和你一起去吧！"卿岚平静的声音无异于一声惊雷。

大家疑虑的目光唰地一下全聚焦在卿岚身上：残酷的现实就摆在眼前，多派任何一个人去都是毫无意义的送命而已。何况，沄滟还是卿岚的心头肉。

卿岚站起身，强忍着泪水，说道："各位……战友，我这一生从未有过现在这样艰难抉择、心痛难忍的时刻。哪怕是我自己多少次处于生死攸关之际。我知道，让沄滟去，极大的可能是又多了一位牺牲的战友。但我真的不忍心看着空流此去，毫无一丝生还的希望。这一点，和他与飞花落的某种渊源毫无关系，只因他是我们生死与共的战友，是我们如此杰出超凡的战友。

"我没有半点依据，甚至连直觉都算不上，或者说是仅有一丝侥幸的感觉。不知大家是否还记得那次遭受黑眼圈打击的战斗，空流、洢水和沄滟同乘一艘飞羽，在死神即将来临之际，空流说他听到了一个声音。后来，黑眼圈是怎么被击毁的，到现在都没有查清楚。我以为这绝非巧合。黑眼圈被击毁一定与那个神秘的声音有关。

"这个声音究竟来自何方神圣或哪个组织，我们无从知晓。但有一点，我没有事实根据，却可以确信，这个神秘的施救者一定不是因为空流、也不是因为洢水，而是因为沄滟，因为沄滟和你们同在一艘飞羽上。究竟是什么理由，我真的无法表达，但我的经验与过往让我确信如此。所以这次如果让沄滟去，也许还有一丝生还的希望。虽然我的感觉也近乎渺茫……"

尽管黑眼圈被击毁事件到现在依旧是未解之谜，卿岚的话听起来也近乎牵强而玄妙，但从卿岚口中说出来，包括微禾在内，大家听了各自心中凛然，感觉虽然无从捉摸却又宁愿相信，哪怕只有一丝丝渺茫的希望却也胜过彻底的绝望。但转念即是深深的伤痛与不舍……

沄滟的目光一一掠过众士的脸庞，只是一个劲儿地点头，泪光中含着笑意，决意要去。空流的面色温和了许多，眼中流露出少有的哀伤，但转瞬又恢复了坚毅，依旧极其坚决地摇头不同意沄滟的要求。

第二十一章 | 星空茧房

"让她去吧，我们等你们回来，我要给大家讲一段我所知道的关于你们的先辈们的渊源的故事。"卿岚说道，说得那样轻柔而随意，仿佛空流和泫滟不过是一起去看看风景而已。

泫滟已经走了过去，空流默默牵起了她的手："好吧，我们走了。"空流拉着泫滟的手，另一只手向众士轻轻一摆，看了泫滟一眼，二士双双给大家留下了一个轻松的微笑，没有豪言壮语，也没有悲情壮举。

众士都站了起来，只是挥手，一句话都说不出来。空流最后看了一眼泐水，与泫滟转身离去。看着他们的背影即将消失在连廊的尽头，泐水突然跑上前去，没跑几步，随即昏厥在地。

星空茧房从神弧星球与地球之间的时空感融站，转至地球与君山星球之间的时空感融站，极速飞临君山星球外大气层。万亿星民将再次亲眼看见又一场惊心动魄的星球大救援。

星空茧房及星舰系统获取的影像信息显示，伤痕累累、血色漫漫的君山星球整个笼罩在火山灰、尘埃与水汽混合的，云雾翻腾、电闪雷鸣的黑夜之中。君山星球已爆发大大小小的地震累计3亿余次。

由于渔火装置遍布星球的"血管"及其中的能量都在向"心脏"部位集中，没有直接的能量喷发泄漏，所以地层深处及地表均未受到化学性损伤，主要是"血管"收缩引发的物理性灾害，造成的地震频率虽高，但强度都不算大，最高强度不超过9级。

真正造成毁灭性伤害的是能量集中涌向渔火"心脏"后，"心脏"部位巨大的能量膨胀。它将从内部将君山星球一点点给撑破。渔火核心位置所在领域的火山等级，已经超过了星球自身火山活动所能达到的最高等级，岩浆产生的热柱直达热成层，远在100千米以上，直冲平流层的蘑菇云如雨后春笋，海啸席卷淹没了整个星球。据估算，在其最后大爆炸前，"心脏"部位所释放的能量相当于7000个核聚变能量武器。

为了对当前环境进行更加精确的测算，空流驾驶的星舰在浓雾中往来穿梭。随着渔火"心脏"位置的地壳裂缝一点点增大，大爆炸时刻即将来

323

临。终于，渔火赤红而如辽阔平原般巨大的"心脏"从地壳烈焰飞腾的裂缝中露出了真容。

　　与死神握手的时刻来临了，空流凝视着沄滟，双双牵手按下了投射按钮。星空茧房直取渔火"心脏"而去。星空茧房看上去如同地球上的蚕茧，那纯粹的洁白与小巧的轻盈，无论是谁，都难以将它与如同黑洞一般富有威力的广域时空杀伤性武器联系起来。春蚕的作茧自缚是吐尽最后一丝蚕丝的生命之歌，亦是美丽蝶变的涅槃重生。星空茧房又将给星空带来什么呢……

　　渔火"心脏"爆炸了，耀眼的光芒刺破了万丈尘埃。就在此时，星空茧房如利剑插入了渔火"心脏"。近乎光速的高能粒子茧房空间产生的超级引力源，瞬间将巨大的能量吸收、吞噬，就在倏忽间，渔火"心脏"大爆炸即将喷发的能量骤然消失了。能量体从等离子态转化为凝聚态，热现象近乎停止，继而转化成为君山星球内核物质。与此同时，在引力调谐牵引之下，君山星球的伤痕正在愈合，拯救行动成功了。

　　看到这惊天巨变的一幕，没有谁不惊奇于星空茧房的强大。空流与沄滟的心中却掠过对未来不安的阴云。但他们已经没有时间考虑这一切了，星空茧房产生的强大引力正在扰动着周围的时空。

　　就在空流驾驶着星舰即将冲出重重迷雾的刹那，星民们看到迷雾与清朗的外太空分界之际，一道白光闪耀，星舰荡然无存，失去了踪影，瞬间在星民们心中化作了永恒。一颗星球重生了，两位勇士消逝了。或宏大或细微，世间悲欢往来交错，最是无常。

　　远在地球的洢水收到了空流发来的一条定向绝密音讯："风起于暗黑星空。"

　　后来，洢水独自将空流发出音讯的时间，与看到那道白光闪耀的时间进行过无数次精心比对，但始终无法确定究竟哪个在前哪个在后……

　　苍茫星空追忆了然无痕，时空从来不曾为谁守候，前方使命正在召唤，另一星界辽阔无极之境似星光熠熠而又暗黑无界……

后 记

我的家乡在安徽省安庆太湖，那里有一个美丽的湖，名曰花亭湖。安庆是为理想而献身的革命先烈陈乔年、陈延年的故乡，亦是名动九州的黄梅戏之乡。在太湖这座美丽的县城的这一边，有现代化高铁，在山长水阔间欢歌，奔向大江南北飞驰而过；在县城的那一边，依旧是宁静的小山村落，炊烟袅袅、湖光潋滟、绿树婆娑、闲云漫卷、花开花落。

少时渴望走出村外，神往那未知而斑斓多姿的世界。如今，蓦却多少云水，回望来时去时路，追忆今夕旧时梦，印刻在生命梦境中挥之不去的，唯有那曾经渴望离别的小山村；无论我奔流到那里，在午夜梦回时刻唯有故乡能带给我真正的心灵上的安宁。当我写下这行文字，泪如泉涌，不能自制。

时空浩渺，人类，抑或任何一个星球文明，将向何处去？远方，是一种自然的存在，这是宇宙的本征；远方，是一种自在的向往，这是生命的本能。如何迈过星际征程的重重迷途，跨越茫茫宇宙的"系统鸿沟"，才能寻梦宇宙的"自在远方"？当梦想一朝成为现实，星际互联后的宇宙星界文明图景又将怎样？这是我在故事背后之所追寻……

地球，在宇宙中如同一个小小的村落，宇宙地球村。当星际互联时代来临，她的命运融入了宇宙星际命运共同体的时代洪流，命运的波澜在更加波澜壮阔的壮丽云图中起伏沉浮。今天的人类，刚刚蹒跚学步走出宇宙地球村，距离星际自由航行的实现异常遥遥而近乎渺茫；但什么都无法阻挡人类对诗一样的远方的自由向往。

　　回归现实，在壮丽的时空长河中，人生不过如飘忽的尘埃。在拥挤如流的人群中，我等或平庸如沙粒，无非琐碎于千人一面的寻常、蹉跎于不过如此的每日。然而，我们当知道，我们心中自有火焰，在所爱的人和事那里，高远若星辰，指引刻画伤痕、然恒久温暖的内心走过冷暖人间。

　　当足踏大地、仰望星空，你当骄傲地行走！这就足够，还在乎拥有什么？放眼茫茫宇宙、无尽尘埃，每一个生命，都是一场堪称奇幻的旅程，你已踏上了属于自己的天幕征途……

　　最后，感谢所有为本书付出的亲朋好友。下一部暂定名为《移星换界》。

2022 年 5 月 12 日